# LE JEU DES *tricheurs*

ANITA RIGINS

NEW ROMANCE®

# LE JEU DES *tricheurs*

Rien ne se brise plus qu'un cœur de tricheur

Hugo Roman

Design de couverture : Jef Cortes
Photos : ©Getty Images/iStockphoto
Illustrations : ©Aurore Payelle

Collection New Romance® créée par Hugues de Saint Vincent, dirigée par Arthur de Saint Vincent

Ouvrage dirigé par Sylvie Gand

Pour la présente édition,

34-36, rue La Pérouse
75116 PARIS
www.hugopublishing.fr

ISBN : 9782755665055
Dépôt légal : août 2023
Imprimé en France par Corlet en août 2023
N° d'impression : 23080432

## DÉDICACES

*Aux joueurs. Aux adversaires qui deviennent nos alliés.*
*Aux amis qui sauvent notre vie.*
*Aux cœurs brisés qui se recolleront toujours.*
*À Simon. Ne t'en fais pas, j'ai récupéré ta tortue Donatella.*
*Elle est heureuse, et un jour, elle trouvera son Donatello.*
*Promis. Juré. Craché.*

# AVANT-PROPOS

Ce livre contient des scènes explicites et un langage parfois cru, susceptibles de heurter certains lecteurs.

## PLAYLIST

– « Beautiful Pain » – Sia
– « You Killed Me on the Moon » – Blow
– « Alone » – Burna Boy
– « Computer Crash » – Lui Joseph
– « On My Own » – Darci
– « Apocalypse » – Cigarettes After Sex
– « Last Love » – Donzell Taggart
– « Vegas » – Doja Cat
– « Answer The Night » – Aime Simone
– « I Wish You Were Here » – Billy Raffoul
– « All I Want » – Kodaline
– « Flying » – Tom Odell
– « In The Stars » – Benson Boone
– « Long Days » – I will, I swear

# PROLOGUE

## BELLE, 10 ans

Mes mains tiennent fermement ma nouvelle BD qui est placée sur mes genoux. Maman parle avec papa à l'avant de la voiture, mais je ne les écoute pas. Je suis trop concentrée sur ma lecture. J'ai passé quasiment tout le trajet à lire parce que j'adore ça. Et puis, au moins, le temps passe plus vite.

Dans ma BD, la justicière vient d'arrêter les deux voleurs. Elle leur arrache presque les cheveux tout en les ramenant près des policiers.

*C'est trop cool !*

— Quand je serai grande, j'annonce à haute voix, je serai une justicière. Une vraie !

Ma mère rigole doucement avant de tourner son visage vers moi, les sourcils relevés. Mon père reste concentré sur sa conduite, mais je vois un sourire se dessiner sur ses lèvres à travers le rétro.

— Ah ouais ? répond ma mère. Mais je ne crois pas que ce métier existe vraiment, ma chérie.

Je fais une moue perplexe tout en réfléchissant.

— Alors je deviendrai ce qu'il y a de plus proche d'une justicière, et j'arracherai les cheveux de tous les imbéciles sur mon chemin, lui annoncé-je avec un rire diabolique.

Sa main à la peau blanche passe entre les sièges pour presser mon genou.

— Ça, je n'en doute pas. Mais pour l'instant, on va éviter, d'accord ?

Je sais de quoi elle parle. Combien de fois a-t-elle été appelée à l'école parce que je m'étais battue ? Promis, dans cette nouvelle vie, je serai sage comme une image.

Je referme finalement ma BD et fixe les arbres qui défilent à travers ma fenêtre. Bien vite, ils sont remplacés par des habitations de différentes tailles. Les murs sont recouverts de briques.

Nous voici à Boston. Dans une nouvelle ville. Encore.

Je pousse un soupir et colle mon front contre la vitre.

— Est-ce qu'un jour on arrêtera de déménager ?

J'étouffe un bâillement tout en attendant la réponse de mes parents. Sauf que je sais ce qu'ils vont me dire. Ce n'est pas la première fois que je pose la question, et leur explication ne change jamais.

— Tu sais bien qu'on n'a pas le choix, me rappelle finalement mon père.

Pas le choix. Ouais, ouais, je sais. Et bah moi je pense qu'on devrait toujours avoir le choix.

Sauf que la situation est compliquée. Combien de fois m'a-t-on répété ce mot : « compliqué ».

Ma mère est militaire et change très souvent de ville et d'État. « C'est une situation compliquée, Belle. Tu dois comprendre. »

C'est surtout super compliqué de se faire des amis, si vous voulez mon avis !

Tu es amie avec plein d'enfants, et boum, du jour au lendemain, tu dois *encore* déménager.

*Trop nul.*

Mon père ne travaille pas, il est homme au foyer et s'occupe de moi. Donc il suit le mouvement tout en poussant des soupirs. Il pense que je ne le remarque pas. Sauf qu'il ne fait que ça, *soupirer.*

Et il aime maman. Alors on déménage, encore et encore.

En tout cas, aujourd'hui, son visage à la peau noire semble super heureux.

— J'espère qu'on va rester longtemps à Boston, reprend ma mère. La ville a l'air chouette, tu vas t'y plaire, Belle ! Promis.

À travers la vitre, je vois des maisons qui se ressemblent toutes. Et il va pleuvoir, vu le ciel gris. *Super, vraiment super.*

— J'étais enfin en train de me faire des amis à Hartford, murmuré-je d'une voix faible.

Je sens le regard de mes parents sur moi, mais je les ignore. J'inspire profondément tandis qu'on arrive dans une rue pavillonnaire. La plupart des habitations sont en brique rouge et des pelouses bien vertes entourent chaque parcelle. Au moins, je pourrai jouer dans le jardin, ici. Dans notre précédent appartement, on avait juste un parc à proximité. Mais la dernière fois que j'y suis allée, j'ai mordu la joue d'un adolescent qui m'avait fait tomber volontairement et se moquait de moi.

Mon père stationne la voiture devant l'une des maisons. La nôtre, apparemment.

— Et voilà ! s'exclame-t-il. Nous y sommes. Bienvenue à la maison, les filles.

Je n'attends pas une seconde et ouvre ma portière avant de sauter sur le trottoir. Je manque de me tordre la cheville. Je suis trop maladroite. Je dois tomber au moins deux fois par jour, mais ce n'est pas ma faute ! C'est juste que le sol m'aime trop.

Je me dresse devant notre nouvelle maison, relevant ma tête aux cheveux regroupés dans une tresse serrée pour observer les moindres détails. Les fenêtres sont entourées de bois blanc. Ça me rappelle une maison dans une BD que j'ai lue la semaine dernière.

Alors je décide de l'aimer… Je lui donne une chance. Parce que toute personne et toute chose mérite une chance, non ? Sinon, comment on est censés montrer qu'on est à la hauteur ?

Je souris doucement tandis que ma mère se place dans mon dos et pose ses mains sur mes épaules pour les serrer avec affection.

— On va décharger les affaires avec ton père, me dit-elle. Ensuite, on va décorer ta chambre selon tes goûts, qu'est-ce que t'en dis ?

— Est-ce que je pourrai afficher plein de posters de tout plein de super-héros ? Même si y a du sang dessus ?

Ce sont les meilleurs.

Mon père passe près de moi en me pinçant la joue. Je secoue la tête, je déteste quand il fait ça, comme si j'étais une gamine.

— Tout ce que tu veux, répond ma mère avant de rejoindre le coffre. Mais d'abord, laisse-nous débarrasser les gros cartons.

Super ! Ceux avec le sang sont trop géniaux !

La plupart de nos meubles doivent arriver demain car notre voiture était déjà complètement remplie.

Mes parents attrapent chacun un carton et s'avancent vers la porte d'entrée en bois rouge.

Je m'apprête à récupérer ma BD sur le siège arrière pour les rejoindre lorsqu'un cri attire mon attention. Je m'éloigne de la voiture et plisse les yeux pour analyser les environs.

Le cri provient du jardin d'en face.

Je regarde avant de traverser et m'avance vers l'autre maison, dont les murs sont similaires aux nôtres.

Deux enfants se tiennent en face de moi. Ils sont en train de se battre dans un vieux bac à sable.

Le plus vieux et le plus grand, qui doit être un jeune ado, est en train de tirer les cheveux d'une fille qui semble avoir mon âge.

Alors ça, *c'est hors de question* !

La jeune fille crie une nouvelle fois. Elle ne semble pas avoir mal mais surtout être énervée par la situation.

— Je te jure que ce n'est pas moi, Priam !

Mais le garçon ne l'écoute pas. La bouche serrée, il l'agrippe par les avant-bras.

— Tu mens ! T'es vraiment une emmerdeuse, April !

Non mais je rêve ! Les images de mes BD en tête, je me laisse guider. Je cours vers eux et hurle à pleins poumons. Comme un cri de guerre avant une bataille.

Surpris, le garçon relâche la fille, qui tombe sur ses fesses.

Il n'a pas le temps de me voir avant que je le percute de plein fouet. Il laisse échappe un cri – et je fais de même – tandis que nous tombons tous les deux sur le sable dégoûtant. J'en récupère une poignée et, sans réfléchir, plaque ma main sur sa bouche à moitié ouverte.

Les grains pénètrent dans sa bouche tandis qu'il me repousse et que j'échoue lamentablement sur mes fesses.

Le garçon crache sur le sol en se frottant furieusement le bas du visage. Je retiens un rire en l'entendant hurler une nouvelle fois.

Il se relève et je ne le quitte pas des yeux. Ma respiration est sifflante tandis que la fille m'observe, abasourdie. Finalement, elle plaque ses deux mains sur sa bouche pour se retenir d'éclater de rire.

— T'es complètement folle ! hurle le garçon en se frottant désormais la langue.

Je me redresse et l'observe attentivement en époussetant mon short en jean. J'ai l'impression qu'il va à son tour me faire manger du sable. Ses yeux verts sont brûlants de fureur.

— T'avais qu'à pas lui tirer les cheveux ! je réponds en relevant mon menton.

La fille se rapproche de nous alors que j'analyse toujours le brun en face de moi. Ses yeux verts sont remplis de frustration et de colère. Il a sûrement quelques années de plus que nous.

— Belle ? m'appelle au loin ma mère qui ne me voit pas.

Je ne me tourne pas vers elle et me contente de rester là, les bras ballants.

— Dégage de là, Bella ! rétorque le gars.

Je pince mes lèvres et le toise, les bras croisés.

— C'est B.E.L.L.E. Mais vu comment t'es un gros nul, je ne vais pas t'apprendre l'orthographe.

Ses sourcils se froncent avant qu'il ne fasse demi-tour et ne rentre d'un pas raide dans sa propre maison. Il est carrément vexé, et tant mieux. Je ne l'aime pas, ce gros nul.

Aussitôt, la petite brune se place face à moi, toujours hilare.

— Tu viens vraiment de faire manger du sable à mon frère ? TROP génial ! Je vais le raconter à absolument TOUTE l'école.

— C'est ton frère ?

Je fais une grimace de dégoût, mais secrètement, je suis jalouse. Je n'ai pas de frère ni de sœur, et j'aimerais tellement en avoir. On pourrait jouer ensemble. Et par la même occasion, jouer à la bagarre.

La fille hoche rapidement la tête plusieurs fois, ses mèches emmêlées tombant sur ses épaules.

— Ouais. Merci de ton aide, d'ailleurs !

— De rien.

— Tu sais, il est gentil, d'habitude, continue-t-elle en fixant mes genoux sales. Sauf depuis qu'il a eu douze ans et qu'il devient chiant. Mais j'avoue que...

Elle se penche vers moi pour me confier d'un air mutin :

— J'ai volé hier toutes ses économies pour acheter une BD.

Mes yeux s'écarquillent lorsque j'entends son dernier mot.

— T'aimes bien les BD ?

Elle se redresse en faisant les gros yeux.

— Bien sûr que j'aime les BD ! Mais uniquement celles où les imbéciles se font botter le cul. Au fait, je suis April. Et toi ?

— Belle.

Je souris sans pouvoir m'en empêcher. Finalement, peut-être que ce déménagement était une bonne idée et que je vais me faire des amis ici...

April me tend sa main à moitié recouverte de terre.

— Je dis qu'on doit devenir meilleures amies.

Je tends ma propre main sans attendre et serre la sienne. Si elle aime les BD ? Carrément.

— D'accord.

# CHAPITRE 1

## *Le petit monstre a bien grandi*

### BELLE, Seattle, quinze ans plus tard

Vous savez, il y a énormément d'abrutis dans ce monde. Et chaque jour j'en croise davantage.

Il y a ceux qui se croient intelligents, prennent les gens de haut en vous traitant comme de la merde. Il y a ceux qui ne voient pas plus loin que le bout de leur nez et pensent toujours avoir raison, même quand vous leur apportez la preuve du contraire.

Et puis il y a ceux qui pensent pouvoir vous rabaisser parce que vous êtes une femme. Comme si la force d'un caractère venait d'une paire de testicules fripés qui pend entre nos jambes.

Foutaise.

Enfin ! Je vais vous dire un secret. Eux, ce sont ceux que je préfère démolir.

Et je ne suis pas parfaite, mais le type qui se tient à ma gauche remporte aisément la palme du plus gros con de la ville de Seattle. Sauf que le petit monstre que j'étais à mes débuts a bien grandi. Et désormais, je mange les autres monstres qui polluent mon chemin.

L'arrière du stylo que j'étais en train de mâchouiller se brise soudainement entre mes dents.

Ne me dites pas qu'il vient de se passer ce que je crois qu'il s'est passé ?

Je l'écarte rapidement de mes lèvres. Ce serait bête de crever maintenant.

— C'est pas vrai, j'articule silencieusement en le laissant tomber sur la surface dure de la table devant moi.

L'encre bleue macule l'intégralité de mes dossiers. *Super, vraiment super.* Le pire reste la grosse tache d'encre qui prend désormais place au milieu de mon chemisier couleur crème. Je peux presque entendre le type se moquer de moi et de ma poisse légendaire.

Si on devait en parler, du reste, je dirais simplement qu'une bonne journée se définit comme une journée pendant laquelle je n'ai pas failli me briser un membre. Plusieurs souvenirs me viennent en tête à ce sujet : mon gros orteil cassé après l'avoir bloqué sous la porte de ma chambre, par exemple. Pour ma défense, je venais de valider mon achat de billet pour le concert de Harry Styles, à cette époque-là.

Ou encore lorsque j'ai glissé dans l'amphithéâtre de mon ancienne fac et que j'ai fini par emporter mon professeur dans ma chute. Il m'a mis un C en droit privé cette année-là et je suis sûre qu'il m'en voulait encore pour ce… *léger* incident. Pour ça, et le fait que notre chute a fait valdinguer la perruque qu'il portait sur son crâne dégarni. Son postiche légendaire est venu se plaquer sur le visage d'un élève qui a hurlé pendant une bonne minute en pensant qu'un rat lui avait sauté sur la figure.

— Maître Murray, m'appelle le juge qui préside l'audience, vous avez une question ou une remarque à ajouter ?

*Oui, Votre Honneur. Un détachant à me conseiller chez Walmart ? De préférence à moins de dix dollars.*

Je me relève, passe une main sur ma jupe et jette un œil à ma cliente assise à ma droite, oubliant soudainement ma dernière bourde.

Ses yeux larmoyants me supplient du regard. Ils me conjurent de la sortir de là, de ce mariage qui la retient prisonnière depuis des années.

Cette femme n'a plus de souffle. Un homme l'a étouffée peu à peu avant de lui couper les ailes. Elle veut prendre son envol, vivre à nouveau loin de tout abus. Et je suis là pour ouvrir sa cage. Je ne sortirai pas de cette salle d'audience sans que les chaînes invisibles qui la retiennent soient rompues. Même si, pour ça, je dois les arracher de mes propres mains.

Je lui renvoie un regard franc et rassurant, autant que je le peux, en tout cas. Les choses nous sont favorables. Les pièces également.

Je repense aux mots du juge. Une remarque à ajouter ? Des remarques, j'en ai des tonnes. Malheureusement, peu d'entre elles sont acceptables dans un lieu tel qu'un tribunal chargé de trancher des questions relatives à un divorce très conflictuel.

Quoique... J'ai bien envie de demander au client de la partie adverse comment vont les morpions qu'il doit se trimballer sous la ceinture. Je pourrais lui suggérer de leur donner un petit nom et d'élever toute une colonie. *Abrutus, Enculus et Vatefairus* seraient pas mal, non ?

— Effectivement, je réponds avec un temps de retard. Une dernière remarque.

Je me penche vers ma chaise et récupère une pochette sur la table. L'encre bleue a taché la première page. Mais heureusement, l'intérieur semble intact. Et puis, ça lui donne un petit style !

Mes talons claquent sur le sol de la salle tandis que j'avance vers le client adverse et son avocat. Deux abrutis finis qui pensent que l'argent peut acheter le monde.

Malheureusement pour eux, l'argent n'a jamais permis de rendre belle une âme horriblement mauvaise.

*Gros ploucs.*

— En fait, Votre honneur, j'ai une pièce de dernière minute à vous communiquer.

Aussitôt, l'avocat contradicteur se redresse, son regard aussi froid que la glace.

Oh oui, *je suis une garce,* et moi non plus, je ne joue pas franc jeu. La triche, c'est ma spécialité.

— Je n'ai pas eu connaissance d'une nouvelle pièce, crache mon confrère.

Exactement comme je m'y attendais.

— Effectivement, votre pièce n'est pas censée être recevable, me réprimande le juge en remontant ses lunettes sur son nez.

Je me tourne vers lui, m'assurant de le fixer droit dans les yeux.

— J'aimerais pourtant que vous y jetiez un œil. Quelques secondes suffiront.

— Monsieur le juge, m'interrompt le second avocat, je ne...

— Maintenant qu'on est là et vu la longueur de cette procédure, apportez-la-moi, m'ordonne le juge avec une moue fatiguée.

De fait, ce dossier dure depuis bien trop longtemps.

Avec un petit sourire, je m'avance vers lui. Même si cette pièce n'est pas censée être recevable dans le débat, bien sûr qu'il allait la regarder quand même. Et parce qu'il décide selon son intime conviction uniquement...

Je lui tends la pochette, qu'il ouvre aussitôt. Je peux voir ses sourcils se froncer lorsqu'il découvre les nombreuses photos qu'il a sous ses yeux. Des images de caméras de surveillance montrant le client adverse en compagnie de ses nombreuses maîtresses, juste en bas de chez eux. Parce que oui, cet abruti ne se contentait pas de frapper sa femme et le mobilier de leur logement, il avait l'art de la tromper avec tout ce qui bougeait. Et quand je dis tout, je suis presque sûre qu'il se tapait leur balai à chiottes.

— Je demande à voir cette pièce ! s'exclame l'avocat adverse.

Qu'il fasse donc. Je m'assurerai qu'il perde, j'en fais une affaire personnelle.

Une demi-heure plus tard, nous patientons dans le couloir avec ma cliente. Le juge est en train de délibérer dans la pièce attenante. Quand nous pénétrerons de nouveau dans la salle derrière nous, les dés seront jetés.

Mon ventre gargouille bruyamment. Je tuerais pour un sandwich au thon. Avec des cornichons. Plein de cornichons. Sauf que la dernière fois que j'en ai mangé un, j'ai chopé une indigestion et mes toilettes sont soudainement devenues mes meilleures amies. Mon voisin est venu sonner à ma porte en pensant que j'étais en train de crever, ce qui était un peu le cas.

— Et si on refuse le divorce à ses torts exclusifs ? Et si on lui laisse la garde de notre enfant ? Je ne peux pas le lui laisser. Il se vengerait sur lui.

Ma cliente fait les cent pas juste devant moi tout en se rongeant les ongles. C'est dommage, elle avait un super vernis.

— Croyez-moi, cet homme ne verra plus votre fils sans la présence d'une tierce personne.

Au moins les premiers temps. C'est la procédure face à un homme violent.

— Mais si…

— Calmez-vous, Tammy. Vous me faites confiance, pas vrai ?

— J'ai mis ma vie entre vos mains, Belle.

— Et je vous redonnerai votre liberté.

Elle inspire brusquement, et quelques minutes plus tard nous retournons dans la salle d'audience, le client et l'avocat adverses nous précédant. Leurs regards vicieux et hautains me font définitivement les placer dans la catégorie « gros ploucs » de Seattle.

Je ne me concentre que sur une chose : le délibéré.

— Je prononce le divorce aux torts exclusifs de l'époux. Et je prononce la résidence habituelle de l'enfant chez madame Tammy Dante. Ces six prochains mois, monsieur pourra voir son enfant uniquement accompagné d'une assistante sociale.

Putain, *oui* !

Ma cliente est à deux doigts de s'effondrer. Qu'elle le fasse, je serai là pour la rattraper. Le soupir qu'elle pousse exprime tant de choses.

Mais surtout, il révèle une vérité. Elle est libre, désormais. Et plus personne ne pourra la mettre en cage.

Je quitte le tribunal vingt minutes plus tard, le cœur lourd mais la tête plus légère. Des mois que je bosse sur ce divorce. Des mois que les faits racontés par ma cliente me bouffaient. Je travaille en tant qu'avocate en droit de la famille spécialisée dans les divorces depuis un an maintenant, et impossible d'être insensible devant les situations traversées par mes clients.

On vit avec eux. On se bat pour eux. On devient soudainement l'épaule sur laquelle ils pleurent et leur dernier rempart face à la défaite. Combien de fois ma chemise s'est retrouvée tachée de morve quand ils nous prennent dans leurs bras, effondrés ? Pas que je conseille ce dernier point. Figurez-vous que la morve part parfois difficilement au lavage.

*Ça et les fluides corporels, mais c'est là une autre histoire que je dois garder pour plus tard.*

Je descends rapidement les marches en pierre du tribunal afin de regagner la rue. Lorsque mon talon se brise par mégarde, je pousse un juron.

— Je savais que cette journée allait mal tourner.

J'enlève mon escarpin sans me soucier du regard des autres et le place devant mon visage.

— Toi, mon gars, tu m'as coûté cent cinquante dollars. Comment ça, tu te brises ?! Oh ! Ressaisis-toi !

Une femme d'âge mûr passe près de moi, l'air choqué.

— Vous parlez vraiment à une chaussure ? C'est tellement... étrange.

Je me tourne vers elle, en prenant un air sinistre. Mes boucles serrées se balancent dans mon dos.

— Je vous présente Steevy, je lui dis en secouant ma chaussure vers elle. Et si vous le faites chier, il va vous botter le cul.

Elle sursaute en posant une main sur son cœur.

— Grossier personnage !

Elle s'éloigne tandis que je fixe mon deuxième talon. Impossible de marcher convenablement comme ça. Alors je retire ma deuxième chaussure et rejoins le trottoir, chopant le premier taxi qui passe par là.

Je suppose que ce n'est pas une si mauvaise journée, tout compte fait.

# CHAPITRE 2

## Quitter son cocon

La nuit commence à tomber lorsque je pousse la porte de mon appartement situé sur l'un des axes principaux de la ville de Seattle. Ce qui ne devait être qu'un logement temporaire est devenu mon petit chez-moi. Mon cocon. Savoir que mes parents habitent à quelques minutes d'ici m'a toujours paru être un gros avantage.

La première chose que je vois en appuyant sur l'interrupteur mural, ce sont les cartons disposés à même le sol. Je m'avance en les évitant et laisse tomber mes chaussures et mon sac un peu plus loin.

Je récupère la BD qui trône sur le haut de l'une des grosses boîtes. Dedans ? Il n'y a qu'une infirme partie de ma collection. Mon péché mignon. Combien de fois ai-je enchéri pendant des heures sur des sites d'occasion jusqu'à trouver certaines éditions spéciales des BD *Deadly Class*. J'ai passé des nuits entières à lire et à relire les aventures de Marcus Lopez à *l'Académie Kings Dominion,* cette institution particulière où le meurtre est notamment enseigné comme une pratique artistique.

Qui ne rêverait pas de faire ses études là-bas ? Enfin, pas vraiment, cela dit.

Un sourire plein de nostalgie me vient alors que j'effleure la couverture de la BD. C'est aussi la préférée de ma meilleure amie, April.

Notre souhait de devenir des justicières ne s'est finalement pas réalisé. Tandis que je me place du côté de la demande ou de la défense en fonction de mes clients, April est devenue tatoueuse. Elle exprime son art directement sur le corps des gens, leur laissant une trace indélébile de son passage.

« Une trace de moi dans l'histoire », selon ses propres mots.

Je m'assieds sur le sol, et ma jupe se relève sur le haut de mes cuisses. En parlant d'April, je sens mon téléphone sonner dans mon sac et je parie que c'est elle.

Je le récupère et avise rapidement le nom sur l'écran. *Bingo.*

Il est vingt heures à Seattle, donc vingt-trois heures chez elle. Je décroche et n'ai même pas le temps de prononcer un mot qu'elle hurle :

— Dis-moi que cette femme est divorcée de ce foutu connard ?

— Absolument, mon capitaine.

J'entends son cri à travers le combiné. Je remarque également un fond sonore, du rock.

— Bravo, maître Murray ! Est-ce que tu vas sauvagement t'envoyer en l'air ce soir pour fêter ça ?

Malgré moi, mes lèvres s'étirent. Ça, c'est l'effet April. Même si vous vous trouvez au fond du gouffre, il vous suffit de parler avec elle pour vous rappeler une chose. Vous vivez. Vous respirez. C'est le principal. Chaque problème aura sa solution. Chaque larme sera un jour remplacée par un sourire.

— Pas ce soir.

Je me relève et m'avance vers le frigo, désormais vide, vu que je quitterai les lieux demain. En vérité, il n'était en général rempli que de bières et de tomates à moitié moisies.

— Et puis la dernière fois que j'ai chopé un mec dans le bar en bas de chez moi, continué-je, je me suis rendu compte trop tard que ce type ne savait pas satisfaire ses partenaires.

— Ça, tu peux le dire. Combien de temps est-ce qu'il a mis avant de trouver ton clito, déjà ?

Je serre les mâchoires. Cette connasse connaît vraiment *tous* les détails de l'histoire.

— Il ne l'a pas trouvé.

J'entends son rire à travers le combiné tandis que je récupère le fond d'une bouteille de vin. J'enlève le bouchon et avale une gorgée directement au goulot, mes quelques verres étant désormais emballés.

— Et sinon, comment vont tes vieux ? reprend ma petite brune.

— Toujours aussi amoureux.

On se demande pourquoi je suis spécialisée en divorce alors que mes propres parents sont l'exemple parfait du mariage d'amour. Mais bon, c'était ma vocation. Quand j'ai compris que les justicières n'existaient pas, j'ai décidé de devenir celle que j'allais créer.

Une garce qui aide parfois les gens. Ou les écrase. Selon ses humeurs... et les talons qu'elle porte.

— Ils se sont remis de ton départ ? continue April. Sache en tout cas que je t'attends ici de pied ferme.

Je prends quelques secondes pour répondre. J'ai toujours eu une relation fusionnelle avec mes parents. Pendant mon enfance, on n'a pas cessé de déménager avant de s'installer à Boston pendant cinq ans, jusqu'à mes quinze ans. C'est là-bas que j'ai rencontré April. Finalement, nous avons dû emménager à Seattle pour le travail de ma mère. Depuis, je n'ai pas quitté cette ville.

Mais demain... demain signe mon retour à Boston. Mon retour auprès d'April. Le stress et l'excitation me bouffent. Revenir à Boston ne faisait pas partie de mes plans. Mais j'ai eu une opportunité, et je l'ai saisie. Un ancien tuteur de stage, Paul, a ouvert son cabinet là-bas et m'a proposé de devenir sa collaboratrice. Lorsque j'ai soumis l'idée à April, elle m'a menacée de venir m'arracher les cheveux si jamais j'osais refuser l'offre.

Mes parents étaient forcément un peu tristes, mais ils ont rapidement compris que c'était une occasion de fou furieux. Et toute opportunité est bonne à prendre.

— Ils sont un peu tristes, finis-je par répondre. Et je suis sûre qu'ils vont m'appeler toutes les heures, mais on va faire avec. J'ai vingt-cinq ans. Je suis une grande fille.

— Menteuse, c'est toi qui vas les appeler toutes les cinq minutes.

— Possible. Fort possible, même, je concède en me mordant la lèvre.

Je repense à mon départ de Boston il y a désormais dix ans. Depuis, April est venue plusieurs fois en vacances ici. Mais bientôt, nous allons enfin pouvoir nous voir sans limitation de temps.

Ne vous méprenez pas, j'aime Seattle. J'ai étudié ici. J'ai passé mes meilleures soirées dans les bars de cette ville, à boire plus d'alcool que nécessaire, à pleurer pour des garçons qui finalement n'en valaient pas la peine.

Mais Boston me manque depuis des années.

Et... évoquer April me fait forcément penser à son frère. Je me souviens parfaitement de mes cinq années à Boston. Et surtout d'une chose : on s'est fait vivre la misère. Depuis que je lui ai fait manger du sable, Priam me déteste. Et je pèse mes mots. Moi ? Disons que je lui ai rendu le moindre coup bas.

Nos petites guerres n'ont cessé de se multiplier au fil des mois, sous le regard moqueur d'April.

La veille de mon nouveau déménagement, j'ai découvert que Priam avait enlevé mon carton de BD du camion pour le cacher dans la vieille cabane de mon jardin.

Alors je lui ai laissé un dernier souvenir. Juste avant que nous embarquions dans la voiture avec mes parents, je me suis glissée dans la maison de mes voisins. Je suis entrée dans la chambre de Priam et j'ai déversé de l'après-shampoing dans ses draps. Maintenant, je regrette presque ce comportement. *Presque.*

Je suis une éternelle gamine à l'humour plus que douteux qui prend la vie pour un énorme terrain de jeu.

— Je file à une soirée, termine April, on se voit quand tu es arrivée.

— Ça marche. Sans faute.

Elle a déjà raccroché tandis que j'avale une nouvelle gorgée de vin.

Mes pensées restent focalisées sur Priam. Je ne l'ai pas revu depuis mon déménagement. Je me remémore la fois où j'ai essayé d'enterrer la hache de guerre. Avant qu'il ne me repousse comme une merde. À ce moment-là, j'ai compris que Priam ne changerait jamais et qu'il resterait toujours un enfoiré.

Je me demande toutefois ce qu'il devient. Est-il toujours à Boston ? Je ne pense pas. Il semblait vouloir voir le monde sous tous ses angles. Argh, j'aurais peut-être dû demander à April ce qu'il devenait ces dernières années plutôt que d'éviter le sujet comme la peste.

L'esprit embrumé, je finis par aller me coucher. Demain sera une longue, très longue journée.

# CHAPITRE 3

## *Un charmant voyage en avion*

— Si jamais quelqu'un t'ennuie, tu lui fais une clé de bras, d'accord ?

Un petit sourire étire mes lèvres et creuse mes fossettes.

— Maman, je ne vais pas à Boston pour mettre à terre chaque abruti que je croiserai.

— Bien sûr que si. Et j'insiste. Une clé de bras, puis tu enchaînes par un coup de coude dans le visage. Tu le fais saigner et tu le fous au sol.

Laissez-moi vous présenter ma génitrice et son amour pour les imbéciles. Notez l'ironie. Je l'observe, debout devant moi. Elle m'attire contre elle et me serre longuement dans ses bras, jusqu'à m'étouffer. Je sais qu'elle retient ses larmes. Alors que je suis une experte pour pleurer à la moindre occasion – y compris quand je me rends compte au milieu de la journée que j'ai mis mon pull à l'envers –, ma mère n'a jamais réellement été démonstrative.

Elle s'est forgé une carapace qu'elle a longuement entretenue, même auprès de nous. Je sais que c'est lié à son métier de militaire, et même si aujourd'hui elle est à la retraite, elle en a gardé des séquelles, en quelque sorte.

— Tout va bien se passer, je lui promets pour la troisième fois depuis qu'on est arrivés à l'aéroport international de Tacoma.

— Y a intérêt, sinon je débarque. Et je pète des genoux.

Je la serre un peu plus contre ma poitrine avant de

finalement m'éloigner. Je pivote vers mon père. Lui, c'est une autre histoire. Je sais qu'il n'a pas dormi de la nuit. Il est comme ça. Surprotecteur et surtout à s'inquiéter pour la moindre occasion.

Sa main caresse une seconde ma joue. Son regard noisette – un regard dont j'ai hérité – me transmet de nombreux messages à cet instant.

Il ne dit rien, il n'a pas besoin de parler. Je sais ce qu'il pense, l'amour qu'il me porte et que je lui rends au centuple.

L'amour n'a pas forcément besoin d'être exprimé par des mots pour pouvoir bercer nos cœurs. Parfois, un regard suffit.

J'inspire profondément avant de jeter un œil autour de nous. L'endroit est blindé, chacun court dans une direction différente afin de prendre le prochain vol. Je serre mon sac contre moi et me décide à bouger.

— Bon, il faut que j'y aille. Je vous aime, les vieux.

— Embrasse April pour nous, ainsi que sa mère.

Je le ferai. Si je revois sa mère, je sais que depuis que son père est décédé, il y a quelques années, elle est devenue une recluse.

— Et le frère d'April, aussi ! ajoute mon père.

Je me braque à ses mots. L'embrasser ? Hum, plutôt crever.

— Comment est-ce qu'il s'appelait ? Priam ! Voilà ! complète ma mère.

— Il doit avoir quitté la ville depuis longtemps, riposté-je rapidement.

Du moins je l'espère, parce que si je suis censée l'embrasser de la part de mon père, je crois que Priam préférerait remanger du sable.

Tandis que je m'éloigne quelques minutes plus tard, je prends enfin conscience de ce qu'il se passe : je retourne à Boston. Et au fond de moi, j'ai l'impression que je vais retourner exactement où je dois être.

***

Parmi tous les passagers à destination de Boston, il a fallu que je tombe sur le tracteur du coin.

Le type à mes côtés – la quarantaine à tout casser – n'a pas attendu que nous décollions pour commencer à ronfler bruyamment. Et quand je dis bruyamment, je veux dire qu'à chaque minute qui s'écoule j'ai l'impression que l'avion est sur le point de se crasher.

Ses joues vibrent encore plus fortement que mon vibromasseur, alors que j'ai un petit appareil de compète !

Je me racle la gorge tout en priant pour que le temps passe plus vite. En vain. Et à cet instant, impossible de me concentrer sur le magazine que je tiens entre mes mains. Aujourd'hui, pas de BD. Mes petites pépites sont soigneusement emballées et livrées directement à Boston.

Nouveau ronflement.

Nouvelle envie de meurtre de ma part.

Je suis à deux doigts de lui pincer le nez jusqu'à ce qu'il s'étouffe. Il pousse un grognement puis enchaîne sur un ronflement encore plus bruyant avant de baver. Je lui donne un discret coup de coude mais ça ne change rien.

J'interpelle l'une des charmantes hôtesses de l'air.

— Excusez-moi, est-ce qu'il est possible de changer de place ?

J'indique du menton le type qui ronfle et grogne, au choix.

— Je suis désolée, mais l'avion est complet.

Son regard n'est absolument pas désolé et je pousse un soupir de frustration. Quitte à passer pour une chieuse, autant y aller à fond.

— Pas de soucis ! Mais si je commets un meurtre, vous connaissez déjà le mobile.

Sauf que mon trait d'humour ne la fait absolument pas rire.

Merde.

Je perds mon sourire blagueur et lève mes deux mains devant moi – mains qu'elle regarde désormais de travers.

— Je rigolais, je ne suis pas une tueuse en série. Je n'ai pas d'arme.

Les deux personnes assises devant moi se retournent brusquement dans ma direction. Leurs yeux paniqués me font pincer les lèvres.

*Putain, c'est pas vrai !*

Au bout de quelques instants, l'hôtesse finit par s'éloigner, non sans m'avoir jeté un regard menaçant.

Je me rassieds, tente de m'endormir, mais la tête de mon voisin tombe sur mon épaule. Une goutte de salive, en suspens au-dessus de mon vêtement.

— Alors ça, je chuchote furieusement, même pas en rêve, mon gars.

Je parviens à le repousser tandis qu'il poursuit sa sieste tranquillement. Il ronfle, grogne et pousse des soupirs tout à fait bizarres si vous voulez mon avis. Et ne se réveille toujours pas.

Et puis je craque.

Je récupère un mouchoir dans mon sac, entortille le bout du tissu et m'approche du visage de l'inconnu, concentrée. La langue entre mes dents, je me penche vers lui tout en fixant son nez.

J'ai déjà vu ce genre de technique, il suffit que j'effleure ses narines avec le tissu pour qu'il éternue, se réveille et comprenne qu'il est doucement, mais sûrement, en train de me faire chier.

Sauf qu'au moment où je m'apprête à effleurer l'intérieur de son nez, toujours complètement penchée sur lui, je m'aperçois d'une chose : le type ne grogne plus.

Oups. Ça, ce n'est pas bon signe.

Je relève les yeux pour constater... qu'il ne dort plus et que son regard est posé sur moi.

*Super, vraiment super.*

Je prends un air innocent tout en me reculant.

— Mais qu'est-ce que vous faites ?

Il grogne même quand il parle. Charmant.

— J'allais me moucher.

Je plaque le mouchoir contre mon nez et me mouche.

— Mais non ! Vous alliez m'étouffer ! s'époumone-t-il.

— Avec ça ? Sérieusement. J'aurais peut-être dû, à bien y réfléchir.

*Belle, tu parles un peu trop souvent de meurtre,* m'interpelle ma conscience.

Je n'y peux rien si les gens sont un peu trop cons.

— Maintenant que vous êtes réveillé, pourriez-vous arrêter de ronfler ?

— Je ne ronfle pas, ma jolie.

*Ma jolie.*

Il zieute sans discrétion ma poitrine moulée par mon simple tee-shirt blanc. Il la fixe longuement, sans gêne.

Je vous jure que je prends sur moi. J'essaye, hein. Mais la patience n'a jamais été ma copine. Madame « je crève les yeux », en revanche...

— Écoute-moi bien, *mon joli,* déjà, arrête de me mater, je chuchote furieusement. Ensuite, si tu continues à grogner aussi fort qu'un cochon qu'on serait en train d'égorger, je te jure que je vais vraiment finir par t'étouffer, compris ? Et quand le cochon sera égorgé, je le transformerai en bacon.

*Miam, du bacon.* J'aurais vraiment dû manger avant de partir.

La bouche de l'inconnu s'entrouvre de surprise mais aucun mot n'en sort. Il se colle contre son siège, désormais parfaitement réveillé et apeuré. Je me réinstalle à mon tour et me replonge dans la lecture de mon magazine. Sauf que je sens son regard sur moi. Bon, peut-être que j'y suis allée un peu fort.

*Trouve quelque chose à dire !* m'ordonne ma conscience. Essaye de lancer la conversation. Peut-être que ce type est très gentil, après tout.

Je me creuse les méninges et finalement ma bouche s'ouvre d'elle-même tandis que je pivote vers lui, tout sourire.

— Vous savez que l'affaire de l'étrangleur s'est déroulée à Boston ? Dans les années 60, un type a étranglé treize femmes dans la ville après les avoir agressées sexuellement au moyen d'objets divers. Il a été emprisonné et a réussi à s'évader.

La peur s'intensifie dans le regard de mon voisin. Bon, peut-être que ce n'était pas la bonne chose à dire pour créer des liens. J'avais adoré cette affaire qu'on avait étudiée en cours, mais je crois que ma passion pour les faits divers ne semble pas partagée.

*Tristesse et désespoir.*

— On peut aussi parler de...

*Pense à un truc sympa !*

— Du ciel ! J'adore les avions ! Je n'ai jamais eu peur qu'on se crashe, en fait ! Bon après, les catastrophes arrivent et peut-être qu'on va s'écraser, un peu comme dans la série *Lost*. Vous l'avez regardée ? J'avoue que me retrouver coincée sur une île avec Ian Somerhalder ne serait pas une mauvaise chose, à bien y réfléchir.

Le type se relève précipitamment en fuyant mon regard.

— Je dois aller aux toilettes.

Il s'éloigne sans un autre mot. Bon, je n'ai peut-être pas de nouvel ami, finalement.

J'atterris environ cinq heures plus tard à Boston. La nuit est presque tombée, l'air est frais. Encore plus que d'habitude. Mais tandis que je monte dans le taxi qui va me conduire à mon nouveau chez-moi, je suis surexcitée.

Mes yeux ne cessent d'observer les moindres détails autour de moi.

Le véhicule parcourt de nombreux kilomètres avant d'arriver dans le *Downtown*. J'ai de vagues souvenirs de cet endroit. Et dire que mon nouvel appartement se situe pas loin d'ici ! Ça, c'est franchement cool.

On passe devant le *Post Office Square*, célèbre place située dans le quartier financier à l'intersection des rues Milk, Congress, Pearl et Water. J'en prends plein les yeux, et même si je suis épuisée, j'accroche chaque petite lueur qui se dégage de cette ville. Mon portable se met soudainement à sonner mais je ne le remarque même pas, trop concentrée sur l'extérieur.

— Vous êtes du coin ? me demande soudainement le conducteur.

Je tourne mon visage vers lui avant de reporter mon attention sur les vitres du véhicule.

— J'ai vécu ici pendant cinq années de mon adolescence. Je suis... de retour en ville.

En quelque sorte. Je fronce les sourcils en me plongeant dans mes pensées.

— Vous venez aussi pour le travail ?

— Absolument.

— Et vous êtes vraiment toute seule ? poursuit-il.

Qu'est-ce qu'il veut, ce con ?

— Vous avez une tête de flic, explique-t-il.

Je pose mes mains sur mes joues. Une tête de flic, *c'est quoi ça* ? Je m'oblige à défroncer les sourcils. D'abord parce que ça va creuser mes rides, et ensuite, c'est peut-être parce que mon expression un peu sévère lui donne cette fausse impression. Mais je rentre dans son jeu, autant s'amuser.

— Je suis effectivement flic, je reprends ensuite avec un air conspirateur. Je suis ici en mission d'infiltration, est-ce que je peux compter sur vous pour garder mon secret ? Quel est votre nom ?

— John.

John, bien sûr qu'il s'appelle John.

— John, je répète. Est-ce que la police peut vous faire confiance, John ?

Il fait les gros yeux, se demandant sans doute s'il peut croire à mon mensonge. Je garde un air sérieux et lui se reconcentre sur la route. Il pense que je ne vois pas les coups d'œil furtifs qu'il me lance.

Ah John, si tu savais... Je déteste les flics.

Finalement, la voiture passe devant la *Old South Meeting House*. J'avais étudié ce monument à l'école. Je m'en souviens parfaitement. J'ai la mémoire des mots, ce qui est très utile dans mon métier. Cette église a servi de maison d'assemblée après le massacre de Boston. Des soldats britanniques ont massacré cinq civils et en ont blessé six autres pendant ce passage tristement célèbre.

Huit soldats, un officier et quatre civils ont été arrêtés et accusés d'assassinat. Ces types ont été défendus par John Adams, lointain Président des États-Unis. « Le massacre de Boston » a marqué le début de la tension entre le peuple britannique et les colons. Figurez-vous que cet événement a abouti à la Révolution américaine et à la guerre d'indépendance des États-Unis.

Mon taxi dépasse l'édifice et j'aperçois un petit square au loin, devant lequel il se gare. Je remarque de suite le *Chipotle* à quelques mètres.

*Toi et moi, on va écrire une belle histoire d'amour.*

— 40 Summer Street, nous y voilà ! annonce le chauffeur.

Je m'empresse de régler ma course et de descendre du véhicule.

Ça y est, j'y suis. De retour. Et je sens que je ne suis pas au bout de mes surprises.

Je rejoins le deuxième étage, armée de mon sac et de ma grosse valise. Que celui qui a inventé les roulettes soit à tout jamais remercié. Petite déception passagère lorsque je comprends que l'ascenseur de mon nouvel immeuble est effectivement en panne. Inutile de préciser que j'ai appuyé sur tous les boutons pendant cinq minutes jusqu'à ce qu'un enfant se moque de moi dans le hall.

*Sale gosse.*

Heureusement, ce n'est qu'une panne, et il sera réparé dans la nuit.

Je pousse la porte de mon appartement entièrement meublé. Les quelques cartons que j'ai fait envoyer ici patientent sagement à la réception. J'ai plus que hâte de récupérer mes affaires et de faire trôner mes BD en bonne place.

Pour le moment, je laisse mon sac sur le sol, me débarrasse de ma valise et m'avance sur le parquet.

— Putain de merde.

Je laisse échapper un petit sifflement en découvrant les grandes baies vitrées en face de moi ; je n'ai peut-être pas une vue depuis l'un des hauts immeubles de la ville, mais la pièce est baignée de lumière, tant mieux.

Je passe une main sur mes yeux fatigués et, debout au milieu de la grande pièce unique, je fais un tour sur moi-même. La cuisine se trouve sur la gauche de la porte d'entrée et tout est ouvert sur le salon. Un petit couloir sur la droite conduit à l'unique chambre des lieux.

C'est petit mais très bien meublé. J'ai hâte d'apporter ma touche à l'endroit et d'installer mes affaires, histoire de vraiment me sentir chez moi. J'ignore combien de temps je vais rester à Boston, mais sûrement un bon moment.

Je n'ai même pas le temps de retirer ma paire de Stan Smith que déjà on tambourine contre ma porte.

— BELLE MURRAY ? ! Je te jure que si tu es déjà arrivée sur les lieux alors que tu n'as répondu à AUCUN DE MES MESSAGES, tu es une femme morte !

Je perçois parfaitement la menace dans la voix de ma meilleure amie. April n'attend pas une seconde avant d'ouvrir la porte.

Accrochée à la poignée, elle pose instantanément son regard vert sur ma personne.

April est une petite boule d'énergie d'à peine un mètre soixante. Ses cheveux bruns sont désormais parsemés de mèches blondes et orange vif. Ses yeux s'écarquillent à ma vue et un grand sourire me vient tant je suis heureuse.

— Coucou ! lancé-je gaiement.

— Espèce de salope ! T'aurais pu décrocher, parce que je m'inquiétais.

Merde, mon portable. Je n'ai pas le temps de trouver une excuse qu'elle se jette sur moi et que ses bras me collent à elle. J'inspire brusquement et la serre à mon tour, retrouvant son odeur familière.

*Que ça fait du bien de la tenir contre moi.*

On dit souvent qu'on ne choisit pas sa famille. Mais c'est faux. J'ai choisi April pour qu'elle soit ma sœur. *À la vie, à la mort.*

Je la serre un peu plus.

— Tes seins m'étouffent, grogne-t-elle contre moi.

Je laisse échapper un petit rire avant de me reculer enfin. Je fais un mètre soixante-quinze, et effectivement, son visage était complètement pressé contre ma poitrine.

— Y a des morts pires que ça, rétorqué-je.

— Vrai ! Mais ta poitrine de rêve ne deviendra pas la cause de ma mort.

Elle est encore tout essoufflée d'avoir apparemment monté les deux étages jusqu'à mon appartement. Sa respiration est courte et laborieuse.

— Ça va ? je lui demande. Tu vas te remettre des escaliers ?

Elle hoche la tête plusieurs fois et, surexcitée, tourne sur elle-même pour admirer les lieux à son tour. De nouveaux tatouages recouvrent encore la peau de ses bras. J'ai hâte de les observer dans les moindres détails.

— Eh, c'est plutôt mignon ici. Je t'imagine déjà copuler dans tous les coins de l'appartement.

— Espèce de perverse, dis-je en prenant un air choqué.

— Ne joue pas ta prude, Belle. Je te rappelle que la dernière fois que j'ai débarqué dans ton appartement à Seattle, un mec était en train de te lécher la...

— OK OK ! C'est bon, t'as gagné !

Je lève mes deux mains, m'avouant vaincue. Un air crâneur sur le visage, celle qui me sert d'amie flâne dans les lieux. Les tons vert foncé et beige se marient parfaitement avec le parquet en bois sombre.

— J'espère que t'as ramené du vin, je lui dis ensuite. J'ai besoin de me soûler avant de commencer le travail demain.

— Non, j'ai rien. Mais on peut se faire livrer dans les dix minutes.

— Adjugé, vendu.

On se sourit mutuellement. Des centaines de souvenirs remontent à la surface. Des situations dans lesquelles on s'est embourbées jusqu'au cou avant de fuir *in extremis.*

— Ça fait du bien de te savoir de retour, Belle.

De retour. Ouais, je suis *belle* et bien de retour.

*Notez le jeu de mots...*

# CHAPITRE 4

## Nouveau dossier et nouvel adversaire à abattre

Lorsque Paul Nameh m'a proposé de le rejoindre à Boston, trois mois plus tôt, je n'ai pas mis longtemps avant de prendre ma décision.

J'ai effectué mon stage de fin d'études à ses côtés quand il était encore à Seattle, et je peux vous assurer que j'ai autant appris en quelques mois auprès de lui que durant des années à la fac. Paul fait partie de ce genre du tuteur qui prend son stagiaire sous son aile comme si c'était le prochain poulain sur qui parier. Il a misé sur moi et m'a poussée à prendre toutes les initiatives possibles.

J'avais même pour ambition d'intégrer son cabinet de Seattle. Sauf que Paul a divorcé de sa femme l'année dernière et qu'il l'a suivie sur Boston afin de se rapprocher de son fils de sept ans. Et m'a ensuite proposé de le rejoindre.

« *Viens m'aider à plumer tous ces époux et ces épouses riches comme Crésus qui ont commis une faute dans le saint Mariage de mes couilles.* » Voilà le premier argument qui m'a tentée. Et retrouver April, c'est ce qui m'a définitivement convaincue.

Alors me voici ce matin devant le 82 Devonshire Street, à environ dix minutes à pied de mon appartement. J'arrive rapidement au troisième étage de l'immeuble, là où mon nouveau patron a décidé d'atterrir, lui et la nouvelle secrétaire qui l'assiste.

Je connais Paul, ses mimiques et ses manières de travailler. Je ne devrais pas être stressée. Pourtant, mes mains sont moites et je ne peux m'empêcher d'arranger sans cesse mes boucles serrées dans mon dos. Je vérifie une dernière fois ma tête dans le miroir mural de l'ascenseur.

C'est bon, cette fois je n'ai pas oublié de maquiller mon deuxième œil. Mes longs cils noirs sont couverts de mascara et ma bouche pulpeuse d'un rouge de la couleur exacte de mes lèvres. La chemise blanche et la jupe crayon noire que je porte me moulent comme une seconde peau mais sont taillées dans un tissu qui me met parfaitement à l'aise.

Nous connaissons toutes ce bouton de jupe que nous sommes obligées d'ouvrir après le repas du midi.

Le seul truc que je commence déjà à regretter, c'est d'avoir enfilé cette nouvelle paire d'escarpins. Mes orteils me font souffrir, et je parie qu'une fois que je les enlèverai ils ressembleront à des petites saucisses cocktail disgracieuses.

Le tintement de l'ascenseur retentit et je pose un pied sur la moquette moelleuse du troisième étage. Une femme se tourne vers moi. Ses yeux se plissent doucement et les rides sur son visage se creusent tandis qu'elle me sourit aimablement.

— Belle Murray ?

— C'est moi.

Elle contourne son bureau tout en replaçant une mèche de cheveux gris derrière son oreille.

— Je suis Leila. Nous vous attendions. Bienvenue au cabinet Nameh.

Son attitude hyper accueillante me rassure instantanément. Dans nombre de cabinets – et je l'ai vu de mes propres yeux –, certains abrutis considèrent les secrétaires juridiques comme inférieures à eux. Alors qu'en réalité je peux vous assurer que ce sont ces mêmes secrétaires qui font tourner les choses. Les avocats seraient complètement perdus sans leur aide précieuse. Alors s'il y a bien une personne avec qui s'entendre au sein d'un cab, ce sont elles.

— Merci, m'exclamé-je en poussant un soupir de soulagement.

Elle a la soixantaine bien tassée et la robe poudrée qu'elle porte la rend super classe. Elle ouvre la bouche dans l'espoir d'ajouter d'autres mots mais le tintement de l'ascenseur retentit une nouvelle fois.

— Belle Murray, la plus grande tricheuse de Seattle ! s'exclame une voix masculine dans mon dos.

Je me tourne vers Paul Nameh, un grand sourire sur le visage.

*La tricheuse.*

Un surnom dont il m'a affublée il y a déjà longtemps tandis que je bossais pour lui. Un surnom qui me sied à merveille.

Je triche, je contourne la loi et l'utilise de manière à gagner. Je travaille dans un monde de requins et j'ai rapidement compris qu'il fallait que je devienne le plus gros prédateur si je ne voulais pas me faire bouffer dans ce milieu. Donc, oui, j'ai les dents pointues et les griffes acérées.

Certains pensent que la loi ne peut jamais être contournée sans que cela soit illégal. Figurez-vous que c'est faux. On peut prendre différents chemins menant à des montages légaux et pourtant inconnus de tous.

— Tu peux parler, continué-je en regardant Paul venir à moi, tu as dû faire divorcer la moitié de la population de Seattle.

— Et maintenant que je ne crois plus au mariage, je compte bien m'attaquer à celle de Boston. Et j'espère bien que je vais pouvoir compter sur toi.

— Assurément.

Il s'approche de moi et m'entraîne dans une rapide accolade. Sa main droite tapote mon dos et on finit par reculer. Je l'observe avec attention. Paul porte parfaitement son début de cinquantaine, ses cheveux grisonnant légèrement sur les côtés.

Le costume noir dont il est vêtu lui donne un air sévère, et ajouté à ses yeux noirs et à ses sourcils broussailleux, on ne pourrait jamais deviner quelle crème se cache derrière. Nous portons tous un masque, voici celui de Paul. Son air austère l'a aidé à se sortir de pas mal de situations.

J'ai beau essayer de m'entraîner à faire le même genre de grimace devant mon miroir, j'ai juste l'impression de ressembler à un poisson rouge qui serait en train d'agoniser hors de l'eau.

— Suis-moi, m'ordonne Paul, et je lui obéis.

Nous empruntons le petit couloir sur la droite tandis que Paul m'explique rapidement son installation et le fonctionnement des lieux.

On déboule sur deux bureaux d'une taille plus que correcte. Mieux que ça en fait. Les deux possèdent de grandes baies vitrées qui donnent sur la rue en contrebas.

— Pas de placard à balais ? je lance en pénétrant dans ce qui semble être mon bureau.

— J'ai pas envie que tu me files un procès au cul. Tu pourras même manger le midi et terminer à une heure décente.

Je laisse échapper un petit rire.

— Wouhou, champagne !

Un grognement sort de sa bouche tandis qu'on échange un regard. Je crois qu'on se souvient de la même chose. Pour fêter la fin de mon stage, Paul avait apporté une bouteille hors de prix au cabinet. Inutile de vous dire ce qu'il s'est passé...

Bon, puisque vous insistez...

La bouteille a fini éclatée sur le carrelage tandis que je tentais de la déboucher. J'étais à deux doigts de lécher le sol pour récupérer le précieux liquide.

— Sois gentille, Belle, ne brûle pas le cabinet et ne casse pas mon imprimante. Ne trucide aucun client, sauf s'il ne paye pas.

Je lève les yeux au ciel mais me retiens cependant de le contredire. Parce que le problème, c'est que ça pourrait très bien m'arriver.

Je fais un tour sur moi-même tout en sifflant. Mon bureau est fait de verre et un fauteuil en cuir noir est placé derrière. Devant le bureau se trouvent trois chaises parfaitement alignées pour recevoir de potentiels clients.

Paul se frotte les mains et se redresse. C'est tout lui, entrer directement dans le vif du sujet.

— Ta première cliente arrive dans sept minutes.

Je me redresse à mon tour, parfaitement attentive. Mon premier test. S'il me confie directement un dossier, c'est qu'il a confiance en moi et je veux lui prouver qu'il a raison.

— C'est une connaissance, alors je compte sur toi pour te concentrer puissance max sur ce cas. Peu importe ce qu'il te sera demandé, accomplis-le, montre-moi que j'ai fait le bon choix.

— Bien sûr que tu as fait le bon choix.

Que cette personne soit une de ses connaissances ou pas, je m'investirai entièrement.

— Donc, tu seras amenée à bosser assez exclusivement sur cette affaire pour l'instant.

Ça sent bon, ça sent le gros dossier, avec les honoraires en conséquence. J'aime ça !

— Tu t'en doutes, ça concerne un divorce, mais c'est un cas assez... particulier, je la laisserai t'expliquer tout ça.

— Particulier ? C'est-à-dire ?

Un petit sourire éclot sur ses lèvres alors qu'il joue des sourcils.

— Je te laisse la surprise. Voyons ce que tu as dans le ventre, Belle Murray. Ta cliente arrive désormais dans....

Il jette un œil à sa montre luxueuse.

— Cinq minutes, son mari et son avocat seront là trente minutes plus tard. Leila, notre secrétaire, les fera entrer ici. Bonne chance ! Et n'oublie pas : tricher, c'est mal, mais c'est toujours mieux que de perdre.

— À nous de déjouer les règles pour les refaçonner à notre sauce, pas vrai ?

— Tu as tout compris. Et ce dossier sera sans limites.

Il quitte la pièce la minute suivante, me laissant au milieu du bureau, les bras ballants. J'inspire brusquement et tente de rassembler mes idées.

— Paul, soupiré-je, pourquoi ai-je l'impression que tu viens de me faire un cadeau empoisonné ?

J'ai à peine le temps de poser mon sac qui était sur mon épaule et de récupérer un bloc-notes et un stylo que, déjà, on frappe à ma porte. Je prends place derrière mon bureau et lance d'une voix forte :

— Entrez !

Une rousse sculpturale entre dans le bureau, et son regard bleu clair se pose directement sur moi. Mes yeux repèrent les diamants autour de son cou. Je m'apprête à me présenter mais sa bouche s'ouvre et elle hurle presque en tapant du pied :

— Je veux divorcer !

— Bonjour, je suis Belle Murray, votre avocate.

— Mon nom est Colyne Pesky et Je. Veux. Divorcer !!

Ça commence bien...

Son regard calculateur et presque fou m'analyse dans les moindres détails, comme si j'étais une nouvelle espèce fraîchement découverte. À première vue, je dirais qu'elle vient à peine d'entrer dans la trentaine.

Pour contrebalancer son agitation, je m'assieds calmement derrière mon bureau, récupère mon stylo et l'invite d'une main à s'asseoir.

Waouh, ce fauteuil est confortable.

— Je vous en prie, Colyne. Je peux vous appeler Colyne ?

— Tout sauf madame Pesky ! Plutôt crever !

OK, je vois le genre. Donc, ce sera conflictuel ; très conflictuel.

Sa main passe sur les trois colliers en diamants qui pendent de son cou et je poursuis calmement :

— Je suis là pour vous aider à...

— À divorcer ?

Je pince les lèvres à sa nouvelle interruption tout en agitant mon pied droit.

— Oui.

Elle semble se rendre compte de la contrariété évidente sur mon visage et souffle un bon coup.

*Quelle est son histoire ?*

— Et si vous me disiez ce qu'il se passe, Colyne ?

La femme sort un paquet de feuilles de sa pochette rose vif. Elle n'a pas besoin d'ouvrir la bouche pour que je devine ce dont il s'agit.

— Contrat de mariage ?

Elle hoche vivement la tête mais ne me le tend pas encore. Ses doigts s'y agrippent comme s'il cachait un secret bien gardé, du style la recette du Coca-Cola.

— Je ne supporte plus mon mari ! Quand je vous dis qu'on passe notre temps à se tirer dessus, c'est une réalité, Belle. Il me casse les ovaires et je me retiens chaque jour de griffer l'intégralité de ses voitures de sport.

Elle me tend finalement le document mais je ne l'ouvre pas encore, la laissant me présenter les choses à sa manière :

— J'étais trop jeune, et lui aussi, lorsqu'on s'est dit oui. On profitait chacun de notre héritage respectif et on ne voyait pas plus loin que le bout de notre nez. Sauf que notre relation s'est dégradée, et mon Dieu, Parker est insupportable.

Il s'appelle Parker, donc. Et ils ont chacun une fortune personnelle. Je note mentalement chaque détail qui pourrait me servir.

— Est-ce qu'il a commis un quelconque acte de violence à votre égard ?

C'est toujours la première question que je pose, histoire de savoir si une demande de protection doit être exigée dès maintenant.

— Non. Mais sa sale tête de rat va finir par me rendre violente. Appelez ça des différends irréconciliables si vous voulez. Je veux divorcer et profiter de la vie. Il me rend dingue. Je vais lui arracher les couilles.

Je vois...

J'ouvre finalement le contrat de mariage et trouve rapidement la clause qui m'intéresse. La seule et unique clause concernant un possible divorce. *Merde.*

— Article 6, dis-je, « En cas de faute de l'un des deux époux, l'autre époux victime pourra demander le divorce. Dans ce cas-là, la moitié de la fortune personnelle de l'époux fautif sera transmise à l'époux victime ».

Je pousse un soupir, en fermant les yeux. *Ce n'est pas vrai.*

On se souvient tous de l'histoire du PDG d'Amazon, Jeff Bezos. À cause de son adultère, son ex-femme est repartie avec une partie de sa fortune : trente-huit milliards de dollars. Rien que ça.

— Donc, vous voulez divorcer.

*Et votre contrat est merdique,* j'ajoute mentalement.

— Avez-vous commis une faute de votre côté ?

*Pitié, dites-moi que non.* Colyne prend un air outré tout en posant sa main contre sa poitrine.

— Bien sûr que non ! Regardez-moi ! J'étais une épouse parfaitement facile à vivre. Je suis une CRÈME.

J'en doute très fortement mais je ne m'attarde pas sur ce point.

— Je ne suis pas sûre que vous compreniez mon véritable souhait, annonce-t-elle. Je veux divorcer de Parker. Et je veux *surtout* plumer cet enfoiré qui pense être meilleur que tout le monde. Je veux qu'il regrette ce contrat de mariage qu'il a lui-même fait établir. Je lui prendrai jusqu'au moindre centime.

— Mais est-ce que votre mari a commis une faute ? Et avez-vous une preuve de cette faute ? Tromperie, violence, ou...

Seul son silence me répond. Un silence qui dure plusieurs minutes.

— Colyne ?

La déception se peint sur ses traits.

— Non. Putain, il n'a commis *aucune* réelle faute. À part être un idiot. Il est hautain. Il prend les gens de haut. Et puis il pense que son nom peut tout acheter. Dernièrement, il a décidé qu'on ne devait plus avoir de cuir à la maison, à cause de la souffrance animale.

Quand je suis rentrée chez moi, Belle, mes canapés avaient été donnés à une association. Des canapés que j'avais payés quinze mille dollars pièce. Je préfère encore aller me faire épiler le sillon inter-fessier plutôt que de rester dans une pièce avec *lui.*

Qui peut se permettre de dépenser autant d'argent pour des canapés, putain ?

Et comment lui annoncer que son cher et tendre arrive dans... dix minutes ici ? Accompagné de son avocat ? J'imagine déjà la tête de ce dernier. Ou de cette dernière.

— Ces... « griefs » ne sont pas suffisants, malheureusement, continué-je. Parker aussi souhaite divorcer ?

— Oui. Mais cet enfoiré veut utiliser ce torchon de contrat contre moi, invoquer une faute qui n'existe pas et prendre *MON* argent. Dieu seul sait ce qu'il dira contre moi !

Donc, lui aussi veut plumer sa femme avant de se tirer. Charmant. Rappelez-moi de ne jamais me marier, voulez-vous ?

— Ça va être difficile de le « plumer » si nous n'avons pas de réelle faute caractérisée de sa part, annoncé-je avant de croiser les bras sur ma poitrine.

La rouquine m'observe pendant de longues secondes, droit dans les yeux. Elle tente de me faire passer un message. Sauf que cette idée qu'elle veut me souffler, je l'ai en tête depuis ma première lecture de l'article 6.

*Tricher.*

On ne peut pas faire ça, non ?

*Bien sûr que si.* Et on va le faire, continue le petit diable sur mon épaule.

Colyne esquisse un sourire de prédateur quand elle comprend que nous pensons à la même chose. Et je ne peux retenir le mien en guise de réponse.

Je vous ai dit que j'étais un requin. *Sans scrupules.*

— Je n'ai pas commis de faute et je ne le laisserai pas m'avoir – parce qu'il veut de son côté me plumer, continue Colyne. Alors il va falloir...

Un divorce par consentement mutuel n'est pas possible entre eux, et chacun veut ruiner l'autre. Super, vraiment super.

— Il va falloir qu'il commette une faute, annoncé-je.

Son sourire s'élargit.

— Il va falloir qu'on le fasse fauter, et qu'on le plume, complète-t-elle.

Déjà, mon cerveau réfléchit à mille et une idées loufoques.

Je préfère néanmoins lui annoncer ce qu'il va se passer dans les prochaines minutes.

— Avant qu'on aille plus loin, sachez que votre mari arrive dans cinq minutes, avec son avocat.

On dirait que je viens de lui annoncer un décès.

— Quoi ? Pourquoi ? Je vais faire une crise d'urticaire !

J'ai intérêt à désamorcer dès maintenant la bombe qu'elle est et qui est sur le point d'exploser. Je pose mes mains sur le bureau et la fixe d'un air serein :

— C'est monnaie courante, surtout dans ce genre de cas. Et surtout, il faut savoir que les avocats tentent avant toute chose une médiation entre les clients. Accessoirement, ça me permet de rencontrer le client adverse et l'avocate qui va l'assister.

— C'est un homme, me reprend Colyne avec rage. Un trou du cul qui ne recule devant rien pour défendre ses clients, d'après Parker.

Parfait.

Je veux un avocat à la hauteur de la tricherie que je vais mener.

Et s'il pense être le meilleur, je vais le laminer.

La femme grommelle plusieurs paroles inintelligibles juste avant que quelqu'un ne frappe à la porte de mon bureau.

— Je vous invite à vous installer sur cette chaise à droite, et Parker se mettra tout à gauche.

— Pourquoi est-ce que je devrais bouger pour lui ?

Elle ne va rien faire pour me faciliter la tâche. Super.

— Parce que si vous finissez par vous entretuer, vous allez salir la moquette. Et le sang met beaucoup de temps à partir. Donc, on va éviter tout homicide et mettre l'avocat de Parker au milieu, OK ?

Avec un soupir haineux, elle s'assied sur la chaise de droite et prend une moue boudeuse. J'ai l'impression de faire face à une adolescente qu'on aurait privée de sortie, à cet instant.

Enfin, je me relève pour aller ouvrir la porte. Le type qui se tient derrière semble tout à fait charmant. Mais le regard hautain qu'il me lance accentue mon sourire faux. Il me juge et me place directement dans la catégorie ennemi à abattre, je le vois sur son visage.

Ses intentions sont limpides.

Oh oui, il ressemble bel et bien à un connard. Il lance un regard à sa « femme » avant de lâcher un petit rire moqueur en observant sa position.

— Pourquoi tu rigoles ? crache la rouquine, tu veux que j'enlève mon talon aiguille pour te crever les yeux ?

— Au moins, je ne te verrai plus, si tu me crèves les yeux !

— Pas d'homicide dans mon bureau, clamé-je fortement en retournant derrière ce dernier tout en laissant la porte ouverte. Où est votre avocat, monsieur Pesky ?

— En retard, il devait gérer un truc.

*Gérer un truc.*

Bordel, je déteste les gens en retard. Surtout si c'est désormais mon ennemi dans cette affaire. Un ennemi à *abattre.*

Dix minutes passent et l'avocat de Parker ne s'est toujours pas présenté. Je suis à deux doigts de péter un câble tandis que les deux époux s'affrontent du regard sans flancher. Je fais de mon côté les cent pas dans la pièce.

Ma porte reste ouverte tout ce temps. Je me dis que si je dois hurler à l'aide en cas de bagarre entre les époux, Paul m'entendra forcément. Pas sûr qu'il vienne m'aider. Quand j'ai avalé un trombone, alors que j'étais en stage chez lui, il s'est contenté de se moquer de moi.

— Arrête de me regarder, crache Colyne à Parker.

— Je ne te regarde pas, tu n'es pas le nombril du monde.

— C'est TOI qui oses dire ça ?

Je lève les yeux au ciel tout en passant une main dans mes cheveux. Pitié, que le temps passe plus vite.

Je finis par craquer et m'avance vers la porte pour la refermer.

Je ne sais pas ce que devait « gérer » ce *cher* avocat adverse, mais *qu'il aille se faire voir.*

S'il n'a pas pris la peine de venir, commençons sans lui. Au moment où je m'apprête à fermer la porte, une grande main aux veines apparentes s'interpose, bloquant mon geste.

Je fronce les sourcils tout en posant mon regard noisette sur les doigts hâlés devant moi, qui repoussent la porte, et je me recule précipitamment pour ne pas basculer. Je fais demi-tour et m'avance vers mon bureau sans un regard vers l'homme qui est désormais face à mon dos.

Je lance d'une voix ironique, en me retournant :

— Waouh, mon cher confrère, vous avez décidé de nous honorer de votre présence. Quelle joie...

La fin de ma phrase reste bloquée dans ma gorge.

Mon souffle se coupe, et je comprends que je viens de tomber dans un piège dont j'ignorais l'existence.

Devant moi se tient l'ennemi de mon enfance. Beaucoup de souvenirs remontent à la surface. Lui, cachant mes BD. Moi, renversant de l'après-shampoing dans ses draps. Lui, m'injuriant et écorchant mon prénom. Moi, lui faisant manger du sable.

Sauf que Priam n'est plus un adolescent. Ce n'est plus le jeune gringalet que je connaissais.

C'est un homme, désormais. Et il est loin d'être petit. Je suis déjà grande, mais si j'en juge sa silhouette, il me dépasse largement.

J'essaye du mieux possible de cacher mon choc. Je ne peux m'empêcher de remarquer sa silhouette massive vêtue d'un costume sur mesure gris. Cet enfoiré entre dans les lieux comme s'ils lui appartenaient. Il absorbe toute l'énergie de la pièce, la remplissant de son essence et m'obligeant à le sentir jusqu'aux tréfonds de mon âme.

Ses cheveux bruns sont décoiffés et il les rabat en arrière comme si ça pouvait arranger les choses. La barbe de trois jours qu'il porte ne cache en rien les angles prononcés de son visage.

*Putain de canon.*

Qu'est-ce que je viens de dire ?

Sa pomme d'Adam bouge rapidement tandis qu'il s'avance vers moi. Enfin, vers nous. Son nez aquilin se fronce soudainement et ses yeux verts se plissent en me découvrant.

Et moi ? Je reste immobile. Aussi immobile qu'une statue.

— Pardonnez mon retard, commence-t-il d'une voix grave, *certains* ont des urgences à gérer.

Son regard vert parcourt l'intégralité de mon corps avant qu'un sourire d'enfoiré, et surtout calculateur, ne se dessine sur ses lèvres.

*Bordel, sortez-moi de là.* Ce ne sont pas les deux époux qui vont se battre. C'est moi qui vais commettre un meurtre.

# CHAPITRE 5

## *Le début de la guerre*

### PRIAM

La ville de Boston accueille pas mal d'enfoirés, d'hommes et de femmes prêts à tout pour parvenir à leurs fins.

J'en fais partie.

J'ai appris à devenir cette personne pendant de longues années. Désormais, la ville est mon terrain de jeu. Et mes ennemis, mes jouets.

Il n'y a pas un dossier que je ne gagne pas. Il n'y a pas un confrère que je ne démolis pas dans une affaire.

Certes, ma réputation me précède, mais c'est exactement ce qu'il me faut ici, ce qui me permet d'être considéré comme le meilleur dans mon domaine.

Mais s'il y a une autre règle qui s'applique à ma personne, c'est que je suis toujours, toujours à l'heure. La première impression est cruciale quand on commence une nouvelle affaire. Il faut faire comprendre au client opposé et à son avocat qui je suis, qui ils ont en face d'eux.

*Sauf qu'aujourd'hui, tout va de travers, putain.*

Une espèce de connard qui vient d'avoir son permis a percuté l'arrière de ma Mercedes tandis que j'étais arrêté à un feu. Résultat, il va falloir entre sept et dix jours pour qu'elle soit totalement réparée.

Si on ajoute un contretemps personnel, je suis vingt minutes en retard au 82 Devonshire Street. Je connais le cabinet et Paul Nameh de nom. Petite structure assez récente qui commence néanmoins à se faire connaître dans la ville. Mon opposant direct dans ce nouveau dossier.

L'occasion idéale de gagner un nouveau divorce et de rendre ma réputation encore plus respectable.

Je n'ai pas énormément d'années d'expérience, mais je suis connu comme le Loup blanc de Boston, et je vais croquer chaque proie qui se trouvera sur mon chemin, sans rien laisser d'elle.

Je débarque à l'étage du cabinet, resserrant rapidement le nœud de ma cravate. J'ai à peine terminé que le tintement retentit, m'ouvrant les portes sur le cabinet Nameh.

La secrétaire qui m'accueille m'observe d'un air froid. Je suis l'ennemi, ici. Et ça se ressent.

— Maître Brings.

Je lui lance un sourire éclatant pour toute réponse. Ça ne la déride pas, au contraire.

— Je suppose que Paul Nameh m'attend déjà avec nos clients respectifs ?

Elle se relève de sa chaise et affiche une moue désagréable :

— Non. Maître Nameh ne s'occupera pas de ce dossier. Son nouveau collaborateur vous attend au bout du couloir.

Je m'éloigne en me demandant de quoi il retourne. Donc, Paul ne s'estime pas à la hauteur de notre affrontement ? Parfait.

Qu'on me montre ma prochaine victime.

Au moment où j'arrive dans le couloir, je vois qu'on va me fermer la porte au nez. C'est ça, essaye toujours, connard.

Je pose la main sur la porte et la repousse avec douceur mais fermeté, parfaitement maître de moi-même. Je sens la personne de l'autre côté s'éloigner, et lorsque le battant s'ouvre, je n'aperçois qu'une silhouette de dos.

Une silhouette indéniablement féminine, perchée sur des stilettos rouge sang.

J'ai à peine le temps de découvrir un corps longiligne à l'assurance certaine qu'une voix m'interpelle.

— Waouh, mon cher confrère, vous avez décidé de nous honorer de votre présence.

La voix est froide et tranchante, un peu rauque aussi, et sa propriétaire est apparemment furieuse de m'avoir attendu. Mais ce grain, ce ton parfaitement reconnaissable...

La femme se tourne vers moi. Mon visage reste parfaitement serein, mais je la reconnais instantanément.

— Quelle joie de...

Cette femme, c'est Belle. Belle Murray.

La Belle qui a quitté Boston depuis des années. Celle qui m'a fait bouffer du sable la première fois qu'on s'est rencontrés.

L'avocate adverse.

Je cache la surprise qui tente d'éclore sur mon visage. Mon cœur loupe cependant un battement, et heureusement ce genre de perturbation n'est pas visible à l'extérieur de mon corps.

Elle se tient devant moi, la silhouette droite, prête à bondir sur sa proie. Elle est perchée sur des talons de dix centimètres et semble aussi à l'aise que si elle était en baskets. Le regard qu'elle me renvoie annonce une tempête prête à renverser chaque obstacle sur son chemin.

La femme pulpeuse qui se tient devant moi me fait presque perdre contenance. *Presque.*

Son visage a gagné en maturité, sa peau métisse est sans défaut. Ses traits se sont affermis et sont parfaitement symétriques. Son regard... Son regard noisette m'épingle sur place, observant sans aucune gêne le moindre centimètre de ma personne comme si j'étais la dernière des merdes.

Je domine aisément Belle en taille, pourtant, elle est loin d'être petite, et son menton redressé lui donne une allure de chaton prêt à griffer quiconque s'approchera.

Belle n'est pas une poupée docile. C'est une guerrière insupportable, je le ressens d'ici. Et si déjà elle était une teigne quand on était adolescents, je comprends que les années l'ont rendue encore plus dure.

Ça me donne presque envie de sourire.

Je rabats mes cheveux en arrière avant de passer une main dans ma barbe. Nos deux clients respectifs me ramènent à la réalité en se lançant dans une dispute hargneuse.

— Pardonnez mon retard, j'amorce d'une voix grave, *certains* ont des urgences à gérer.

Un sourire se plaque ensuite sur mon visage alors qu'elle me trucide du regard. Je vois presque les insultes danser à travers ses yeux.

Laisse-les danser, Belle. Laisse-les ouvrir le bal. Attaque la première jusqu'à ce que je te mette en pièces.

Et finalement, elle craque.

Elle serre ses poings, et sa bouche se tord :

— Toujours aussi charmant, Brings.

Son ton est plein d'ironie.

— Ne nous faites pas perdre davantage de temps et asseyez-vous.

Belle. *Belle Murray.*

J'en reviens pas, putain.

En chair et en os. La meilleure amie de ma petite sœur, April.

La première fille qui m'a rendu fou. Elle était insupportable quand elle était ado, mais j'ai l'impression que la version adulte est encore pire.

— Avec plaisir, Bella, je la salue dans un chuchotement avec un sourire de prédateur.

Elle inspire brusquement, avant de me fusiller du regard en entendant l'écorchage intentionnel de son prénom. Sa moue boudeuse attire mon attention sur ses lèvres roses.

Mais je ne m'y attarde pas et m'avance vers la chaise laissée libre pour moi. Ce qui ne devait être qu'un dossier de plus vient de prendre un nouveau tournant.

Je croise le regard de Belle, souriant toujours.

Nous étions déjà ennemis adolescents.

Cette fois-ci, un nouveau combat va s'engager entre nous.

Que le jeu commence. Je serai sans pitié.

# CHAPITRE 6

## *Trouble érectile et film d'horreur*

### BELLE

J'assiste au jeu de ping-pong qui prend place.

— J'ai été l'épouse parfaite ! crie Colyne.

— Une épouse digne des plus grands films d'horreur, oui !

— Peut-être que si tu baisais mieux, j'aurais été plus gentille ! Si je jouais dans un film d'horreur, toi tu étais le héros d'un mauvais porno ! Dans lequel le mec souffrirait de trouble érectile !

J'observe Colyne et Parker se hurler littéralement dessus. J'ai eu beau tenter de calmer le jeu plusieurs fois, j'ai l'impression d'être transparente.

Je pousse un soupir presque dépité. Je suppose que toute tentative de médiation sera vaine.

Et pendant tout ce temps, cet enfoiré de Priam est resté silencieux. Insensible à leur engueulade, il a passé son temps assis sur sa chaise, les bras croisés sur son torse à m'observer sans discrétion.

— Bon, continué-je ensuite, la situation ne mène effectivement à rien.

Je me redresse derrière mon bureau et tente d'attirer leur attention.

— Nous allons donc écourter le rendez-vous.

Mais Parker et Colyne m'ignorent toujours. Debout de chaque côté du bureau, ils se pointent du doigt l'un l'autre tout en se balançant saloperie sur saloperie.

— Peut-être que si t'avais voulu tester autre chose que le missionnaire, on n'en serait pas là ! s'exclame à son tour Parker.

*Super. Vraiment super.*

À deux doigts de les frapper l'un après l'autre, et sentant ma patience disparaître, je cherche Priam du regard. Je fais un mouvement de la tête histoire qu'il comprenne que lui aussi est censé intervenir pour calmer son putain de client.

La seule chose qu'il fait est de jeter un œil à sa montre hors de prix. Je reconnais le modèle Omega. J'observe ensuite le costume sur mesure qu'il porte. Il est pété de tunes, sexy à mourir et il le sait. Petit plus non négligeable, son ego bouffe toute la pièce à cet instant.

— Interviens, je marmonne dans sa direction.

Il hausse les épaules, imperturbable. Les époux ne font plus du tout attention à nous désormais.

— Quoi ? reprend-il ensuite, Parker a raison. Le missionnaire ? Quel ennui.

J'inspire profondément en me demandant s'il vient bien de me dire ça. C'est ça, la seule chose qu'il a retenue ?

Je me racle la gorge et m'exclame ensuite :

— STOP !

Un silence s'abat dans mon bureau. Chacun des époux se tait instantanément avant de se tourner vers moi.

— Si vous continuez d'hurler dans mon bureau, je vous fais sortir par la sécurité, OK ?

Ils hochent tous deux la tête. Heureusement qu'ils se calment, parce que nous n'avons en réalité aucune sécurité.

— Bien. Puisque aucune conciliation n'est envisageable, je...

— Non, aucune, s'exclame Parker.

— C'est clair, crache ensuite Colyne. Je veux divorcer.

— Je serai le premier à divorcer et à te plumer !

Priam abat sa main sur la table, les réduisant de nouveau au silence. J'ignore son geste et continue :

— Nous allons donc écourter ici le rendez-vous. Je vous propose de nous retrouver dans quelques jours une fois que les esprits seront calmés.

Mon plan est déjà clair dans ma tête. Faire piéger le mari afin d'invoquer une faute de sa part et avoir un prononcé du divorce entièrement à ses torts.

Sauf que, quand je croise de nouveau le regard de Priam, je vois les idées tourner à toute allure sur son visage. Son air calculateur se renforce. Et je comprends vite une chose : la lecture du contrat de mariage a dû le pousser à la même conclusion que moi. Il a donc le même plan que moi contre ma cliente.

C'est hors de question.

Ma cliente sort de mon bureau, furieuse. Parker la suit de près, et j'entends leurs insultes dans le couloir.

Priam se redresse ensuite d'un mouvement souple.

— Bella, il me salue avec un air crâneur.

— C'est Belle. C'est pas trop dur de vivre en étant toujours aussi con ?

Il ne s'énerve pas face à mon insulte. Cet enfoiré laisse échapper un rire grave qui résonne dans la pièce.

— Ah, Belle, j'avais oublié à quel point tu aimais rendre coup pour coup.

C'est plus que ça, mon petit pote.

Le feu qui fait rage en moi n'hésitera pas à le brûler pour ne rien laisser de lui si ce n'est des cendres qui elles-mêmes disparaîtront rapidement.

Je contourne mon bureau et m'avance vers ma porte, lui faisant comprendre qu'il est temps de se barrer de là.

— Qu'est-ce que tu fiches ici ? reprend-il dans mon dos.

Je l'ignore et il continue :

— Je croyais que Boston n'était pas assez bien pour toi face à Seattle.

Je serre les dents.

— Tu ne sais rien de mon sentiment par rapport à cette ville, alors ferme-la.

— De si vilains mots dans une si jolie bouche.

— Si tu continues à me chercher, Priam, c'est *ta bouche* que je vais frapper.

Il rigole. Il trouve cette situation parfaitement amusante alors que moi je la déteste, car j'ai l'impression de perdre tout contrôle de moi-même. Et ça, ce n'est pas bon du tout.

— Je viens d'emménager ici et je compte y rester, alors attends-toi à me voir souvent dans cette ville.

Sachant qu'on va se battre l'un contre l'autre dans ce divorce, on va effectivement se croiser souvent.

Il s'avance vers moi sur le seuil de la porte et s'arrête à quelques centimètres, veillant à ne surtout pas me toucher. Je relève mon visage et affronte son regard. Son souffle effleure mon visage tandis que j'observe son nez droit.

— Je sais ce que tu vas faire, il chuchote.

— Ah oui ?

Je penche ma tête sur le côté.

— Oui, Belle. Parce que j'ai pensé comme toi. Je vais faire fauter ta cliente, et mon client va gagner.

Je laisse échapper un rire avant de reculer de plusieurs pas et de traverser le couloir. M'éloigner me fait du bien et m'aide à mieux respirer. Sa proximité soudaine me perturbait plus que de raison.

— Tu te crois si fort, Priam. Tu arrives avec tes grands airs, ton sourire que tu espères charmant et ton ego aussi gros que la pièce.

— Parce que je suis indéniablement le meilleur.

Lorsque nous arrivons devant la réception, je remarque tout de suite que Leila n'est pas là.

— Ça doit être dur de vivre en pétant plus haut que son cul.

— En fait, je le vis plutôt bien.

Sa réponse me fait presque lever les yeux au ciel.

J'appuie sur le bouton de l'ascenseur pour Priam et je le sens s'approcher de moi par-derrière. Lorsque je pivote sur mes talons, il est près. Beaucoup trop près. Mais je reste imperturbable.

— Voyons qui sera le meilleur à ce petit jeu, terminé-je.

Priam passe sa langue sur ses lèvres avant de froncer ses sourcils.

— Ne te dresse pas sur mon chemin, Belle.

Il pénètre dans l'ascenseur, et son épaule frôle la mienne. Son parfum s'impose à moi. Fort et entêtant.

— Tu penses que je vais te laisser agir sans me battre ? Tu es sur mon terrain, *mon ange*. Je suis le plus gros requin de ce domaine dans cette foutue ville, et il n'y a de place que pour un seul prédateur dans cet océan.

Il retient la porte pour qu'elle ne se ferme pas, et je fixe encore la taille de sa main aux longs doigts.

Il pense sans doute pouvoir me briser d'un simple geste. Mais je ne suis pas une petite chose fragile. Je ne plie pas facilement. Je ne plierai jamais devant lui.

Je ne suis pas une vague dans l'océan. Je suis un tsunami.

— Bats-toi, Priam. Mais attends-toi à perdre. À la fin, ton ego finira par avoir la taille de tes boules. Microscopique.

Il serre les dents. Dans le mille.

Nous avons le même plan mais je ne le laisserai pas gagner cette guerre.

— On va s'affronter, comme autrefois, conclut-il avant de se reculer dans la cabine. Mais cette fois-ci, tous les coups sont permis.

— Je compte bien ne pas me battre à armes égales, *mon ange*, je rétorque.

La porte de l'ascenseur se referme sur son visage vêtu d'une expression de pure arrogance.

Je laisse échapper un soupir.

Nous étions déjà ennemis dix ans plus tôt. Désormais, nous allons nous affronter sur un tout nouveau champ de bataille.

Et je ne le laisserai pas gagner.

# CHAPITRE 7

## *L'héritier aux mains ensanglantées*

### BELLE

Je mets fin à mon appel téléphonique avec ma mère en arrivant près du lieu de travail d'April, à la périphérie de la ville. Pour l'instant, son salon se trouve dans une petite rue étroite et les locaux ne sont constitués que d'une seule pièce aux murs recouverts de croquis que j'aperçois à travers la porte d'entrée en verre qui tinte lorsque je déboule dans les lieux, les yeux meurtriers.

Je vais la tuer, préparez-vous.

La traîtresse termine avec un client et sourit en me voyant arriver.

— Toi, je m'exclame en levant un doigt accusateur dans sa direction. Tu ne m'avais rien dit.

Le client m'observe étrangement, se demandant sans doute si je suis complètement folle. Il préfère prendre la poudre d'escampette après avoir payé sa prestation.

— Moi ? demande mon amie derrière le comptoir d'accueil, l'air perplexe.

— Oui, toi ! Ton frère est avocat en droit de la famille !

April relève un sourcil en récupérant son sac.

— Effectivement...

— Spécialisé en droit des divorces !

April reste bouche bée, sentant l'entourloupe arriver.

— Ne me dis pas que...

Son visage prend un air mutin, me rappelant des dizaines d'autres fois où elle avait cette expression particulière avant de faire un sale coup.

— Devine qui est l'avocat adverse dans mon nouveau dossier ?

Elle explose de rire, se moquant ouvertement de moi. Je continue de marmonner dans ma barbe tandis qu'on quitte les lieux. Il fait encore jour, mais c'est l'heure où les gens sortent du travail.

— Ça, c'est génial ! s'exclame April.

Nous déboulons sur le trottoir et quittons la petite rue étroite pour débouler dans l'avenue. La route est plus large ici, c'est un quartier à moitié résidentiel. Les édifices sont plus larges et ne sont pas tous des immeubles aux nombreux étages.

— Ce n'est pas génial, non. On a déjà failli s'entretuer au bout de quelques minutes, alors imagine au bout de quelques jours...

— Vous êtes deux adultes, maintenant, je suis sûre que vous allez réussir à vous retenir.

— Je ne te promets rien. Il est grossier. Hautain. Il pense maîtriser tout le monde et...

— Quelle affreuse personne.

Elle se mord les lèvres, se retenant de rire, encore.

Je m'arrête une seconde, la moue réprobatrice.

— April, t'es censée être de mon côté. Pas de celui de ton frère.

— Je suis de ton côté, toujours. Je pense juste que cette histoire va être absolument hilarante, laisse-moi kiffer, tu veux ?

— C'est ça, ouais. Hilarante n'est peut-être pas le mot. Meurtrière, en revanche...

Elle lève les yeux au ciel et nous reprenons notre route tandis que je lui explique tout le déroulé de ma journée.

Notre rythme est rapide, et je vois qu'April est déjà en train de haleter alors je ralentis la cadence.

— Ça va ?

Elle hoche vivement la tête.

— Je suis juste rapidement essoufflée. Putain, ça fait des mois que je n'ai pas fait de sport et il va valoir que je traîne mon cul à la salle.

Tu m'étonnes, rien que d'y penser me déprime. Je m'apprête à lui poser une autre question mais ses yeux s'écarquillent.

— Un mariage !

— Quoi ?

— Là !

Elle me donne un coup de coude et je me tourne vers l'édifice un peu plus loin. Une église en pierre ancienne de ville se tient à une vingtaine de mètres de nous.

J'observe les quelques personnes qui commencent à sortir du bâtiment. April se met à battre des mains.

— Applaudis ! m'ordonne-t-elle.

Je ne réfléchis pas et l'imite aussitôt.

L'un des inconnus se tourne vers moi tandis que j'analyse la situation. Et soudain, je comprends.

— April...

Ma meilleure amie applaudit un peu plus fort, un grand sourire sur le visage.

— Arrête d'applaudir, je chuchote furieusement.

— Bah, pourquoi ?

— C'est pas un mariage. C'est un putain d'enterrement.

Le sang quitte son visage et elle s'immobilise avant de me jeter un regard implorant.

— Ne me dis pas que c'est vrai ?

Les gens qui quittent l'église sont tous vêtus de noir.

— Si.

— C'est pas vrai, je viens d'applaudir à l'enterrement de quelqu'un.

Je l'observe et nous n'avons pas besoin de dire un mot supplémentaire avant de nous enfuir à toutes jambes, les lèvres pincées pour ne pas laisser échapper un rire honteux.

## PRIAM

Dire que les avocats sont ceux qui défendent la loi et la respectent serait une grossière erreur de notre part.

Nous défendons nos clients. Nous nous battons pour leurs intérêts en utilisant la loi pour gagner.

Mais les lois en elles-mêmes ? La plupart d'entre elles sont illogiques et ridicules, si vous voulez mon avis. Et ce n'est pas parce que nous travaillons du côté de la justice que nous la respectons vraiment. Ou que notre entourage ne comprend pas certaines personnes qui côtoient quotidiennement l'illégalité.

*Comme c'est le cas pour Reyes.* Ce satané trou du cul.

La nuit est complètement tombée quand j'arrive au 12 Lagrange St., là où se situe le très sélect Gentleman Club de Boston. Les quelques hommes privilégiés qui peuvent y accéder sont triés sur le volet.

Je pénètre dans les lieux et m'empresse de desserrer mon nœud de cravate. Je ne suis pas un habitué du club mais je ne compte pas rester longtemps.

— Monsieur... ? lance le réceptionniste.

La tenue qu'il porte nous met directement dans l'ambiance de ce club de haut standing. Son costume noir est parfaitement repassé, sans aucun faux pli. Le lourd rideau en velours vert foncé dans son dos est baissé, me cachant la vue de l'intérieur de la pièce.

— Monsieur Brings. Mais je ne suis pas sur la liste, annoncé-je. Je viens voir Reyes.

Le type pince ses lèvres, incertain quant à la marche à suivre. Habituellement, on ne peut pas pénétrer dans les lieux en indiquant qu'on vient y retrouver un habitué. Ça ne marche pas comme ça. On doit être parrainé et accepté par les autres membres avant de poser un pied ici.

— Je suis désolé, Monsieur, mais je vais devoir vous demander de quitter les lieux.

Alors je change de technique d'approche. Je glisse la main dans ma poche et récupère quelques billets. Ses yeux se posent instantanément dessus. L'argent peut acheter n'importe quel homme.

Je lui tends deux billets de cent dollars tout en laissant apparaître mes dents dans un sourire de connivence. Il les récupère sans un mot après plusieurs secondes d'hésitation et lève ensuite le rideau pour que je pénètre dans la salle.

— Bienvenue, me salue-t-il tandis que je m'éloigne. Profitez bien de votre soirée, monsieur Brings.

L'endroit est presque vide et la décoration étrangement épurée. Quelques fauteuils en cuir sont disposés dans tous les coins de la pièce et un immense bar luxueux prend place en son centre. Deux serveurs remplissent des verres d'alcool fort.

En principe, les femmes ne sont pas acceptées ici. C'est très sexiste, nous sommes bien d'accord là-dessus.

D'autant qu'il y a des exceptions : les travailleuses du sexe. Certains hommes fortunés âgés accourent ici, aussi dégueulasses les uns que les autres. Ils se payent du bon temps et rentrent ensuite auprès de leur petite femme.

Je rejoins rapidement Reyes de l'autre côté de la pièce. Ses cheveux sont encore plus courts que d'habitude. Il ne me remarque pas, son attention entièrement concentrée sur la blonde assise sur ses genoux.

Il lui murmure quelque chose à l'oreille qui la fait rigoler bruyamment.

Enfin, son regard bleu se relève vers moi et il sourit en m'apercevant. Je m'arrête une seconde sur la cicatrice profonde qui barre le haut de sa joue droite. J'ignore d'où elle provient, mais elle semble ancienne. Mon client et ami tapote la cuisse de la jeune femme, qui s'éloigne sans un mot.

— Priam Brings, tu montres enfin ta sale gueule, mon frère.

— J'étais occupé.

Reyes se relève et nous nous serrons rapidement dans les bras l'un et l'autre. Je me laisse ensuite tomber dans le fauteuil à ses côtés tandis qu'il appelle un serveur de la main. Les bagues en argent à ses doigts scintillent une seconde dans ce mouvement.

— Occupé à sauver le monde ? À enfermer les méchants et sauver les gentils ?

J'étends mes deux bras sur les deux bords du fauteuil, me mettant parfaitement à l'aise tout en l'observant. Il porte un tee-shirt usé et un vieux jean alors même qu'il doit être plus riche que l'intégralité des hommes présents dans le club ce soir. Mes yeux s'égarent sur les très nombreux tatouages sur sa peau.

— Tu sais très bien que ce n'est pas comme ça que ça se passe, rétorqué-je. Ceux qui sont présentés comme les gentils sont souvent les pires méchants qu'on puisse rencontrer. Mais si tu veux, je peux faire en sorte que tu sois enfermé. Pour de bon, cette fois.

Ça ne lui ferait ni chaud ni froid. Toute menace glisse sur sa peau. Je suis prêt à parier qu'il a vécu sacrément pire que finir en taule.

Il hausse les épaules pour toute réponse alors que le serveur se matérialise devant nous.

— Je vais vous prendre un verre de Macallan, demandé-je.

— Mettez la bouteille sur mon compte, précise Reyes.

Je fixe le dos de l'inconnu qui s'éloigne déjà avec un sourire entendu.

— Au fait, tu me dois deux cents dollars.

Reyes rigole ironiquement. Je le connais depuis plusieurs années. Il a été mon premier dossier. En droit pénal, avant que je m'oriente en droit de la famille. Et je l'ai remporté haut la main. Depuis, nous sommes amis, plus ou moins. Reyes est loyal, et je sais que je pourrais compter sur lui si j'avais besoin, mais cet homme ne laissera jamais personne franchir la carapace qui l'entoure. Il est... inatteignable, même pour moi.

Nous ne venons pas des mêmes mondes, nous ne fréquentons pas les mêmes personnes, mais je sais que je pourrai toujours lui faire confiance. Et même si mon domaine principal n'est plus le droit pénal, Reyes sait que je serai toujours son conseiller s'il est dans la merde et il me payera en conséquence.

Officiellement, c'est le fils d'un mécène adulé du gratin de Boston.

Officieusement, il règne avec son géniteur sur la pègre de Boston d'une main de maître. Je ne suis pas un justicier et le laisse faire sa propre vie.

— Alors, comment ça va ? me demande-t-il.

Je l'observe rapidement. Il n'a que trente et un ans, mais ses traits sont vraiment marqués. Énormément marqués.

Les tatouages dans son cou sont encore plus nombreux que par le passé. Je suis sûr qu'il en a une bonne cinquantaine sur le corps et qu'il ne compte pas s'arrêter là.

Je repense à la question de Reyes. Aussitôt, un visage s'impose à moi et mes lèvres s'étirent d'elles-mêmes en pensant à Belle. Je me remémore notre confrontation, et je me sens presque à l'étroit dans mon pantalon en revoyant parfaitement la cambrure de son dos et son joli petit cul qui se dandinait devant moi tandis qu'elle m'envoyait chier.

— Ça va, je suis pas mal occupé avec de gros dossiers.

— Ton sourire est assez bizarre, on dirait que tu penses à un ennemi que tu as envie d'anéantir. Ça me plaît.

S'il savait...

Nos verres arrivent ainsi que la bouteille et je déguste une gorgée de l'alcool fort. Il brûle l'intégralité de ma bouche.

— Bordel, ça fait du bien, je marmonne. Et toi, la vie ?

Il craque ses doigts puis joue avec la bague sur son majeur gauche.

— Il va falloir que je me marie. J'ai bientôt trente-deux ans, je vais me faire vieux.

Je ne m'attendais pas à ça. Je relève les sourcils, surpris, et je découvre ses lèvres pincées. Je ne ressens aucune sincérité dans sa voix, uniquement de l'amertume.

— Parce que tu crois au mariage ?

— Absolument pas, mais je vois le bon côté des choses. Tu t'occuperas de mon divorce.

Je continue de siroter mon verre, silencieux.

— Et toi ?

— Quoi, moi ?

— Tu n'as pas envie de te marier, Priam ? Avec ta belle gueule, tu pourrais avoir n'importe quelle femme de Boston.

Je prends quelques secondes pour réfléchir sérieusement à cette question.

— Je vois le mariage comme une transaction commerciale qui peut apporter beaucoup de ressources financières. Mais non, je ne crois pas aux mariages d'amour.

Le silence s'installe entre nous ; puis il finit par marmonner la vérité :

— Je suis bien trop accro aux coups d'un soir pour me caser. Les hommes et les femmes affluent vers moi sans que je lève le petit doigt. Mais mon père va vouloir me trouver quelqu'un, je le sens. Ce sera la guerre. Encore plus que ça ne l'est déjà.

— Tu peux prendre tes propres décisions, Reyes.

Son sourire énigmatique me répond. Un sourire qui sous-entend tellement de choses.

— Ça ne se passe pas comme ça, dans mon monde, Priam. Je vis dans une société parallèle qui a été créée au sein de votre propre société à vous, habitants de Boston. Les règles n'y sont pas les mêmes.

Je sais qu'il dit vrai, bien que je ne sache en réalité que peu de choses sur toute cette partie de sa vie.

— De quoi tu as besoin, mon frère ?

Son regard se fait plus sérieux et il se redresse avant de poser ses coudes sur ses cuisses.

— Tu connais la substitute du procureur, Morgane Haman ?

Je fronce les sourcils tout en y réfléchissant. Je connais beaucoup de monde ici, mais pas elle. Elle doit être là depuis peu de temps.

— Ce nom ne me dit rien. Pourquoi ?

Ma réponse ne lui plaît pas et je me demande à cet instant à quel point il est à nouveau dans la merde.

— Cette femme commence à s'intéresser à mes affaires et je sens qu'elle va finir par me coller aux basques, explique-t-il avec brusquerie.

— Alors retourne dans le droit chemin et elle s'éloignera.

Ses yeux bleus se font rieurs. Comme si j'avais prononcé la blague la plus drôle du jour.

— Le droit chemin n'a jamais existé pour moi, Priam. Et pour toi non plus. On dévie tous à un moment donné de cette vie parfaite qu'on est censés suivre. La légalité est ennuyeuse.

— Tu dis ça à un avocat.

Il passe une main sur sa mâchoire, réfléchissant presque à voix haute.

— L'un des meilleurs avocats de la ville, reprend Reyes. Si seulement j'arrivais à te corrompre totalement pour que tu travailles avec moi en interne. Je ferais de toi un millionnaire. Les endroits les plus luxueux du monde t'ouvriraient leurs portes. Tu aurais les plus belles femmes à ton bras.

Une seule s'affiche dans mes pensées et je secoue la tête en me demandant ce qu'il se passe. Je pense à la façon dont j'ai presque bandé quand elle a dit qu'elle me laminerait. Elle va se battre, je le sens. *Et j'ai hâte.*

Je ne veux pas qu'on m'offre tout sur un plateau d'argent. Je veux mériter chaque chose que je gagne dans ma foutue vie.

— Jamais de la vie, Reyes. J'aime trop ce que je fais pour te rejoindre totalement.

— *Ainsi va la vie,* je suppose.

Quelques minutes plus tard, je me redresse finalement. Je n'arrive pas à tenir en place, ce soir. Mon corps et mon esprit sont trop sous tension.

— Tu pars déjà ?

Il me parle, mais il ne fait déjà plus attention à moi, perdu dans un brouillard auquel personne n'a accès.

— Certains ont une journée de travail qui les attend demain.

Je me penche et récupère deux billets de cent sur la liasse posée sur la table.

— Bon courage avec ta procureure.

Je m'éloigne ensuite, sentant toujours l'alcool brûler ma gorge. Il me purifie de l'intérieur, comme un feu incandescent.

Demain, demain le jeu commencera.

*J'abattrai mes premières cartes.*

# CHAPITRE 8

## Celui qui porte le premier coup

### BELLE

Assise sur le sol de mon nouveau salon, j'ouvre mon dernier carton. Je suis surexcitée à l'idée de ranger toutes mes affaires personnelles. Vous connaissez ce sentiment qui vous submerge quand vous arrivez dans un endroit qu'il va falloir apprivoiser pour le faire vraiment sien ?

— Bon, les étagères sont montées, m'annonce April d'une voix préoccupée. Sauf qu'on a un souci.

« On a un souci. » Je connais trop bien cette phrase, et quand elle sort de la bouche de cette pile électrique d'un mètre soixante, je vous conseille de fuir. Très loin.

Alors je suspends mon geste, me préparant au pire.

— Comment ça, un souci ? La dernière fois que tu m'as dit ça, t'étais en vacances chez moi et t'avais enfoncé une pièce de monnaie dans ta narine ?

— Tu m'avais mise au défi de le faire !

— Tu avais dix-sept ans. Je ne pensais pas que tu allais réellement le faire. Bon, *que pasa, chica* ?

Je me tourne vers elle et la découvre avec sa main tendue vers moi, tout sourire.

— Il reste trois vis. Impossible de les caser quelque part.

Je les récupère et les observe entre mes doigts comme si elles étaient des petites bombes prêtes à exploser.

— Les fabricants mettent toujours des vis en plus, nan ? continue-t-elle en fronçant son nez.

— Hum. Soit tu as raison, soit mes étagères vont s'effondrer dans les prochains jours. Pour ta survie, j'espère que c'est la première option. Ça va, heureusement que ce sont des BD solides et pas des bouteilles de vin sur cette étagère.

— « Tu dis ça parce que la moitié de tes amis sont des soûlards », s'exclame-t-elle en s'oignant. « Tu as développé une certaine tolérance... voire une affinité naturelle avec eux. »

Je n'ai pas besoin de réfléchir avant de rétorquer :

— « C'est totalement faux. PLUS de la moitié de mes amis sont des soûlards. »

April éclate de rire puis continue de son côté de ranger mes comics dans mon immense bibliothèque murale. J'aperçois un exemplaire de *The Witcher* dans ses mains.

— T'as failli être en retard pour la réplique, Belle.

— Bien sûr que non, Geralt et Ciri n'ont pas de secrets pour moi.

— Mouaiiis.

Je sais qu'elle me taquine. Elle sait à quel point je connais par cœur *The Witcher* vu qu'on passait tout notre temps à lire tout ce qu'on trouvait sur cet univers. On passait surtout notre temps à fantasmer sur les personnages.

Je récupère de mon côté mes exemplaires de *The Walking Dead* et les pose en évidence sur l'étagère centrale. Ma bouche s'ouvre d'elle-même :

— « Tu n'es jamais en sécurité. Peu importe qu'il y ait beaucoup de monde autour de toi, peu importe que l'endroit te paraisse tranquille, peu importe ce qu'on te dit... »

— « Peu importe ce que tu crois. Tu n'es jamais en sécurité. »

Bingo. Je savais qu'elle connaissait aussi ces mots.

Au même instant mon téléphone se met à vibrer fortement.

Je récupère mon portable, sur l'écran duquel s'affiche le nom de Colyne.

— Tiens, ça c'est bizarre.

— Qui est-ce ?

— Ma cliente, soufflé-je. Il est presque vingt heures... Que s'est-il passé ?

Je décroche. Je n'ai pas le temps de prononcer un mot qu'une exclamation me parvient de l'autre côté de l'écran :

— DES CULS ! Il y a des culs et des bites partout ! Belle ! Je suis au paradis des zizis qui pendent !

— Qu... Quoi ?

April s'étouffe avec sa gorgée de bière tout en se collant à moi pour écouter.

— Je vous dis qu'il y a des culs et des énormes engins masculins PARTOUT. Je ne comprends rien ! Ils ont toqué à la porte de mon appartement pendant que je dînais avec des copines, on pensait que c'était les flics et ils se sont déshabillés. Belle, faites quelque chose.

Des strip-teaseurs ? Colyne ne semble pas comprendre ce qui se passe, mais moi, si. Cet enfoiré de Parker nous déclare la guerre.

Je sens la panique de Colyne. Et je mettrais ma main au feu que l'idée ne vient pas de son mari, mais du diable Priam qui l'assiste fidèlement.

Ce qui veut dire que ce dernier veut la prendre en faute, et qu'il doit déjà être en chemin pour les prendre sur le fait ou prendre les photos.

— J'arrive immédiatement. Ne touchez à rien, ne glissez sur aucun organe érigé.

— Je suis au 8e étage. Numéro 21. Je vais essayer de me retenir. Mais ils... ils sont vraiment très plaisants. Et un accident est si vite arrivé...

— Colyne ! Hors de question ! On ne palpe aucun cul ! Sauf si vous voulez finir plumée !

J'ai à peine raccroché que je cours déjà récupérer mes clés de voiture tandis qu'April est hilare à mes côtés. Dieu soit loué, je viens de récupérer ma nouvelle voiture ici – que je loue une blinde –, et elle va me sauver la vie.

— Ton frère vient de lancer les hostilités ! je hurle en m'éloignant déjà. Je vais le *défoncer* !

April me suit en courant, les yeux écarquillés.

— Mais, Belle... Ta tenue...

— Pas le temps !

— Alors roule-leur dessus, ma poule ! Que la force de tous les Avengers soit entre tes mains !

Je claque la porte et rejoins mon ascenseur, furibonde.

Je savais que cet enfoiré de Priam préparait un sale coup. Mais j'ignorais que ce serait aussi rapide. C'est le premier à ouvrir les hostilités, mais je serai celle qui y mettra fin.

Priam Brings, tu ne payes rien pour attendre !

***

Je me gare en bas de l'immeuble des époux Pesky. Je claque la portière de ma voiture et pousse un hurlement quand mes cheveux se prennent dedans.

Bordel, ça fait mal !

Ce n'est pas le moment d'être maladroite et d'avoir six pieds gauches, ma vieille !

Je me dégage et traverse la large rue, les yeux posés sur le hall éclairé. C'est un immeuble de très haut standing et le portier m'ouvre la porte vitrée. Ses yeux se posent instantanément sur mes pieds et je me mords les lèvres en baissant la tête. Effectivement, je porte encore mes chaussons et c'est pour le moins… particulier.

Je m'apprête à expliquer la situation au concierge, mais la porte s'ouvre brutalement derrière moi.

— Toi ! craché-je.

Priam plisse ses yeux verts en m'apercevant, mécontent. Il est toujours impeccablement habillé, parfait contraste avec moi. Mais ses cheveux sont trempés et aussi décoiffés que d'habitude.

Oh oui, il est furieux que je sois là pour l'empêcher de prendre Colyne en flagrant délit. Il pense peut-être aller devant l'appartement et prendre une photo des strip-teaseurs en entrant dans les lieux. Si cela n'est pas une faute en soit, on sait très bien que Priam pourrait modifier la réalité à sa convenance et accuser ma cliente à tort.

Hors de question ! Je vais sortir tous les culs d'ici, celui de Priam y compris.

— Eh oui, je suis là, mon. *Pote.* Prête à déjouer ton tour !

— C'est ce qu'on va voir !

Il s'élance vers l'ascendeur ultra-design au fond du hall. Et je me précipite derrière lui, sous le regard ahuri du portier.

— Arrête-toi ! je hurle au dos de Priam.

Mais il m'ignore, prêt à entrer dans l'ascenseur. Je pousse alors un hurlement de douleur et me plie en deux, les mains sur mes hanches.

— Arrête de mentir ! il s'exclame au loin. Je sais que tu fais semblant pour me manipuler !

Argh, merde. Il faut reconnaître que je lui ai souvent fait le coup lors de notre adolescence. Et il craquait toujours et finissait par s'approcher de moi. Dès qu'il était assez près, je le frappais et m'éloignais après lui avoir généralement volé son goûter. Je n'y peux rien, il avait toujours l'air meilleur que le mien...

Craque. Craque. Craqueeee !

Je reste dans la même position. Je l'entends finalement faire demi-tour en poussant un juron entre ses dents serrées.

— Belle ? m'interroge-t-il.

Bingo !

Il s'approche un peu plus, et au moment où sa main va toucher mon épaule, je me redresse et le bouscule avant de courir vers l'ascenseur.

— Espèce de garce ! il hurle dans mon dos. Putain de menteuse !

Mais je suis déjà dans la cabine et appuie sur le bouton du huitième.

— Tu as oublié que j'étais une tricheuse ! Je n'y peux rien si tu te fais toujours avoir !

La porte se referme sur moi, et il se retrouve bloqué dans le hall. Son visage en colère et frustré s'imprime dans ma mémoire. Oh oui, il va être sacrément énervé. J'adore ce jeu !

— Dépêche-toi ! j'ordonne à l'ascenseur comme s'il pouvait vraiment m'entendre.

Je ressors au huitième, en appuyant sur le bouton d'ouverture des portes de l'ascenseur, le maintenant à cet étage. Au moins, Priam sera bloqué pendant quelques minutes précieuses.

Puisse Dieu avoir pitié de mon âme, je suis vraiment une garce. *Une garce à la hauteur de Priam Brings.*

Je me rue vers l'appartement 21. Mais je n'ai pas besoin de chercher longtemps, la porte est déjà ouverte et de la fumée s'échappe de la pièce ainsi que de la musique entêtante.

Mais qu'est-ce que...

Je déboule sur les lieux. J'aperçois aussitôt Colyne, assise au loin, sur une chaise. Un type est en train de danser à califourchon sur elle.

Il est à poil.

Et elle palpe ses fesses musclées à pleines mains tandis que ses deux copines font de même. Le type éclate de rire avant de lui lécher la joue.

— Colyne PESKI ! je hurle en pénétrant dans l'immense salon. Ne touchez aucun cul ! L'avocat de votre mari va débarquer d'une minute à l'autre et vous inventer un adultère.

Elle relève son visage vers moi et sa bouche s'entrouvre avant qu'elle ne prenne conscience de la situation.

— C'est pas vrai !

Elle hurle en se relevant et s'avance vers moi. Son haleine pue l'alcool.

— L'enfoiré ! Vous savez quoi ? Qu'il aille au diable. Je devrais le tromper juste pour lui faire les pieds !

Je me place face à elle et fiche mon regard dans le sien. Elle analyse rapidement mon short de pyjama gris en coton et le sweat blanc qui l'accompagne avec une moue interrogative.

— Vous pensez aux millions que votre mari va vous voler en divorçant à vos torts exclusifs ? je rétorque. Vous me payez pour gagner ce divorce et assurer vos intérêts. Alors je ne vous laisserai pas faire.

La lumière se fait vraiment dans son esprit et j'ai l'impression qu'elle dégrise instantanément.

— Jamais je ne laisserai un centime à Parker !

— Alors virez ces types d'ici.

Elle s'éloigne déjà, hystérique.

— Et payez-les ! Ces pauvres gars n'ont pas fait tout ce chemin pour rien.

Une minute plus tard, les types ont remballé leurs… accessoires et rejoignent l'ascenseur. Je découvre avec stupéfaction qu'il est toujours là. Priam a donc bien dû prendre les escaliers.

Au moment où l'ascenseur se referme sur les strip-teaseurs, la porte des escaliers s'ouvre avec fracas. Priam déboule à l'étage, le souffle rapide.

Une veine palpite sur son front et son regard est aussi glacial que celui de ma prof de fac quand je lui avais annoncé avoir croisé son mari sur Tinder.

— Tu-Toi ! hurle Priam.

Je lui lance un sourire innocent et je sens ma cliente se statufier derrière moi avec un soupir de gêne.

— Ton cardio n'est plus aussi bon qu'avant, Priam, je réponds d'un air angélique en regardant le bout de mes ongles. Je connais une très bonne salle de sport pas loin d'ici, si tu veux.

Il pointe un doigt dans ma direction, et je ne peux qu'admirer ses muscles contractés. Pendant son escalade, il a apparemment remonté les manches de sa chemise sur ses avant-bras puissants.

Je vois sa bouche s'ouvrir et se fermer plusieurs fois mais aucun mot n'en sort. Finalement, il inspire brusquement et fait demi-tour pour rejoindre l'ascenseur qu'il appelle d'un mouvement rageur alors que je rentre dans l'appartement de ma cliente.

J'attends une minute, pour m'assurer qu'elle va bien et n'est pas trop alcoolisée, puis je la salue avant de regagner le couloir et d'emprunter à mon tour l'ascenseur pour entamer la longue descente vers le hall.

Mon cœur bat toujours à vive allure. Je ne m'attendais pas à ce que notre combat débute aussi vivement et rapidement. Mais j'avais oublié que mon adversaire, Priam, est un vrai requin.

Ce soir, on l'a échappé belle. Il pensait gagner, et je viens de le tourner en ridicule.

Je traverse une nouvelle fois le hall d'entrée sous le regard toujours aussi scrutateur du portier. Je pousse la lourde porte et le froid de la nuit balaye mes jambes à peine couvertes.

Ça, et Priam.

Il se tient à quelques mètres de là, les mains dans les poches. Il m'observe venir à lui. Il n'est plus en colère ; son cerveau tourne déjà à vive allure pour chercher son prochain coup. Le mien également.

— Tu viens de lancer la guerre, t'en as conscience ?

Ma voix claque entre nous et je croise les bras sur ma poitrine. Son sourire suffisant étire ses lèvres. Il passe une main sur sa courte barbe et s'éloigne de quelques pas à reculons. Ses yeux se posent une seconde sur mes cuisses nues et sa mâchoire se contracte à cet instant précis. Quant à moi, je serre un peu plus mes bras contre ma poitrine et tente de rester neutre face à l'intensité qui se dégage de lui.

— La balle est dans ton camp, mon ange.

*Qu'est-ce qu'il veut dire par là* ? Il n'a même pas un peu peur ?

Mais Priam s'éloigne déjà. Et je crains que notre prochaine confrontation ne fasse des étincelles qui vont finir par brûler l'intégralité de la ville de Boston.

Conclusion, c'est le moment de sortir vos chamallows et de les faire griller.

# CHAPITRE 9

## *La personne que tu dois être*

### BELLE

— Tu ne peux pas me forcer à aller là-bas demain soir, je chuchote furieusement. Paul, sans déconner. J'ai deux pieds gauches.

Sauf qu'il ne veut rien entendre, ce rat.

— Mais si, c'est important pour le cabinet, Belle ! bougonne-t-il dans le téléphone. Ce n'est qu'une soirée. Et on doit représenter fièrement nos intérêts. Tu sais à quel point le paraître est plus important que l'être entre nos rangs.

— Ce n'est pas une soirée, c'est un bal avec les avocats de Boston, rétorqué-je.

Et je n'ai aucune envie d'y aller. Sauf que mon nouveau boss n'entend pas les choses comme moi, et je vais finir par céder, je le sais.

Son soupir frustré me répond. Il s'apprête à négocier. Une minute plus tard, je raccroche, vaincue.

— Bonjour, bienvenue ! m'accueille la serveuse derrière le comptoir du café en bas de ma rue. Je vous sers quelque chose ?

Ça fait plaisir d'être accueillie par une personne aimable. Je lui renvoie son sourire.

— Oui, bonjour ! Un café, s'il vous plaît.

— Sans sucre ?

Je lui fais les gros yeux face à cette idée.

— Avec du sucre, du lait, et une pompe de sirop de vanille. Non, en fait, deux pompes.

Son sourire s'élargit. J'avoue, je prends plus de sucre que de café, mais je n'y peux riensi j'y suis accro. Je récupère ma commande trois minutes plus tard et m'installe sur une banquette en cuir marron, près des baies vitrées qui donnent sur la rue.

Je pousse un soupir de contentement en avalant une gorgée de ma boisson.

Que c'est bon !

Je relève finalement la tête en entendant des petits ricanements provenant de la banquette à ma droite. Je jette un coup d'œil discret et découvre deux gamines d'une quinzaine d'années. Elles triturent leur portable et paraissent perturber ouvertement la jeune fille qui se trouve assise de l'autre côté de la table.

Cette dernière joue avec ses doigts, la tête baissée. Elle est entièrement vêtue de noir, de ses fringues à son rouge à lèvres et ses ongles rongés. Mais ce style lui va bien. Je la vois reprendre brusquement son souffle, les larmes aux yeux.

*Qu'est-ce qu'il se passe ?*

Personne ne se préoccupe d'elles.

J'attends une minute, ne voulant pas intervenir dans une situation qui ne me regarde pas. Mais je ne peux pas faire comme si je ne voyais rien tandis que l'une d'elles commence à filmer l'autre, visiblement contre sa volonté, puisqu'elle retient une nouvelle fois ses larmes.

Je ne peux pas ne rien faire alors que cette situation me rappelle une période de ma propre vie. J'avais quinze ans. Je venais de quitter Boston pour rejoindre Seattle avec mes parents. Et l'intégration dans mon nouveau lycée a été horrible. Si horrible qu'encore aujourd'hui, à vingt-cinq ans, j'en garde des séquelles.

Je me lève d'un bond, prends ma plus belle mine de garce et m'avance vers elles.

— Salut, les filles.

Je me laisse tomber près de la petite blonde entièrement vêtue de noir et lâche mon plus beau sourire. La blondinette m'observe avec des yeux interrogateurs tandis que les deux nanas assises en face d'elle interrompent leur geste, leur portable encore dans les airs.

— T'es qui toi ? crache l'une d'elles.

Je prends une gorgée de mon café brûlant, observe le bout de mes ongles parfaitement manucurés.

— Tu sais que filmer quelqu'un contre sa volonté est illégal ?

— Et alors ?

Ne sois pas violente, je me rappelle. Tu es une adulte responsable et elles ont seize ans à tout casser.

Je pianote la table du bout de mes ongles et continue :

— Alors, si tu ne supprimes pas la vidéo que tu viens de prendre, j'appelle les flics. Je suis avocate et je n'hésiterai pas à défendre la demoiselle que vous venez de filmer.

Bon, en pratique, les choses sont un peu plus compliquées. Mais mon but à cet instant et de les faire un peu flipper.

— On a rien filmé du tout, rétorque celle qui tient son portable. Et puis on est dans un lieu public.

Elle m'observe d'un air hautain, sans crainte aucune. Je m'apprête à la remettre à sa place mais sa copine lui donne un discret coup de coude.

— C'est bon, chuchote-t-elle, supprime la vidéo, on se casse d'ici. Je veux pas de problèmes avec mes parents.

Les deux gamines s'exécutent et finissent par s'éloigner tout en me jetant un regard noir.

Je me relève et me laisse tomber cette fois de l'autre côté de la table, là où elles étaient assises, juste devant la petite blonde qui me fixe avec des lèvres pincées.

— J'avais pas besoin de votre aide, marmonne-telle avec lassitude.

Peut-être pas. Mais je sais reconnaître une victime de harcèlement quand j'en vois une. On a peur de demander de l'aide, on a peur d'accepter l'aide qu'on nous tend, et on repousse toute personne qui tenterait de s'approcher.

*Je suis passée par là.*

Difficile à croire, hein ? Aujourd'hui, j'ai confiance en moi et j'affronterais n'importe quel regard sans flancher. Sauf celui, exaspérant, de Priam qui me rend dingue et haineuse, mais c'est une autre histoire. En repensant à cet enfoiré qui m'a piégée hier soir, je ne peux que penser au prochain coup que je lui infligerai.

La jeune fille en face de moi continue de me fixer, et dès que nos regards se croisent, elle se détourne.

— Elles n'avaient pas l'air très cool, ces filles.

— Ça vous regarde pas. J'vous connais même pas.

Son ton est froid, mais je vois la peine et la peur sur ses traits. Elle continue de triturer ses doigts.

— C'est vrai, on ne se connaît pas. Et si tu veux, je retourne m'asseoir à ma place. Mais il faut que tu saches que… peu importe ce que… ce que ces filles te font subir…

— Elles ne me font rien subir.

Sa voix trahit son mensonge et ses yeux encore plus.

— Peu importe ce qu'elles font, tu peux en parler, je poursuis en ignorant son interruption. Tu peux en parler à quelqu'un de confiance. Ou à un inconnu qui saura t'aider, tu comprends ?

— Je ne veux pas vous en parler.

Elle s'agite sur son siège, et je décide de ne pas insister. C'est le meilleur moyen de braquer une victime qui voudra une seule chose : qu'on la laisse tranquille.

— D'accord, ne m'en parle pas. Je ne t'oblige à rien...

— Amber. Je m'appelle Amber.

J'hésite à lui tendre la main mais m'y résous finalement.

— Je m'appelle Belle Murray. Je ne t'oblige à rien, Amber.

Elle reste silencieuse quelques instants, et je m'apprête à me lever mais sa voix stoppe mon geste.

— Vous êtes vraiment avocate ?

— Ouais.

Nouveau silence de sa part. Finalement, elle chuchote d'une voix étouffée. Étouffée par la peur et la rancœur :

— Ces filles, elles sont dans mon lycée. Elles ont créé un compte TikTok sur moi. Elles disent que je suis spéciale. Bizarre. Elles créent des vidéos pour se moquer de moi et font des montages avec ma tête.

Je serre les dents ; j'ai envie de rattraper ces gamines par la peau du cul.

— Est-ce que tu peux me donner le nom de ce profil TikTok ?

Elle m'observe d'une étrange façon pendant de longues minutes si bien que je pense qu'elle ne va pas répondre. Mais elle poursuit :

— Vous allez le donner aux flics ?

— Pas si tu ne le veux pas. En fait, je pensais à autre chose.

— Quoi ?

Elle est suspendue à mes lèvres, désormais.

— J'ai un ancien camarade de fac qui est spécialisé en informatique. Je peux lui demander de supprimer ce compte et tous ceux qui y sont affiliés.

Après une minute supplémentaire d'explications, elle finit par me donner le nom. Je me promets de l'envoyer à mon ami dès que je serai sortie d'ici. Je prends une carte de mon sac, celle avec mon nom, et l'adresse du cabinet Nameh.

— Si un jour tu as besoin de quoi que ce soit, je veux que tu appelles mon numéro. D'accord ?

Elle hoche la tête. Je vois bien qu'elle est sur le point de me dire autre chose. Elle en a gros sur le cœur et a besoin d'extérioriser, ce qui est parfaitement compréhensible. Parfois, parler avec une inconnue est beaucoup plus simple que de se confier à ses proches.

— Elles aimeraient que je sois comme elles.

— Sauf que ce n'est pas à quelqu'un d'autre de définir la personne que tu dois être. Non ?

L'ado hausse les épaules avant de se racler la gorge.

— Qu'est-ce que t'en sais, toi ?

Elle me tutoie et est plus familière. Elle se place peu à peu en confiance.

— Ce qu'elles te font vivre, je l'ai vécu, lui confié-je.

— Toi ?

— Moi. J'ai gardé le silence, pendant des mois. Un jour, j'ai craqué et j'en ai parlé à ma mère.

— Et elle a fait quoi ?

Je souris en y repensant. Je me souviendrai toujours de ce moment.

— Elle leur a dit que s'ils continuaient, elle les forcerait à faire un stage dans l'armée. Un stage horrible dans lequel ils devraient manger des vers de terre.

La petite écarquille ses yeux et gonfle ses joues.

— Et ils ont arrêté ?

— Oui. Parfois, ils essayaient de recommencer. Et puis ça s'est arrêté. Pour en revenir à toi, Amber, tu n'as pas à leur ressembler ni à chercher leur acceptation. C'est toi, et uniquement toi qui dois décider de qui tu veux être. Parce que si tu deviens une personne juste pour elles, tu n'aimeras pas ce que tu deviendras. Tu vois où je veux en venir ?

— J'ai compris, ouais.

— Bien.

Elle se lève finalement, récupère ma carte et s'éloigne après un sourire timide.

Combien de fois a-t-on essayé de me faire rentrer dans une case ? De me dire d'agir en fonction de ce que les autres pensaient et exigeaient plutôt que par moi-même ?

*Fuck.* Que tous ces blaireaux aillent se faire foutre.

# CHAPITRE 10

## Vulve et menaces

### PRIAM

Ce soir, il pleut sur Boston. Ce qui n'est pas rare, quand on y pense. Mais la météo va de pair avec mon humeur.

Je ne peux pas parfaitement voir les trottoirs d'ici parce que mon bureau se trouve au quinzième étage, mais je suis sûr qu'ils grouillent de gens qui courent dans tous les sens pour se mettre à l'abri. Un coup de tonnerre résonne au loin, et je relève les yeux pour découvrir le ciel en colère.

Ma sœur doit être collée à la vitre de son salon, elle est complètement fan de ce genre de météo ombrageuse.

*Son ciel,* comme elle l'appelle.

La foudre frappe derrière le building en face du mien.

Les étages de l'immeuble sont obscurs pour la plupart. Les gens rentrent chez eux, pressés de quitter leur misérable travail pour vaquer à leurs occupations.

Personne ne m'attend chez moi. Seul un immense appartement vide. Ne vous méprenez pas. J'aime la solitude. J'aime le contrôle qui s'en dégage.

Une vague silencieuse sera toujours plus percutante qu'un océan de bruit qu'on ne peut finalement pas savourer.

Alors j'ai appris à écouter les silences. Dans mon métier, on découvre rapidement que les arguments les plus concluants sont ceux que l'on n'exprime pas à voix haute.

*On ne connaît notre adversaire que si on découvre ce qu'il ne dit pas.*

Alors oui, je suis un solitaire.

Le ciel gronde encore une fois et la pluie se déchaîne contre les immenses baies vitrées de mon bureau au quinzième étage du McCormack Building. Le mur derrière mon fauteuil est entièrement fait de verre et nous donne une vue impressionnante du quartier.

On se sent presque intouchable d'ici. Et encore une fois, seul. On naît seul. On meurt seul. Autant vivre et combattre... seul. Votre meilleure arme – surtout dans un métier tel que le mien – sera toujours votre propre personne.

Je colle mon portable à mon oreille et attends patiemment que la personne décroche. Mais une fois de plus, je tombe sur le répondeur.

Ma mère n'a pas répondu. Une fois de plus.

Nous ne sommes pas en conflit. Pas vraiment. Mais elle ne prend plus vraiment nos appels à ma petite sœur et moi depuis le décès de notre père, deux ans plus tôt. Ma mère a toujours été assez particulière et volatile.

La dernière fois que j'ai eu *l'honorable chance* de l'avoir au téléphone, elle faisait une retraite spirituelle en France.

Je n'ai jamais eu de lien fort avec elle. Mais ma petite sœur, April, souffre de cette situation. Et ce qui fait souffrir ma sœur me fait souffrir moi.

Même si je suis un solitaire, elle est la seule personne au monde pour qui je m'abaisserais à contacter quelqu'un qui ne souhaite apparemment pas me répondre.

J'étais très proche de mon père. Nous allions pêcher. Nous regardions le foot ensemble. Et je n'oublierai jamais son regard quand il a appris que j'allais devenir avocat, ni son expression de fierté quand il a appris que sa fille, sa petite princesse, devenait tatoueuse et allait vivre de sa passion.

Je suis interrompu dans la contemplation de la ville par la porte de mon bureau. Elle s'ouvre brutalement, et des pas se font entendre sur le parquet.

Je glisse un œil vers l'entrée, levant un sourcil interrogateur vers Reyes. Il ne prend pas la peine de s'annoncer et s'avance vers mon bureau, vêtu d'un polo gris détrempé et d'un vieux jean qu'il doit avoir depuis des années.

La seconde chose que je remarque, c'est le coquard qui déforme sa paupière. La dernière fois que je l'ai vu, son visage était presque intact.

— Qu'est-ce qu'il t'est arrivé ?

Ma voix grave brise le silence de la pièce.

Il hausse une épaule avant de passer sa main sur son crâne presque rasé.

— J'ai glissé.

*Bien sûr.* J'espère juste que le type en face est aussi amoché que lui.

Si Reyes ne me dit pas la vérité, c'est parce qu'elle ne me plairait pas et qu'elle pue l'illégalité.

Reyes observe attentivement ma position : ma chemise désormais chiffonnée dont les manches sont relevées sur mes avant-bras. Il siffle entre ses dents, puis il se laisse tomber dans le fauteuil dédié aux invités.

Il place sa jambe sur l'accoudoir, et il se met à la balancer sans me quitter du regard.

— Je pensais que tu bossais dur, en fin de compte t'es en train de contempler le ciel comme un putain de poète qui chercherait l'inspiration.

Mes lèvres s'étirent doucement tant ce qu'il décrit ne me correspond pas. Je redresse le menton et rétorque d'une voix solennelle :

— Je ne contemple pas le ciel, Reyes, mais mes ennemis qui finissent tous par tomber les uns après les autres. Ne me cherche pas si tu ne veux pas en faire partie.

— Tu m'excites presque quand tu dis ça.

Il lâche un petit soupir et croise ses mains sur son ventre musclé. Je croise mes propres bras sur mon torse et me tourne dans sa direction, perdant de vue le ciel qui gronde.

*Je tourne le dos aux orages, mais la tempête résonne toujours en moi.*

— T'es vraiment tendu, reprend mon ami en m'analysant sous tous les angles.

Je pousse un soupir, un vrai cette fois. Il a raison, mon corps est crispé, ma mâchoire solidement serrée. Tant de merdes se bousculent dans ma tête.

Un défi que je veux relever, surtout.

— J'ai un dossier brûlant à remporter face à une foutue garce.

Reyes se redresse, le regard calculateur. Parlez-lui de compétition et il vous assistera dans vos combats.

— Ah ?

Il en attend plus, et je finis par lâcher :

— Elle me renvoie la balle alors que la seule chose que j'aimerais qu'elle fasse, c'est abandonner.

Comme tous les autres. Je ne dis pas son prénom ni son identité, la dernière chose que je souhaite, c'est que Reyes se mêle de ce qui ne le regarde pas. Et Belle Murray est mon affaire personnelle.

Il se contente d'incliner la tête :

— Tu aimerais que je l'élimine ? Sache que tu n'as qu'un mot à dire.

Je commence à rigoler mais m'interromps en découvrant la petite part de sérieux sur son visage.

— Tu déconnes, pas vrai ? T'es quand même pas en train de me dire ça sérieusement ? À moi ?

Il hausse une nouvelle fois les épaules, un véritable tic chez lui. En voyant son regard taquin, je comprends qu'il rigole. Mais je ne saurai jamais s'il est sérieux ou non.

— Tu sais que je blague, reprend Reyes. Et concernant ta foutue garce...

— Ce n'est pas *ma* foutue garce. On se hait, elle et moi. C'est à celui qui va démolir l'autre le premier.

Et ce sera moi, comme toujours.

— Alors pour cette garce, rectifie Reyes, laisse-lui croire qu'elle gagne. Puis prends-la à son propre piège.

Jouer. Tricher. Gagner.

C'est bien ce que je compte faire.

Je m'apprête à répondre mais la porte de mon bureau se rouvre. Une femme, la trentaine, pénètre dans la pièce après mon hochement de tête. Elle s'avance, silencieuse, et dépose un dossier sur mon bureau.

— La journée est terminée, si vous n'avez besoin de rien, je rentre chez moi.

— Ce sera tout, Alexis. À demain.

Ma secrétaire s'éloigne, non sans avoir jeté un œil curieux au visage de Reyes. Ce dernier la suit des yeux comme un prédateur. Je m'avance vers mon bureau, récupère un stylo et lui jette dessus. Il rebondit sur son torse avec un petit bruit.

— Alexis est une bosseuse. Loyale et toujours disponible. Hors de question que tu l'ennuies, compris ?

Hors de question qu'il ennuie quiconque, en fait. Reyes sourit doucement en guise de réponse.

— Je n'aime pas chasser. Je préfère quand on s'offre à moi sur un plateau d'argent.

Je ne partage pas ses goûts. La chasse est si bonne, peu importe si notre adversaire se transforme en proie mouvante. Reyes a tout simplement l'habitude que tous plient devant lui. Mais je le vois dans ses yeux, il est aussi chasseur que moi. Peut-être même plus, à bien y réfléchir. Je suis le monstre qui agit à visage découvert. Il est celui qui se cache dans l'ombre, vous attire dans l'obscurité et vous dévore tout cru.

Je suis celui qui vous piège. Reyes vous fait vous piéger vous-même.

— Dans tous les cas, je reprends, concernant ma secrétaire, ne la regarde pas de travers ou je vire ton cul de là.

Hors de question qu'elle me mette les ressources humaines au cul à cause de Reyes.

Ce dernier lève les yeux au ciel.

— Le pire, Priam, c'est que je suis sûr que tu en es capable. C'est vrai qu'on ne s'est jamais battus tous les deux. Sous ta chemise de businessman à la belle gueule, je sais que tu caches des putains de capacités pour casser des bouches. Si seulement tu pouvais les utiliser pour...

Je sais exactement pourquoi il me caresse dans le sens du poil et où cet enfoiré veut en venir.

— Non, Reyes. Je ne travaillerai pas pour toi.

Il lève ses mains au ciel, protestant de son innocence.

— OK. OK mon frère. J'attendrai. C'est un long combat que je dois mener pour te convaincre.

Il n'y a aucun combat me concernant. Il se lève déjà pour partir, alors je lance :

— Et ta procureure ?

Je vois d'ici qu'il se raidit à la mention de cette Morgane quelque chose. Un air sombre traverse son visage.

— Sans nouvelles. Elle doit me préparer un sale coup, encore.

— Vas-tu te battre à la loyale ?

Il se gratte la gorge et rétorque :

— Toi, tu te bats à la loyale ?

— Jamais.

Je me bats pour gagner. Je ne me bats pas pour ménager les autres.

— Alors tu as ta réponse.

Reyes recule et finit par disparaître de ma vue, tandis que je reprends place devant les fenêtres. En parlant de combat, je repense à Belle.

Belle Murray. Aussi indomptable qu'exaspérante.

— Satanée garce, murmuré-je entre mes dents serrées.

Je pensais la tenir, et voilà qu'elle m'a ridiculisé devant sa propre cliente en utilisant mon piège contre moi. Ça me donne envie de me venger.

Mais je sais une chose, ou du moins je la devine : Belle est toujours en train de tester le terrain, alors que moi, je pose déjà mes mines un peu partout jusqu'à ce qu'elles finissent par exploser.

Ou peut-être que je me trompe et qu'elle est une adversaire beaucoup plus redoutable.

Mon ordinateur portable émet un bip, et l'écran s'allume tandis qu'un mail apparaît. Je m'assieds sur mon fauteuil.

Mes yeux verts parcourent les lignes du courrier qui vient de me parvenir ainsi qu'à Colyne et Parker.

Merde.

Belle se contente de relater rapidement l'incident d'hier, jugeant la situation inacceptable. Quelque chose bout en moi. Ça m'obsède. J'imagine déjà l'expression présomptueuse et intouchable de son visage. Et ses lèvres boudeuses qui se plisseront en découvrant mes prochains mots. Donc, je m'empresse de lui répondre à elle seule.

Arrête de te dégonfler, mon ange.

Une minute plus tard, sa réponse me parvient. Et je ne peux retenir un éclat de rire.

C'est toi que je vais dégonfler. Attends un peu.

À très vulve, Priam.

J'ignore la dernière fois que j'ai rigolé aussi sincèrement sans pouvoir m'en empêcher. Je n'ai pas le temps de m'en remettre que déjà un nouveau mail de sa part s'affiche.

À TRÈS VITE ! JE VOULAIS DIRE, À TRÈS VITE.

Je me détourne de mon écran et pose ma tête sur mon poing fermé. Je murmure dans le silence de mon bureau :

— Ah, Belle, j'avais oublié à quel point ta maladresse me donnait envie de t'étriper mais était si rafraîchissante.

Hâte de voir la prochaine bombe qu'elle posera sur le terrain avant que tout n'explose. Réussira-t-on à se mettre à l'abri avant ?

# CHAPITRE 11

## *Sauvée par l'adversaire*

### BELLE

Je claque la porte de mon appartement et me dirige vers l'ascenseur, priant pour que mon talon d'escarpin ne se brise pas, cette fois. April, que j'ai en FaceTime, est en train de me raconter sa journée tout en s'épilant les jambes. Et le maillot, mais je fais semblant de ne rien voir.

— Tu veux dire, continué-je tout en pénétrant dans la cabine chromée, que le type voulait que tu lui tatoues une photo de son ex sur le torse en pensant que ça allait la faire revenir ?

Ma meilleure amie arrache sa bande de cire en acquiesçant. J'ignore comme elle fait pour s'épiler sans hurler. Ça fait mal, ce truc.

— Mais oui ! s'exclame-t-elle ensuite.

— Glauqueeeee. Et t'as répondu quoi ?

Elle relève un sourcil avant de se laisser tomber en arrière sur son matelas, ses cheveux manquant de toucher les bandes collantes et usagées.

— Je lui ai dit que tatouer un gros vagin avec écrit « je t'aime » juste au-dessus était encore plus mignon pour reconquérir son ex.

Je rigole avant de m'arrêter subitement face à ses traits sérieux.

— Non. April, t'as pas fait ça ? Pas vrai ?

Elle en serait capable. April est capable de tout.

— Bien sûr que j'ai fait ça, reprend April. Et le pire, ma biche, c'est qu'il a failli me croire. Il avait des petits cœurs plein les yeux.

— Je rectifie : c'est archi-glauque. Et t'es une connasse !

Elle éclate de rire pour toute réponse. Puis on passe à une discussion à propos de son futur salon qui sera bientôt inauguré. Son déménagement est apparemment terminé. Je profite d'être dans l'ascenseur pour me regarder une dernière fois dans le miroir et j'essuie une petite trace de mascara sur ma paupière droite. J'étais pressée et j'ai juste eu le temps d'en appliquer grossièrement avant de mettre une couche de gloss et de filer.

Petite robe beige qui s'arrête juste au-dessus des genoux ; parfait. Décolleté *on fleek*, mais pas trop plongeant. L'unique bijou que je porte est une paire de créoles en or. Mes cheveux sont relevés dans un chignon sur le haut de mon crâne et quelques boucles rebelles s'en échappent.

Bon, je ne peux pas faire mieux. Mais je me trouve jolie, ce soir. La couleur de ma robe fait ressortir joliment ma peau métisse. Et moule parfaitement mes fesses, mais c'est une autre histoire.

*Classe et simple, mais loin d'être sage.*

Je redresse le téléphone devant moi et inspire profondément.

— April ?

— Hum ?

Je la vois descendre la pince à épiler entre ses cuisses. Pitié.

— Est-ce que tu peux laisser ton vagin tranquille et relever la tête une minute ?

Ses yeux verts se posent sur moi à travers l'écran et elle s'en approche, observant le haut de ma silhouette dans les moindres détails.

— T'en penses quoi ?

— Hum.

— Ce « hum », c'est positif dans le genre « Hum, t'es incroyable » ou « Hum, je déteste, tu ressembles à un champignon géant ».

— C'est bon, les champignons. Surtout la queue.

— April !

Elle sourit tandis qu'elle se met debout et me balade à travers le couloir de son appartement.

— Ça va, Belle, détends-toi. T'es super belle, Belle.

Elle ricane avec son jeu de mots pourri préféré. Mais au moins, ses mots me rassurent. Si ma tenue ne lui plaisait pas, elle me l'aurait ouvertement annoncé.

— Dis-moi, reprend-elle, tu te souviens il y a quatre ans, quand je suis venue à Seattle et que t'as essayé d'étouffer ce type entre tes seins ?

L'ascenseur s'ouvre sur le sous-sol, tandis que je la fusille du regard.

— Pour ma défense, j'étais complètement bourrée, toi aussi, et ce type matait trop librement mes seins. Donc j'ai décidé de les lui faire découvrir en l'étouffant avec.

Ce fut un échec cuisant, mais au moins, il a fui en me traitant de cinglée.

— Je dois te laisser, termine April, mon *date* avec Monsieur le fleuriste va commencer.

— Le mec de Tinder ? Je croyais qu'il ne cherchait rien de sérieux.

— Exactement, on va juste profiter cette nuit.

Elle raccroche déjà tandis que je rejoins ma petite voiture. La citadine démarre une minute plus tard. Je n'ai aucune envie de me joindre à ce bal organisé par le gratin juridique de Boston. Mais... ça peut m'aider à nouer des liens, créer des contacts avec des avocats de la ville.

Et c'est comme ça qu'on se forge une réputation – en plus de gagner nos dossiers. Donc, je prends sur moi, priant pour que cette soirée s'écoule rapidement.

***

Le représentant des avocats de Boston a vu les choses en grand. La réception se déroule au Kimpton Marlowe Hotel, juste au bord de la rivière Charles. La location d'un tel endroit a dû coûter un bon paquet de fric à l'organisateur de la soirée, Elon Ball, ténor du barreau connu à travers les États-Unis et respecté de tous.

Je me gare dans la rue devant l'hôtel, je sais qu'il y a un sous-sol privatif, mais j'ai refusé de payer pour y avoir accès.

L'hôtesse qui se tient à l'entrée vérifie rapidement mon identité, et enfin, je plonge au cœur de l'avocature de Boston. J'avoue que c'est excitant, cette nouvelle étendue d'offres qui s'ouvre à moi.

Se tiennent ici tous les ténors du barreau de la ville, des plus célèbres avocats à ceux qui viennent d'arriver en tentant de se faire une place, comme moi. Tous se mêlent les uns aux autres ce soir, espérant obtenir un quelconque contact qui pourrait leur servir plus tard.

Car ce soir nous sommes tous des rapaces et ne voyons que le business avant tout. Chacun est élégant et tiré à quatre épingles. Les robes sont parfaitement drapées, les costumes parfaitement repassés.

Certains portent leurs plus beaux bijoux, leur montre la plus chère en voulant montrer aux autres que, oui, ils ont réussi et pèsent dans le *game*. Certains types qui ont l'âge de mon père s'affichent au bras de jeunes femmes plus jeunes que moi, et inversement.

Je croise une avocate qui tient la main d'un jeune homme qui l'embrasse tendrement dans le cou. Qui suis-je pour juger ? Ce qu'il se passe dans la chambre à coucher des gens ne me regarde pas.

— Belle ?

La voix qui résonne dans mon dos me détend immédiatement quand je la reconnais. Je me retourne et découvre un homme un peu plus loin, accompagné d'un autre homme de son âge.

Paul Nameh. *Mon sauveur.*

Ses yeux s'illuminent alors que je m'approche de lui, et je vois une lueur de fierté paternelle sur ses traits. Jusqu'au bout il n'était pas sûr que je vienne, mais bien sûr que je n'allais pas lui faire faux bond !

— Bonsoir, Paul.

Sauf que Paul, mon patron, ne se tient pas près de n'importe qui. Je reconnais immédiatement le type qui l'accompagne.

Elon Ball, le célèbre avocat.

Ce dernier plisse le front et sa moustache se baisse lorsqu'il me remarque.

— Elon, je te présente ma nouvelle recrue, Belle Murray.

Il me tend sa main et je m'en empare rapidement, le menton relevé alors qu'intérieurement je suis presque mortifiée. Ma confiance légendaire est en train de se faire la malle.

— Enchanté, maître Murray, reprend Elon.

— De même, je le salue à mon tour.

Paul est interpellé au loin et me laisse seule avec Elon, qui m'épingle de son regard franc. Si jamais il fixe toutes les personnes de cette pièce comme ça, je suis certaine que l'un de nous va faire un putain de malaise. Surtout que sa curiosité cache autre chose que je reconnais bien vite.

— Alors vous travaillez avec Paul Nameh ?

— Effectivement, je viens d'arriver en ville.

— Mon cabinet n'est pas loin du sien, vous devriez me rendre visite dans la semaine. Je pourrais vous le faire découvrir un soir.

Il faudrait être débile pour ne pas comprendre son sous-entendu, surtout que ses yeux parcourent mon corps et que sa main effleure mon épaule. Déçue, et franchement pas d'humeur, je me racle la gorge et attire son attention sur mon visage avant de le recadrer poliment :

— Bien entendu, je passerai volontiers avec Paul.

Quand je précise que je serai accompagnée, le rat pince ses lèvres.

Je cherche à m'éloigner tout en restant courtoise, mais il fait un pas dans ma direction. Alors je recule. Je n'aime pas la lueur dans ses yeux. Je cherche à développer mon réseau, mais je crois que lui cherche autre chose parmi les convives.

*Cherche une solution, Belle !* m'ordonne ma conscience.

*Je pourrais l'attirer dans les toilettes et le pousser sur le carrelage avant de lui arracher les yeux. Bon, c'est peut-être un peu trop violent mais ça aurait une certaine efficacité.*

Erreur, ce n'est pas une solution si tu veux conserver ton travail, me réprimande une petite voix dans ma tête.

J'aperçois une silhouette épaisse qui se dirige près de nous, sans nous avoir repérés. Bingo ! Voici ma seule porte de sortie.

Priam continue de slalomer entre les invités, une expression indéchiffrable sur le visage. Il a un petit sourire en coin mais son regard est dur, tenant le reste des gens à distance. C'est lui qui vient à eux, s'il le souhaite, et pas l'inverse.

Rappelez-moi de m'entraîner devant mon miroir pour développer la même expression que cet enfoiré.

Mais pour l'instant, il est mon seul alibi de disponible.

— Priam ! je m'exclame d'une voix beaucoup trop heureuse de le voir.

Quelle comédienne je suis !

Il stoppe et se tourne vers moi, la tête penchée sur le côté. En découvrant que je me tiens là avec un sourire faux sur le visage, il arque les sourcils. Il sent l'entourloupe.

Le type près de moi ne cesse de me parler de sa vie tandis que le grand brun s'approche. Les deux mains dans les poches de son pantalon de costume bleu marine, je ne peux que remarquer à quel point le tissu de sa chemise blanche moule son torse. Il s'est presque rasé de près pour l'occasion, contrairement à son éternelle barbe de quelques centimètres.

Il s'apprête à prendre la parole, mais je me jette sur lui, le regard faussement rieur.

— Je te cherchais partout ! m'exclamé-je.

Je me colle à lui sans attendre et place mon bras autour du sien, tandis que son parfum boisé pénètre mes narines.

— C'est quoi cette connerie ? chuchote-t-il à mon oreille.

Son souffle effleure ma peau, et j'ignore le frisson électrique qui remonte le long de mon épine dorsale, sans lui répondre. Un instant, j'ai peur qu'il ne me repousse et ne me laisse avec Elon.

Mais je ne lui laisse pas le choix et le force à s'éloigner, moi à son bras tout en souriant à l'autre pauvre type que j'abandonne lâchement.

Une fois à bonne distance de l'inconnu, je m'éloigne précipitamment de Priam tout en poussant un soupir.

— Si tu voulais ton corps contre moi, mon ange, tu aurais dû me le dire. Je suis d'humeur généreuse, ce soir. J'aurais accepté de subir cette torture quelques secondes.

— La ferme, Priam.

Il lâche un rire grave tout en secouant sa tête.

— Je sauve ton cul d'un entretien désagréable avec Elon l'Enfoiré, et c'est comme ça que tu me remercies ? Tsss.

Manifestement, lui non plus n'aime pas Elon. Un serveur passe près de nous et Priam récupère l'unique coupe de champagne qu'il reste sur le plateau. Il n'a pas le temps de la porter à ses lèvres que je la lui arrache des mains avant d'avaler cul sec l'alcool, qui brûle ma gorge.

Son regard ne me quitte pas tandis que je déglutis plusieurs fois.

— N'en fais pas toute une histoire, je réponds enfin en redéposant la coupe sur un autre plateau. Et je ne voulais *pas* me coller à toi. Il se trouve que tu étais ma seule porte de sortie.

Son sourire me fait comprendre qu'il ne me croit pas, alors que pourtant je dis la vérité. Enfin, à peu près.

Pour tout vous dire, et même si je ne l'avouerai jamais, son corps n'est pas désagréable à toucher. Dommage qu'il soit si con.

— Et c'est quoi cette manie de m'appeler mon ange ? Je suis ton pire cauchemar, ne l'oublie pas. Sauf si tu veux que je te plante mon talon aiguille entre les deux yeux. Quant à toi ? Tu es un démon.

Je sais que ce petit surnom n'est destiné qu'à une chose : me rendre dingue et m'énerver. Et il y parvient.

Il s'apprête à ajouter quelque chose mais son regard se pose soudain derrière moi. Et il n'a plus rien de calculateur à cet instant, il paraît presque affolé tandis qu'il se colle de nouveau à moi, de sa propre initiative, cette fois.

Je pousse un petit glapissement lorsque ma poitrine s'écrase contre son torse.

— Qui veut se coller à qui désormais ? je marmonne froidement en le repoussant.

Il m'ignore, jette un coup d'œil sur le côté et finit par s'éloigner. Je remarque immédiatement la personne qu'il a tenté d'éviter en se collant à moi. Une sublime blonde s'éloigne dans la foule, dans une robe rouge qui lui sied à merveille.

Sans doute une ex. Vu son regard qui se détend, je mettrais ma main à couper que je ne me trompe pas. Mais je ne veux pas penser à sa vie sentimentale et sexuelle, ça ne me regarde pas... Des images surgissent involontairement devant mes yeux, et je secoue la tête pour reprendre mes esprits.

Je croise les bras sur ma poitrine tout en plissant les lèvres.

— Alors, qui vient de sauver l'autre ? Nous sommes quittes, enfoiré.

Il accroche mon regard, revenant dans notre partie comme s'il ne l'avait jamais quittée. Un jeu qui va finir par nous dépasser tous les deux, si j'accepte sans cesse d'en repousser les limites.

Avec mes hauts talons, je suis presque à sa hauteur cette fois et ça me donne un certain avantage pour l'affronter.

C'est à cet instant qu'il semble vraiment me remarquer. Il détaille rapidement mon corps, sans rien laisser paraître sur son visage. Il s'attarde une seconde sur mes jambes, et je fais un pas en arrière. Aussitôt, il en fait un dans ma direction.

Non non, hors de question qu'on joue à ce petit jeu de se rendre fous de colère ce soir.

— Bonne soirée, je finis par dire en faisant un nouveau pas en arrière. Essaye de te tenir convenablement et de ne pas inviter de strip-teaseur.

Ma référence au sale coup qu'il m'a fait quelques jours plus tôt le fait de nouveau sourire. En réalité, j'aimerais bien qu'il en invite, à bien y réfléchir.

— Je peux toujours en devenir un moi-même, et faire un petit numéro au milieu de la foule, réplique-t-il.

Je renifle dédaigneusement tout en l'observant de haut en bas. Bien sûr qu'il est canon, cet enfoiré.

— Bah, je reprends, j'espère qu'on pourra demander un remboursement.

Son regard se fait noir et sa mâchoire se serre. Finito, son petit ton joueur.

— Espèce de démone.

— C'est bien, tu as compris que je n'avais rien d'un ange. Continue sur cette voie, je feins de l'encourager avec un sourire, bientôt tu arriveras à orthographier mon prénom correctement.

Je m'éloigne au son de son rire grave qui résonne dans mon dos. Je le sens toujours derrière moi. Il rôde comme un prédateur. Mais je ne suis pas un gibier, et encore moins une proie.

# CHAPITRE 12

## *Profiter de… l'air froid*

### BELLE

Je récupère une nouvelle carte avec les coordonnées d'une avocate adorable. Nous venons de converser pendant une bonne vingtaine de minutes, et je dois avouer que je n'ai pas vu le temps passer. Cette femme s'est établie en ville depuis des années, et aujourd'hui, elle a un carnet d'adresses incroyable, provenant de tout le gratin de l'État. Pourtant, je crois bien ne jamais avoir rencontré une personne aussi humble qu'elle.

Et en parlant de personnes qui ne sont pas humbles du tout, justement…

J'avise rapidement qui se tient devant le buffet droit devant moi. Priam. Toujours lui et sa belle gueule. Lui et mon envie de le tuer dès que je me retrouve à moins d'un mètre.

Soit je fais demi-tour, soit je rejoins le buffet comme prévu et me jette sur les petites verrines qui me font de l'œil depuis une heure.

Le choix est vite fait. Mon estomac n'attend pas. Alors, ma pochette beige sous le coude, je m'avance vers le festin, ignorant son regard qui me suit attentivement.

Il se tient près d'un homme aussi grand que lui mais bien moins massif. Les deux semblent plongés dans une conversation plus qu'aimable, si j'en crois les rires qui me parviennent. Je m'arrête près d'eux, les ignorant toujours, et récupère une petite verrine.

L'intérieur est vert, sûrement une sorte de guacamole. Miam. Je sens mon estomac gargouiller rien qu'en imaginant les saveurs. Ma mère travaillait énormément pendant ma jeunesse tandis que mon père s'occupait de moi à la maison. Tous les dimanches, on préparait une recette qui lui rappelait sa jeunesse passée, et on attendait ma mère pour les goûter le soir même.

J'aimerais avoir aujourd'hui autant de temps pour cuisiner plutôt que de rester plongée dans des dossiers si tard.

Je dépose la verrine que je viens de dégommer et m'apprête à récupérer un petit toast mais une silhouette m'empêche d'y accéder. Priam est planté devant moi, même si son visage reste tourné vers son ami.

Il fait comme si je n'étais pas là alors que vous comme moi savons très bien qu'il a remarqué ma présence.

Je ne bouge pas, le fusillant du regard. Est-ce le moment de lui mordre sauvagement la joue avant de plaider la légitime défense ?

Enfin, il reporte son attention sur moi, son sourire joueur toujours aux lèvres.

— Belle, je ne t'avais pas vue !

Bien sûr, oui. Et moi je suis encore vierge. *On y croit.*

Je relève le menton et le frôle tout en récupérant mon toast. Son torse effleure mon épaule un peu trop longuement à mon goût. Il inspire brusquement puis finit par reculer comme si je venais de le brûler. Ses sourcils se froncent et il s'éclaircit la voix.

C'est quoi son problème ?

— Priam ? je l'interroge avec un sourire mauvais.

— Hum ?

— Me cherche pas ce soir. Essaye d'avaler ta langue, et étouffe-toi.

Ses dents mordent sa lèvre inférieure, et d'un seul coup, il s'esclaffe. Ma remarque acerbe n'a pas l'effet escompté. Il a de nouveau un petit éclat de rire. Puis un autre. Et un autre, attirant les regards sur nous.

Il n'était pas censé rire, ce con.

Je croise les bras sur ma poitrine, coinçant ma pochette contre moi.

L'homme qui l'accompagne me lance un petit sourire à son tour et relève sa main droite.

— Bonsoir.

— Bonsoir, je suis Belle Murray.

Le blond fait les gros yeux à Priam qui se remet enfin de son fou rire, ses dents blanches toujours apparentes tandis qu'il inspire fortement pour se calmer.

— Belle Murray ? L'avocate qui est ton adversaire dans le dossier Pesky ?

Je relève un sourcil, attentive.

— Tiens, tu parles de moi à tes amis. Tu leur as dit à quel point tu avais peur de perdre ?

Priam ne rigole plus désormais et ses narines se gonflent. Il ressemble à un petit poisson hors de l'eau. Un poisson que j'aurais sorti volontairement de l'aquarium par peur qu'il ne se noie... Hum.

La contre-attaque est lancée.

— En fait, répond-il avec un air entendu, je t'ai présentée comme la perdante.

Je pince les lèvres, nullement atteinte. C'est de bonne guerre. Et surtout, ce n'est que le début de la bataille. Il me sous-estime encore. Je passe près de lui et tapote rapidement son épaule comme le ferait une amie de longue date.

— Tu sais, à force de se prendre pour le meilleur, on finit par tomber de notre nuage et s'aplatir comme une petite crotte. Je serais toi, j'aurais peur du vide, Priam.

Je lève ma main devant son visage et lui montre le petit espace entre mon index et mon pouce.

Il se penche vers moi, son haleine brûlante parcourant mon visage.

— Belle, si un jour j'ai peur du vide, je me contenterai de voler encore plus haut.

Sa soudaine proximité me perturbe encore une fois. Elle m'embrouille le cerveau sans que je comprenne pourquoi, me donnant envie de reculer, ou au contraire de me coller à lui. Juste histoire de voir si l'entièreté de son corps est vraiment brûlant ou si...

*Stop !* hurle ma conscience. *T'es tarée ou quoi ?*

— Tu es une garce, chuchote Priam. *J'aime ça.* Ça rend l'enjeu et la victoire encore plus savoureux.

Je m'éloigne sans attendre, le souffle rapide. Note à moi-même : ne plus me frotter contre Priam Brings. Ça peut être dangereux. Rectification : ça doit être venimeux et mortel.

Je fais demi-tour et m'avance vers le balcon entrouvert de la salle à tout juste trois mètres de là. J'ai chaud. Trop chaud. Je me rassure en me disant que ça doit juste être la température de la pièce qui est trop élevée. Ouais, ça doit être ça. C'est la seule explication, pas vrai ?

Je passe la grande porte vitrée menant sur le balcon et referme la porte derrière moi sans regarder. Le vent me frappe presque immédiatement. Nous ne sommes qu'au premier étage et il ne fait pas trop frais pour un mois d'avril.

Je regarde le ciel une minute, tentant de me calmer. J'ignore ce qu'il vient de se produire à l'instant, mais je n'aime pas ça. J'ai presque... perdu mes moyens, moi ! Alors que je suis la pro pour maîtriser tout ce qui bouillonne à l'intérieur de mon corps habituellement.

Après une minute, me sentant de nouveau maîtresse de moi-même, je m'apprête à retourner dans la salle de réception, sauf que mon cœur loupe un battement quand je rejoins la porte vitrée.

Ne me dites pas que...

Super. Vraiment super.

— Il ne manquait que ça !

Je cherche en vain à tourner la poignée, qui reste bloquée. Qui est la débile qui s'est enfermée à l'extérieur ? Oui, c'est moi.

Je me colle à la fenêtre et frappe dans l'espoir qu'on m'entende. Sauf que tous les convives sont rassemblés en petits groupes et que le brouhaha général étouffe mes maigres bruits.

Priam et son ami se tiennent toujours à trois mètres de là, et je frappe de nouveau sur la vitre en découvrant que Priam a son regard posé sur moi. Je lui indique la poignée de l'index. Pour toute réponse, il se contente de siroter son maudit champagne hors de prix et de me sourire innocemment, comme s'il ne comprenait pas qu'il y a un problème.

— Priam, enfoiré, sache que si je recroise ta route, je t'achève, marmonné-je entre mes dents.

Personne ne semble remarquer mon désarroi, alors je me détourne, en me creusant les méninges. Et si je hurlais de toutes mes forces ? Mouais, pas sûr que ça soit véritablement efficace.

Je m'avance vers le rebord en pierre du balcon. Je pose ma pochette près de moi et me penche par-dessus. Ça va, nous ne sommes pas très haut. Sauf qu'il y a des haies juste en dessous et je n'ai aucune envie de me piquer le cul.

L'avantage c'est que je n'ai pas le vertige, parce que ma mère m'a forcée à faire de l'escalade pendant des années.

— Bon, voyons voir si je le sens ou pas.

Je passe une jambe par-dessus le rebord du balcon, priant pour que personne en bas ne soit en train de mater mon entrejambe. Au moment où je m'apprête à passer ma deuxième cuisse, une voix grave et choquée claque derrière moi.

— Belle ? mais qu'est-ce que tu fous ?!

Je suis brusquement tirée en arrière, et je pousse un petit cri en me sentant soulevée dans les airs. La seconde suivante, mon corps est de nouveau collé à celui de Priam, qui a enroulé ses bras solidement autour de moi.

— Est-ce que t'allais sauter du balcon ? il s'exclame, les yeux affolés. Mais qui fait ça ?

*Moi. Ce n'est qu'un stupide balcon, pas de quoi en faire tout un plat.*

Mes bras sont coincés entre nous alors que je lève mon visage vers lui, haletante. Nos souffles se mélangent l'un à l'autre. Ses yeux sont rivés aux miens. J'ai l'impression qu'ils cherchent à me retenir prisonnière alors que je n'ai aucune envie de m'éloigner.

Une captivité tentante, et surtout consentie, avec l'ennemi.

Un frisson involontaire me parcourt. L'air se charge d'électricité.

Je reprends alors conscience de la réalité et me sors enfin de cette bulle de tension qui cherchait à m'envelopper. Je lui balance mon poing dans la mâchoire inférieure et bondis en arrière. Son visage pivote sous le coup. J'espère qu'il a eu mal, parce que j'ai mal placé mes doigts et je grimace de douleur.

— Tu savais que j'étais enfermée et tu m'as souri ! *QUI* fait ça ?

Je sautille presque sur moi-même, prête à en découdre comme la meilleure des boxeuses. Il passe une main sur le bas de sa mâchoire en la bougeant de droite à gauche.

— Est-ce que tu viens vraiment de me mettre un pain ?

Cet enfoiré sourit. Il sourit !

— Belle Murray vient de me frapper comme si on avait quatorze piges, bordel de merde.

Il pousse plusieurs jurons entre ses dents tandis que je relève le menton. Il n'a pas l'habitude qu'on le domine ; eh bien tant pis pour lui. Je n'hésiterai pas à recommencer.

— Il ne fallait pas me laisser seule ici.

— J'ignorais que tu allais envisager de sauter sans réfléchir ! Tu aurais pu te tuer.

Est-ce qu'il est vraiment préoccupé ? On dirait bien.

— Ça va, ce n'est pas si haut.

Il pousse un soupir de frustration tout en replaçant ses mains dans les poches de son pantalon.

— Qu'est-ce que je vais faire de toi ? soupire-t-il pour lui-même. Peut-être que je devrais appeler les flics et porter plainte contre toi ?

Mon regard noir l'envoie brûler en enfer. Je dois avoir un comportement de femme adulte. Je dois... me maîtriser. J'inspire profondément.

— Je n'aurais pas dû te frapper. J'en suis désolée.

Il ne s'attendait apparemment pas à ça. La perplexité envahit ses traits puis il rétorque entre ses dents blanches :

— J'aurais dû venir t'ouvrir. J'ignorais vraiment que tu allais sauter.

— Je n'allais pas sauter. Je... je voulais juste voir si je pouvais le faire et analyser la distance avec le sol une fois mes jambes dans le vide.

Sa bouche s'ouvre sans qu'aucun mot n'en sorte.

— Tu...

— Laisse tomber. Je suis vivante et pas trop vacillante. C'est une mission réussie. Tape là.

Ma main droite claque dans ma main gauche quand je me *check* moi-même. Il observe mon geste sans trop savoir quoi dire ou quoi faire. Quand de nouvelles voix s'approchent, je n'attends pas une seconde et m'éloigne, quittant cette fois les lieux.

Je pénètre dans le hall, inspire profondément pour reprendre contenance et m'avance vers Paul. Je ne sais pas trop ce qui vient de se passer, mais je le place en bas de ma liste de mes souvenirs très chelous.

## PRIAM

Des ongles s'enfoncent dans mes épaules à travers ma chemise. Je déteste qu'on laisse des marques sur ma peau, mais je n'y fais pas attention ce soir. Je ne fais attention à rien tant la situation est en train de m'échapper.

Les vitres de ma Mercedes se recouvrent rapidement de buée, une chance de l'avoir récupérée rapidement après la réparation.

Je préfère que personne ne nous entende dans ce parking au sous-sol, mais en réalité les regards ne me dérangent pas. Et je ne pense pas qu'ils dérangeraient l'inconnue qui me chevauche alors que je suis assis derrière le volant.

Sa respiration s'accélère, les spasmes de son vagin également.

C'est encore meilleur quand on ne sait pas vraiment avec qui on est en train de coucher. Un petit coup rapide entre deux adultes qui ne souhaitent qu'une seule chose : se détendre et prendre du plaisir.

Prendre du plaisir ? C'est assurément ce que je suis en train de faire. Mais je ne suis pas détendu, tant s'en faut.

— Je vais bientôt jouir, murmure ma partenaire du soir qui se mord les lèvres en accélérant la cadence.

Je la laisse faire, observant son corps se mouler contre le mien. Habituellement, j'aime prendre la main. Mais disons que notre position n'est pas vraiment pratique, et surtout, je n'ai pas envie que notre baise s'éternise.

J'ai besoin de me détendre, de relâcher la pression. Chose qui n'arrive pas.

Et tandis que mes mains s'accrochent à ses hanches, son visage juste contre le mien, un autre s'impose à moi. Des lèvres boudeuses différentes de celles de ma partenaire. Un regard noisette qui ne se laissera jamais dominer.

Belle.

Un grognement m'échappe, et la femme, croyant que c'est elle qui me l'a inspiré, sourit largement.

Belle. Je ne veux pas penser à cette garce. Surtout pas maintenant. Déjà, ce n'est pas respectueux pour ma partenaire et je n'ai aucune envie que Belle me hante. Sauf que mon corps n'est pas d'accord. Je me souviens de l'électricité qui parcourait son corps avant de frapper le mien. Je bande encore plus sans même m'en rende compte, et la seconde suivante, je jouis puissamment dans le préservatif.

J'oublie Belle. Enfin, je ne pense plus à rien. Chaque parcelle de mon corps se contracte puis mes muscles se détendent un par un, entièrement satisfaits.

La petite brune se redresse déjà et s'assied sur le siège passager, un air de pure euphorie la quittant peu à peu.

— Merci pour cette petite séance de sport, elle me dit avec un clin d'œil.

Je me contente de hocher la tête alors qu'elle sort déjà du véhicule, repue.

Je viens de jouir en pensant à Belle. La seule femme qui me soit interdite, que ce soit professionnellement ou parce que je suis censé la détester, comme c'est le cas depuis que je la connais.

J'ignore pourquoi j'ai pensé à elle. Je suppose que c'est mon corps qui vient de me trahir.

Menteur, se moque ma conscience. *Elle t'attire.* Vrai. C'est vrai.

Conclusion de l'histoire...

— Je suis dans la merde.

# CHAPITRE 13

## Petit piège contre Monsieur Enfoiré

### BELLE, 14 ans

Je tente de traîner April derrière moi, mais elle freine des quatre fers. Elle continue de fixer le ciel étoilé.

— Attends, elle gémit, je veux rester dehors et regarder mon cieeeeeel !

Je pousse un juron et la tire un peu plus. April et sa passion pour le ciel, les étoiles et tout ce qui s'en approche.

— Tu fixeras *ton* ciel demain, je souffle. Dépêche-toi avant qu'on se fasse tuer.

April et moi essayons d'être silencieuses tandis que nous pénétrons dans la maison plongée dans la pénombre. Tout le monde dort, à cette heure-ci. Et j'étais moi aussi censée dormir ce soir dans la chambre de ma meilleure amie. C'est du moins ce que nos parents croyaient. En réalité, on a filé en douce une fois les lumières éteintes.

Et c'était franchement une trop bonne soirée !

— Je crois que je vais gerber, murmure April aussi discrètement que possible.

Je mords fortement mes lèvres pour m'empêcher de me moquer tout en refermant sa porte d'entrée derrière nous. La vérité, c'est que je suis aussi dans un sale état. On a quatorze ans, et on a réussi à se pointer à une fête organisée par des jeunes un peu plus âgés que nous.

Et parce qu'on s'est dit que notre fugue et cette soirée ne représentaient pas assez de griefs, on s'est finalement partagé un ou deux gobelets de bière bon marché. Sauf que c'était la première fois qu'on buvait, April et moi.

Je tangue légèrement tout en avançant dans le salon obscur pour rejoindre l'escalier.

— Aïe, je couine en heurtant une commode de mon pied droit.

— Chut, chuchote April tout en rigolant dans mon dos. Si mes vieux se réveillent, on est mortes.

Je n'imagine même pas ce que me ferait ma mère. Mais même si j'ai peur, il y a toujours une sorte d'euphorie qui ne me quitte pas. Je me fige en entendant la porte d'entrée s'ouvrir et se fermer délicatement dans notre dos.

April et moi tournons vivement la tête vers le nouvel arrivant. Beurk, cet intrus n'est autre que son chaaaarmant frère. Le pire type que je connaisse.

Et vu sa dégaine, lui aussi a fait le mur. Il paraît choqué en nous voyant debout et comprend rapidement la situation.

— Qu'est-ce que vous faites là ?! Vous êtes sorties en douce ?

Sa petite sœur cherche une excuse tandis que je me redresse, toujours debout dans l'ombre.

— Tu peux parler ! Toi aussi !

— Mais moi j'ai seize ans.

— Vu ta stupidité, j'en suis pas si sûre.

Je vois d'ici ses yeux se plisser dans ma direction. Je n'y peux rien s'il s'énerve toujours si vite. Et puis il me rend toujours de sales coups. Priam n'a pas le temps de me répondre que la lumière de l'escalier s'allume.

— Qu'est-ce qu'il se passe ici ? demande la mère de Priam et d'April.

Elle descend les marches, les sourcils froncés. Il ne lui faut que quelques secondes pour comprendre qu'on lui a tous menti.

Au moment où je m'apprête à fournir une excuse pour April et moi, ce satané Priam ouvre la bouche tout en glissant ses mains dans les poches de son sweat à capuche noir.

— J'ai appris qu'elles avaient fugué, dit-il d'un air innocent, je suis juste sorti cinq minutes pour aller les chercher.

Quel menteur ! Mais je dois avouer que c'est bien joué de sa part, car il m'a prise de court.

April insulte bruyamment son frère tandis que leur mère réprimande sa fille. Je me contente d'observer Priam, un air calculateur sur le visage, avant de me tourner vers leur mère. Mes yeux se remplissent de perplexité et d'inquiétude.

— Non, c'est faux. Priam a décidé de rejoindre un quartier mal fréquenté ce soir, et on avait peur pour lui. Alors on l'a juste suivi, je mens effrontément. On a eu tellement peur…

Sa mère pose une main sur son cœur face à mes yeux désormais faussement larmoyants. *Mouahahaha.*

Priam se décompose et son visage trahit ses envies de meurtre.

— Priam ? Où étais-tu ?

April et moi nous empressons de rejoindre l'étage, mortes de rire. Oh oui, il va passer un mauvais quart d'heure. Mais bon… œil pour œil, dent pour dent.

C'est notre mantra, à lui et moi. Nous nous battons comme chien et chat. Et je crois bien que je commence à apprécier ça.

## BELLE, aujourd'hui

Colyne Peski, ma cliente, s'installe en face de moi. Sa combinaison blanche lui va parfaitement, et le petit foulard qu'elle porte autour du cou la rend encore plus chic. Elle observe les alentours avant de se pencher vers moi, un petit sourire complice sur le visage.

— Je savais que j'avais bien fait de vous engager, Belle. Vous êtes une garce. Ça, ça me plaît.

J'arque un sourcil tout en sirotant mon verre de vin.

— Je ne suis pas sûre que ce soit une chose à dire à son avocate.

Je relève mon verre de vin dans sa direction.

— Mais je prends ça pour un compliment.

Un petit rire lui échappe, et elle croise les bras sur sa poitrine. Le restaurant *Boston Company* accueille pas mal de clients ce midi. Les habitués sont déjà en train de dévorer leurs plats tandis que les autres lisent attentivement les cartes.

Ni Colyne ni moi ne prenons cette peine. Nous sommes ici pour le spectacle et pour mettre mon plan à exécution. Un plan qu'elle a validé avec rapidité ce matin.

— Comment pensez-vous qu'ils vont réagir face à notre piège ?

Elle parle de Parker, son mari. Et de Priam, mon adversaire, et accessoirement celui qui tente de me rendre folle – et y arrive.

— Priam a lancé la guerre en tentant de vous photographier avec des strip-teaseurs, rétorqué-je en haussant les épaules, à nous de jouer, désormais. Ils vont assurément être furieux.

Elle se contente de hocher la tête avant de m'observer attentivement, pensive.

— J'ai hâte.

Et moi donc. Je frotte mes mains sur mes cuisses. Le pantalon de tailleur noir que je porte et ma chemise assortie me donnent un air plutôt abrupt. Parfait, nous sommes censées être là pour affaires, après tout.

Nous n'avons pas le temps d'échanger d'autres mots que deux silhouettes masculines s'approchent de nous. Je ne peux m'empêcher de comparer Parker et Priam à ses côtés.

Tandis que Parker semble ennuyé par cette situation, et surtout soûlé de retrouver sa femme ici, Priam garde un air prudent mais joueur sur son visage. Oh oui, il se demande à quelle sauce je vais le manger aujourd'hui. Ses yeux se font calculateurs tandis qu'il observe les miens, le nez froncé.

Lui aussi porte un pantalon de costume noir, assorti à ses chaussures italiennes. Mais sa chemise est blanche, contrastant avec sa peau hâlée. Sa barbe a un peu repoussé depuis la soirée du bâtonnier il y a deux jours.

Je me souviens de ce gala, de notre confrontation, et surtout de cette putain de tension électrique entre nous ; je suis obligée de détourner le regard pour dissimuler mon trouble. La proximité de son corps avec le mien m'a rendue dingue le temps d'un instant, sans que j'en comprenne la véritable raison. Et j'étais faible à ce moment-là. Ce qui ne se reproduira plus.

Je plante mon regard noisette dans ses yeux verts et hoche la tête avant de sourire d'un air angélique quand ils arrivent devant nous.

— Parker, Priam. Je vous remercie d'être venus. Je vous en prie, installez-vous.

— Belle, me salue Priam de sa voix grave.

Parker marmonne quelque chose dans sa barbe et s'assied en face de son épouse, le regard hautain. Priam reste un instant debout, le visage penché sur le côté. Je sais ce qu'il fait. Il tâte le terrain et tente d'analyser silencieusement la situation.

*Essaye ce que tu veux, mon cœur, tu es fait comme un rat.*

Finalement, il s'assied à ma droite et pose sa main gauche sur la table juste entre nous. Son index tapote la table doucement.

— Pourquoi nous as-tu fait venir ici ? demande-t-il à haute voix.

— J'aurais préféré ne pas voir cette morue en face, soupire Parker en fixant sa femme.

Cette dernière s'apprête à lui planter sa fourchette entre les deux yeux et je suis presque tentée de la laisser faire, mais finalement je reprends :

— Lors de notre première rencontre, nous devions juger la possibilité ou non d'établir une conciliation. Mais les esprits étaient assez... échauffés. Donc, ce serait bien qu'aujourd'hui on tente une nouvelle médiation.

Priam ne me quitte pas du regard et croise ses bras sur sa large poitrine. Ses lèvres s'étirent doucement.

Parker et Colyne sont déjà en train de se disputer de nouveau tandis que mon partenaire de jeu souffle :

— Tu n'as aucun intérêt à faire une médiation, et tu le sais aussi bien que moi.

Je sirote mon verre de vin, faussement perdue.

— Peut-être que je veux vraiment que les choses s'arrangent entre eux avant d'envisager une approche plus offensive.

Son sourire s'agrandit, révélant ses dents blanches. Ses joues se creusent et je remarque les petites fossettes qui se voient à peine sous sa courte barbe.

— Tu es en train de mentir, Belle. Quelque chose ne tourne pas rond.

Je passe ma langue sur mes lèvres et me penche vers lui. Son regard se pose instantanément sur ma bouche lorsque je murmure à son oreille :

— C'est vrai. Je me moque de cette réunion. Car je sais pertinemment qu'aucune conciliation n'est possible entre eux.

— Alors, qu'est-ce que tu as prévu pour...

Priam n'a pas le temps de finir sa phrase. Des petits pas rapides se font entendre au loin, ils frappent le sol tout en arrivant dans notre direction.

— Papa !

Un enfant hurle en s'approchant de nous, la bouche en cœur.

— Papa ! Mon papa d'amour !

# CHAPITRE 14

## *Trêve sans envie de meurtre*

### PRIAM

Je m'interromps tandis qu'un gosse saute presque sur notre table. Perdu, je l'observe regarder mon client, Parker, avec un regard faussement heureux. Il tire ses bras en tentant de lui faire un câlin.

— Qu'est-ce que c'est que cette connerie ? je m'exclame.

Belle et sa cliente échangent un sourire complice tandis que mon client panique à vue d'œil. Le gosse, environ sept ans, tente de lui faire un câlin.

— Papa ! Mais qu'est-ce que tu fais là ? Maman est devant et t'attend !

Je serre les mâchoires en comprenant finalement ce qu'il se passe.

Parker n'a pas de fils. Et encore moins une femme cachée.

— Quoi ! s'exclame Colyne, d'un air scandalisé. Tu as un fils ? Une femme cachée ?!

Je vois presque les larmes dans ses yeux. Elle est bonne comédienne. Presque aussi bonne que Belle, dont la bouche forme un O parfait, avant de pointer un index accusateur dans notre direction :

— Si ça, ce n'est pas une faute de votre part ! Un enfant et une femme cachés ?! Monsieur Peski ! C'est tellement affreux, pauvre Colyne ! Préjudice moral !

Parker devient livide, et je m'interpose.

— Non... non... je n'ai pas d'enfants !

— Apparemment, si ! s'exclame Belle.

Je me redresse et tire doucement mais fermement l'enfant en arrière. Je déteste les mômes. Et je me demande d'où il sort.

Mais le microbe se débat en poussant des cris de monstre et court vers la sortie aussi vite qu'il est arrivé. Je suis sûre que sa mère est en train de l'attendre de l'autre côté de la rue.

Et tout a été orchestré par Belle. La garce.

Elle échange un nouveau coup d'œil avec sa cliente, et Parker lève ses deux mains devant lui pour tenter de s'expliquer. Mais je le devance, toujours debout près de la table et me moquant des regards alentour :

— Parker n'a pas d'enfants. Ni de femme cachée, Colyne. Et vous le savez, votre tentative de faire fauter mon client à l'aide de votre avocate ne fonctionnera pas.

— Qui nous dit que ce n'est pas son véritable enfant ? rétorque Belle en sirotant toujours son verre. Nous ne pouvons croire que ce que nous voyons. Et j'ai vu un enfant l'appeler papa.

— Arrêtons, c'est ridicule, je me moque avec un rire sans joie.

— Tu as fait peur à cet enfant adorable qui est parti en courant. Nous ne saurons jamais si c'était effectivement son fils ou non, et donc si Parker a fauté.

Je lâche un juron. Elle me rend dingue, je vais l'étriper.

— Stop. Tu sais comme moi qu'il doit être en train de rejoindre sa mère. Avoue, c'est un gamin comédien ?

Elle prend un air outré.

— Quoi ? Jamais je ne m'abaisserais à ça.

Mais son regard la trahit.

Parker se relève, furieux.

— Tu ne m'auras pas comme ça, morue ! s'exclame-t-il en fixant son épouse.

Puis il fait demi-tour d'un pas raide sans attendre. Colyne jette un petit sourire à Belle avant de quitter les lieux à son tour.

Quant à la chère avocate sournoise qui se bat contre moi ? Elle continue de siroter son verre, m'observant sans un iota de regret.

Je me laisse tomber sur la chaise en face d'elle. J'ai besoin de mettre de la distance entre nous si je veux réfléchir convenablement sans avoir envie de l'insulter.

— Allez, avoue.

Elle mordille sa lèvre inférieure avant de passer une main dans son chignon. J'observe les mouvements souples de son corps. La tension est palpable entre nous. Bon Dieu qu'elle m'énerve !

La tempête se déchaîne, encore.

— Que j'avoue quoi, Priam ?

Elle papillonne des yeux tout en me parlant comme si j'étais stupide.

— Combien tu l'as payé, ce microbe sur pattes ?

Elle hausse les sourcils sans répondre. Je pose mes deux mains à plat sur la table et me penche en avant. Je sais qu'elle ment. Et elle sait qu'elle est prise au piège, cette garce.

— Tu as tenté de mettre une faute sur le dos de Parker. Tu as triché.

— Pas aussi bien que toi, rétorque-t-elle.

La triche. Toujours cette histoire de triche. Qui sera le meilleur tricheur ? Pas elle, assurément.

— Alors, tu avoues !

Ses doigts aux ongles longs pianotent sur la table. Je ne vois aucun regret sur son visage.

— Je ne l'ai pas payé en argent, c'est quand même un enfant. C'est le fils d'une connaissance de Colyne.

Je me cale dans ma chaise, silencieux.

Je dois avouer que c'était une bonne contre-attaque. Je suis presque tombé dans son piège.

— Bien joué, *maître Murray*. C'est un joli coup.

Un rictus prend place sur son visage parfaitement symétrique. Je remarque la façon dont elle relève le menton sans même s'en rendre compte. Je lui suis insupportable, pourtant elle est fière que je reconnaisse son talent de tricheuse.

Après tout, *les tricheurs n'aiment que les compliments qui viennent d'autres tricheurs.*

Finalement, Belle se redresse sur sa chaise et récupère son sac rouge vif. Elle s'apprête à quitter les lieux. Et je dis, sans réfléchir :

— Attends.

Elle s'immobilise, toujours assise, et m'observe étrangement, perplexe.

— Quoi ?

Je laisse passer quelques secondes. J'ignore ce que je fous, mais je fonce.

— Maintenant que tu es là, prenons un verre ensemble. Comme de vieilles... connaissances.

Ce que nous sommes, *d'une certaine manière*. Des connaissances qui vont finir par s'entretuer, cela dit.

J'indique son verre vide d'un mouvement de tête. En réponse, elle rigole, se moquant ouvertement de moi.

— TU veux qu'on boive alors qu'on se déteste ? J'ai une règle simple, Priam. Je ne bois qu'avec mes amis.

— Et nous ne sommes définitivement pas amis, je réponds calmement.

— Ça, tu peux le dire.

Nous ne le serons d'ailleurs jamais. Il y a trop de feu entre nous pour que les flammes s'éteignent un jour. Le brasier sera toujours là, prêt à tout dévorer sur son passage. *Comme j'aimerais dévorer Belle à cet instant.*

— Nous sommes deux adversaires.

Je regarde ma montre avant de lui tendre la main.

— Mais pendant les trente prochaines minutes, faisons une trêve dans cette guerre qui nous oppose.

Ma main reste suspendue dans l'air. Belle l'observe attentivement comme si elle allait la brûler. Et finalement, ses doigts fins se glissent entre les miens. Sa poigne est ferme et ne flanche pas.

Elle ne cède aucun centimètre de terrain.

Sa peau est brûlante contre la mienne, et sans même que je m'en rends compte, mes doigts se contractent doucement autour des siens.

— D'accord. Faisons une trêve pendant cette prochaine demi-heure. Je suppose que ça ne peut pas être si affreux à vivre.

Puis elle me relâche et se cale dans son siège, me disséquant de son regard franc. Et je la laisse faire, en faisant de même de mon côté.

Plus le temps passe, et plus j'ai l'impression que Belle n'est pas une proie dans ce jeu. Reyes me disait de la faire plier.

Mais peut-être que... Peut-être qu'elle aussi est une chasseuse dans *ce jeu de tricheurs* auquel nous prenons part.

C'est *excitant.*

# BELLE

Priam n'a pas touché à son verre tandis que je descends le deuxième. Je n'y peux rien, j'ai l'impression qu'il fait super chaud dans ce restaurant. Mais boire du vin n'est peut-être pas la solution pour me rafraîchir.

Je sirote mon verre, assise en face de Priam Brings. Priam, mon ennemi d'hier. Mon adversaire d'aujourd'hui. Que sera-t-il demain ?

Le serveur s'approche de notre table et dépose une coupelle d'olives, ne se doutant pas un instant qu'il interrompt un combat de regards. J'observe les amuse-bouche qu'il vient d'apporter et j'ai immédiatement la nausée.

Je retiens du mieux possible ma réaction de dégoût.

— Tu es allergique aux olives.

La voix de Priam interrompt mes pensées. Effectivement, je suis allergique aux protéines des enveloppes des olives. Et il s'en souvient, après dix ans.

— Tu t'en souviens ?

Dire que je suis surprise serait un euphémisme. Mais Priam a toujours été doué pour retenir les informations.

Il hoche la tête sans rien dire puis reprend ensuite :

— Je me souviens de beaucoup de choses te concernant, Belle.

La manière dont il prononce ces foutus mots...

J'inspire brusquement tout en l'observant à travers mes cils. Il ne bouge toujours pas. J'ignore pourquoi, mais sentir son regard sur moi me perturbe grandement à cet instant.

Pense à autre chose ! m'ordonné-je.

C'est ce que je fais. J'imagine Priam habillé d'une stupide combinaison et d'un masque de plongée affreux. Mes lèvres s'étirent et je les cache derrière mon verre.

Ses sourcils se relèvent. Son portable vibre sur la table mais il n'y prête pas attention, gardant son regard fiché sur moi.

— Qu'est-ce qui te fait rire ? me demande-t-il.

— Toi.

Ma réponse ne lui plaît pas. Il attend davantage d'explications, mais je les lui refuse avant de finalement avouer :

— En fait, je t'imaginais vêtu d'une stupide combinaison de plongée.

— Et elle m'allait bien ?

— Atrocement mal.

Regardez-nous échanger sans nous insulter l'un et l'autre. Youhouhou, ça mérite un troisième verre de vin, non ?

— Je vois, reprend Priam. Dans ce cas, si elle m'allait mal, n'hésite pas à m'imaginer plutôt nu.

Je m'étouffe aussitôt en entendant ces mots et suis prise d'une quinte de toux. Il se penche par-dessus la table avant de s'interrompre quand je lève une main.

— Tu vas...

— Ça ne va pas de me dire une chose pareille alors que je déguste mon vin ? Tu veux vraiment que je fasse des cauchemars ou quoi ?

Il pousse un soupir en se calant de nouveau dans sa chaise. La vérité, c'est qu'une partie de moi est actuellement en train de l'imaginer nu. Son corps est massif. Solide.

Je suis sûre et certaine qu'il baise atrocement bien. Et sauvagement.

Je me mords l'intérieur des joues en me giflant mentalement. Mais c'est quoi mon problème ?!

Comme si Priam savait exactement ce à quoi je pensais, ses lèvres s'étirent doucement, puis il sirote enfin son vin.

— Ne me suggère plus d'idée affreuse de ce genre, je poursuis tout en tentant de reprendre contenance. J'ai encore d'autres choses à accomplir dans mon extraordinaire vie.

— Toi, tu as une vie extraordinaire ?

— Bien entendu, rétorqué-je, *je suis* extraordinaire, mon pote.

Il passe une main sur sa mâchoire, réfléchissant à toute allure.

— Prouve-le-moi.

*Hum.*

— Parfait.

Je me redresse sur ma chaise, le menton haut.

— Je peux ramener les animaux à la vie.

Il ne s'attendait certainement pas à cette fabuleuse réponse. Je vois les questions tourner en boucle dans ses yeux mais je ne lui laisse pas le temps de parler et continue :

— Lorsque j'avais neuf ans, ma mère m'a acheté un hamster. On l'a appelé Spider Cochonne.

— Tu as appelé ton hamster Spider Cochonne ?

Il a l'air d'hésiter entre me juger ou éclater de rire. Sans doute un peu des deux !

— Bien sûr. On n'était pas au courant mais c'était une femelle. Une nuit, je reprends, Spider Cochonne a mis au monde plusieurs bébés. Elle les a mangés. Puis elle a tenté de fuir entre les barreaux de sa cage. Madame s'est étranglée. MAIS... Tu ne devineras JAMAIS.

Je me redresse sur mon siège, fière de moi, et m'exclame avec un air de conspiratrice :

— J'ai réussi à la sauver par miracle alors qu'elle ne respirait plus. Je crois même avoir essayé de lui faire du bouche-à-bouche. On peut donc en conclure que je peux ramener des animaux morts à la vie. Ce n'est pas extraordinaire, ça ?

Priam m'observe toujours étrangement. J'ai l'impression de lui avoir donné les codes de la bombe nucléaire.

— Tu as essayé de faire du bouche-à-bouche à ton hamster qui venait de manger ses gosses ?

Je pousse un soupir tout en levant les yeux au ciel. Quel rabat-joie !

— Si c'est la seule chose que tu retiens ! J'ai accompli un miracle. *Un miracle !*

— Sur un hamster, me coupe-t-il. C'est... C'est inattendu.

Je jette ma serviette dans sa direction. Elle n'atteint pas sa cible mais je m'en moque.

— À ton tour ! Montre-moi à quel point tu es extraordinaire, *Oh* grand Priam Brings !

— J'ai appris à marcher à sept mois et demi. J'étais un petit génie, que veux-tu.

— Et tu as fait pipi au lit jusqu'à l'âge de huit ans, mon petit génie.

Sa mâchoire manque de se décrocher.

*Oh oh. Nous avons un problème. Récupérez les coupes de champagne et barrez-vous !*

— Qui a osé te dévoiler ça ? April ! Je vais la tuer.

Je pince les lèvres pour ne pas répondre, mais il n'a pas besoin de ma confirmation. Je le taquinais mais il a l'air vraiment vexé.

— C'est rien, Priam. Si tu veux tout savoir, il y a deux ans je me suis pissé dessus. Ma voiture était dans les embouteillages et impossible de me retenir quelques minutes supplémentaires. Est-ce que tu sais à quel point il est difficile de faire partir de l'urine sur un siège de voiture ?

— Est-ce qu'on pourrait parler d'autre chose ?

Je me creuse les méninges mais une idée me vient soudain.

— Je suis née avec douze orteils.

Il a de nouveau l'air d'un poisson sorti de l'eau.

— Pas possible ! Comment ai-je pu ne jamais le savoir ?

Ce n'est pas comme si on ne se supportait pas pendant notre adolescence.

— Et si, c'est bien vrai, je souris fièrement. Et tu ne sais apparemment donc pas tout, Priam. Il faut savoir que la polydactylie touche une naissance sur trois mille, donc ce n'est pas si rare que ça. Je me suis fait opérer très jeune. Mais avant l'intervention, je leur avais donné un nom, à mes deux petits orteils supplémentaires. Le premier, c'était Joyeux.

— Et le second ?

Celui-ci, c'était mon préféré. Paix à leur âme d'orteils.

— Pas-triste.

— Je réitère ce que je te disais, tu es une femme étrange, Belle Murray.

— Merci.

— Je ne sais pas si c'était un compliment.

Ça me plaît, d'être étrange, dans ma bulle, dans mon univers de super-héroïne grandeur nature.

— La normalité est ennuyeuse, Priam. Bizarre, étrange ? Je le suis.

On l'est tous à notre manière.

Il hoche la tête pour toute réponse. Je remarque notre position : pendant notre discussion, nous nous sommes tous deux penchés légèrement par-dessus la table, les coudes posés dessus sans même nous en rendre compte.

La minute suivante, nous la passons à nous analyser longuement l'un et l'autre. Je remarque la manière dont quelques mèches de cheveux tombent sur son front. Il fixe mon cou et les grains de beauté qui parsèment la peau de mon visage.

Enfin, son regard s'arrête sur ma bouche. Je retiens mon souffle instinctivement.

Et puis, comme un océan qui se déchaînerait, une vague m'emporte. Quelque chose bout en moi. Comme si, à cet instant, toute ma haine contre lui était balayée par un sentiment encore plus intense qui ne me laisse qu'une option : accepter l'attraction et l'alchimie dévastatrice entre nous. Une attraction qui me fait peur tant elle semble destructrice et impossible à endiguer.

Ma poitrine se réchauffe, mon bas-ventre également. Un frisson me parcourt, stimulant tout mon corps. Nous ne nous touchons pas, pourtant je ressens Priam jusqu'à la pointe de mes seins dressés contre le tissu de mon soutien-gorge.

Aucun radeau à l'horizon. Aucune île pour nous mettre à l'abri.

Nous sommes obligés d'affronter la déferlante en tentant de ne pas nous noyer.

Je respire un peu plus fort, et lui inspire brusquement avant qu'un grondement sourd ne résonne dans sa gorge. Lui aussi est complètement perturbé.

— Vous avez terminé ?

Je sursaute sur ma chaise avant de rompre tout contact visuel avec Priam. Punaise, qu'est-ce qui ne tourne pas rond chez moi ? Je me tourne vers le serveur, sentant toujours le poids de son regard vert et intense.

— Oui, j'ai terminé.

J'évite Priam et me redresse avant de sortir un billet de mon sac que je dépose sur la table. J'inspire fortement et croise une dernière fois son regard. Cette fois-ci, je lutte et il ne me fait plus prisonnière.

— La trêve est finie, Brings. Le combat reprend.

— Je n'en attendais pas moins de toi, Murray.

Je m'éloigne, accentuant le balancement de mes hanches. Hors de question de me battre à la loyale.

# CHAPITRE 15

## *Fatal (« Assieds-toi faut que je te parle... »)*

### BELLE

Je fais un rêve. Un très beau rêve, dans lequel je suis en train de bronzer nue sur une plage paradisiaque de sable blanc. Aucun dossier à traiter. Aucun divorce à régler, et pas de confrères insupportables. Il n'y a que moi, allongée sur ce sable, les vagues léchant mes pieds.

Quelque chose me dérange. Je passe ma main sur mon ventre, sentant ce quelque chose chatouiller ma peau. Je papillonne des yeux, sortant de mon rêve, et me réveille doucement, mais je suis toujours dans les vapes.

J'ai toujours ma main posée sur mon ventre. Et mes doigts touchent actuellement un truc petit et poilu. J'appuie dessus du bout de mon index, testant la matière sans regarder.

*Ne serait-ce pas un testicule poilu ?*

Je suis chez April, j'ai échoué sur son canapé en finissant ma journée épuisante et je me suis apparemment endormie au même endroit. Donc, toucher un organe masculin ici serait surprenant. Mais il y a une chose à savoir quand on côtoie April Brings : il faut s'attendre à être surpris.

J'entrouvre une paupière et baisse les yeux. Et en apercevant ce qui se trouve sur mon ventre, je pousse le hurlement le plus aigu de ma vie, avant de bondir du canapé.

Je crois bien que je pleure aussi, en bonne *drama queen.*

— Quoi ? s'exclame April en déboulant dans le salon, vêtue de son pyjama rayé blanc et bleu.

Je pointe du doigt le canapé tout en secouant mes membres.

— Là ! Sur moiiiiiii !

J'agite les bras, la tête, les jambes. Tout y passe. Je ressemble à un petit spermatozoïde qui serait en train de se démener pour gagner la course face aux autres.

— Je ne vois rien ! Qu'est-ce qu'il se passe, Belle ?

J'inspire brusquement, pose mon regard sur le canapé et... JE LA VOIS.

— Làààààààà bordel ! je hurle encore une fois en sautillant dans la pièce.

Je suis vêtue uniquement de mon tanga noir et d'un vieux tee-shirt gris. Me secouer comme un prunier alors que je ne porte pas de soutien-gorge n'est pas très agréable, mais c'est une question de survie !

— Il y a un monstre dans ton appartement ! Déménage immédiatement ! Vite !

April fixe le canapé, et finalement, elle explose de rire en comprenant ma terreur. Elle s'avance vers les coussins et tend sa main vers L'ÉNORME ARAIGNÉE qui continue de faire sa petite vie comme si tout allait bien.

— Mais APRIL ! Qu'est-ce que tu fais ! Repose l'araignée ! C'est un monstre et elle ne va pas se transformer en Tom Holland pour que tu puisses le pécho.

Ses épaules s'agitent alors qu'elle récupère l'affreuse bestiole dans ses mains.

— C'est juste l'araignée que j'ai récupérée la semaine dernière. Mon voisin déménageait et il s'en débarrassait.

Je recule d'un pas lorsqu'elle se redresse.

— Pourquoi diable as-tu récupéré cette chose ?! Non, n'avance pas dans ma direction ou je hurle !

En fait, je hurle sans attendre, me moquant d'avoir l'air stupide. April se met à caresser la mygale qu'elle tient comme si c'était un mignon petit chaton.

— Ce n'est pas une « chose » Belle, c'est Fatal. Et elle est très sensible, alors parle-lui gentiment.

J'avale difficilement ma salive et me tiens contre le fauteuil, face au canapé.

— Tu as appelé ta mygale « Fatal » ?

— Bah oui, parce qu'elle est peut-être mortelle, j'en sais rien. Mais j'ai trouvé ça drôle comme nom. Pas toi ?

— Non. Putain, non.

Elle fait un nouveau pas dans ma direction comme pour me la présenter.

— Allez, Fatal, dis bonjour à tata Belle.

— Non, non je ne suis pas ta tata.

Ma meilleure amie lève les yeux au ciel et se laisse tomber sur le canapé, Fatal grimpant aisément sur son ventre.

Je savais qu'April aimait les animaux. Mais les araignées ? Punaise, ça je ne pourrai jamais. Donnez-moi un lapin, un chat, ou même un foutu poney. Mais une mygale ? Nope.

— Il va bien falloir que tu l'apprécies, reprend April. Si je disparais, c'est toi qui t'occuperas de Fatal.

— Alors c'est une chance que tu ne disparaîtras jamais, April Brings.

— T'en sais rien, rétorque-t-elle rigolant. Je pourrais fuir et ne plus jamais revenir. Je pourrais te fuir et changer de continent.

— Alors je reviendrais te chercher par la peau du cul, s'il le faut, pour que tu récupères ton nouvel enfant. Je ne te laisserai jamais me quitter.

— Te quitter ?

Elle glousse en s'asseyant.

— Bien sûr, ma biche. Nous deux, c'est à la vie, à la mort, continué-je. Jusqu'au bout de l'univers s'il le faut.

— Mais l'univers n'a pas vraiment de fin, Belle, marmonne-t-elle.

— Exactement. Et nous non plus.

— Ça me plaît quand t'es poétique comme ça.

April se mord une nouvelle fois les lèvres. Je ne peux détacher mon regard de la bête qui fait sa petite vie. Elle grimpe sur ses cuisses puis revient sur la poitrine d'April. Je vois d'ici ses pattes noires et ça me file des frissons.

Je passe une main dans mes cheveux complètement décoiffés. Je me suis endormie comme une masse sur le canapé après notre séance de sport, et d'après l'horloge murale, il n'est que vingt-deux heures. Je suis encore fatiguée, mais désormais je suis bien réveillée, et si je dors, je vais faire des cauchemars.

— Et d'abord, pourquoi tu laisses cette cho... je veux dire Fatal en liberté ?

— Parce que mon appartement est sa maison. Je veux qu'elle se sente comme chez elle.

Je me laisse tomber dans le fauteuil et pousse un soupir.

— J'étais en train de dormir quand elle est arrivée sur mon ventre. Figure-toi que je pensais toucher un testicule, putain.

— Belle ! me réprimande April. Ne dis pas d'insultes devant elle !

Elle récupère une nouvelle fois l'araignée et la fixe avec un air de mère poule.

— Fatal, n'écoute pas cette vieille folle. *Tu n'es pas une couille*. Je te le promets.

C'est à mon tour de me retenir de glousser comme une dinde tant cette conversation semble irréaliste.

Mon portable se met à sonner dans mon jogging échoué à quelques pas de là et je rejoins le vêtement.

Si jamais c'est Colyne qui m'apprend que Priam lui a encore tendu un piège, je vous jure que je vais commettre un meurtre.

— Si jamais ton frère essaye encore de me rendre dingue, je préviens April, sache que je vais lui jeter Fatal dessus.

— Il l'a déjà rencontrée, et il l'adore, rétorque April.

Tu m'étonnes. L'araignée est sans doute fatale. Lui est létal. Il se fait un malin plaisir de mettre à rude épreuve ma santé mentale. Bien sûr qu'ils doivent bien s'entendre.

Je récupère mon téléphone et découvre un numéro inconnu sur l'écran. Je décroche, hésitante.

— Allô, qui est à l'appareil ?

— Tu... tu es bien Belle Murray ?

Une voix me parvient. Une voix faible, triste et surtout très jeune. Je me redresse, immédiatement aux aguets. Je reconnais ce timbre.

— Amber ?

J'entends un reniflement à l'autre bout du fil.

— Oui, désolée de te déranger.

— Tu ne me déranges pas, qu'est-ce qu'il se passe ?

D'abord, elle reste silencieuse. Je me rappelle parfaitement notre rencontre. La jeune adolescente entièrement vêtue de noir était en train de se faire harceler par deux petites pestes dans le café en bas de ma rue. Je lui avais laissé ma carte. Au fond de moi, j'espérais qu'elle n'aurait jamais besoin de l'utiliser.

— Amber ? Qu'est-ce qu'il se passe ?

— Je ne pouvais pas appeler ma mère, elle chuchote pour que personne n'entende. Je t'ai contactée sans réfléchir.

— Et tu as bien fait. Où es-tu ?

Je récupère mon jogging. April se lève, le regard interrogateur.

— Je suis au 56 Blue Hill Avenue, dans le quartier de Mattapan.

— Tu veux que je vienne ?

Elle n'a qu'un mot à dire pour que je bouge. Je ne connais pas cette gamine, mais si elle a assez confiance en moi pour m'appeler, je ferai mon possible pour l'aider.

— Je sais pas. Un garçon de mon lycée m'a invitée à une fête, ce soir. Il a dit qu'il m'appréciait. Il m'a dit que j'étais *spéciale*.

J'imagine déjà le pire. Je m'immobilise, en retenant mon souffle.

— Mais ils... Quand je suis arrivée... Il... Il était avec tous les autres. Ils étaient tout autour de moi, se moquant de moi. Comment ai-je pu croire à une invitation sincère ?

— Où es-tu maintenant, Amber ?

— Quand ils ont commencé à me filmer, j'ai couru à l'étage. Je me suis enfermée dans la salle de bains, chuchote-t-elle d'une petite voix.

J'enfile ma paire de running sans réfléchir. Ce qui arrive à Amber me rappelle des souvenirs. Mes souvenirs. Les propres moqueries que j'ai pu subir quand j'étais adolescente et que je venais d'arriver à Seattle. J'ai beaucoup encaissé avant de me forger une carapace infranchissable. Je ne la laisserai pas encaisser seule.

— Reste où tu es, je lui ordonne. J'arrive.

Je raccroche tandis que ma meilleure amie enfile ses propres baskets. On échange un regard, elle et moi. Je sais qu'elle m'accompagne.

— Dis-moi que tu as toujours ta fausse carte d'agent de police dont tu te servais l'année dernière pour entrer dans tous les clubs possibles et inimaginables ?

Elle hoche vivement la tête avant d'avancer vers une commode et d'ouvrir un tiroir.

— Bien sûr, pourquoi ?

Elle la brandit une seconde plus tard dans ma direction.

— On va en avoir besoin.

On quitte l'appartement, dans des vêtements choisis au hasard.

— Fatal ! hurle April en fermant derrière nous. Surveille la maison. Maman et tata vont sauver le monde !

Le sauver ? Je n'en sais rien. Nous ne sommes pas dans une BD avec des héroïnes justicières. Mais une chose est sûre *: Je vais botter le cul de tous ces petits cons.*

Je dois avouer que je conduis comme je vis : c'est-à-dire à cent à l'heure. On arrive rapidement à l'adresse indiquée par Amber. Et je bénis le ciel d'être toujours vivante vu le nombre de feux que j'ai décidé de brûler.

— J'ai failli avoir une crise cardiaque, s'exclame April en sortant de ma voiture.

— C'est pas ma faute, je ne vois plus les feux rouges.

Elle me fixe, les lèvres pincées.

— Depuis quand ?

— Ce matin ! rétorqué-je, avec un clin d'œil.

Elle bougonne alors qu'on se tient devant la maison à quatre étages où se sont réunis ces petits cons.

— Objectif : récupérer Amber.

— On ne peut pas traumatiser ces gamins qui l'humilient depuis des semaines ?

— Ce serait vraiment mauvais de faire ça, je lui dis d'un air sérieux. Je suis avocate. Et tu es une fille gentille.

April croise ses bras, feignant d'approuver mes dires.

— Donc... On les traumatise ?

— Absolument.

Un délicieux sourire étire ses lèvres tandis qu'on s'avance vers la porte d'entrée. On entend la musique d'ici.

J'échange un dernier regard complice avec ma meilleure amie. Puis on abat nos poings de toutes nos forces sur la porte d'entrée. J'ouvre la porte à la volée, et celle-ci claque brutalement contre le mur. Une dizaine de paires d'yeux se tournent vers nous, abasourdis.

— Police ! je hurle en pénétrant dans les lieux.

Nous n'avons absolument pas une tenue de flic, mais je compte sur mon regard ultra-glacial pour leur faire peur au moins de façon temporaire.

— La fête est finie ! hurle April en brandissant sa carte devant elle. Cassez-vous immédiatement où je vous embarque.

Bien vite, je remarque les deux gamines de l'autre jour, celles-là mêmes qui avaient créé des comptes TikTok sur Amber. Heureusement, elles ne semblent pas me reconnaître.

Les jeunes commencent déjà à se disperser lorsqu'un autre se dresse devant nous, les bras croisés.

— Vous êtes chez moi et on a le droit de faire la fête ! D'ailleurs, vous n'avez pas des gueules de flics.

April le percute presque en passant près de lui et en lui lançant un regard fou.

— Effectivement, je ne suis pas flic. Je suis une femme qui mange les petits cons dans ton genre. Je leur pète les doigts avant de les gober avec du ketchup.

Je vois le visage de l'ado se tendre, puis la peur se peint sur ses traits. Je laisse ma meilleure amie gérer les jeunes et m'empresse d'emprunter l'escalier menant à l'étage.

— Amber ? je l'interpelle.

La musique se tait tout à coup. Je suppose que la fête est définitivement finie.

— Belle ?

J'entends mon nom provenant d'une pièce. Je pousse la porte sur ma droite et la découvre, assise contre les toilettes de cette petite salle de bains. Les jambes pliées, ses bras entourent ses genoux. Sa position abattue me met hors de moi tant j'ai envie de l'aider. Je m'accroupis devant elle. Elle semble interloquée.

— T'es vraiment venue !

Je remarque les larmes dans ses yeux. Le noir charbonneux de son fard à paupières a coulé partout.

— Bien sûr que je suis venue. Ma meilleure amie est en train de traumatiser tes harceleurs en bas.

— Je... Je ne savais pas qui appeler.

Je secoue la tête. Je ne veux pas qu'elle regrette son appel, au contraire.

— Tu as bien fait. Allez, on y va.

Amber semble hésiter. Je lui tends la main.

— Laisse-moi t'aider à te relever, Amber. Sèche tes larmes, et quittons cet endroit.

Elle secoue la tête plusieurs fois tout en inspirant fortement.

— Ça ne sert à rien. Ils m'ont vue pleurer. Et ils rigolaient.

— Ils t'ont vue pleurer. Et maintenant, ils vont te voir partir la tête haute.

Finalement, Amber glisse sa main moite dans la mienne. Je la prends, et je ne vais pas la lâcher. Je me relève, la remettant debout dans le même geste. Elle essuie rageusement ses dernières larmes. Je sens une nouvelle détermination émaner d'elle. Cette gamine avait simplement besoin de soutien pour affronter le monde qui tente de la mettre à terre.

On quitte l'étage et elle lâche ma main tout en descendant l'escalier devant moi. Je remarque qu'April nous attend devant la porte, l'air fière d'elle. Les gamins ont tous quitté les lieux, sauf le jeune qui faisait le malin. Aux épaules crispées d'Amber, je comprends bien vite que c'est lui qui l'a invitée ici pour se moquer d'elle publiquement.

Il lance un regard rageur à Amber. Quand elle passe près de lui, il murmure assez fort pour qu'on l'entende :

— Salut, la meuf étrange. À très vite.

Amber se tourne vers lui, et nous prenant tous au dépourvu, envoie voler sa main dans sa direction et l'abat sur sa joue dans un bruit sourd. Le type recule, sonné, et pose ses doigts sur son visage brûlant. Amber se colle à lui, les poings serrés.

— C'est terminé, vous ne vous moquerez plus de moi, vous tous. Je ne cherche pas à vous ressembler, et encore moins à obtenir votre acceptation. Et la prochaine fois que tu m'humilies, Kane, je te pète le nez. T'as capté ?!

Elle n'attend pas une seconde pour quitter la maison. Nous échangeons un sourire avec April, comme deux mamans fières des premiers pas de notre petite fille.

Je quitte les lieux le sourire aux lèvres. Amber a déjà disparu quand on débarque sur le trottoir. Je ne suis pas surprise de sa fuite. Mais je reçois au même moment un SMS.

T'as raison, Belle. C'est à moi de décider qui je veux être. Merci d'être venue.

Ses mots me serrent le cœur. Nous retournons dans la voiture, et April s'installe dans son siège.

— Tu crois que Fatal est restée sage en mon absence ?

L'amour que je porte à ce petit bout de femme ne cesse de grandir. Chaque fois, je me demande ce que je ferais sans une April Brings dans ma vie. Ma vie serait ennuyeuse au possible.

# CHAPITRE 16

## *Spectacle et jalousie*

### BELLE

Deux jours se sont écoulés depuis que je me suis retrouvée tête à tête avec Priam de façon imprévue. Mon but à ce moment-là était de piéger son client, Parker Pesky, le futur ex-mari de ma cliente Colyne Pesky.

Sauf que mon plan est tombé à l'eau.

Et que j'ai fini par enchaîner les gorgées de vin sous le regard intense de Priam qui n'a pas quitté ma foutue tête depuis. Si on m'avait dit un jour que je resterais assise en face de lui pendant une demi-heure sans lui lancer d'insultes... Non, vraiment, je n'avais pas prévu ça.

Je n'avais pas non plus prévu l'attraction qui naîtrait entre nous. Parce que c'en est une. Une putain d'attraction.

Je suis faible. Mon corps l'est face à lui. Je le reconnais, je l'avoue. Mais je ne l'assume nullement. Parce que ce serait une erreur – une énorme erreur – de craquer pour un homme tel que Priam. Détestable. L'homme qui veut me faire tomber dans notre affaire.

Néanmoins, un type qui m'a fait m'embraser tout entière quand je me suis retrouvée collée à lui.

Super. Vraiment super.

Vous savez le pire, dans cette histoire ? Ce truc entre nous, cette alchimie qui a décidé de pointer le bout de son nez, j'ai senti qu'il la sentait aussi. Et ça, ça craint encore plus.

Enfin, passons. Je ne dois pas penser à ça. Je dois me concentrer sur mon dossier, sur ma cliente, et sur l'idée de faire tomber Priam et son client. Il le faut.

Donc, ce soir, je prends les choses en main. Mon plan est simple. Cette fois-ci, il ne fera pas intervenir Priam. Parce que ce type est trop fort pour déjouer mes pièges et tenter de les refermer sur moi. Donc je vais agir discrètement, dans son dos.

*Et c'est lui qui sera piégé.*

Je garde la carte dressée devant mon visage.

J'ai déjà commandé mon plat, un steak saignant, mais j'ai demandé au serveur de conserver la carte. Officiellement, c'est pour consulter les desserts qui sont proposés ici. Officieusement, c'est pour observer Parker qui dîne à trois tables de moi.

Il l'ignore, mais je décortique ses moindres faits et gestes tandis qu'il savoure son verre d'alcool et pianote sur son téléphone. Je me demande à qui il est en train de parler et s'il imagine ce qui l'attend.

Colyne m'a donné l'information : son enfoiré d'époux dîne ici tous les jeudis soir. Seul.

Bientôt, il ne le sera plus. Je m'en suis assurée.

Serena va m'y aider. Quand j'ai appris hier qu'April avait une très bonne amie *escort*, j'ai pris contact avec cette Serena, et je lui ai demandé un petit coup de main très simple. Colyne a tout de suite accepté de la rémunérer pour ses services. Serena nous a confié que ce n'est pas la première fois qu'on lui demande ce genre de chose, bien au contraire. Bon nombre d'époux ou d'épouses l'engagent en vue de tester leur couple.

Le plan est clair. Tandis que Parker dîne, seul, Serena va arriver. La jeune femme, d'origine italienne, est incroyable. Elle l'approchera, l'abordera et lui proposera ses services. Le but n'est pas qu'elle le séduise vraiment. Il suffit juste que je les voie partir ensemble, que je les surprenne, mon téléphone en mode photo.

Parker sera fait comme un rat. Et Colyne récoltera le pactole.

C'est l'heure. Serena pénètre dans les lieux, vêtue d'une robe blanche qui la rend encore plus attirante. Le restaurant se situe au troisième étage d'un immeuble, la nuit tombe et les lumières de la ville éclairent la pièce, rendant l'atmosphère presque intime.

La plupart des regards se tournent dans la direction de Serena tandis qu'elle franchit l'entrée, devant l'ascenseur chromé. Elle ignore le serveur, observe attentivement les gens qui dînent et repère finalement Parker un peu plus loin. Même moi j'en bave presque !

Son visage prend une expression féline, elle passe sa langue sur ses lèvres carmin et s'avance vers lui, les hanches se balançant doucement de gauche à droite. Sentant une présence près de lui, Parker lève la tête, et sa mâchoire manque de se décrocher lorsqu'il découvre la femme sublime qui se trouve devant lui. Elle lui lance un petit sourire charmeur et indique la chaise libre de sa main. Bien vite, il panique, hoche la tête et laisse Serena s'asseoir près de lui.

Et voilà, cela ne pouvait pas être plus facile.

Un quart d'heure s'écoule bien vite pendant que je les observe. Je ne note rien d'important et finis par pousser un soupir d'impatience. Rien ni personne ne pourra venir me perturber dans mon observation de la scène.

— Champagne, madame ?

Mon cœur loupe un battement, et je me pétrifie en entendant la personne qui s'adresse à moi.

Je relève mon visage et découvre, debout près de moi, Priam.

— Qu'est-ce que...

*Qu'est-ce qu'il fait là ?*

Ses traits sont détendus. Il est ravi de son petit effet de surprise. Chargé d'une bouteille de champagne qui semble hors de prix, il s'installe en face de moi. Cette scène ne me rappelle que trop bien celle qui s'est déroulée quelques jours plus tôt.

Toujours muette, je le regarde s'installer. Cette fois, il est vêtu d'un simple polo gris et d'un jean foncé. Il est tard, la nuit est tombée, et il est apparemment venu rapidement sans prendre la peine d'enfiler un costume.

Cette tenue le rend d'autant plus attirant. Je gigote sur ma chaise, sentant d'autres parties de moi se réveiller. Elles ont faim et plantent leurs griffes en moi, voulant me rendre dingue.

Ça suffit !

Priam reste silencieux et remplit une coupe de champagne qu'il pousse dans ma direction.

— Pour que tu observes le futur spectacle, m'indique-t-il.

Je ne fais pas un geste en direction du verre. Je ne m'attendais pas à ce qu'il vienne. De nombreuses questions me viennent à l'esprit.

— Comment as-tu su que j'étais là ?

Ma voix est calme alors qu'à l'intérieur c'est la tempête qui se prépare.

Priam incline la tête sur le côté, tout en m'observant attentivement. Ses yeux verts caressent ma peau métisse, mon visage, mes cheveux et le haut de mon corps moulé dans un top blanc assorti à la jupe que je porte.

J'ai envie de lui ordonner de détourner le regard. Parce qu'il me brûle. Il me heurte de plein fouet et me perturbe comme ce n'est pas permis.

Ses sourcils se relèvent ensuite.

— Comment j'ai su ? Parker t'a remarquée il y a une vingtaine de minutes. Il m'a aussitôt envoyé un message.

Punaise. Je n'étais donc pas aussi discrète que je le pensais. Ça craint. Mon nez se fronce tandis que je me tourne vers le client de Priam.

Parker est en grande conversation avec Serena. Il lui sourit gentiment avant de tourner son regard vers moi et de me saluer de la main.

— Tu es ingénieuse, reprend Priam.

Je reporte mon attention sur lui, déçue.

— Parker va fauter.

Priam bascule la tête en arrière et pousse un petit rire grave. Sa pomme d'Adam bouge alors sous la peau tendre de sa gorge. Finalement, il me tend une nouvelle fois ma coupe de champagne pleine.

— Peut-être. Mais en attendant, je vais te rendre la monnaie de ta pièce.

Il se relève sans attendre, son corps imposant me dominant aisément.

— Qu'est-ce que tu fais ?

Il s'éloigne à reculons, un air joueur sur le visage.

— Je triche, annonce-t-il. Tu es prête pour le vrai spectacle, mon ange ?

Je me redresse sur ma chaise, captivée malgré moi. Mais l'inquiétude me prend aux tripes.

— Quel spectacle, Priam ?

Nous échangeons un dernier regard. Une nouvelle lutte entre nous. Qui gagnera, cette fois ?

— Le mien.

Puis il se détourne. Il s'avance vers Parker et Serena. Elle le bouffe du regard dès qu'elle le repère. Elle semble le trouver parfaitement à son goût.

Putain.

Je serre les poings, la respiration rapide. Mon cœur bat sourdement, j'entends presque le bruit des palpitations à mes oreilles.

Priam tourne ensuite son visage dans ma direction, un sourire taquin sur le visage.

Et il tend sa main à Serena, la draguant ouvertement. Je n'entends pas les paroles, mais je sais, je vois qu'elle est complètement sous son charme. Il me prend à mon propre piège en séduisant celle qui devait séduire Parker.

Serena finit par glisser sa main dans la large paume de Priam. Il serre ses doigts et la relève d'un mouvement souple.

Puis il s'éloigne vers la sortie, sans la lâcher.

Je reste immobile, le cœur au bord des lèvres. Quelque chose de mauvais remue dans mon bas-ventre et ça ne me plaît pas du tout.

Ce soir, j'ai perdu. Mais surtout, un sentiment insupportable monte en moi quand je repense à leurs mains entrelacées.

Pourquoi ai-je eu si mal en les regardant partir ? Pourquoi ai-je eu envie de lui hurler de s'éloigner d'elle ? C'est un combat entre lui et moi, une tempête entre nous deux. *Ce jeu n'appelle la participation d'aucun autre joueur.* J'ignorais qu'ajouter une personne à cette équation me rendrait complètement... jalouse.

Parce que je le suis, malgré tous mes efforts pour ne pas me l'avouer. Je le suis, et atrocement. Douloureusement.

# CHAPITRE 17

## *Ne pas succomber*

### BELLE

Ce sentiment de douce amertume ne me quitte pas quand je rejoins ma voiture garée au sous-sol de l'immeuble dix minutes plus tard.

Mon plan a échoué. Mais en réalité, à cet instant, je me moque de ce dossier. Je me moque de tout.

Je ne peux que ressentir mes jambes qui tremblent légèrement et mes muscles crispés.

Et ça fait mal, pour une raison que j'ignore. La seule image que j'ai en tête, c'est celle de Priam emportant Serena dans l'ascenseur. Je revois son sourire de vainqueur, ses yeux pleins de défi. Ils me défiaient d'intervenir.

Dans un monde parfait – un monde où j'accepterais sans broncher que Priam ne s'approche pas de moi –, mes réactions me feraient mourir de rire. Sauf que nous ne sommes pas dans un livre. Nous sommes dans ma putain de réalité, les choses échappent peu à peu à mon contrôle et je ne sais pas quoi faire pour le conserver.

L'ascenseur du restaurant me mène au sous-sol. Je quitte la cage chromée et m'avance dans le parking, le regard vague.

*Tu es une pauvre fille,* se moque ma conscience. *Tu es censée détester ce type.*

Oui. Assurément. Il me donne des envies de meurtre. Et je ne l'apprécie même pas. C'est purement physique, cette attraction... Cet embrasement... Que suis-je censée faire pour lutter contre ? Je sais que Priam l'a aussi ressenti. Mais apparemment lui s'en moque royalement, entièrement maître de sa propre vie et de ses propres émotions.

Sont-ils déjà chez lui ? Sont-ils actuellement en train de se dévorer l'un l'autre ?

Je secoue la tête pour chasser ces pensées. Hors de question que je laisse Priam Brings envahir davantage ma tête.

Je récupère mes clés dans ma pochette, mes talons claquant sur le sol bétonné. Je tourne à droite et découvre ma voiture garée là où je l'ai laissée plus tôt dans la soirée.

Je sursaute presque et retiens un juron en découvrant que je ne suis pas seule.

Qu'est-ce que...

Priam est appuyé contre mon capot, son regard incisif posé sur moi. Je ralentis avant de stopper définitivement à deux mètres de lui.

Les mains dans les poches, les jambes croisées, il est maître de lui-même, et surtout, il m'observe m'efforcer de contrôler ma réaction. Sa mâchoire se contracte une seconde avant que je ne le voie inspirer profondément.

Je fais de même.

— C'est ma voiture, lancé-je.

Un sourire naît sur ses lèvres. Cet affreux sourire qui m'exaspère autant qu'il me donne envie de planter mes griffes en lui.

— Ah oui ? je l'ignorais.

Il ment comme il respire.

Ses mots résonnent entre nous alors qu'il me déshabille une nouvelle fois du regard. L'attraction est encore là.

Elle grandit.

Elle me dévore.

Balaye tout.

Jusqu'à exploser.

— Où est-elle ?

— Qui ?

Il semble sincèrement ne pas comprendre à qui je fais allusion. C'est possible. Ou il me tend encore un piège et se moque de moi.

— Serena.

— Oh, Serena...

Il jette un coup d'œil derrière moi avant de reporter son attention sur mon visage.

— Elle est dans ma voiture, elle m'attend.

Boom. Ça, c'est la claque virtuelle que je viens de me recevoir. J'ai joué, j'ai perdu. Je ne peux m'en prendre qu'à moi-même. Mais la colère mêlée à une jalousie malvenue m'envahit, l'amertume se fait alors plus forte.

— Je vois.

J'inspire brusquement et mes lèvres tremblent imperceptiblement. Tout ça n'est que purement physique. Mais ça reste douloureux. Priam repère aussitôt cette inspiration de pure douleur physique, comme si c'était exactement ce qu'il attendait. Son sourire s'efface, et il se redresse, les épaules tendues. On dirait qu'il vient d'obtenir la réponse à une question qui m'est inconnue.

— Alors bouge de ma voiture et va la retrouver. Tu as déjoué mon plan du soir, Priam. Bien joué.

Il laisse échapper un petit rire sans joie.

— Bien joué ? C'est la seule chose que tu as envie de me dire ?

Je fronce les sourcils et m'avance vers ma portière.

— Que voudrais-tu que je te dise ?

Non, il ne peut pas savoir à quel point il me perturbe à cet instant. C'est impossible. Je le refuse.

Priam s'éloigne de ma voiture et s'arrête devant moi, sa silhouette imposante confrontant directement la mienne. Je suis grande, mais il me domine toujours, alors je relève le menton instinctivement. Il me toise d'un regard dur, désormais, et j'ai l'impression qu'il est effectivement un prédateur, et moi sa proie.

— Quelle tricheuse tu fais, souffle-t-il contre mon visage.

Je me force à sourire alors qu'à l'intérieur de moi ce n'est que tumulte.

— Nous sommes en plein jeu de tricheurs, je lui rappelle avec aplomb.

Son visage se penche vers moi. Je ne recule pas. Je reste concentrée sur le vert de ses yeux. Un vert dangereux qui m'hypnotise presque instantanément.

— Serena n'est pas dans ma voiture. Je lui ai appelé un taxi.

Nouvel affolement de mon corps.

— Ah ?

Un seul mot, stupide. Un simple « Ah » qui exprime tant de choses que j'aimerais cacher. Une attirance physique pour Priam. Le désir charnel que nos deux corps se rencontrent.

*Surtout* à cet instant.

Je m'attends à ce qu'il recule, mais il passe sa langue sur ses lèvres avant de reprendre, toujours dans un murmure :

— Comment voudrais-tu que je m'approche d'elle, alors que la seule femme qui me rend complètement fou se trouve en face de moi, mon ange ?

L'électricité crépite entre nous. Une bulle se forme autour de nos deux corps chauffés à blanc, nous coupant instantanément de tout ce qui peut se passer au-delà.

J'ignore si j'ai bien entendu ses paroles. Si je deviens folle.

— Moi ? Je te rends fou ?

Se pourrait-il que lui aussi soit en train de perdre tout contrôle sur ce qu'il se passe entre nous ? Sur cette guerre qui se mêle à une puissante convoitise ?

Il relève un sourcil. Mais son contrôle le quitte peu à peu, lui aussi.

Et cette faille de son être attise la mienne. Ses mots suivants finissent de m'achever.

— Ne fais pas comme si tu ne savais pas que j'avais envie de te baiser, Belle.

Sa voix reste toujours aussi calme. Ou plutôt, faussement calme.

— Ne fais pas comme si tu ne sentais pas l'océan dévastateur qui tente de nous emporter.

J'avale difficilement ma respiration.

Il se penche un peu plus contre moi, sans que nos corps entrent en contact.

Recule, m'ordonne ma conscience. *Ne succombe pas.*

*Mais comment lutter alors qu'une partie de nous a déjà cédé ?*

— Et surtout, souffle Priam, ne fais pas comme si toi, tu n'en n'avais pas envie.

Mes yeux rivés aux siens, je réponds enfin :

— Pourquoi est-ce que je voudrais me faire emporter par la vague à tes côtés, Priam ?

Il me dévisage et lève sa main droite doucement. Mais au dernier moment, juste avant de toucher ma peau, il interrompt son geste.

— Pour te battre contre le courant pendant de longues minutes avant de retrouver la surface.

— Ça me semble... dangereux.

*Mais ça me plaît.*

Alors je fais un pas dans sa direction et mon corps entre en contact avec le sien.

Priam s'abat sur moi, abandonnant entièrement son propre contrôle. Ses lèvres heurtent les miennes sans aucune douceur. Une faim dévorante implose dans nos corps. Sa bouche découvre la mienne et finit par la dévorer.

Mes mains se posent directement sur sa nuque pour l'attirer un peu plus contre moi. Mais cela ne suffit pas à rassasier notre faim. Elle grandit. Elle finit par m'engloutir. Mes ongles s'enfoncent dans la peau de sa nuque tandis que celles de Priam longent mon dos et s'arrêtent sur mes fesses. Il tente de mouler mon corps au sien.

Priam m'a menti, il ne nage pas avec moi à contre-courant. Il *est la vague* qui tente de me noyer.

Il est la tempête et l'océan. Il est la vague qui s'écrase sur le rocher. *Il est le tricheur.* Mais à cet instant, *il ne triche plus.*

Ses doigts se pressent contre moi, ses muscles se tendent et Priam me soulève d'un mouvement souple. Il me porte aisément et mes jambes s'enroulent autour de son bassin. Je me moque de tout, du lieu de notre débauche, de l'interdit qui nous unit, du jeu qui nous détruit.

Il n'y a que lui, moi, nos souffles qui se mélangent et la brutalité qui nous anime tant nous sommes hors de contrôle.

Le besoin physique ne nous lâche pas. C'est lui qui dirige, en réalité. Nous ne sommes que ses disciples, les esclaves de nos propres corps, et le seul moyen de nous affranchir de nos chaînes est de succomber à l'autre.

Mes fesses heurtent le métal froid du capot de ma voiture lorsque Priam m'assied dessus. Ma bouche perd la sienne une seconde. La suivante, il est de retour contre moi, un air de pure folie sur le visage.

Et sa langue entre dans la danse. Elle est taquine et revendicatrice. Un nouveau jeu de domination s'installe entre nos deux bouches. Mes jambes s'écartent et je sens ma jupe remonter dangereusement sur mes cuisses pour lui permettre de s'installer entre elles.

Il est si près de moi et pourtant si loin. La délivrance est si proche, et pourtant hors de portée.

Tout n'est que frustration alors que tout ne devrait être que libération.

Mes dents mordent sa langue quand elle se fait provocatrice. Il laisse échapper un son sourd et étouffé. Ses doigts se posent sur la peau tendre de mes cuisses et la pétrissent durement pendant qu'il se glisse entre elles, en m'obligeant à les écarter encore plus pour lui céder le passage.

J'attaque. Il contre-attaque. La balle ne cesse d'aller et venir entre nous jusqu'à ce qu'il y ait un vainqueur. Mais j'ai bien peur qu'il n'y en ait pas vraiment.

Soudainement, sa bouche me quitte mais Priam reste contre moi. Sa bouche est gonflée tant je l'ai meurtrie. Et j'imagine que la mienne est dans le même état.

— Pourquoi es-tu si délicieusement dangereuse, Belle Murray ?

— Parce que tu me l'as dit toi-même, Priam, tu n'as pas peur de te battre, je halète sans m'éloigner.

Une de ses mains est toujours contre ma cuisse tandis que l'autre agrippe délicatement mon menton pour me faire redresser la tête. Son souffle est aussi court que le mien.

— Peut-être que tu es un trop grand danger, même pour moi.

Il ne me laisse pas le temps de répondre et m'embrasse une nouvelle fois. C'est un baiser plus calme mais beaucoup plus profond. Si les précédentes minutes démontraient une faim purement sexuelle, cette minute-ci annonce un besoin profond, plus qu'un désir percutant.

Ses lèvres glissent contre mon oreille. Ses dents retiennent ma peau tendre prisonnière et je ferme les yeux tout en réprimant un gémissement.

*J'ai... besoin de plus.*

Un grondement de moteur se fait entendre au loin et une grosse voiture passe près de nous dans un bruit assourdissant. J'ouvre brusquement les paupières et la bulle explose.

*C'est pas vrai...*

Priam, lui aussi, sursaute au son du véhicule et se redresse avant de reculer comme si je venais de le brûler.

Je viens de... Il vient de... On vient de se dévorer l'un et l'autre sur un parking.

— Putain, il s'exclame en passant une main dans ses cheveux.

Lui non plus ne pensait pas finir par perdre le contrôle à ce point.

Je vois d'ici son érection tendre le tissu de son jean. Je ne m'attarde pas dessus, désormais bien connectée à la réalité.

L'homme qui se tient en face de moi n'est pas mon prochain partenaire sexuel. C'est mon ennemi. Un confrère digne des plus grands enfoirés qui m'est interdit dans une affaire de travail.

Le travail, et *uniquement le travail.*

Je descends ma jupe le plus rapidement possible. Je sais que je suis toujours aussi débraillée, mais je tente de reprendre le contrôle.

— Tu ne gagneras pas, Priam. Si tu pensais pouvoir posséder mon corps pour gagner cette partie, tu te trompes.

Il fronce les sourcils mais n'a pas le temps de répondre que, déjà, je récupère ma pochette échouée sur le sol et m'installe derrière mon volant.

J'ai failli tout foutre en l'air. J'appuie sur l'accélérateur et m'éloigne, sa silhouette diminuant au fur et à mesure.

La vérité, c'est que nous sommes dangereux l'un pour l'autre. Parce que s'il me fait perdre mes moyens en si peu de temps, je suis sûre qu'il pourrait briser l'équilibre de ma vie.

Ce qu'il vient de se passer ne doit jamais se reproduire. Jamais, si je ne veux pas que Priam Brings finisse par m'anéantir.

# CHAPITRE 18

## *La régalade*

### BELLE, 15 ans

Je crois que nous allons encore devoir déménager. Ma mère va être mutée à Seattle. Je n'ai aucune envie de quitter Boston, et encore moins de laisser April ici avec son insupportable frère qui vient d'avoir dix-sept ans. Rien n'est encore décidé alors je prie pour que l'armée laisse ma mère ici. Je me suis construit une vie dans cette ville, j'y ai mes habitudes.

Et mes ennemis.

Les années passent, et pourtant Priam me rend toujours aussi dingue. Bon, j'avoue que je le cherche aussi pas mal. Mais je n'y peux rien ! On se rend coup pour coup depuis cinq ans. Aucun de nous ne veut céder alors on reste sur la même ligne de conduite : que le meilleur sale gosse gagne.

Parfois, je me surprends à rire de ses mauvais coups, parce que je dois bien l'avouer, Priam Brings est ingénieux pour me mettre dans de sales draps. Et parfois, plus rarement encore, je le vois sourire tout en se plaignant de moi dans les couloirs de notre école privée.

Mais aujourd'hui, on a un autre souci. Et ce souci s'appelle Ed. Enfin, vous pouvez aussi l'appeler le gros lourd. Ça fait des semaines qu'il s'en prend à April dans le dos de Priam. Il joue les durs dans les couloirs de l'école.

Sauf que je ne laisserai personne s'en prendre à ma meilleure amie. Je le jure sur toutes les BD que je possède. Donc, aujourd'hui, je vais me venger.

April se colle un peu plus à moi tandis qu'on est debout dans l'entrée du réfectoire.

— On va se faire tuer, Belle.

— Je m'en fiche. Ce sale rat méritait une bonne leçon.

Ma meilleure amie secoue la tête en pressant son épaule contre moi. Nous sommes toutes deux suspendues à ce qui se passe dans le réfectoire. Ed est installé à une table au milieu de la pièce, en compagnie de ses amis harceleurs. Aujourd'hui, il n'a rien trouvé de mieux que d'enfermer April et d'autres filles dans les toilettes.

— Il va nous étouffer entre ses bras.

Je me redresse tout en ignorant ses dernières paroles.

— J'espère que t'es prête à courir vite, je la préviens en sentant un sourire menacer de me cueillir.

Le spectacle va commencer. On s'apprête toutes les deux à détaler. Mais on ne quitte pas des yeux Ed, qui entame son plat de lasagnes avec empressement.

Soudain, il écarquille les yeux et se met à tousser bruyamment. Les mains plaquées sur son torse, il recrache sa bouchée, complètement perdu.

Le sel est son nouveau meilleur ami ! Tandis qu'il se tenait dans la file du réfectoire avec son plateau d'une main, April a fait semblant de le bousculer, et j'en ai profité pour déverser un sachet entier de sel dans ses lasagnes.

April tire sur la manche de mon pull, sans pouvoir retenir un gloussement.

— Vite, on se tire, m'ordonne-t-elle.

Mais je ne bouge pas, pas encore. C'est trop bon de remettre à leur place ceux qui se sentent supérieurs à nous. Ils pensent pouvoir nous martyriser sans qu'on finisse par ouvrir notre bouche.

Sauf que j'ai décidé de l'ouvrir. Et de mordre.

Ed avale une grosse gorgée d'eau en secouant la tête. Je vois d'ici qu'il est aussi rouge qu'une tomate, et je lâche un rire de mon côté. Je pousse un sifflement bruyant. Impossible que je me taise, c'est trop beau pour être vrai !

J'espère qu'April est prête à courir !

— Régale-toi bien, Ed ! je hurle les mains en porte-voix de chaque côté de ma bouche.

Ce gros naze me repère à l'entrée du réfectoire et je vois immédiatement la haine se peindre sur ses traits. Ça le rend encore plus moche. Mais ce qui me fait peur secrètement, ce sont les muscles de ses bras. Ed a dix-sept ans, comme Priam, et il n'hésite pas à nous menacer secrètement de nous péter les jambes.

Qu'il me touche ou touche April, et je lui taperai droit entre les jambes ! Parole de scout !

— Vous ! Bande de connasses ! il hurle en brandissant un doigt dans notre direction.

Il repousse déjà sa chaise sous les rires des autres jeunes du réfectoire.

— C'est le moment de couriiiiir ! je hurle en faisant demi-tour.

April se place à mes côtés et nous nous enfuyons à toutes jambes. Mais j'entends Ed dans notre dos. Il court vite, et s'il nous rattrape, on est mortes.

On arrive dans le couloir principal en courant toujours. Au loin, pas mal d'élèves sont en train de discuter en groupe. On est prises comme des rats, ils vont nous ralentir !

— Va dans les toilettes de droite ! j'ordonne à April.

Elle s'exécute tandis que je continue de courir droit devant moi, Ed sur les talons.

— Je vais te briser en deux ! il hurle dans mon dos.

J'accélère ma course, la bouche pincée.

— Il faudrait déjà m'attraper !

Honnêtement, je sens qu'il va finir par le faire. Il n'est plus qu'à quelques pas de moi. Et au moment où sa main va agripper mon épaule et mes cheveux, je me heurte de plein fouet à un individu qui se dresse volontairement sur mon chemin.

— Qu'est-ce que...

Mais je n'ai pas le temps de terminer ma question que des mains tentent de me retenir de tomber. La seconde suivante, je suis cachée derrière une silhouette un peu plus grande que moi. Et mes yeux tombent sur l'arrière d'un crâne aux cheveux bruns.

L'individu me tient dans son dos, m'empêchant de faire face à Ed.

Qui a décidé d'être mon sauveur ?

J'ai bien vite ma réponse quand une voix retentit :

— Qu'est-ce que tu fais, Ed ?

C'est la voix de Priam. C'est lui qui s'est dressé sur mon chemin, a arrêté ma course et m'a propulsée derrière lui comme si j'étais une vulgaire BD qu'on valdingue d'étagère en étagère. Je joue des coudes pour passer devant lui, mais il se décale pour me bloquer la vue.

— Bouge de là, Priam, j'ordonne, je vais me le faire.

Je vois Ed qui attend que je me retrouve devant lui, et vu son air meurtrier, je crois que c'est lui qui va me tuer.

— Cette garce a empoisonné mon plat, crache Ed en se redressant.

Je suis à deux doigts de lui tirer la langue. Mais j'essaye d'être mature donc je me retiens. En revanche, je n'hésite pas à dresser discrètement mon majeur dans sa direction, tout en me redressant à mon tour.

Priam se tourne vers moi, les sourcils relevés. Il ne semble pas surpris par ces accusations contre moi. Au contraire, il a l'air… amusé.

— T'as empoisonné son plat ? me demande-t-il.

Je fixe une seconde ses yeux verts, jusqu'à m'y noyer, avant de bougonner :

— J'ai pas de comptes à te rendre. Mais si tu veux tout savoir, non, je suis complètement innocente.

J'entends Ed pousser des jurons, mais il ne tente pas de contourner Priam pour s'en prendre à moi. Il reste à bonne distance, comme s'il avait peur de l'affronter.

— Innocente ? répète Priam. À d'autres, Bella.

— C'est BELLE !

Il hausse ses épaules, nullement désolé. Puis il se tourne vers Ed, mais je reprends déjà :

— Ce naze harcèle des élèves, et il s'en est pris à April !

Je vois les épaules de Priam se tendre.

— Qu'est-ce que tu as fait à ma sœur ?

Ed semble se recroqueviller sur lui. Celui qui se prenait pour un lion n'est qu'un petit chaton qui ne sait plus griffer à cet instant, et je savoure ma victoire éphémère. Ed secoue son visage mais Priam s'approche de lui. Ils échangent des paroles que je n'entends pas, et finalement, le gros naze d'Ed fait demi-tour et s'enfuit d'un pas rapide.

Alors il ne reste que Priam, moi, et quelques autres élèves qui se remettent à parler entre eux.

— J'avais pas besoin que tu m'sauves ! je crache.

Priam croise les bras sur son torse. Ces derniers temps, il s'est sacrément mis au sport. Parfois, je le vois s'entraîner dans son jardin. Non pas que je l'observe, hein… C'est juste que… Ouais, parfois mes yeux traînent.

— Je ne t'ai pas sauvée. Tu es assez grande pour te débrouiller seule. Mais vu ta maladresse, j'avais juste peur que tu n'arrêtes pas ta course et fonce droit dans les élèves innocents.

Il a l'air sincère, mais je sais ou du moins je sens qu'il y a autre chose qu'il ne dit pas.

Je redresse le menton en souriant d'un air insolent :

— Tu mens, Priam. T'as bien voulu me sauver.

Il hausse une nouvelle fois les épaules sans toutefois me contredire. Je m'éloigne à reculons, mes yeux toujours plongés dans les siens :

— Oublie pas qu'on se déteste, toi et moi.

Il m'observe m'éloigner, la bouche pincée.

— Je te déteste ! s'exclame-t-il à son tour.

Je lui fais un clin d'œil, pivote sur mes talons et m'enfuis une nouvelle fois en courant, pressée de retrouver April.

Moi aussi, je te déteste Priam Brings ! Mais parfois... je me demande si un jour je pourrais l'apprécier. Et peut-être même davantage. Qui sait ? Le destin est parfois super moqueur et décide de nous emmerder en nous rapprochant des personnes que nous détestons.

Après tout, c'est facile de haïr quelqu'un, mais c'est encore plus compliqué de l'aimer.

Mais qu'est-ce que je raconte ? Je parle de Priam ! Argh. Laissez-moi vomir !

## BELLE, de nos jours, Boston

Je termine mon footing sous les rayons du soleil, car aujourd'hui, il brille dans le ciel de Boston. Et ça fait du bien parce qu'hier j'ai cru me noyer tant il pleuvait. Inutile de vous dire que porter des talons aiguilles sur un sol trempé était une mauvaise idée. J'avais l'impression d'être en pleine séance de ski nautique, ou plutôt d'être soudainement une grosse boule de bowling, et les gens sur le trottoir, les quilles à renverser.

*Ça va ! Ne vous moquez pas.* Je n'ai renversé qu'une bonne femme qui proférait des injures. Ça aurait pu être pire.

Je m'arrête à l'entrée d'un square, le City Square Park. L'endroit est situé dans le quartier de Charlestown. Je trottine non loin du mémorial de la Seconde Guerre mondiale qui trône en son centre. Mon portable se met alors à sonner. Je le déloge avec difficulté, l'appareil étant coincé entre le tissu serré de mon legging de sport et ma peau.

C'est ma mère.

Comme il est à peine onze heures ici, il doit être encore tôt chez mes parents. Et elle m'appelle en FaceTime. Sûrement pour vérifier que je suis toujours vivante malgré notre appel de la veille.

Je glisse mon doigt sur l'écran et le visage de ma mère s'affiche. Ses yeux s'agrandissent et un sourire plein d'amour apparaît sur son visage avant que je n'aperçoive le visage de mon père se coller à sa tête.

— Belle ! dit ma mère, on a essayé de te joindre il y a cinq minutes.

Je marche le long du parc tout en essuyant une goutte de sueur sur mon front. Je déteste quand elle prend son air de militaire ultra sérieux avec moi. Ça me donne envie de la taquiner.

— Désolée, je réponds naturellement, j'étais en train de braquer une banque.

— Belle, soupire mon père avant d'esquisser un sourire.

Il n'a jamais pu résister à mon humour pourri, après tout.

— OK, OK, c'était faux. J'étais juste en train d'étouffer quelqu'un dans le métro.

— Belle Murray ! s'exclame ma mère.

Je glousse sans pouvoir m'en empêcher en remarquant son expression inquiète.

Pendant les cinq minutes qui suivent, ma mère m'explique comment elle se retient chaque jour de tuer son voisin qui fait des fêtes jusqu'à deux heures du matin sans se soucier des autres. Et comme d'habitude, mon père est là pour la calmer. Ça a toujours été ça, eux deux.

Ma mère, forte et entêtée. Une vraie louve prête à mordre au moindre coup. Et mon père, celui qui l'équilibre et la calme sans même qu'elle s'en rende compte. Ils me manquent, et j'ai hâte qu'ils viennent me rentre visite.

— Et tes voisins ? poursuit ma mère. Comment sont-ils ?

— Des petits jeunes super cool.

— D'accord. Mais s'ils t'ennuient…

— Non, maman. Je ne vais pas tester sur eux les techniques d'auto-défense que tu m'as apprises.

Mon père, qui est retourné à la cuisine, rigole bruyamment. Ça aussi, c'était la passion de ma mère, les prises d'auto-défense. Au moins, si un corps se colle à moi contre ma volonté, je sais comment m'en débarrasser.

Et en parlant de corps, une image parfaitement délicieuse me vient en tête. Le mien, contre celui de Priam. Nous deux, perdant les pédales et oubliant toutes nos envies de meurtre pour nous laisser guider par un désir sans limite.

Bordel. Je m'égare encore !

— J'ai vu passer des infos, reprend ma mère en me sortant de mes délicieuses et dangereuses pensées, Boston abrite vraiment pas mal de crimes.

— Comme toutes les villes du monde, maman. Le taux de criminalité à Seattle, votre ville, est aussi élevé.

Elle plisse les yeux, ne sachant pas vraiment si elle doit me croire ou non. Une délicieuse odeur me parvient. J'aperçois une sorte de fourgonnette ouverte à quelques mètres.

Je conclus rapidement ma conversation et me laisse guider par l'odeur de beignet. En acheter un et me l'enfiler alors que je viens de courir serait une mauvaise, très mauvaise idée, pas vrai ?

Mais en même temps, qui pourrait résister au sucre ? Je pose une main sur mon ventre que ma brassière de sport laisse nu.

Oh, c'est bon !

Une minute plus tard, je paye au moyen de ma carte bancaire synchronisée sur mon portable et quitte la fourgonnette du diable, avec non pas un beignet, mais quatre petits. Ils sont encore chauds et le chocolat est un pur bonheur pour mes papilles.

Je finis rapidement mes beignets. Il me reste mon sachet plein de miettes que je décide de jeter au hasard aux oiseaux autour de moi. Mauvaise idée, comme à mon habitude. Parce que rapidement, je me retrouve entourée de nombreux oiseaux et tourne sur moi-même en poussant un cri pour les chasser.

— Satanées bestioles, je m'exclame en secouant la tête. Toi, piou piou, écarte-toi ou je te jure que je t'envoie directement à KFC.

La sale bête m'ignore et tente de donner un coup à mon sachet vide.

— Hé ! On se calme, mes petits gars ! Je n'ai plus rien. Regardez !

Je secoue mes bras comme une poule sous cocaïne.

Rapidement, les pigeons et les autres oiseaux s'éloignent en comprenant que je suis effectivement sans ressources et je pousse un soupir de soulagement. Au moins, aucun d'eux ne m'a chié dessus. Pour l'avoir testée, je ne conseille l'expérience à personne.

Au moment où je m'apprête à faire demi-tour, je me fige. Et je fais face à April qui se retient difficilement de rire. À ses côtés ? Son frère, qui lui se fiche ouvertement de moi.

Que le roi des pigeons vienne m'achever.

## PRIAM

La sculpturale métisse qui était en train de se battre avec des pigeons m'observe désormais d'un air haineux. Un nouvel éclat de rire que je peine à réprimer s'étouffe dans ma gorge et Belle s'énerve davantage.

— Si ton frère n'arrête pas, lance Belle à ma petite sœur, je lui fais manger mon sachet.

*Fais-moi manger ce que tu veux, mon ange. Surtout si ce sont tes satanées lèvres qui me tourmentent depuis des jours.*

À mes côtés, April se contente de secouer la tête avant de pousser un soupir.

— Tu viens de bouffer des beignets alors que t'as fait du sport, Belle ? Tu as eu absolument raison.

Me calmant enfin, j'en profite pour observer sa... tenue de sport. Le legging qui moule ses longues et fines jambes les rend interminables. Et puis mon regard se pose sur son ventre nu. Je n'ai désormais plus envie de rire. Putain, je parie qu'elle est douce. Je la sentais contre mon ventre lorsqu'elle me tenait entre ses cuisses, trois jours plus tôt.

Puis mes yeux tombent sur sa poitrine, et je ne peux retenir un petit grognement sourd. Je toussote pour le dissimuler, mais Belle a senti mon regard. Et tout de suite, je vois ce qui se cache derrière la tempête de ses yeux. Ce lien qui nous bouffe. Cette électricité qui me donne envie de la coller à moi avant de la dévorer.

Parce que oui, merde, je veux la dévorer.

Je veux me battre contre Belle Murray. Je veux gagner contre elle. Mais par-dessus tout, je veux épancher la soif que j'ai pour elle. Une soif qui s'est abattue sur moi, que je n'ai pas vue venir.

Mais je n'ai pas besoin de me protéger de cette tempête. J'ai besoin d'entrer dans son corps pour la faire mienne. Je veux entrer dans Belle, m'abreuver de ce feu qui brûle en elle et qu'il m'enflamme à mon tour.

Je veux sentir sa peau, la mordre et gémir à son oreille quand elle enfoncera ses ongles dans mon dos. Elle luttera. Et je lutterai. Mais nous ne ferons qu'un le temps de quelques heures.

Je sens mes muscles se tendre sous son regard avide. Un regard qu'elle n'arrive pas à contrôler. Ma petite sœur nous raconte une anecdote pendant ce temps.

Je ne quitte pas Belle des yeux. Et finalement, elle détourne le regard. *Oh oui, mon ange, je sais que tu ressens la même chose. Malgré ta haine pour moi, l'attirance est là.*

Elle nous guette, prête à envoyer ses soldats nous mettre à terre. Prête à nous ensevelir sous une armée de sensations qu'on ne peut combattre que d'une seule manière : en cédant et en hissant le drapeau blanc.

Et Belle, comme moi, sait qu'on finira effectivement par céder. Nous nous baiserons dans l'espoir de détruire l'autre.

Elle se souvient d'elle contre moi. De moi contre elle. De mon souffle, du sien, et surtout de nos corps luttant l'un contre l'autre avant de lutter ensemble dans l'espoir d'obtenir une once de ce plaisir tant attendu.

Belle inspire brusquement et recule d'un pas.

— Je dois y aller ! On se voit plus tard, April !

Elle s'éloigne déjà sans un regard en arrière. Je ne lâche pas sa silhouette des yeux jusqu'à ce qu'elle quitte le square. Je sens April qui m'observe étrangement.

— Elle te plaît.

April, comme d'habitude, va droit au but.

— Mon corps est attiré par elle, je lui avoue.

Je n'ai aucune raison de mentir.

— Mais il y a plus, rétorque April.

Je me tourne vers elle, les sourcils arqués. Qu'est-ce qu'elle raconte ? Non, il n'y a pas plus ; ce n'est que... Ce n'est qu'une sorte d'attirance physique qui a éclot au milieu de notre combat d'ego.

— Je vois comment tu la regardes, Priam. Mais Belle n'est pas une proie. Elle se bat encore plus férocement que toi.

Je souris doucement. Oh oui, elle le fait.

Je m'apprête à rétorquer quelque chose, mais ma petite sœur est prise d'une vilaine quinte de toux qui ne s'arrête pas. Inquiet, je tends un bras vers elle.

— Le pollen, m'explique April.

Aussitôt, je suis rassuré. C'est vrai, c'est le début du printemps. Depuis des années, ça l'a toujours rendue malade.

Mon téléphone sonne ; le nom de Reyes s'affiche à mon écran.

— Ah, reprend April qui a récupéré son souffle, tu dois aller sauver les méchants ?

Je pousse un soupir faussement vexé.

— Quand on était jeunes, tu disais que j'allais sauver le monde.

— Tu sauverais le monde pour moi, nuance.

Je la regarde s'éloigner, souriant doucement. Elle dit vrai. April possède l'âme la plus pure et la plus précieuse que je connaisse.

Je sauverais sans doute le monde pour April. Mais je le brûlerais pour Belle. C'est dangereux, c'est contre mes principes professionnels. Et c'est contre ma conscience qui ne la supporte toujours pas.

Mais je le brûlerais, sans aucun regret. Rien que pour posséder son corps le temps d'un instant. Avant de me battre une nouvelle fois contre elle et de gagner, lui infligeant la défaite.

# CHAPITRE 19

## *Attraction incontrôlable*

### BELLE

— Colyne, je ne suis pas votre secrétaire ni votre coursière. C'est non.

Ma cliente tape presque du pied dans mon bureau face à mon refus. Et elle m'adresse une moue malheureuse.

— Belle...

— Votre air de chien battu ne fonctionne pas sur moi, Colyne. Vous voulez rendre les clés de votre maison de campagne à votre mari, faites donc. Engagez quelqu'un pour y aller.

— Mais je n'ai confiance qu'en vous pour contacter son satané avocat !

Son regard de biche prise entre les phares d'une voiture a presque failli m'avoir. Mais c'est non. Je ne rejoindrai pas Priam. En fait, je dois absolument rester éloignée de lui.

Même si Colyne est une cliente privilégiée de Paul, mon boss. Je cherche une excuse, ne sachant pas comment me débarrasser d'elle à cet instant. Elle passe une main dans son brushing impeccable et mes yeux se posent sur les boucles d'oreilles Chanel qui pendent à ses oreilles.

— Si vous avez des clés à déposer à votre mari Parker, faites-le vous-même, je reprends enfin. Vous vivez toujours dans le même appartement, non ?

Elle pousse un soupir tout en faisant les cent pas dans mon bureau. Ses ballerines d'une marque luxueuse contrastent avec le sol clair de la pièce.

— Je ne fuirai pas de mon appartement, donc oui. Mais on ne fait que se croiser, rétorque-t-elle. Je ne l'ai pas vu depuis des jours tant on s'évite. Et il est hors de question que je l'aborde pour lui rendre ces clés. Je peux vous payer, j'ai beaucoup d'argent. Et j'en aurai encore davantage après qu'il aura fauté et que j'obtiendrai le divorce à ses torts exclusifs.

— Sauf que pour l'instant, Parker ne se laisse pas avoir. Et Priam ne cesse de nous renvoyer la balle pour que ce soit vous la fautive.

Elle agite la main comme si elle n'avait aucune inquiétude à se faire. Mais s'il y a bien une chose que je commence à comprendre, c'est qu'il ne faut pas sous-estimer Priam Brings et son client. Nous allons devoir entrer dans une nouvelle phase d'offensive si on veut gagner la partie.

Bien sûr, je ne raconte pas à Colyne le petit... incident qui s'est passé entre le grand brun et moi. Je pense qu'elle ne serait pas franchement ravie d'apprendre que nous étions à deux doigts de nous envoyer en l'air dans un parking, sur le capot de ma voiture, sans nous soucier un instant du monde extérieur.

Colyne me renverrait en un claquement de doigts. Et mon boss, Paul ? Ouais, non, je ne préfère même pas imaginer ce scénario. Je suis venue à Boston pour trouver ma place et construire ma réputation, pas pour tomber sous le charme bourru d'un enfoiré tel que Priam.

Même si le baiser que nous avons échangé me tourmente toujours. Ainsi que la manière dont ses doigts pressaient ma peau, comme s'il était à deux doigts de perdre le contrôle et de...

— Alors ? reprend Colyne d'un air abattu.

Colyne est une femme entêtée à qui on ne dit pas non habituellement. Alors que je m'apprête à lui répondre, Paul entre dans le bureau.

— Alors quoi ? reprend-il.

Comme d'habitude, il est tiré à quatre épingles. En fait, pour tout vous avouer, je ne l'ai jamais vu QUE parfaitement habillé et apprêté en toutes circonstances. À croire que Paul est en réalité un dieu qui n'a pas besoin de dormir et n'a jamais connu de cernes sous les yeux. En le voyant ici, les yeux de ma cliente s'illuminent de joie.

Oh oh. Super. Pas vraiment super en fait.

— Paul ! Quel plaisir !

— Un plaisir partagé. Tu es sublime, comme d'habitude.

— Ne me fais pas du charme, Paul, je ne suis pas encore divorcée.

Ils s'embrassent rapidement sur les joues, et je vois de l'amitié sincère sur le visage de mon ancien tuteur.

*Merde*. Il l'apprécie vraiment, et le connaissant, il va me mettre un coup de pied au cul si je refuse sa foutue demande.

— J'aimerais simplement, reprend Colyne d'un air suppliant dans ma direction, que Belle rende une petite visite à l'avocat adverse pour qu'il transmette une enveloppe contenant des clés à Parker. Je n'ai confiance en personne d'autre pour le faire.

Paul ne cherche même pas à en savoir davantage ; il hoche vigoureusement la tête. C'est pas vrai ! Je me redresse, en alerte.

— Bien sûr, Belle peut faire ça. Pas vrai, Belle ?

Paul se tourne vers moi, les sourcils relevés. Je vois les questions sur son visage : il veut savoir pourquoi je refuserais, après tout. Ce n'est qu'une demande comme une autre de la part d'une cliente qu'il apprécie et connaît depuis longtemps.

Mais il y a un hic. Une couille dans le potage si vous préférez... Car il ne comprend pas que plus je me tiens loin de Priam, mieux c'est pour ma santé mentale et mon corps qui adore me trahir en sa présence. Et rejoindre son bureau... me retrouver seule avec lui, même un court instant...

— Bien sûr, j'irai.

*Quoi ? Mais tu es stupide,* se moque ma conscience en sortant déjà son éventail et ses pop-corn.

Non, tout va bien se passer. Je vais apporter cette foutue enveloppe à Priam. Ce sera l'occasion de le revoir, et de m'assurer qu'il n'y a plus aucune attirance entre nous. Juste de la compétition. Il le faut.

Ce sera simple comme bonjour.

* ** *

Bien entendu, l'immeuble où se trouve le cabinet de Priam n'est pas à côté. Il me faut un bon quart d'heure à pied pour rejoindre le quartier financier de Boston. Oh, j'aurais pu y aller avec ma voiture. Sauf que j'avais besoin de souffler et de faire le vide dans mon esprit. Et vous savez quoi ? C'est un échec.

La réceptionniste de l'immeuble m'indique que le cabinet se trouve au quinzième étage. Un endroit qui permet d'observer aisément le monde sans que la réciproque soit possible. Une hauteur qui te rend presque... intouchable.

Sauf que Priam n'est pas intouchable. Ni lui ni moi ne le sommes. Nous ne sommes que de pauvres mortels que les dieux considèrent comme leurs pions sur cet échiquier géant qui prend place autour de nous.

J'espère que Priam sera encore là malgré l'heure tardive. Je lui ai envoyé un SMS pour lui annoncer que je passerai en fin d'aprèm, à seule fin de délivrer un pli à remettre à son client, Parker. Mais je n'ai obtenu aucune réponse.

Je pénètre dans l'ascenseur et arrive rapidement à son étage. J'ignore combien d'avocats se trouvent ici, mais je crois que Priam s'est installé à son compte, sans associé ni collaborateur. *Un vrai loup solitaire.*

Il n'y a pas non plus de réceptionniste, du moins son bureau est vide, et vu l'heure, ça ne m'étonne pas. Seule une plaque métallique de grande taille est accrochée sur le mur gris clair en face de moi.

Le nom « BRINGS » y est inscrit en toutes lettres. Je dois avouer que c'est assez classe et j'ai hâte de voir mon nom apposé sur un mur.

Le sol est recouvert d'un parquet en bois sombre, presque noir. L'endroit est spacieux, aéré, et je vois plusieurs plantes aux feuilles grasses dans les coins. À ma droite se trouve un unique couloir menant à deux portes fermées. Son bureau, assurément.

Je me tourne vers la gauche et m'immobilise en découvrant une salle de réunion de taille moyenne. Les murs sont vitrés et me permettent de voir tout ce qu'il s'y passe.

Priam se tient là, debout devant la table de réunion. Le visage concentré, ses manches de chemise sont retroussées jusqu'à ses coudes. Il croise les bras tout en s'adressant à un écran accroché au mur d'en face. Un type d'origine asiatique est en train de parler.

Comme s'il sentait ma présence, Priam tourne son visage dans ma direction. Son regard se rive au mien pour ne plus le lâcher.

Vous le sentez, vous aussi ? Ce foutu truc qui tente de nous rendre dingues ? Eh bien, nous sommes d'accord pour en avoir peur.

La première chose que je remarque, c'est la puissance qui se dégage de son corps. J'ignore avec qui Priam est en train de parler, mais je sais qu'il dirige la discussion comme un chef.

Son regard vert balaye mon corps, s'arrêtant une seconde sur le haut de ma robe grise au décolleté plutôt sage. Il passe une main sur son visage mal rasé avant que son habituel sourire de joueur ne reprenne place sur son visage. Il ne paraît pas surpris de me trouver ici. Il a donc reçu mon message et savait que je venais.

Ses cheveux partent dans tous les sens, signe qu'il a passé et repassé ses mains dedans ces dernières heures. Les miens ne sont pas dans un état si différent.

Même si le mouvement de ses lèvres indique qu'il répond à son interlocuteur, Priam garde sa concentration sur moi, me décontenançant intérieurement même si je ne laisse rien paraître. J'observe ses mains puissantes aux longs doigts, et encore une fois, des images de notre baiser me reviennent.

C'est plutôt dur de rester de marbre. Parce que j'imagine ses doigts contre ma peau, puis sur mes lèvres et... en moi. Je sais qu'ils me rempliraient pleinement. Priam me laisserait me consumer de plaisir avant d'exercer la pression parfaite pour me faire gémir.

*Putain, Belle. Tu déconnes à fond.*

J'agite l'enveloppe fermée au-dessus de ma tête. Il comprend aussitôt et indique du menton le couloir dans mon dos. Parfait, il est donc trop occupé pour me parler, et ça me convient. Il suffit que je dépose le pli dans son bureau et que je me casse aussi vite que je suis arrivée.

Je quitte Priam, profitant du fait qu'il est toujours en pleine réunion, et je rejoins le couloir dans mon dos. Je pousse la lourde porte en bois noir. C'est la mauvaise porte et je vais me retrouver dans une salle à la Christian Grey...

Je glousse, mais je suis secrètement rassurée en découvrant un bureau de grande taille. La première chose qui me fait perdre le souffle, je dois bien l'avouer, est la vue époustouflante sur la quasi-totalité de la ville de Boston. Je suis même à deux doigts de siffler d'admiration.

Imaginez travailler avec cette vue ? Je vous jure que je me perdrais sans doute dans la contemplation du ciel plutôt que dans un dossier de divorce conflictuel.

Mais je ne suis pas là pour admirer la vue. C'est le moment de mener ma mission à bien, de déposer l'enveloppe et de me tirer d'ici. Je pose le pli sur le bureau de Priam, et... mes doigts s'égarent sur la surface lisse.

Je ne fouille pas. Je teste simplement la qualité du bureau sous mes doigts et laisse mes yeux scruter le moindre objet qui s'y trouve.

J'effleure un stylo plume posé sur une feuille de notes. Un stylo plume, qui écrit encore avec ça ? *La classe.*

Mes yeux vagabondent sur le bureau mais il n'y a quasiment rien dessus, pas même l'ordinateur de Priam.

C'est trop rangé, trop lisse. C'est sûr qu'il doit y avoir plein de trésors ici. Des trésors qui pourraient m'aider à coincer Parker. Mais ma tricherie n'ira pas dans ce sens.

Au moment où je vais me détourner du bureau, j'entends un toussotement dans mon dos. Je sursaute en posant une main contre ma poitrine.

— Merde ! T'as décidé de me tuer ou quoi ?

Priam se tient sur le seuil de la porte, apparemment ravi de m'avoir collé la frousse. Mais je vois aussi les questions sur son visage. Il sait que j'étais un peu en train de fouiner, il me connaît après tout.

— Tu as trouvé quelque chose d'intéressant ?

Je pousse un soupir, prise la main dans le sac.

— Rien. Absolument rien. À mon grand désarroi.

Priam fixe ma moue déçue et arque ses sourcils comme s'il était réellement désolé. Un silence pesant s'éternise entre nous. Un silence chargé de sens.

— Je, hum, j'ai déposé le pli de la part de Colyne. Merci de le transmettre directement à Parker.

Priam se contente de hocher la tête sans parler. Il m'analyse sans flancher comme si j'étais une énigme qu'il tentait de résoudre depuis de longues années, en vain. J'inspire brusquement et son regard suit le mouvement de ma poitrine qui se soulève rapidement. Ses muscles se tendent, ses narines se gonflent, mais il reste immobile de son côté.

Je dois partir. J'ai accompli ma mission.

Et j'ai découvert que j'avais tort. Je venais ici aussi pour me convaincre que l'attirance que j'ai ressentie pour Priam avait disparu. Erreur. Elle est encore plus forte qu'avant. Elle me tiraille, me tourmente sans pitié et me pousse à vouloir un contact physique pour me guérir.

*A-t-il mal, lui aussi ?*

Priam est plongé dans ses pensées. Et je parierais qu'elles nous concernent tous deux. Je me redresse, inspire une nouvelle fois calmement et marche dans sa direction.

— J'y vais.

Il hoche encore une fois la tête sans me répondre. Mais il reste sur le seuil, bloquant la sortie.

Je m'arrête à quelques mètres tandis qu'il murmure d'une voix rauque :

— C'est difficile à contrôler, pas vrai ?

Je fronce les sourcils, pas certaine de le suivre.

— Quoi donc ?

Il réfléchit une seconde et poursuit :

— Cette attraction.

Je vois les questions sur son visage. Il semble aussi perdu que moi.

— Ce que tu ressens pour ton adversaire. Pour moi. La personne que tu n'as jamais pu supporter. Que tu retrouves aujourd'hui, que tu dois affronter. Malgré cette attraction. Une attirance que je ressens également.

Je pince les lèvres tout en essayant de contrôler les traits de mon visage. Je ne sais pas quoi dire à cet instant, parce qu'il a raison. Et il le sait.

— C'est contraire à toutes les règles de déontologie. Mais ça reste là, entre nous. Qu'est-ce qu'il se passe, Belle ?

*Je n'en sais rien. Je n'en sais foutrement rien. Je suis aussi perdue que toi.*

— Il n'y a rien, Priam. Tu te fais des films.

Il sourit dangereusement. Bien sûr qu'il sait que je mens. Mais je n'ai pas assez de courage à cet instant pour l'avouer à haute voix. Alors j'agis comme une idiote.

— Bien sûr, reprend Priam. Tu n'as pas du tout envie que je te soulève contre moi et que je dévore tes lèvres.

Mon bas-ventre se contracte à ces mots. Je sens le sang pulser dans mes veines.

Si. Bien sûr que si.

— Et tu n'as pas envie que je m'agenouille, que je relève ta jambe sur mon épaule et lèche ta chatte ?

— Putain, Priam ! je m'exclame. Tu ne peux pas dire des choses comme ça.

Pas alors que j'imagine ses lèvres entre mes cuisses et...

Il laisse échapper un petit rire moqueur.

— Décale-toi, je lui demande en m'avançant devant lui.

— Bien sûr.

Il prend la direction de la sortie mais s'arrête sur le seuil. Tu ne vas pas me faire perdre mes moyens comme tu le crois, Priam Brings. Je lève mon menton et le rejoins. Mon corps se colle au sien, et je le fixe droit dans les yeux sans flancher. Ma poitrine effleure son torse, et je le vois serrer les dents.

Œil pour œil, dent pour dent.

— Tu sais, chuchote-t-il contre ma bouche, tu es effectivement une bonne joueuse. Et tu triches bien. Tu as même un côté manipulateur sous tes airs de garce. Et je crois que j'aime ça. Mais...

Je m'interromps, suspendue à ses paroles. Il lève une main et vient placer une mèche de mes cheveux derrière mon oreille. C'est à mon tour de serrer les dents.

Échec et mat.

— Tu ne sais pas mentir, termine Priam en se penchant vers moi avant de se reculer pour couper tout contact entre nous.

Il pénètre dans son bureau, le dos tourné. Il me congédie.

— Je ne mens pas.

Il ne prend pas le temps de répliquer quoi que ce soit Je l'entends chantonner un air stupide tout en rejoignant son bureau.

Il me laisse là, pantelante, le corps en ébullition. J'ignore quel combat vient de prendre place entre nous pendant ces quelques minutes. Mais je suis sûre d'une chose : je l'ai perdu sans même m'en rendre compte.

Je me tourne et rejoins l'ascenseur, le souffle rapide.

S'il suffit d'un effleurement pour me rendre dingue, qu'adviendra-t-il de mon âme quand Priam viendra la revendiquer ? Parce qu'il le fera. Je le sens au fond de moi. Et ce jour-là, je ne suis pas sûre de pouvoir la lui refuser.

# CHAPITRE 20

## *Reyes, le roi déchu*

### PRIAM

L'inspecteur m'observe de haut en bas, puis de bas en haut. Je me contente de lui sourire d'un air insolent. Oh oui, dire que les flics de Boston ne m'aiment pas serait un euphémisme. Ils enferment les types comme Reyes qui contournent la loi aisément. Et je les fais sortir entre deux procédures de divorce. M'enfin, je ne suis pas là pour parler de ma relation avec la police.

Je suis là pour faire mon travail et extirper Reyes de ce nouveau piège dans lequel il vient de foncer comme un débile.

— Z'avez dit que vous êtes qui, déjà ? reprend l'inspecteur.

Il continue son observation, son cigare entre les lèvres. Comme si je ne m'étais pas présenté une minute plus tôt. Il souffle sa fumée dans ma direction, et je perds mon sourire. Il veut me pousser à bout. Et même moi, j'ai mes limites.

— Priam Brings, l'avocat de Reyes Morello. L'homme que vous êtes en train d'interroger dans l'une de vos miteuses salles sans aucune raison.

Il se relève de son siège, le regard noir.

— Si votre client ne faisait pas un doigt d'honneur à la loi chaque fois qu'il en a l'occasion, il ne serait pas dans l'une de ces *miteuses* salles. Reyes nous a défiés, ce soir.

Je l'ai vexé, je le vois.

— Monsieur Reyes Morello a effectivement un casier chargé. Mais vous l'avez arrêté sans preuves, ce soir. Et vous allez le relâcher.

Plusieurs regards se tournent dans notre direction, assistant silencieusement à notre combat.

— Nous n'arrêtons jamais personne sans preuves, marmonne le flic en terminant son cigare. Vo'te type n'est pas blanc comme neige.

Personne ne l'est.

Je souris une nouvelle fois innocemment.

— Ça se saurait si vos équipes n'arrêtaient les gens qu'avec des preuves. Mais ce n'est pas vraiment le style de la maison.

Il pointe un index dans ma direction et je comprends que je suis allé trop loin. Sauf que ce gars est un vrai pourri. Il aime faire comprendre aux autres mortels que son titre d'inspecteur lui donne un droit de vie ou de mort sur les habitants de la ville.

— Si tu continues, crache-t-il en me tutoyant soudainement, tu finis au trou pour outrage à agent.

Je prends sur moi pour ne pas l'insulter et articule lentement :

— Ce soir, vous avez arrêté mon client, Reyes Morello, dans l'un de ses clubs. Vous l'avez accusé de détenir des armes de contrebande dans les entrepôts derrière le club. Vous l'avez emmené ici, sans preuve avérée, pour l'interroger depuis une heure. Vous n'avez rien contre lui. Alors ou vous me dites quels faits tangibles vous avez contre lui, ou ça veut dire qu'il est retenu ici sans raisons valables. Dans ce cas, il sort. Maintenant.

Bien sûr que Reyes est coupable. Mais je le connais, c'est trop simple pour qu'il se soit fait avoir. Ou alors, quelqu'un de son entourage l'a balancé. Quoi qu'il en soit, avant d'avoir le fin mot de l'histoire, je vais le faire sortir d'ici.

L'inspecteur, furieux, s'avance vers l'un de ses coéquipiers. Les deux hommes échangent à voix basse pendant plusieurs minutes tout en me fixant sans gêne. Je vois l'autre type secouer la tête tout en haussant les épaules.

Et je comprends à cet instant que j'ai gagné. Temporairement, du moins.

L'inspecteur me fait de nouveau face par la suite. Le regard haineux, il articule lentement :

— Il est libre.

Je n'attends pas une seconde de plus et m'engage derrière lui. Je connais les lieux. C'est toujours la même chose quand je viens ici.

Je frappe contre une porte en bois sur la droite au bout du couloir et n'attends pas avant d'abaisser la poignée.

Un inspecteur est penché sur la table en métal, le visage rempli de colère. Il tourne son buste vers moi, furieux de me trouver là. Je crois que son nom est Vlane. Je commence à les connaître, ces cons.

— Qu'est-ce que vous foutez ici ?!

Je tourne mon visage vers Reyes. Il semble sûr de lui, rempli de confiance. Mais dans ses yeux, je vois qu'il est secrètement ravi de me trouver là. Le chevalier est venu sauver les fesses de la princesse de la pègre.

— Je viens chercher mon client, j'annonce simplement.

Je fixe ensuite Reyes droit dans les yeux.

— Tu es libre. On y va.

*Immédiatement.*

L'inspecteur qui m'a suivi depuis le hall se tient désormais près de moi et nous laisse agir. Reyes déplie son long corps et étire ses bras au-dessus de sa tête.

— Eh bien, lance-t-il aux policiers, merci pour l'invitation. N'hésitez pas à passer dans l'un de mes clubs pour que je vous reçoive à mon tour comme il se doit.

La menace est si évidente. Je me retiens de lever les yeux au ciel ; l'inspecteur serre les dents.

— Tu nous menaces ?!

Reyes passe une main sur son crâne aux cheveux très courts tout en feignant d'être perdu.

— Bien sûr que non, inspecteur. Je suis un honnête homme. Je n'oserais jamais.

Je lui indique la porte du regard. Son petit numéro est terminé. Sinon, il va finir définitivement au trou, et je ne pourrai plus rien pour sauver son cul.

Nous quittons le commissariat deux minutes plus tard. Reyes ne tient plus en place, je sens que sa colère contenue va refaire surface.

— Viens manger un bout avec moi, proposé-je.

J'indique du menton le *diner*, en face de nous, et je vois l'hésitation sur son visage. Soit il vient avec moi, soit il va déverser sa colère ailleurs. Je traverse alors la rue, et il m'emboîte le pas.

Quand on pénètre dans l'établissement, les regards se tournent vers nous. Certains s'attardent sur mon costume à la chemise froissée, d'autres fixent le jean usé et le vieux tee-shirt que porte mon client et ami.

On s'installe à une table loin des fenêtres, et après avoir commandé pour nous deux, j'ouvre les deux premiers boutons de ma chemise. Il est tard, et la seule chose dont j'ai envie à cet instant, c'est de manger un bon burger avant de m'écrouler sur mon lit.

Reyes reste silencieux, le regard sombre.

— Bon, dis-je en étouffant un bâillement, raconte-moi exactement ce qu'il s'est passé.

Il serre ses lèvres sans rien dire.

— L'un de tes proches veut t'envoyer au trou ?

Mes mots le font tiquer.

— Tu sais très bien que mes pires ennemis font partie de ma propre famille. Mais ce n'est pas… ça.

On est rapidement servis, et il n'attend pas avant de croquer à pleines dents dans son burger. J'en fais de même. Je déteste autant que j'adore le goût du pain gras qui emplit ma bouche.

— Alors raconte, je lui ordonne.

Je ne connais pas toute l'histoire. Mais j'ai besoin de l'apprendre.

— L'Upside Down. J'étais dans mon club au nord de la ville, débute Reyes en s'essuyant la bouche avec son avant-bras. Les flics ont débarqué. Un simple… contrôle, selon eux. Ils n'avaient aucune autorisation, Priam. Mais apparemment, l'un de leurs contacts leur aurait affirmé qu'il y avait des armes dans l'usine derrière le club, qui m'appartient également. Je les ai volontairement laissés entrer. Ils m'y ont traîné et ont ouvert les portes. Putain, mes hommes étaient à deux doigts de leur coller une balle entre les deux yeux.

— Une chance que ça ne soit pas parti aussi loin ou ton petit cul aurait moisi dans une cellule.

Il me jette un coup d'œil rempli de frustration avant de répondre :

— L'entrepôt était vide. Ils n'avaient rien, mais ils m'ont quand même traîné au poste pour me travailler pendant une bonne heure avant que je ne puisse t'appeler. Bon, peut-être que je me suis embrouillé avec l'un de ces connards avant qu'il ne m'embarque et que j'ai failli le tuer.

J'avale plusieurs frites toutes molles.

— Il y avait des armes dans cette usine ?

Reyes n'a aucune raison de me mentir. Il hoche la tête et me répond :

— Oui, mais elles ont été déplacées la semaine dernière.

Je m'adosse au siège rouge et blanc et croise mes bras sur mon torse.

— Qui était leur indic ? Un membre de ton entourage ?

Il pousse un soupir avant de secouer la tête.

— Je n'en savais rien quand ils ont débarqué. Mais j'ai entendu un nom pendant qu'ils me coffraient.

— Quel nom ?

— Cette salope de substitute du procureur : Morgane Haman.

Je me souviens qu'il m'a déjà parlé d'elle plus tôt. Je n'ai pas le temps de répliquer qu'il enchaîne :

— Elle me colle aux trousses depuis des semaines. Priam. Elle veut me coincer. Je sais que les flics sont en contact avec elle, enquêtent sur moi. Sauf que... sauf qu'elle reste inatteignable. Intouchable. Impossible de m'approcher d'elle sans faire de vagues.

Je m'assure de le fixer droit dans les yeux avant de répondre :

— Reyes, tu n'es pas dans la rue, là. Tu ne t'approches pas de cette femme, parce que je ne pourrai rien faire pour toi. Tu m'entends ?

— Alors je la laisse fouiner dans mon dos sans rien faire ?

— Tu te fais discret quelque temps. Tu peux aussi quitter la ville le temps qu'elle lâche le morceau et se concentre sur quelqu'un d'autre.

— Si je me fais discret, ma famille va me tomber dessus. Certains n'attendent que ma chute afin de prendre ma place.

Je secoue la tête, essayant d'imaginer tout ce qu'il ne me dit pas.

— Fais-toi discret, je lui demande une nouvelle fois.

Mon conseil sonne comme un ordre. Et je sais que Reyes est assez intelligent pour m'écouter quand il le faut. Finalement, il finit par hocher la tête. Puis il termine son burger en ajoutant :

— Et toi ?

— Quoi, moi ?

— Qu'en est-il de ta foutue garce ?

Belle. Il me parle de Belle. Je me remémore notre précédente conversation à son sujet.

— Elle est tombée dans l'un de tes pièges, reprend Reyes, tu l'as détruite ?

Je secoue la tête tout en sortant un billet de vingt dollars que je pose sur la table poisseuse.

— Je ne suis pas sûre de vouloir la détruire, en fait.

— Il y a autre chose, fait remarquer Reyes.

Il se penche dans ma direction, attentif.

— Ouais. Il y a autre chose.

Je la veux. Mais je ne lui dis rien. Nous nous levons ensemble quelques minutes plus tard. Chacun plongé dans nos propres tourments respectifs, nos chemins se séparent devant le *diner*.

# CHAPITRE 21

## *Bip Bip Bip ! Cauchemar en avion*

### BELLE

Mon téléphone ne cesse de sonner. Je crois que si April continue à me harceler de messages en tous genres, je pourrai utiliser mon appareil comme vibromasseur. Sauf que je suis au beau milieu de l'aéroport de Boston, pas sûr que la sécurité apprécie les images.

Je récupère mon portable tout en patientant sur l'un des fauteuils inconfortables.

Tu vas me manquer.

Je souris en lisant le message de ma meilleure amie et m'empresse de lui répondre :

Je ne pars que deux jours.

Elle me répond aussitôt. Elle est censée être au travail, donc j'espère qu'elle n'est pas en train de tatouer un client tout en me parlant. Elle m'a déjà appelée en FaceTime alors qu'elle gravait la peau d'un type de sa main droite. « Je suis multifonction », m'avait-elle alors répondu le plus naturellement du monde.

Tu pars deux jours et demi. Et tu vas aussi manquer à Fatal.

Je glousse en imaginant la tête de sa satanée araignée. Pas sûr que je manque effectivement à sa bestiole. Pas sûr non plus qu'on finisse aussi par s'apprécier un jour, elle et moi. Peut-être que je pourrais la renommer Testicule dans le dos d'April.

Je te laisse, Ap'. Je vais agiter mes fesses sous les yeux de tous les célibataires de Floride pour toi.

Oui, d'accord. Je suis censée y aller pour le travail. Hum. Hum.

En parlant de ça, mon portable sonne, indiquant l'arrivée d'un message de Colyne, ma cliente.

Bon vol ! Encore merci d'être ma garde du corps ces prochains jours, Belle.

Effectivement, je ne devais pas rejoindre Miami de manière aussi soudaine. Plusieurs jours se sont écoulés depuis que j'ai déposé le pli de Colyne au bureau de Priam. J'inspire brusquement en pensant à ce dernier.

Bref. Ce matin, ma cliente nous a appelés, Paul et moi, en pleine panique. Elle était sur le point de rejoindre Miami avec deux amies. L'une d'elles se marie bientôt et c'était leur week-end dédié à leur super et incroyable et surtout démesuré enterrement de vie de jeune fille.

Mais le vrai problème était qu'elle s'était embrouillée avec Parker. Il est persuadé qu'elle va commettre une faute pendant ce court laps de temps. Vous sentez venir le problème ? Parker a décidé de rejoindre Miami dans l'espoir de prendre sa femme en flagrant délit.

Donc, mon rôle sera simple ces deux prochains jours. Je vais laisser Colyne profiter de son week-end avec ses amies. Seules. Et Parker, qui ne sait pas que je viens ? J'en fais mon affaire. Ce con ne s'approchera pas d'elles, parole de scout. Je vais tellement lui coller au cul qu'il pétera vite un câble.

Voilà pourquoi je m'apprête à m'envoler l'après-midi même. Et puis, comment refuser de séjourner dans la ville du soleil alors qu'il fait un temps complètement pourri à Boston ? Il se pourrait que j'aie même glissé un maillot de bain dans ma valise. On ne sait jamais.

— Mesdames, Messieurs, l'embarquement sur le vol numéro AAL38 à destination de Miami est sur le point de commencer. Nous vous invitons à vous présenter à la porte B4.

Et c'est parti ! Je récupère mon bagage à main, range mon téléphone et m'empresse de rejoindre la porte B4. Miami baby, me voilà !

Finalement, j'embarque vingt minutes plus tard, donc à quinze heures environ. Et le vol doit normalement durer un peu plus de trois heures. Toujours armée de mon bagage à main, je traverse l'appareil pour rejoindre la classe Premium Economy. J'ai fait les yeux doux à Paul pour qu'il me prenne un siège en Business mais il m'a ri au nez avant de tourner les talons.

Le rat.

Je bénis les dieux en me rendant compte que mon siège est près du hublot. Je suis toujours excitée comme une gamine en regardant le ciel à chaque décollage. Un peu comme si j'étais une super-héroïne mêlée à une super-connasse, dotée du pouvoir de voler dans les airs.

Je range mon bagage à main et me laisse tomber sur mon siège. Est-ce que Parker est déjà arrivé à Miami ? Je l'ignore, mais j'espère que non.

Je me cale dans mon siège et tourne mon visage vers le hublot. Des hommes font de grands gestes sur la piste sous l'avion. Je jure que l'un d'eux me salue ! Alors j'agite ma main dans sa direction. Sauf que je réalise bien vite qu'il ne s'adressait absolument pas à moi. Je vois son visage rempli d'incompréhension puis d'amusement.

Merde.

Au même moment, quelqu'un s'assied à ma droite, mais je reste focalisée sur l'extérieur. Sauf que la personne irradie littéralement de chaleur. Et surtout, je reconnais ce parfum masculin.

Oh oui. Je ne le connais que trop bien.

Je pivote brusquement vers mon voisin inconnu qui n'est en réalité pas un inconnu.

— C'est un cauchemar ? Pas vrai ?

Pour toute réponse, Priam sourit largement. Oh oui, il est ravi de m'avoir surprise et que je sois en train de perdre mes moyens.

— Voyons, mon ange, je suis ton rêve éveillé.

Un rêve dans lequel je le jetterais de l'avion sans aucun doute. Quoique, je garderais sans doute sa bouche et sa langue.

Je l'observe s'installer confortablement sur son siège, comme si les lieux lui appartenaient. Et surtout comme si sa présence, ici, était tout à fait normale.

— Qu'est-ce que tu fous là ?! chuchoté-je furieusement.

Il hausse ses épaules et ses fossettes se creusent.

— Je prends des vacances pour deux jours. À Miami.

Des vacances ? Sérieux ? Je vais l'étriper, retenez-moi.

Nous décollons rapidement et je reste silencieuse quelques minutes, l'examinant avec soin.

Il porte un jean sombre et un sweat blanc de l'université de Boston. Mais ce qui me marque le plus, c'est la casquette posée à l'envers sur son crâne, qui le fait paraître plus jeune qu'il ne l'est.

Sa présence m'affecte profondément, mais je suis énervée aussi. Parce que j'ai bien compris la situation.

— Parker a donc finalement décidé de t'envoyer à sa place, pas vrai ?

— Bingo. Il a eu une urgence au travail mais m'a missionné.

Ça, ce n'était pas prévu. Pas du tout, même.

Ce qui devait être un travail sur fond de coucher de soleil et de cocktails vient de se transformer en cauchemar. Priam se laisse aller dans son siège, ses larges épaules le remplissant aisément. J'ignore comment ses longues jambes se faufilent devant lui vu le peu d'espace qu'il y a entre nous.

Il se laisse un peu plus aller dans le siège et frôle mon corps en faisant semblant de s'étirer. Je pince les lèvres en me retenant de le frôler à mon tour.

— Priam, sois gentil et rends-moi service, change de place.

Il tourne son visage dans ma direction, un sourcil relevé.

— Quoi ? Tu voudrais que j'aille m'asseoir ailleurs ?

— Exactement. De préférence près d'un réacteur de l'avion qui pourra te déchirer en plusieurs morceaux.

Il éclate d'un rire grave, retire sa casquette, la laisse tomber sur le siège libre de l'autre côté et pousse un soupir. L'hôtesse passe près de nous rapidement et je reste silencieuse tandis qu'il commande une mignonette de whisky.

Je suppose qu'il n'y a pas de bon moment pour boire, après tout.

L'hôtesse le sert rapidement mais Priam ne l'ouvre pas tout de suite.

— Dans quel hôtel es-tu descendu ?

Il hausse les épaules sans me répondre. Mais je mettrais ma main à couper qu'il est dans le nôtre, forcément. Quelle était la foutue probabilité d'ailleurs pour qu'il soit assis près de moi ?

Je m'apprête à lui poser une autre question mais ma minuscule vessie se rappelle à moi. Alors je me relève, dans l'espoir qu'il en fasse de même. Mais Priam ne bouge pas.

— Je dois aller aux toilettes, je lui annonce dans un chuchotement.

Il indique l'espace exigu devant lui. OK, donc il ne va pas me faciliter les choses. Ces trois heures vont être longues, je le sens. Et le juron qui m'échappe le laisse de marbre.

J'essaye tant bien que mal de passer devant lui sans buter dans ses longues jambes. Pour éviter de lui mettre mes fesses en plein visage, je me contorsionne en passant de face. Debout devant lui, et surtout *contre lui*, je baisse mon visage dans sa direction tandis que le sien se lève vers moi.

Et je peux vous assurer qu'il y a quelque chose de super sexy à voir Priam Brings vous regarder d'en bas. À sentir ses yeux rivés à vos seins alors que son souffle caresse votre ventre dénudé entre le tee-shirt et le jean.

Je suis à deux doigts de coller mon abdomen contre lui, pour bénéficier de sa chaleur. Il doit le ressentir parce qu'il fronce ses sourcils, aussi perturbé que moi. Il passe sa langue sur ses lèvres tout en gardant le regard sur mon ventre.

— Belle, murmure Priam, éloigne-toi avant de me rendre fou.

Je ne trouve rien à répondre. Alors je m'éloigne aussi vite que possible, ses paroles résonnant dans ma tête.

Le rendre fou ? Assurément. Quant à moi, il me rend déjà folle. Priam ne me quitte pas du regard tandis que je rejoins les toilettes de l'autre côté.

Je m'enferme à toute vitesse en me retenant de peu de claquer la porte. Il faut que Priam arrête de perturber mon équilibre intérieur ! Je m'installe sur les toilettes, puis je prends ensuite place devant le miroir au-dessus du lavabo.

C'est sa faute ! Son regard. Son odeur. Son foutu caractère qui entre en opposition avec le mien. Notre foutue partie de poker. Ses pensées qui se heurtent aux miennes.

*Ça suffit.*

*Sauf que... Sauf que tu sais très bien comment va finir toute cette histoire,* murmure ma conscience. *Saute-lui dessus !*

Argh, non. OK, je sens cette alchimie entre Priam et moi. Mais... me laisser aller avec lui ? Ça compliquerait beaucoup trop les choses. Oh, je suis sûre qu'il le sait, lui aussi, mais il a l'air de s'en moquer.

On ne couche pas avec son adversaire dans un dossier. Et surtout, on ne couche pas avec Priam Brings si on veut que son cœur reste intact. Je le sais. Même pour une nuit.

Je souffle un grand coup tout en m'observant. Mes yeux brillent presque, comme si j'avais un shot d'adrénaline dans le sang à cet instant. Ou des envies de baise torride, oui.

Mes tétons sont durs contre la dentelle de mon soutien-gorge, et je n'ai qu'une envie, les frotter contre Priam. Voilà, je fantasme officiellement sur lui, je l'avoue.

Je me détourne du miroir et tente d'ouvrir la porte des toilettes.

Qu'est-ce que...

Rien ne se passe. Le verrou ne tourne pas vers la droite.

Pause. Arrêtez tout. Ne me dites pas que mon âme de

poisseuse est de retour ? Apparemment, si. Je suis bloquée. Dans les toilettes d'un avion. Et cette fois, il n'y a aucune rambarde de balcon à escalader pour tenter de me libérer.

*Super.*

— Hé ho ? je m'exclame en tapant doucement contre la porte.

Aucune réponse. J'inspire doucement. Non pas que je panique, j'ai déjà coincé un jour mes lèvres vaginales dans la fermeture de mon jean. Ça craignait. Et là, j'ai paniqué comme jamais.

J'imagine qu'un passager va forcément vouloir aller aux toilettes à un moment, et qu'il se rendra compte que je suis bloquée. Trente secondes s'écoulent avant que je recommence à frapper plus fermement.

— Hé ho ?! répété-je. Je suis bloquée !

— Vous êtes bloquée ?

Une voix féminine retentit de l'autre côté.

— Oui !

— OK. Ne bougez pas. J'arrive.

Une minute plus tard, deux hôtesses de l'air parviennent à ouvrir le battant, et je me retiens de les embrasser pour les remercier. Surtout qu'elles sont carrément canon.

— Merci, merci, merci, je chuchote en m'éloignant.

Elles se jettent un coup d'œil complice et reprennent ensuite leurs occupations.

Lorsque je rejoins mon siège, cette fois Priam se lève pour me laisser passer. Il observe mon visage, l'air interrogateur.

Je me laisse tomber sur mon siège et pousse le plus long soupir du monde. Il s'assied à son tour et tourne son visage dans ma direction, sa mignonnette d'alcool dans la main.

— T'en as mis du temps.

Je devrais ne rien répondre. Mais je ne peux m'en empêcher et avoue :

— J'étais bloquée. Dans les toilettes.

Il reste silencieux. Je me tourne vers lui et le découvre cherchant visiblement à réprimer un rire. Finalement, il est incapable de se retenir et s'esclaffe bruyamment.

Argh.

Ni une, ni deux, j'attrape la minuscule bouteille d'alcool qu'il tenait, l'ouvre et avale une longue gorgée, la vidant presque. Il ne m'en empêche pas, et tant mieux, j'en avais vraiment besoin.

— Pourquoi est-ce que ce genre de choses n'arrive qu'à toi, Belle ?

Mon haussement d'épaules veut tout dire. Je ne sais pas quoi répondre. J'ai la poisse depuis toujours. Je suis le genre de fille à s'agenouiller dans une crotte de chien en refaisant ses lacets. Et je ne vous mens pas, ça m'est vraiment arrivé.

— Je dois être née un jour férié, c'est la seule explication.

Il secoue la tête tout en reprenant son sérieux. Je suis prise au dépourvu quand Priam approche la bouteille – dans laquelle je viens de boire – de sa bouche. Il pose ses lèvres dessus et termine l'alcool. Elles atterrissent exactement à l'endroit où se trouvaient les miennes un peu plus tôt, et mon cœur loupe un battement en voyant ça.

Je dois penser à autre chose. Vite. Alors j'observe l'extérieur, nous sommes désormais bien haut dans le ciel. Et comme chaque fois que je perds mes moyens, je sors tout ce qui me passe par la tête :

— Si l'avion avait un dysfonctionnement et qu'il se brisait en deux en plein vol, tu essayerais de prendre un parachute pour sauter ou tu resterais dans l'avion le plus longtemps possible ?

Priam réfléchit près de moi.

— Pas sûr que tu puisses récupérer un parachute. Vu le nombre de passagers et...

— Mais si c'était possible ? Allez, réponds.

— Je resterais dans l'avion, assurément, bien sagement attaché à mon siège en priant pour que le crash ne me tue pas. Ce qui relèverait du miracle.

Ça se tient. Je vois la manière dont son corps est tendu à mesure que le vol avance. Et je comprends que s'il a commandé de l'alcool plus tôt, c'est pour une raison que j'avais oubliée. J'écarquille les yeux et m'exclame :

— Tu as peur de l'avion ! Je m'en souviens !

Ses narines se gonflent mais il ne réagit pas. Il n'a pas besoin, ses yeux parlent pour lui.

— Et moi, je te parle de crash. Putain, pardon. Je suis horrible. Je m'en veux.

Je me le rappelle, maintenant. Priam a toujours détesté les avions depuis son adolescence. Vraiment, je suis une mauvaise voisine de vol.

— Ça va, reprend Priam, nullement vexé. Et maintenant que j'ai répondu à ta question, laisse-moi dormir, s'il te plaît. J'ai un gros travail qui m'attend en Floride : te rendre la vie impossible, par exemple.

— Je pourrais te tuer dans ton sommeil, histoire de gagner mon affaire.

— Je serais sur toi avant même que tu plantes tes petites griffes.

*Mouais.*

Sur moi. Pas une mauvaise idée, dit la petite voix dans ma tête.

Priam tourne la tête dans ma direction puis ferme les yeux avant d'étouffer un bâillement. Je tente de me concentrer sur l'observation du ciel. Mais je n'arrive pas à me détourner de lui. J'observe la petite cicatrice sur son front, juste au-dessus de son sourcil droit. Puis ses longs cils noirs. Les petites rides qui commencent à apparaître au coin de ses yeux.

Je me penche un peu vers lui instinctivement et poursuis mon observation.

— Belle ? chuchote Priam.

Je retiens un sursaut. Il ne peut pas savoir que je suis en train de l'observer minutieusement.

— Hum ?

— Tu comptes m'embrasser ?

Quoi ?

J'étouffe un grognement, prise au dépourvu.

— Non ? Alors arrête de m'observer et laisse-moi dormir, marmonne Priam.

— Je ne t'observe pas du tout.

Il ouvre un œil et me remarque, penchée sur lui. Bon, OK, je l'observais. Et il l'a senti.

— Ça va, Priam. Je comptais juste les poils dans tes narines.

Je me recale dans mon siège, non sans remarquer du coin de l'œil ses lèvres s'étirer. Je retourne dans la contemplation du ciel, ignorant l'homme massif à mes côtés.

Et surtout, j'ignore l'hostilité qui commence à disparaître. Pour faire place à... autre chose.

Deux heures plus tard, Priam se réveille alors que nous atterrissons. Nous restons silencieux, lui encore complètement groggy, et moi plongée dans mes pensées. J'avoue, j'ai continué de le fixer alors qu'il dormait.

J'ai ainsi appris qu'il ne ronflait presque pas. Donc il n'y avait aucune raison pour que je le tue maintenant. Et puis cacher son corps aurait été difficile.

*Surtout dans un avion.*

Priam finit par se lever de son siège et par récupérer son petit sac lorsqu'il peut avancer dans l'allée. Il me jette un dernier coup d'œil malicieux, m'annonçant la couleur de ces prochains jours. Puis il quitte l'appareil.

# CHAPITRE 22

## Bienvenue dans le paradis des excès

### BELLE

J'ai toujours eu envie de faire un saut à Miami. Libre. Moderne. Complètement délurée par endroits... Ouais, je m'imaginais bien sur l'une des plages de la ville à bronzer, seins nus, sans me soucier du reste du monde.

Et même si je ne suis pas venue ici pour des vacances, je compte bien en prendre plein les yeux. À commencer par l'hôtel dans lequel séjournent Colyne et ses deux meilleures amies, dont la future mariée. Le Nobu Hotel se situe sur Collins Avenue et je vous jure que je suis à deux doigts de pousser des petits cris ridicules alors que je descends du taxi.

Je pénètre dans le hall de l'hôtel, m'attendant presque à y trouver Priam. Il n'a pas répondu à ma question dans l'avion, mais je ne suis pas bête. Bien sûr qu'il doit être pas loin. Je tourne sur moi-même et laisse échapper un sifflement impressionné. Le plafond est si élevé ! Et la décoration !

Le sol carrelé brille de mille feux. De larges colonnes marron prennent place dans le centre de la réception. J'ai l'impression de m'être mariée avec moi-même et d'être en lune de miel. Et voilà, j'ai la solution en tant que spécialiste des divorces. Le meilleur moyen de ne pas divorcer ? Se marier à soi-même.

Je m'avance vers la sublime réceptionniste. Sa peau bronzée et son sourire avenant me font oublier que je suis là pour surveiller Colyne, selon sa propre demande.

*C'est parti !*

Dix minutes plus tard, je suis installée dans l'une des chambres du deuxième étage. Une chambre qui fait pour ainsi dire la taille de mon salon. Eh oui...

On aurait très bien pu me laisser dans le couloir avec le long tapis ultra moelleux, je vous jure que mes fesses s'en seraient contentées. Mais maintenant que je suis dans cette pièce... je ne la quitterai jamais.

C'est mort. Que Paul aille au diable, il faudra me faire quitter la ville de force !

L'homme de service derrière moi s'éclaircit la voix. Il agite la carte magnétique dans ma direction.

— Il faut placer votre carte dans le lecteur de ce côté-ci de la porte pour la verrouiller quand vous êtes à l'intérieur.

— D'accord, merci !

Laisser la carte dans le lecteur tant que je suis dans ma chambre, je note. Parfait !

Je ne remarque même pas que le type disparaît, je suis trop attirée par la vue. Je ne m'attarde pas non plus sur le grand lit blanc qui semble super confortable. Je ne vois que l'océan au loin. Il n'en finit pas. Comme si ma fenêtre permettait d'accéder directement à une image de carte postale.

— Achevez-moi, murmuré-je.

Je suis au paradis !

Pour travailler ! Être auprès de Colyne au moindre souci ou à la moindre demande de sa part, c'est vrai. En parlant de ma cliente, il faudrait peut-être que je lui annonce mon arrivée.

Trente minutes plus tard, je monte au dernier étage, suivant les consignes que Colyne m'a envoyées par SMS. Elles sont dans une suite, et j'ignore si elles vont sortir pour se mettre la tête à l'envers. Le seul truc que j'espère, c'est qu'elle ne sautera pas sur un inconnu. Pas si elle veut gagner toute la fortune de son mari, en tout cas.

Je frappe contre la lourde porte au fond du couloir. J'entends la musique à travers les murs. Et des rires féminins aussi !

D'abord on ne me répond pas, et j'en profite pour jeter un œil à ma tenue. Hors de question que je reste en jean avec cette chaleur. Alors j'ai gardé mon top blanc, mais j'ai remplacé mon jean par une simple jupe blanche également. J'aime le contraste que ça fait avec ma peau.

J'étais à deux doigts de sortir pieds nus afin de tester le tapis du couloir, mais finalement j'ai enfilé des sandales plates.

La porte s'ouvre à la volée.

Une femme en fin de trentaine se tient sur le seuil, un immense sourire collé sur le visage.

— Ouiiiiii ???

Vu son regard brillant et sa silhouette titubante, je comprends que cette inconnue n'est plus vraiment sobre. Elle porte un voile de mariée de travers sur son crâne.

— Bonsoir ! Je suis Belle Murray, est-ce que...

Je n'ai pas le temps de poser ma question et de demander où se trouve Colyne. La future mariée me saute presque dessus. D'une main, elle agrippe mon poignet, en agitant de l'autre une bouteille de champagne.

— Entreeee ! hurle-t-elle.

Quoi ?

Elle tire fort sur mon bras et j'entre pour l'empêcher de tomber.

— Je cherche simplement Colyne, est-ce que...

Je suis une nouvelle fois interrompue. Ma cliente crie mon nom en traversant la chambre :

— Belle ! Belle ! Belleeee !

Elle s'approche, vêtue d'un combishort entièrement constitué de plumes orange. C'est à cet instant que je me rends compte que la future mariée a la même tenue, mais en rose, et la dernière femme en bleu. Honnêtement, je dois avouer que c'est plutôt stylé.

— Je venais simplement vous dire que je suis bien installée dans ma chambre. Je suis là si vous avez besoin de quoi que ce soit.

Elle s'arrête devant moi en secouant la tête, et me prenant au dépourvu, elle me serre dans ses bras comme si j'étais une vieille amie. Aussitôt une odeur d'alcool me parvient, et je reste immobile, les bras ballants.

— On ne parle pas travail ! s'exclame-t-elle en me relâchant.

— Parker n'est pas là, dis-je néanmoins, mais Priam, son avocat, si.

La troisième femme explose de rire tout en dansant sur elle-même avec la mariée.

— J'ai dit, pas de travail, pas de mari, et surtout pas de divorce ! glousse Colyne. Allez, venez avec nous.

J'écarquille les yeux.

— Oh, non, non, c'est gentil mais je vais vous laisser à vos célébrations.

Elle prend une nouvelle fois sa moue de chien battu et continue de se tenir devant moi.

— Vous n'allez quand même pas passer votre soirée dans votre chambre d'hôtel et nous laisser seules ?

Oh, je doute qu'elles aient besoin de moi pour s'amuser. Et Colyne demeure ma cliente.

Elle récupère une bouteille posée à même le sol et la brandit dans ma direction :

— Restez. Juste une minute. Maria serait ravie que vous vous joigniez à nous pour sa première soirée d'enterrement de vie de jeune fille. Ce soir, vous n'êtes plus mon avocate.

J'inspire doucement avant de hocher la tête. Je suppose que ça ne peut pas me faire de mal de rester un peu.

— Juste une minute, alors.

Colyne lève les bras en signe de victoire, avant de danser à son tour sur place, sa silhouette fluette se déhanchant doucement.

— Si jamais je divorce, je viendrai vous voir ! s'exclame la dénommée Maria avant de boire une nouvelle gorgée de champagne.

— Eh bien, on ne va pas partir sur cette voie alors que votre mariage n'a pas encore été célébré.

Elle ne m'entend même pas, continuant de boire. Je m'installe près d'elle sur le long et immense canapé. Maria rigole avant de récupérer un morceau de saumon cru et de le mâcher bruyamment. Il y a plusieurs plateaux de sushis posés près de nous et je retiens une grimace.

Je déteste le poisson cru.

Ma cliente me donne une coupe de champagne, et je suis obligée de la saisir si je ne veux pas que le verre s'explose sur le carrelage.

— Vous n'avez pas le droit de refuser un verre à un enterrement de vie de jeune fille. Ça porte malheur, proclame Colyne avec un sourire complice.

Bizarre, je n'ai jamais entendu une pareille superstition.

— C'est vrai ! s'exclame la troisième femme en mangeant un bout de thon cru, il paraît que ça porte la poisse.

Les trois amies échangent des regards complices. Je finis par porter la coupe à mes lèvres.

— Si c'est de mauvais augure, évitons.

Je m'installe un peu plus confortablement dans le canapé près d'elles. Si Paul me voyait, il me mettrait un coup de pied aux fesses. Mais il n'est pas là et mon but est de rester près de Colyne, alors....

— Vous ne sortez pas ce soir ? Pas de club de strip-tease ou autre ?

La future mariée secoue sa tête.

— Ça, c'est prévu pour demain soir.

Tant mieux. J'imagine sans peine que Priam est en train de zoner dans le hall, pensant voir apparaître Colyne d'un moment à l'autre. Eh bien...

Je bois une nouvelle gorgée d'alcool, secrètement ravie.

— Alors ? reprend Colyne, répondez à une question.

— Quelle question ? réponds-je d'un air sceptique.

— Pourquoi être devenue avocate ?

Je hausse mes épaules, ne sachant pas réellement quoi répondre. Bien sûr, c'est une question que l'on m'a déjà posée, surtout mes parents. Disons simplement que cette voie m'a paru être la plus attirante. Et je ne regrette pas mon choix. Je n'ai pas formulé ma réponse à haute voix que la future mariée pousse Colyne du coude.

— Nouvelle règle : On ne parle pas boulot ! Parlons plutôt cul !

Je retiens un sourire. Elles sont dans un sacré état. Et moi, je sens déjà l'alcool commencer à délier mes muscles noués. Plus qu'une gorgée, promis.

— Est-ce que vous avez vu l'homme du personnel d'étage ? ajoute Colyne, *mamma mia*, j'en ferais mon quatre heures.

— Attendez d'être divorcée, rétorqué-je avec un clin d'œil.

Mais elle ne m'écoute pas, commençant à raconter une anecdote sexuelle dans les moindres détails. Je me sens de trop dans cette relation amicale. Pourtant, quand j'essaye de me relever une minute plus tard, les trois amies me supplient une nouvelle fois de rester. Mon verre de champagne est de nouveau rempli, et je commence à me livrer à mon tour pendant la demi-heure qui suit, totalement désinvolte.

C'est dingue comme la pièce tangue, tout à coup. Est-ce qu'on est en croisière, et je ne fais que le remarquer maintenant ?

— Attends, il a vraiment léché votre aisselle pendant le missionnaire ? s'exclame Colyne à la fin de mon anecdote.

Je hoche la tête, ne sachant déjà plus ce que je viens de raconter. C'est fou comme ce champagne était bon. Est-ce que je suis déjà à ma quatrième coupe ?

Mais c'est bizarre, j'ai l'impression que mon verre n'est jamais vide. Colyne le remplit encore et je glousse sans aucune raison.

*Tu vas te taper une méchante gueule de bois,* soupire une petite voix dans ma tête.

Je ne l'écoute pas et me concentre sur notre conversation.

— C'est carrément dégueu ! marmonne la future mariée.

— De quoi on parlait, déjà ? continue la troisième amie dont j'ignore encore le prénom.

Toutes se tournent vers moi mais je me contente de ricaner bêtement en voyant les morceaux de saumon sur le plateau. Bizarrement, je les trouve fascinants à cet instant.

— Aucune idée, termine Colyne en se laissant aller près du canapé.

Elle est assise à même le sol et chante à tue-tête une vieille chanson des années 80. Une seconde plus tard, nous l'imitons toutes.

— Waouh, cette limonade est super forte.

J'agite mon verre vide devant moi. Une goutte de champagne s'échoue sur ma jupe blanche. Je sens que mon corps est brûlant. J'ai chaud, beaucoup trop chaud. Et je parle plus que de raison, ne sachant pas vraiment ce que je suis en train de dire.

— J'devrais y aller, je chuchote ensuite.

Ce n'est vraiment pas professionnel. Enfin, on n'est plus à ça près. Je me relève tant bien que mal en me tenant au dossier du canapé pour ne pas perdre l'équilibre. Les trois amies continuent à manger de nouveaux sushis.

— Vous partez déjà ? s'exclame Colyne avec une moue triste.

Non, non, non ! Oh, oh, oh, cette fois, je ne vais pas me faire avoir par son regard de biche.

— Ouep ! C'est l'heure de quitter le navire.

Je ne voulais pas sortir une blague. Mais la future mariée se met à rire comme si je venais de dire un truc hilarant. Je m'avance vers la porte de la suite au son de leurs rires. Leur soirée est loin d'être terminée. Mais je les quitte ici. Surtout si je ne veux pas finir dans un sale état.

# CHAPITRE 23

## *Oups*

BELLE

Je ne peux penser qu'à une seule chose. Le sol bouge sous mes pieds !

Je suis dans une putain d'attraction ! C'est incroyable. J'adore !

Je parviens je ne sais comment à atterrir à mon étage. Enfin, j'espère que c'est le mien. Je glousse en imaginant ma possible erreur.

— Chut ! je m'exclame en collant une main contre ma bouche, moins de bruit, vilaine fille !

Le sol ne bouge plus, en revanche les murs ont l'air d'être faits en barbe-à-papa. Miam. Peut-être que si je collais ma langue dessus...

Je m'approche du mur de droite et le lèche rapidement. Ma langue entre en contact avec une sorte de tapisserie. Beurk. Ce n'est absolument pas sucré. Je pointe un index accusateur vers le mur.

— Trahison ! Disgrâce !

Au beau milieu du couloir, j'engueule le mur. Finalement, je glisse ma main dans ma poche arrière. Qu'est-ce que l'employé m'a dit, déjà ? Il faut ma carte pour entrer dans ma chambre. J'avance vers le fond du couloir, là où se trouve ma porte. Je reste figée devant un lourd battant en bois pendant une longue minute, dodelinant de la tête au son d'une musique muette.

Je ne trouve pas ma carte dans ma poche. Peut-être dans la seconde poche ? je ne l'ai pas encore vérifiée. Mais je manque alors de perdre l'équilibre et me rattrape comme je peux en appuyant sur la poignée.

Ça y est, le sol bouge de nouveau ! Youhouhou, c'est beaucoup trop stylé ! Je veux le même dans mon appartement de Boston. April va l'adorer !

Ma main actionne alors la poignée, et je suis étonnée de constater qu'elle s'ouvre. Alors ! Elle était déverrouillée ? Est-ce que j'avais oublié de fermer derrière moi ? Comment ça fonctionne, déjà ?

Tsss, j'ai absolument zéro souvenir. Mais bon, au moins je suis arrivée à bon port !

— Merci pour le voyage, capitaine ! je chuchote en gloussant une nouvelle fois.

Je pousse la porte et pénètre dans la pièce à la lumière tamisée. Je ne pense qu'à mon mal de pieds avec ces foutues sandales, et à cet immenseeee lit au bout de la pièce.

C'est fou, j'aurais juré qu'il était à gauche quand je suis arrivée plus tôt. Ce qui voudrait dire que les objets bougent aussi. J'adooooore !

Bon, il est temps de se mettre à l'aise.

Je m'avance dans la pièce en essayant tant bien que mal de ne pas trébucher. Mes deux mains saisissent le bas de mon tee-shirt, et je commence à le retirer. Au moment où il se bloque autour de ma tête, je marmonne :

— Mais qui a éteint la lumière ?

Heureusement, je me libère du tissu très vite, et l'air frais de la chambre me rafraîchit aussitôt. Je sens mes tétons durcir sous la dentelle de mon soutien-gorge.

Mais mon corps reste globalement bouillant. Et l'air semble se charger d'électricité.

J'entends une porte claquer à l'opposé de la pièce et une voix masculine pousse un juron.

— Qu'est-ce que... Belle ?!

Je pousse un hurlement en me tournant vers la haute silhouette à quelques pas de moi. Je plisse péniblement les yeux en tentant d'identifier cet intrus.

— Attention ! Capitaine !

— Quoi ?

— Qu'est-ce que vous faites dans ma chambre ?

Je brandis mon tee-shirt en direction de l'homme. Et finalement, je le reconnais. Priam. Je l'imagine avec un chapeau de capitaine de navire et me remets soudainement à glousser. Puis une partie de moi tente de me réveiller.

— Hé ! je m'exclame. Sors de ma chambre !

Priam se tient face à moi, la mine complètement perdue. Il est trempé. Les gouttes d'eau dégoulinent le long de son visage. Mais leur course ne s'arrête pas là. Parce qu'il est à demi-nu, uniquement vêtu d'une serviette nouée autour de ses hanches.

J'observe rapidement le tracé de ses pectoraux qui se contractent quand il tend une main vers moi, avant de s'interrompre et de la laisser retomber le long de son corps.

— C'est plutôt à moi de te demander ce que toi, tu fais ici ?! C'est ma chambre, Belle.

— Objection, Votre Honneur ! Je ne suis pas dans ta chambre !

Il pince les lèvres, je vois qu'il se retient de sourire. Mais il a l'air inquiet aussi. Et surtout, il ne parvient pas à quitter mon corps du regard. Tout comme moi je reste concentrée sur le sien.

# PRIAM

Belle titube de nouveau. Je dois me retenir de poser les mains sur elle afin de l'empêcher de tomber. Ses yeux brillants détaillent chaque centimètre de mon corps. Je vois le bout de sa langue passer entre ses lèvres. Ses cheveux sont attachés n'importe comment sur le haut de son crâne.

Mes yeux s'égarent une seconde sur sa poitrine uniquement vêtue d'un soutien-gorge. Bordel de merde. J'inspire brusquement en voyant le bout de ses seins sous le tissu.

— Belle, remets ton tee-shirt, je lui ordonne.

Mais elle ne m'entend pas. Ou plutôt, elle ne m'écoute pas. Elle enlève une de ses sandales et la colle contre son oreille.

Quoi ?

Oh oui, j'ai envie d'elle. Je sens mon érection grossir peu à peu contre ma serviette. Mais Belle est alcoolisée. Alors même pas en rêve.

— Capitaine ? hurle-t-elle contre sa sandale. Il y a ce type ! Celui qui me rend dingue ! Il est dans ma chambre !

Je serre une nouvelle fois les lèvres mais c'est peine perdue.

— T'es dans un sale état, Belle. Remets ton tee-shirt, tu veux ?

Il va falloir la ramener dans sa chambre, et je sens que ça ne va pas être une mince affaire. Me prenant au dépourvu, Belle écarte la sandale de son oreille et la jette dans ma direction.

— Belle ! Merde !

Je me baisse pour éviter l'objet tandis qu'elle enfile son tee-shirt en gloussant une nouvelle fois.

— Bravo, maître Brings, vous avez évité mon téléphone.

— C'est une chaussure.

— Et qui l'a dit ? Menteur.

Je fais un pas vers elle mais elle se met en position de combat. Elle met son pied droit devant elle, et ses bras battent l'air tandis qu'elle sautille sur le sol, ne portant plus qu'une chaussure.

— Je suis une justicière, Priam. Viens, on se bat.

Malgré moi, je sens mes lèvres trembler devant sa position.

— On ne va pas se battre, Belle. Je vais gentiment te ramener dans ta chambre.

Elle secoue la tête et fait de rapides mouvements dans l'air, frappant le vide.

— C'est le moment de mettre en application ce que ma mère m'a appris ! Allez, viens bébé !

Je pousse un soupir en me demandant comment calmer les choses. Il faut que je m'approche d'elle pour la maîtriser. Je lève mes deux mains devant moi, lui montrant mes intentions.

Malgré ça, Belle me saute dessus. Et je ne m'attendais pas à ce que sa fine mais grande silhouette me fasse une clé de bras.

— Merde, Belle ! je m'exclame.

Je secoue mon épaule et me retourne brutalement vers elle pour me dégager. Je lui fais face et m'apprête à l'engueuler. Mais je n'ai pas le temps de réagir, car elle me saute une nouvelle fois dessus. Cette fois-ci, ses lèvres plongent sur les miennes.

Elles me percutent, nos dents s'entrechoquent. Je pousse un grognement sourd en sentant son corps contre le mien. Je la laisse faire une seconde. Son goût, son odeur. C'est une explosion en moi et je n'ai qu'une envie, la plaquer sur le sol et la posséder brutalement et longuement.

J'ai envie de me glisser entre ses cuisses, de mordre sa peau avant d'en lécher délicatement chaque centimètre carré.

Mais je sens aussi le goût de l'alcool sur sa langue. Alors je me dégage brutalement. Oh, je sais que je lui plais autant qu'elle me plaît. Mais hors de question que j'aille plus loin avec elle si elle est dans cet état. Je m'éloigne de quelques pas, la respiration saccadée. Ses lèvres sont gonflées, et je la vois lécher sa lèvre inférieure comme si elle savourait mon goût. Mes poings sont serrés tant j'ai envie de recommencer à l'embrasser.

— Pourquoi ? soupire-t-elle avec une moue déçue.

— Tu es bourrée, Belle. Je te raccompagne à ta chambre.

— Mais...

— Non négociable.

Elle inspire brusquement et finit par hocher la tête. *Bien.*

J'aime quand elle est docile. Mais je préfère son sale caractère qui me rend dingue.

Cinq minutes plus tard, je parviens à la raccompagner devant sa chambre, à l'autre bout du couloir. Du moins, elle m'affirme que c'est sa chambre. Je la retiens plusieurs fois de lécher le mur et pour une raison que j'ignore elle l'insulte en le traitant de traître. Elle est intenable.

Mais je sens aussi autre chose au fond de moi. Ça ne me gêne pas de prendre soin d'elle à cet instant. Bien au contraire. Une partie de moi aime ça.

Elle récupère la carte de sa chambre tout en vacillant et pousse la porte. Elle ne m'attend pas et s'avance déjà vers son lit.

— Attends. Je vais sortir. Verrouille derrière moi.

— Mais je suis fatiguéeeee.

Je me place devant elle et relève son visage dans ma direction.

— Tu vas avoir une méchante gueule de bois, tu le sais ça, mon ange ?

— Hum.

Son visage appuie contre la paume de ma main. Elle se frotte presque à moi.

— Je vais quitter la pièce. Je veux que tu mettes la carte dans le lecteur et que tu verrouilles derrière moi.

Une de ses mains se pose sur le haut de ma serviette, frôlant le bas de mon ventre, et je me sens durcir instantanément.

— Pourquoi est-ce que t'es en serviette ?

Je secoue la tête et inspire calmement pour me concentrer sur le plus important.

— La carte. Dans le lecteur.

— J'ai compris, elle marmonne.

Je retire ma main et elle m'observe comme si elle était déçue. Ça y est, mon travail est terminé ici. Je devrais quitter la pièce sans un regard en arrière. Mais c'est beaucoup, beaucoup plus profond et compliqué que ça.

Alors, sans réfléchir, je penche mon visage vers elle. Elle ferme les yeux, s'attendant à ce que je l'embrasse sur la bouche. Mais ce n'est pas mon intention. Mes lèvres se posent une seconde sur son front. Puis je m'éloigne. J'ignore pourquoi j'ai fait ça. Mais j'en avais besoin.

Je ferme la porte derrière moi, attends une seconde et dis à voix haute :

— La carte !

J'entends ses pas contre la porte, puis un bruit derrière qui me fait comprendre qu'elle a verrouillé.

*Bien.*

Je m'éloigne, toujours uniquement vêtu de ma serviette, que je retire dès que je suis dans ma chambre. Mon érection bat contre le haut de mon ventre, me faisant délicieusement souffrir. Le frein de mon gland est humide à cause liquide pré-séminal. Je suis à deux doigts d'éjaculer comme un adolescent au souvenir du corps de Belle contre le mien. Mes testicules se contractent presque.

— Putain, Belle, qu'est-ce que tu me fais ?

Je me place sous le jet d'eau en serrant les dents ; c'est ma seconde douche.

Glacée, cette fois.

# CHAPITRE 24

## *Gueule de bois*

### BELLE

Priam avait raison, j'ai une méchante gueule de bois.

J'ai l'impression qu'une enceinte immense joue de la musique à fond directement dans ma boîte crânienne. Autant vous dire que j'apprécie moyennement l'expérience.

Et je dois avouer que j'ai vomi toutes mes tripes en me réveillant ce matin. Littéralement. Mon corps a rejeté chaque millilitre d'alcool qu'il restait dans mon organisme. Ne me parlez plus jamais de champagne. Jamais.

Je me dis que le meilleur moyen de sortir de cette phase affreuse, c'est de me bouger et de quitter ma chambre. Je m'exécute en traînant des pieds, vêtue d'un short de sport et d'une brassière grise. Pas vraiment la tenue adéquate pour l'endroit vers lequel je me dirige, mais je m'en moque un peu à vrai dire.

Le soleil est le meilleur guérisseur, alors je vais aller à sa rencontre et espérer qu'il me choie.

Mon état pourrait être pire. L'enterrement de vie de jeune fille de Maria, l'amie de Colyne, vient de tourner au cauchemar. *Figurez-vous que je fais bien de détester le poisson cru.*

Les trois amies se tapent une méga indigestion en plus de leur cuite mémorable. Colyne m'a laissé un message sur mon répondeur tôt ce matin pour me l'annoncer.

Elle ne sait pas encore si elles sortiront ce soir. En attendant, elles vont profiter de massages dans leur chambre et du jacuzzi immense de leur salle de bains. J'ai encore une journée entière et une soirée à Miami. Colyne repart demain, par conséquent moi aussi. Honnêtement, j'espère qu'elles pourront profiter de leur soirée, au moins ne pas vomir pendant quelques heures.

En attendant, je suppose que j'ai le champ libre. J'ai tenté de bosser sur un autre dossier en me réveillant, mais à part mes mails et une consultation écrite, je n'arrive vraiment pas à connecter mes neurones comme il faudrait. Donc, direction la piscine. Ou du moins, les transats au bord du bassin.

Si je saute dans l'eau dans mon état, je vais finir par couler comme une pierre. Avec ma chance, personne ne me verra disparaître et je mourrai seule. Je vais donc éviter la baignade.

Je traverse le Nobu Hotel, faisant clairement l'impasse sur le petit déjeuner. Si j'avale un truc maintenant, je ne garantis rien. Il est encore tôt, à peine dix heures. Il y a peu de monde sur les transats et encore moins dans la piscine.

Mais il y a quelques silhouettes qui nagent dans l'eau transparente. Je les détaille une à une et finis par en identifier une. Bien sûr que je la reconnais, j'étais contre elle hier soir.

Il nage rapidement, atteignant sans peine le bord du bassin à l'opposé de moi. Deux mains aux longs doigts et à la peau bronzée se posent sur le bord en pierre.

La seconde suivante, Priam s'aide de ses bras et sort de la piscine. Chaque centimètre de son corps se contracte dans ce geste. Ses cheveux sont plaqués en arrière quand il se redresse ; il passe la main dans ses mèches brunes.

Encore une fois, comme hier soir, l'eau dégouline le long de son corps et j'aperçois ses cuisses puissantes sous son short de bain noir. Son corps est sec, ses épaules larges, mais il n'est pas musclé à outrance, loin de là. Il a un corps de nageur.

Quelques poils parsèment son torse et une ligne plus sombre trace son chemin sur son bas-ventre pour s'arrêter derrière le tissu de son short. J'avale difficilement ma salive.

Priam me découvre lorsqu'il lève la tête. Il hausse les sourcils, surpris de me voir là.

Cette fois-ci, je suis sobre. Très, très sobre.

Je ne suis pas stupide. Hier soir, j'ai débarqué je ne sais comment dans sa chambre, le prenant par surprise. Je l'ai embrassé. Et à aucun moment il n'a tenté de profiter de la situation en me rendant mon baiser. Non, Priam m'a repoussée. Il m'a... Il m'a aidée à retrouver le chemin de ma chambre.

Malgré mon état déplorable de la veille, je me souviens de pas mal de choses avec précision.

Je lui adresse un rapide signe des doigts, en esquissant un petit sourire. C'est la moindre des choses que je puisse faire. Il hoche la tête en réponse et sourit doucement, ce qui rend son visage beaucoup plus juvénile.

Il s'avance vers un transat non loin de moi et s'assied au bord avant d'essuyer son visage avec sa serviette blanche.

*Éloigne-toi,* m'ordonne une petite voix criarde.

J'avise le transat vide près de lui.

*Rejoins-le,* m'ordonne une autre voix. Et je décide de lui obéir. J'arrive près de Priam et me racle la gorge.

— Ce siège est pris ?

J'indique du menton le transat à ses côtés. Il secoue la tête alors je m'y installe. Je fixe le ciel, profitant des rayons du soleil sur mon visage. Je sens qu'il m'observe, mais il ne me dérange pas.

En fait, je pensais qu'il y aurait une gêne entre nous, mais ce n'est pas du tout le cas. Et je n'ai pas envie de me battre contre lui à cet instant ; j'ai décidé seule d'une trêve.

— Ta tête ? me demande-t-il.

Sa voix reste ensommeillée et un peu cassée.

Je me souviens d'un autre détail : il m'a embrassée sur le front. Comme si… Comme si je signifiais quelque chose pour lui. Pourquoi ai-je l'impression que ce qui s'est passé hier soir marque une sorte de tournant dans notre relation ? Je perds complètement le contrôle de la situation et de moi-même.

— Ma tête est dans un état déplorable, je réponds ensuite en étouffant un bâillement.

J'entends un bruissement de tissu lorsqu'il déplace sa serviette et redresse son transat en position assise.

— J'ai rejoint Colyne et ses amies, hier soir, dis-je, décidée à lui expliquer ce qu'il s'est passé.

Je lui raconte tout, jusqu'à leur indigestion due au saumon et au thon.

— En conclusion, achevé-je, pas sûre que tu puisses la voir ruiner son mariage ou tromper son foutu mari aujourd'hui.

— Hum, hum.

Sa réponse ne me donne aucune information sur ce qu'il pense alors je tourne mon visage vers lui. Il m'observe derrière le verre fumé de ses lunettes de soleil.

— T'as entendu ce que j'ai dit ?

Je sais que c'est le cas, pourtant il semble se moquer de mes informations.

— J'ai entendu, oui, finit-il par répondre.

Argh, j'ai du mal à le jauger. Peut-être que c'est pour ça qu'il me rend aussi dingue. Je masse mes tempes douloureuses tandis qu'il sort l'iPad qui était rangé dans sa sacoche noire. Qui vient avec un iPad au bord de l'eau ? À part lui, bien entendu.

Avec ma chance légendaire, je serais capable de faire tomber l'appareil au fond du bassin.

Priam se met à lire ce qui ressemble à des mails tandis que, toujours allongée, je me tourne vers lui et place mes mains sous mon visage.

Le silence s'installe entre nous. Confortable, une fois de plus. Il est presque... agréable. Tandis que les minutes défilent, plusieurs expressions passent sur le visage de Priam.

Un moment, il fronce les sourcils et je vois sa mâchoire se contracter.

— Un dossier qui te donne du fil à retordre ?

J'ignore pourquoi je lui pose cette question. J'ai juste envie de savoir ce qui ne va pas.

Il hoche simplement la tête.

— Je t'ai embrassé, hier soir.

Voilà, je l'ai dit. Priam reste silencieux mais je vois ses yeux se tourner dans ma direction. Plusieurs mèches de cheveux sont retombées sur son front.

— Tu t'en souviens ?

Non seulement je m'en souviens, mais j'ai surtout aimé ça.

— Je me souviens de tout.

Il incline la tête sur le côté avant de sourire :

— Tu as tenté de lécher le mur. Plusieurs fois.

Je me racle la gorge. Malheureusement, je me souviens également de ça. C'est décidé, je persiste et je signe : plus jamais de champagne pour moi !

— En fait, je l'ai léché avant de pénétrer dans ta chambre.

Il sourit.

— Pourquoi ne suis-je pas étonné ? Tu as aussi parlé à ta chaussure avant de me la jeter dessus. Elle est toujours dans ma chambre.

C'est pas vrai. La honte. Je dégage ma main droite et la plaque sur mon visage en poussant un soupir.

— J'ai presque honte. Je suis vraiment pas le pingouin qui glisse le plus loin sur la banquise, apparemment.

Son rire résonne à mes oreilles.

— Ah... maître Murray, vous m'étonnerez donc toujours.

J'aime quand il m'appelle comme ça. Surtout la façon dont ces mots résonnent dans sa bouche. Ils cachent beaucoup de sensualité, d'électricité, et surtout : de promesses de perdition.

Puis Priam reprend finalement l'étude de ses mails, et toute joie quitte son visage.

— Fait chier, soupire-t-il.

Je me redresse en position assise et croise mes jambes en tailleur.

— Allez, raconte-moi. Je vais te donner des conseils en tant que meilleure avocate de Boston.

Il arque un sourcil moqueur. Notre jeu est toujours là. Nous sommes toujours des tricheurs. Mais je mentirais en disant qu'il n'y a que ça.

— Allez, je répète comme il reste muet. Dis-moi tout.

— OK.

Il s'assied en tailleur face à moi.

— J'ai assisté une cliente il y a quelques mois dans son divorce conflictuel avec une espèce de fils de pute. Grosso modo, il lui tapait dessus mais elle a catégoriquement refusé de porter plainte et d'intenter un divorce pour faute.

Aïe. Je sais à quel point ce type de situation est compliqué et surtout à quel point il est difficile d'offrir une aide aux victimes qui pensent ne pas la mériter.

— Donc, on est partis sur un divorce conventionnel. Ils avaient un enfant.

Je n'ose imaginer ce qu'il a vu.

— Dis-moi qu'il n'a jamais rien subi.

— Non, il n'a rien eu.

Je pousse un soupir de soulagement.

— Après le prononcé du divorce, une pension alimentaire a été fixée pour le père. Il avait énormément de fric. Pas elle. Et l'enfant est resté vivre avec la mère, ma cliente. La somme s'élevait à six cents dollars par mois. Mais il ne la paye plus depuis six mois.

— Pourquoi cet enfoiré a décidé d'outrepasser la loi ?

— Non seulement il l'outrepasse, mais il a disparu de nos radars. Nous ne savons pas où il est. Il n'est plus à son domicile, et son propre avocat n'a plus de nouvelles. Cependant, on a des attestations de certains de ses proches nous affirmant qu'ils l'ont vu. Il est bien vivant et n'est pas déclaré disparu.

Il est donc vivant et a décidé de faire le mort pour ne plus payer.

— Tu as essayé de passer par le juge pour qu'il fasse exécuter le jugement et demande aux huissiers de saisir les sommes demandées directement sur les comptes du père ?

— Cet enfoiré a vidé intégralement ses comptes en banque, Belle. Il a dû déplacer son argent pour le mettre à l'abri de toute saisie. Sauf que la mère peine aujourd'hui à s'en sortir.

Je réfléchis pendant de longues secondes.

— Et on ne peut pas le choper à son travail ?

— Il ne travaille plus. Pas officiellement, en tout cas. Je t'ai dit, il a disparu des radars.

Tout ça pour ne plus assumer son gosse. Malheureusement, ce type de comportement est assez commun.

— Alors il faut que la mère porte plainte contre lui. Au moins, les flics vont bouger et le chercher.

Priam secoue la tête ; je vois bien qu'il est énervé par la situation.

— Elle ne veut pas porter plainte, Belle. Elle... Elle ne s'en sort pas mais ne veut pas.

— Même si c'est le seul moyen pour retrouver le père et le faire payer ?

Il secoue une nouvelle fois la tête. Je me doute qu'il a déjà dû essayer de la convaincre. Une autre idée me vient.

— Demande directement au ministère public d'engager les poursuites contre lui. Saisis-le.

— Je... Tu crois ?

— Honnêtement ? Oui. Il faut retrouver cet enfoiré. Il doit assumer son rôle de père à défaut d'avoir été un bon époux.

Priam ne semble pas convaincu, mais il réfléchit sérieusement à mon idée. Je me penche vers lui et pose ma main sur sa cuisse sans réfléchir.

— Ou on peut toujours essayer de le retrouver nous-mêmes, histoire qu'il comprenne bien les choses.

Il baisse le visage sans que je comprenne pourquoi. Sa peau est brûlante sous la paume de ma main, et je prends conscience seulement maintenant de ce que je viens de faire. Nous regardons tous deux mes doigts sur sa peau. Quand je relève la tête, Priam me fixe étrangement.

Ce n'est pas seulement de la faim dans son regard. C'est un véritable besoin : une revendication.

— Belle.

— Oui ? chuchoté-je.

Je vais faire une erreur. Est-ce que vous êtes prêts à me rattraper quand je tomberai ? Je l'espère. Car la chute sera inévitable. Mais je suis sûre qu'elle sera bonne.

J'approche mon visage de Priam et mes yeux rivés aux siens, ma langue pointe entre mes lèvres. Le prenant au dépourvu et me prenant moi-même de court, je lèche doucement sa lèvre supérieure, comme un chaton qui laperait son lait.

Il a un goût de soleil. Et de chlore.

*Miam.*

Sa main se pose sur ma hanche, ses doigts fermement ancrés dans ma peau.

Je ne l'embrasse pas, et lui non plus. Je l'ai simplement goûté de ma langue et je vous jure que j'ai l'impression de vivre le plus chaud préliminaire de ma vie.

— Tu as bon goût.

Mieux que ça, même. J'ai envie de le goûter encore. Partout.

Son téléphone se met à sonner contre sa cuisse, et je romps tout contact.

Je jette un œil à l'écran, et ça me refroidit instantanément. « Parker ».

Priam décroche sans me quitter des yeux. Quant à moi, je me relève et m'éloigne, sentant son regard dans mon dos.

*Je le sens partout, jusque dans les moindres recoins de mon âme.*

N'oubliez pas. Vous avez promis que vous me rattraperez quand je tomberai. Et on ne rompt jamais une promesse.

Jamais.

# CHAPITRE 25

## *Ruiner son date*

### BELLE

Des heures plus tard, je quitte la chambre de Colyne et de ses deux amies. Les trois femmes étaient en train de profiter d'un massage tout en se remémorant leur adolescence. Selon leurs dires, elles ne feront aucun excès ce soir. J'ai un peu de mal à le croire.

Nous repartons tous demain matin, dans tous les cas. Ma mission ici est bientôt terminée, même si je n'ai pas vraiment servi à grand-chose. Et je n'ai aucune envie de rester dans ma chambre ce soir.

J'ai bossé tout l'après-midi sur un divorce dans lequel la femme a trompé son mari avec le frère de ce dernier. L'homme m'a contactée en panique, avec des larmes plein la voix. Donc, je me suis occupée de son dossier tout en réfléchissant, et en rédigeant certaines notes sur leur situation.

J'ai décidé de me rendre au bar de l'hôtel. Je ne peux plus voir le champagne, mais je ne dirai jamais non à un bon verre de vin blanc moelleux.

Je marche d'un pas décidé jusqu'au bar de l'hôtel. Il est orné de grandes plantes qui donnent l'impression d'être dans une forêt tropicale.

Le sol et les murs clairs contrastent avec les quelques tables qui se tiennent dans la pièce. L'endroit est épuré, chic. Le comptoir du bar est immense et construit dans un bois sombre qui rend le tout harmonieux. J'adore cet endroit !

Mais je n'aime pas ce que je vois.

Priam est assis sur l'un des tabourets du bar. Pourquoi faut-il qu'on tombe toujours l'un sur l'autre ? Je vais finir par croire que le destin se moque de moi.

J'observe celui qui me rend folle. Ses doigts jouent avec le haut de son verre, son visage est inexpressif. Il porte un jean sombre et un polo noir. Il n'a pas coiffé ses cheveux, je le vois d'ici. Mes yeux s'arrêtent sur la montre accrochée à son poignet.

Mais ce n'est pas ce qui retient mon attention.

Non, je remarque surtout la femme qui se tient à ses côtés.

Priam est assis sur son tabouret, calme et patient. La femme se colle presque à lui tout en rejetant ses longues mèches blondes dans son dos. Je ne vois pas son visage, mais je suppose qu'il est sublime, comme le reste de sa silhouette.

Oh, je n'aime pas ça.

Je n'aime pas la proximité qu'elle impose à Priam. Il lui répond par des mots courts mais elle reste là, et je vois rouge en remarquant sa main frôler son avant-bras.

J'ai l'impression de me transformer intérieurement en animal prêt à dévorer chaque adversaire. On ne se promet rien, Priam et moi, je ne sais d'ailleurs pas vraiment ce qui se passe entre nous. Mais la seule chose dont j'ai parfaitement conscience, c'est que je ne veux pas le partager. Je ne veux pas qu'il se batte avec une autre comme il se bat avec moi.

Priam sent ma présence, forcément. Il me remarque en train de les observer de l'autre côté de la pièce. Il hausse un sourcil dans ma direction, me testant silencieusement. Dans son regard, je vois qu'il veut que j'intervienne.

Mais si j'interviens, il aura gagné. J'aurai succombé la première.

Lui aussi doit l'avoir compris, car il esquisse un lent sourire. La femme se rapproche un peu plus. Et je cède. J'agis sans réfléchir, uniquement poussée par mon instinct et ma toute nouvelle jalousie.

J'oublie mon travail, ma conscience professionnelle. Je suis juste remplie d'hormones qui me poussent dans toutes les directions.

## PRIAM

Est-ce que tu as finalement décidé de rester discret ?

Je bois mon verre de vodka en lisant la réponse. Les trois petits points s'affichent sur mon écran, signe que Reyes a reçu mon message et est en train d'y répondre.

Je serai sage comme une image.

Je pince les lèvres. Je n'aime pas quand il dit ça. Et c'est en tant qu'ami que je m'inquiète pour lui, pas en tant qu'avocat, cette fois. Reyes se croit intouchable, et dans une certaine mesure il doit l'être sur de nombreux terrains dont on ne soupçonne pas l'existence.

Néanmoins, s'il ne fait pas attention à ses faits et gestes, il va finir en taule. Et même le meilleur avocat du monde ne peut réfuter certaines preuves établies.

La femme qui s'est assise à mes côtés m'observe sous ses longs cils noirs, je le sens. Finalement, elle engage la conversation :

— Vous êtes ici pour votre travail ?

Sa voix se veut lascive et elle mordille ses lèvres avec sensualité. En temps normal, je lui aurais sans doute offert un verre. Puis je l'aurais ramenée dans ma chambre, et on aurait sans doute couché ensemble pendant de nombreuses heures. Mais désormais, sa beauté me paraît bien fade et cette possibilité insipide.

— Hum.

Voilà mon unique réponse. Je ne me préoccupe pas plus d'elle, et je commence à gérer mes mails. Parker me demande si j'ai pu grappiller des informations sur Colyne. Cet enfoiré est toujours follement amoureux de sa femme au fond de lui, mais il est dans le déni. Quand il a su qu'elle voulait le plumer, il a cherché à en faire de même. Il a tenté de l'attaquer au lieu d'essayer d'instaurer une vraie communication entre eux.

Moi, je suis là pour faire mon travail et suivre ses demandes. Mais je suis persuadé qu'il s'en rendra compte quand il sera déjà trop tard. Le temps passe vite. Les regrets, eux, mettent du temps à disparaître.

— Je suis également là pour le travail, reprend la femme.

Elle joue avec son collier en diamants. Son cou est fin et gracieux. Son parfum discret et floral.

Ce n'est pas ce que je veux. Ce n'est pas son odeur ni sa peau qui me rendent dingue.

— On pourrait peut-être s'installer à une table et faire connaissance ?

— J'ai la phobie des tables, désolé.

Elle rigole doucement et mes muscles se contractent quand sa main tente de m'effleurer une nouvelle fois.

C'est à ce moment-là que je sens sa présence. Celle de la femme qui va me mener droit à ma perte.

Je tourne mon visage vers l'entrée du bar-restaurant, et je l'observe. Belle se tient là, sur le seuil, ses yeux braqués sur moi et ma voisine. Ils lancent des éclairs. Son visage reste de marbre, son menton relevé en signe de défi. Mais ses satanés yeux, eux, ne mentent pas.

Elle n'aime pas ce qu'elle voit.

Intéressant.

Ne serait-ce pas le meilleur moyen de la mettre au pied du mur ? De la faire céder ?

J'arque un sourcil, ma voisine de bar continuant son numéro de charme, auquel je ne prête aucune attention.

Il n'y a que Belle et son foutu caractère. Belle et le foutu lien qui nous unit. Belle et mon esprit.

Je la bouffe du regard. Je connais cette jupe blanche qui moule ses hanches. La même qu'elle portait hier soir. Ses longues jambes sont à découvert et sa peau me paraît si douce, même d'ici. Oh, je sais qu'elle l'est, je l'ai déjà touchée.

Le petit haut noir qu'elle porte la rend sage. Tout ce qu'elle n'est pas. Tout ce que j'aime.

Oh oui, Belle Murray est une prédatrice, et elle le sait. Mais deux prédateurs dans une seule pièce ne peuvent cohabiter sans se battre l'un contre l'autre. Je suis prêt.

Elle foudroie du regard la femme qui se tient près de moi et s'avance vers nous, les épaules droites. Elle domine son environnement, le façonnant à sa guise.

Ses traits sont empreints de défi. Malgré tout, elle reste prête à jouer.

Belle s'arrête à quelques pas de nous. Puis elle sourit de manière carnassière lorsque ma voisine la remarque et écarquille les yeux. Belle pose une main sur mon épaule, s'interposant entre nous deux sans aucune gêne.

— C'est bon, mon cœur, lance-t-elle doucereusement. J'ai eu ton médecin, tu as rendez-vous lundi pour le traitement de tes morpions.

*La garce.*

J'ai encore plus envie d'elle. Plus elle attaque et plus ça me rend dingue.

Ma voisine de bar a un mouvement de recul et manque de tomber de sa chaise. Non seulement elle pense que nous sommes plus qu'un couple, Belle et moi, mais elle croit en plus que j'ai des morpions.

Belle s'amuse intérieurement, je le vois.

*À mon tour, mon ange.*

Une de mes mains s'enroule autour de ses hanches pour la coller à moi. Son corps est bouillant. Et j'imagine sans peine à quel point d'autres parties d'elle doivent être brûlantes.

— Merci, bébé. En tout cas, sache que je ne t'en veux pas de me les avoir refilés. On partage tout dans un mariage, pas vrai ?

Elle me fusille du regard. Nous imaginer mariés, nous les éternels célibataires spécialistes du divorce qui ne peuvent se supporter plus d'une heure ? C'est digne d'un film.

Notre voisine se relève sur sa chaise et récupère sa pochette. Son visage est rouge de gêne.

— Je... je... Bonne soirée !

Elle s'éloigne d'un pas rapide, pressée de déguerpir.

Aussitôt, Belle s'éloigne de moi et laisse échapper un petit rire en s'installant sur le tabouret que la femme vient de quitter.

— Mari et femme, sérieusement, Priam ?

Je hausse les épaules, secrètement déçu de ne plus sentir ses hanches contre moi.

— C'est la pire chose qui pourrait nous arriver, crois-moi, continue Belle en faisant signe au serveur de venir.

Ce dernier nous montre deux doigts, signe qu'il arrive dans quelques minutes.

Je fais la moue et rétorque :

— Tu as fait fuir ma voisine.

Son regard noir se pose sur moi tandis que ses narines se gonflent.

— Je voulais juste te faire chier en cassant ton coup.

Bien entendu.

— Hum.

Elle oriente son corps dans ma direction, et ses cuisses frôlent les miennes.

— Ça veut dire quoi, ce hum ?

— Ça veut dire que je sais que tu caches une autre vérité.

Sa poitrine se soulève rapidement en réaction. Mais elle ne répond rien, et je n'ai pas besoin de ses explications. Nous nous comprenons silencieusement ; ça ne m'est jamais arrivé avant.

— Tu ne voulais pas que je passe la nuit avec elle, précisé-je.

J'avale les dernières gouttes de mon verre tandis que le serveur lui sert enfin un verre de vin blanc.

— Et toi ? reprend Belle sans démentir mes suppositions.

Je tourne mon visage vers elle, regardant sa gorge bouger doucement lorsqu'elle boit une gorgée. Sa peau est fine. Je veux la frotter contre la mienne et la faire gémir.

— Quoi, moi ?

— Qu'est-ce que tu veux ?

Je veux la scandaliser. Je veux que ses yeux me montrent le feu qui brûle en elle. Je veux qu'elle déverse des larmes dans lesquelles s'échapperont des morceaux de plaisir.

— Là, tout de suite ?

Elle hoche la tête avec impatience, suspendue à mes lèvres.

— J'aimerais poser ma bouche sur toi. Tu m'as dit aimer mon goût, je veux découvrir le tien en profondeur.

Elle penche la tête tout en fermant doucement ses paupières, comme si elle luttait contre une torture insurmontable.

— Pourquoi tout doit-il devenir salace avec toi ?

— Parce que nous sommes comme ça, toi et moi.

Encore une fois, elle ne me contredit pas.

Me prenant au dépourvu, elle rappelle finalement le serveur.

— Donnez-moi un autre verre.

Je fais de même, un petit sourire aux lèvres, tout en me calant confortablement sur mon tabouret. Je sens qu'on va rester un petit moment ici.

## BELLE

Les minutes défilent, peut-être même les heures. Je ne les vois pas passer, assise près de Priam. Notre jeu du chat et de la souris continue sans temps mort.

Je rigole à ses blagues vaseuses, et lui s'esclaffe à chacune de mes anecdotes honteuses. Je me sens bien, j'apprécie ce moment. Mais plus le temps passe, et plus mon corps se rapproche de lui-même de Priam. D'abord, ce sont mes cuisses, puis mes bras.

L'alcool court dans mes veines mais je suis restée raisonnable, entièrement maîtresse de moi-même. Lui aussi.

Priam est en train de murmurer quelque chose à mon oreille, mais mon corps se pétrifie dès que je remarque une silhouette au loin.

Qu'est-ce que c'est que cette farce ?!

J'ai l'impression d'être replongée des années en arrière. Je rêve ? Priam, qui a repéré mon malaise, se redresse, les sourcils froncés.

— Quoi ? Qu'est-ce qu'il se passe ?

Je suis trop surprise pour lui répondre. Surprise et en colère, parce que voir ce type me donne des envies de meurtre.

— Coquillette.

— Quoi, Coquillette ? Les pâtes ?

Priam semble encore plus perdu.

— Coquillette est là.

Il m'observe, perplexe, et je me tourne vers lui en soupirant d'agacement.

— Un ex.

Qu'est-ce qu'il fait ici ? Pourquoi suis-je si malchanceuse, pourquoi je croise cet imbécile dans cet hôtel, à des milliers de kilomètres de là où je l'ai vu la dernière fois ?

Priam pivote sur son tabouret et observe le bar. Il remarque bien vite un blond aux traits ciselés qui commande un verre, assis à une table. Une femme se tient à ses côtés.

Coquillette m'avait promis la lune à moi aussi. Mais je n'ai eu droit qu'à la nuit sans aucune étoile.

Jusqu'à ce que des bouts de chagrin s'échappent à travers mes pleurs.

Priam se tourne ensuite vers moi.

— Pourquoi est-ce que tu surnommes ton ex Coquillette ?

Priam me sort de mes sombres souvenirs. J'essaie de me retenir de sourire ; sans succès.

— C'était une idée de ta sœur. April a une imagination débordante. On l'a appelé comme ça car mes rapports avec lui ne duraient jamais plus longtemps qu'une cuisson de coquillettes.

Il rigole sans pouvoir s'en empêcher, se demandant sans doute si je suis sérieuse ou non.

— Ce type est un enfoiré, je continue en indiquant Coquillette du regard. Je parie qu'il est en train de lui dire des paroles qui la font rêver. Puis il se moquera d'elle.

— C'est ce qu'il a fait avec toi ?

J'inspire brusquement. Oh oui, c'est exactement ce qu'il s'est passé.

— Il m'a trompée avec la moitié de la ville de Seattle pendant ma dernière année de fac, j'articule haineusement.

Priam m'observe longuement sans rien dire. Je continue sans pouvoir m'en empêcher :

— Il m'a même trompée avec une ancienne amie de fac. Je n'ai jamais eu l'occasion de me venger.

Heureusement que je vais mieux, car pendant de longs mois j'avais perdu tout estime de moi. Heureusement, April était là. Je ne compte plus le nombre de visio qu'on a eues pour me remonter le moral.

— Tu aimerais lui faire un sale coup ? reprend finalement Priam.

— C'est immature, pas vrai ? Mais j'aimerais qu'il se prenne les pieds dans le tapis et s'étale le long du sol, ouais.

Et je n'ai même pas honte de le dire.

— Je ne pense pas que ça soit immature, observe Priam. Ce type est complètement stupide s'il t'a fait ça. Tu as été blessée et tu as toujours de la rancœur, ce qui est bien normal.

Il touche un point sensible et je me recroqueville presque sur moi-même en me remémorant ces mauvais souvenirs.

— « Stark, nous avons besoin d'un plan d'attaque », je chuchote pour moi-même.

Si April était là, elle serait en train de hurler la prochaine réplique de notre Marvel préféré, celui avec Tony Stark. Mais ma meilleure amie est loin...

— « J'ai un plan... » rétorque Priam. « On attaque. »

J'ouvre la bouche, choquée. Est-ce qu'il vient vraiment de me donner la réplique ?

Il se lève de son tabouret et fait rouler ses épaules sans attendre ma réaction.

— Je vais aux toilettes. Reste là.

— D'accord.

Il s'éloigne déjà, récupérant quelque chose que je ne vois pas sur l'une des tables du bar tandis que je suis perdue dans mes souvenirs. Priam traverse la pièce et passe la porte des toilettes. Moi, je ne bouge pas.

Quelques secondes plus tard, Priam ressort. Déjà ? C'était vachement rapide. Il passe près de Coquillette, et je me redresse sur mon tabouret en voyant qu'il vacille et manque de tomber sur mon enfoiré d'ex. Je descends de mon tabouret, prête à intervenir, quand Priam se rattrape à une des épaules de Coquillette, même si pour ça je dois croiser les yeux de l'homme qui m'a trompée avec un carnet d'adresses complet.

Je vois Priam passer sa main au-dessus du verre de Coquillette, et je me demande ce qu'il fabrique. Il se redresse déjà alors que mon ex lui adresse un sourire aimable. Je perds patience. Je suis sûre que Priam a fait semblant de perdre l'équilibre.

Priam revient vers moi, un sourire carnassier sur le visage.

— Qu'est-ce que t'as fait ? je souffle.

Il hausse ses épaules, l'innocence incarnée.

— Tu te rappelles ce que tu as fait à Ed, quand il vous embêtait, April et toi ?

Je ne vois d'abord pas où Priam veut en venir. Puis ma bouche s'ouvre de surprise. J'avais volé du sel à la cantine pour en mettre dans le plat d'Ed et lui donner une bonne leçon. Ça me paraissait être la solution la plus géniale pour me venger de lui.

— Tu n'as pas osé me voler ma technique imparable pour me venger de Coquillette ?

— Bien sûr que si.

J'entends une exclamation de surprise, puis de dégoût au loin. En penchant ma tête, je vois Coquillette recracher sa gorgée sur la table tandis que sa partenaire s'éloigne en criant.

Priam me tend la main, tout sourire. À l'instant où mes doigts touchent les siens, il s'avance vers la sortie en me tirant derrière lui.

Un rire incontrôlé m'échappe alors qu'il me guide vers l'extérieur. Peut-être bien que ce type est aussi barré que moi, tout compte fait.

Je retire mes sandales, et on traverse l'hôtel sans se soucier de rien. On bouscule quelques personnes sur notre passage mais on s'en moque. Rien ne compte à cet instant.

Et nous nous mettons à courir comme si notre vie en dépendait.

Comme si sa main dans la mienne était la seule chose qui comptait. La seule chose qui devait compter.

# CHAPITRE 26

## *Observation et tentation*

### BELLE

Il y a quelque chose de presque… euphorique à traverser une partie de la ville aux côtés de Priam. Je n'en reviens pas d'être là, avec lui. Je profite du moment présent sans penser à demain.

Priam me précède, ses larges épaules nous traçant un chemin sur les trottoirs bondés. Bien vite, nous arrivons à destination. Ne me demandez pas comment on a pu décider d'atterrir ici. Encore un pari entre nous. J'ai lancé l'idée sur un coup de tête, et en voyant son sourire de prédateur, j'ai su instantanément que j'aurais dû me taire.

Priam continue, en me jetant un coup d'œil par-dessus son épaule, pour s'assurer que j'arrive à suivre. La lueur de faim dans ses yeux est toujours là, et je suis certaine que mon visage exprime la même voracité tout aussi dévastatrice.

Il finit par s'arrêter devant un établissement situé dans une avenue animée. Un néon rose est accroché au mur, présentant une femme accrochée à une barre verticale.

Au moins, c'est clair.

Au fond, je suis plus qu'intriguée. Je suis allée dans pas mal de clubs de strip-tease, ces dernières années. Mais je ne sais pas du tout à quoi ils ressemblent à Miami, la ville qui rend tout le monde fou.

Mes yeux observent chaque détail autour de nous, pendant que Priam paye notre entrée. Puis il m'invite à le devancer. L'ambiance est électrique. Euphorisante.

C'est un club mixte et la première chose que je vois, ce sont les différentes estrades situées dans les lieux. Des femmes et des hommes peu vêtus se déhanchent le long des barres de *pole*.

Les lumières sont tamisées, provenant de spots accrochés dans les coins de la pièce. Plusieurs tables et des banquettes moelleuses sont installées un peu partout.

Un danseur se frotte à une barre tout en fixant une cliente de ses yeux de braise. Des billets volent dans tous les sens. Une femme fait un grand écart tout en passant ses mains sensuellement sur le haut de son corps dénudé.

*Mamma mia !* J'adore cet endroit !

Chacun y est libre d'admirer l'autre. On ne retient pas ses émotions. La seule règle est de respecter les danseurs et les clients.

— Suis-moi, me demande Priam en traversant la pièce.

Je marche sur un string qui traînait sur le sol et manque de bousculer une serveuse qui tient une dizaine de verres sur son plateau. Ça, c'est de l'équilibre ! J'aurais fait un carnage à peine arrivée.

Nous nous installons sur une banquette dans un coin de la pièce. La table devant nous est recouverte d'une nappe blanche de bonne qualité, et on a à peine le temps de souffler qu'on pose une bouteille de champagne devant nous.

— Impossible que j'avale ce truc.

Je me rappelle encore ma rencontre récente avec les toilettes. Priam commande des bières fraîches et se laisse aller contre la banquette. Je suis collée à lui. L'heure n'est plus aux faux-semblants, il le sait aussi bien que moi.

Mon téléphone posé sur la table vibre quand je reçois un message. C'est Colyne. Elle m'indique que des strip-teasers sont dans leur chambre. Je tourne mon visage vers Priam qui a lu le SMS et n'exprime aucune surprise.

— Je m'en doutais, annonce-t-il.

— Tu ne te précipites pas à l'hôtel pour la prendre en flagrant délit ?

Il secoue la tête, un air énigmatique sur le visage.

— Je suis bien, là.

Sa réponse me prend au dépourvu.

Nous sommes dans une bulle hermétique, et ce pour quelques heures.

Une musique lente commence ; une danseuse fait un numéro solo sur l'une des barres. Son corps est recouvert de paillettes, et elle porte un body en dentelle noire. Ses mouvements sont ensorcelants.

Ses jambes s'enroulent autour de la barre et elle grimpe dessus, maîtrisant le moindre de ses gestes. C'est sexy et ça échauffe les sens de chaque personne ici, y compris les miens. L'ambiance est extatique.

Les personnes qui observent la danseuse se rapprochent. Certains s'embrassent sans se soucier des regards. Il n'y a aucun interdit ici. Aucune retenue. La seule limite est celle que vous vous fixez vous-même.

Je serre les cuisses en découvrant un homme qui dévore la bouche de sa partenaire en face de nous. Ils sont assis sur une banquette juste en face de notre table, et j'entends presque leurs gémissements.

Je me détourne et découvre Priam, le regard braqué sur moi. Je suis collée à lui, pourtant nos mains ne touchent pas l'autre.

Il penche son visage vers moi, et son souffle effleure mon oreille lorsqu'il murmure :

— Tu aimes leur spectacle ?

Sa voix est chaude et remplie de promesses que je veux découvrir. Mon cœur s'agite presque douloureusement dans ma cage thoracique. Je pivote vers Priam, me collant un peu plus contre lui.

— J'aime ça, oui. Pas toi ?

Ses lèvres s'étirent, et il n'a pas besoin de me répondre à haute voix, son corps le fait pour lui. En baissant les yeux, je découvre l'érection qui tend le tissu de son jean.

J'ai envie d'être encore plus libérée.

Le couple en face de nous continue de se caresser. La femme gémit dans la bouche de son partenaire. Leur spectacle me pousse à agir ; sans retenue.

Ma bouche longe la mâchoire de Priam et je l'entends pousser un juron. Il plonge une main dans mes cheveux lorsque je mordille son menton avant de lécher délicatement son cou. Sa peau est brûlante, comme je m'y attendais. Quelques poils de barbe râpent ma langue et je termine ma course contre son oreille.

— Montrons-leur de quoi nous sommes capables, soufflé-je.

Il se tend contre moi, ses doigts se contractent dans mes cheveux.

Je mordille le lobe de son oreille, et pour la première fois, il gémit bruyamment sans pouvoir se retenir. Son autre main se place au creux de mon dos pour me coller un peu plus à lui. Je l'enjambe presque, mais je garde mes fesses collées à la banquette.

Je sais exactement comment je vais le rendre fou.

Priam laisse tomber sa tête en arrière, quand ma main s'égare sur son ventre que je griffe à travers le tissu de son vêtement. Puis mes doigts se faufilent jusque sur sa braguette. Je ne l'ouvre pas. Je pose ma paume contre son érection, cachée sous son jean.

Elle est dure et palpite presque contre moi.

— Belle, grogne Priam en relevant la tête.

Son regard vert me tue. Et je le tue en retour, lentement. Presque… sadiquement.

Je le caresse lentement, toujours par-dessus son jean.

— Belle.

C'est presque un halètement, cette fois. Le couple en face de nous nous observe, sans interrompre ses caresses.

— Ils nous regardent, j'indique à Priam.

— Hum…

Son visage plonge dans mon cou. Il me mordille doucement, et je laisse échapper un soupir de plaisir. C'est fort, sauvage. Nous sommes complètement indomptables.

Priam entre alors véritablement dans la danse. Ses hanches ondulent contre ma main. Il se frotte à moi sans aucune retenue. Mes doigts s'activent encore plus et un son sourd lui échappe.

J'ignorais qu'on pouvait prendre autant de plaisir en en offrant à l'autre.

Il frotte sa joue contre la mienne et murmure :

— Je veux jouir quand je serai en toi.

Je souris doucement en éloignant ma main.

— N'est-ce pas présomptueux de croire que nous coucherons ensemble ce soir ?

Je n'attends pas sa réponse et me saisis de sa main gauche. Je plaque ses doigts contre mon ventre, puis plus bas, et la relâche. Priam n'éloigne pas ses doigts.

Fiévreux, au bord du précipice, il continue son chemin jusqu'au bord de ma jupe. Sa main passe rapidement sous le tissu et remonte le long de mes cuisses.

— Tu es brûlante.

— Tu mets le feu en moi.

Et j'ai hâte de le brûler à mon tour.

Son index frotte le tissu de mon string. Et je sais qu'il ressent parfaitement mon excitation quand il dit :

— Tu es trempée.

J'ondule contre lui, le suppliant presque d'écarter le tissu pour me toucher vraiment. Mais Priam secoue la tête tout en continuant de caresser mon intimité à travers la dentelle. Son doigt s'enfonce entre mes lèvres, et il trouve mon clitoris. J'ai l'impression de sentir sa peau contre la mienne alors que ce n'est pas le cas.

Mes deux mains s'accrochent à son avant-bras, et je plante mes ongles dans sa peau.

Le couple en face de nous a ralenti ses mouvements pour nous observer. Je capte leur regard sur moi. Priam mord mon oreille en chuchotant mon prénom. Quand je tourne mon visage vers lui, sa bouche s'empare de la mienne.

— Regarde-moi, moi. Je veux que tes jolis yeux soient braqués sur moi.

J'aime ce que sa voix laisse transparaître. Une possessivité évidente qui me donne envie de gémir contre lui.

Priam baise ensuite ma bouche de sa langue, doucement. Il me tue lentement mais se contente de frotter mon clitoris sans jamais écarter mon sous-vêtement. Ses doigts sont trempés, et je le sens gémir contre ma langue avant qu'il ne s'écarte de quelques centimètres.

— Je veux que tu jouisses, mon ange.

J'enfonce les ongles dans sa peau tandis qu'il intensifie ses caresses sur mon clitoris. Je sens mon vagin palpiter, il a besoin de se contracter sur quelque chose. Le plaisir m'envahit, mais je me sens vide, tellement vide.

— Tu vas jouir, reprend Priam en gardant son visage contre le mien.

Ses yeux se baissent sur ma jupe à demi relevée. Nous ne voyons presque rien mais ça nous suffit.

— Je vais exploser, plutôt.

— Alors explose. Brûle, Belle. Embrase-toi. *Brûle pour moi.*

Je lui obéis. Je prends feu. Un gémissement sort de ma bouche et ma tête bascule en arrière. Priam ne s'éloigne pas, il continue à frotter la petite boule de nerfs chauffée à blanc. Puis il retire ses doigts, et je le fixe. Je ne suis pas rassasiée, loin s'en faut. Et lui ? Il semble prêt à se briser.

Le feu crépite. Il n'est pas éteint. Oh non, il grandit et veut tout ravager.

Priam porte ses doigts à sa bouche, ses narines respirent mon odeur avant que sa langue ne s'enroule autour de son index.

Putain. De. Merde.

— Allons-y, il m'annonce ensuite.

Il n'a pas besoin de se répéter. Je suis déjà debout, vacillante. Cette fois-ci, c'est moi qui tire sa main tandis que je trace notre route vers la sortie du club.

# CHAPITRE 27

## *S'appartenir*

### BELLE

Priam se tient en face de moi, collé à l'une des parois de l'ascenseur qui se referme. Sa mâchoire se contracte davantage quand il longe chaque centimètre de mon être et repère ma poitrine qui se soulève rapidement. Je le bouffe mentalement.

Mes seins sont douloureux, et j'ai envie qu'il passe sa langue sur leur pointe pour me soulager.

La patience n'a jamais été mon fort. Et Priam met mes nerfs à rude épreuve. Les étages défilent. Mais c'est trop long. Encore un. Pourquoi est-ce si long ?

— Si tu ne veux pas qu'on aille plus loin, dis-le-moi.

Sa voix jaillit entre nous, forte et implacable. Mais je suis sûre de moi.

— Je te veux, Priam. Je veux que tu me dévores.

Que tu fasses naître le feu en moi. *Et je te brûlerai en retour.*

Il ferme les yeux, en inspirant lentement. Le tintement de l'ascenseur retentit. Les portes s'ouvrent, et ni lui ni moi ne bougeons. Il m'indique la sortie du menton.

Je me redresse et quitte la cabine, mais il ne me suit pas. J'avance dans le couloir en le surveillant du coin de l'œil. Priam sort enfin mais s'immobilise et me regarde m'éloigner.

La tension grandit entre nous, prête à tout détruire.

Quand je me tourne une nouvelle fois pour le regarder, il est en train d'ouvrir le bouton du col de son polo. Ses yeux sont noirs, ses épaules tendues. Il est loin et pourtant si proche. Il est calme et pourtant si près de la rupture.

*Putain de merde.*

On joue un tout autre jeu, beaucoup plus dangereux pour nos âmes intrépides.

Il se rapproche lorsque je stoppe devant ma porte, que je déverrouille rapidement. Je l'ouvre sans attendre et pénètre dans la pièce sans un regard en arrière.

Puis je me retourne et poursuis mon chemin en marchant à reculons. Je patiente en ôtant mes sandales.

Enfin, Priam apparaît sur le seuil, et ses narines se gonflent quand il inspire profondément pour se calmer. Il passe alors une main sur sa mâchoire. Puis il entre, bien trop lentement, et sans jamais quitter mon visage du regard, il pousse la porte.

Nous sommes seuls, désormais.

J'entends sa respiration d'ici ; elle fait soudainement écho à la mienne. Ses doigts se transforment en poing tandis que, debout au milieu de ma chambre d'hôtel, je passe mon haut noir par-dessus ma tête.

Priam reste adossé à la porte sans louper une miette de mon spectacle.

Mais je veux plus. Je veux qu'il arrête de lutter. Paradoxalement, son self control me donne encore plus envie de lui. J'aime savoir que même s'il a envie de me dévorer, il reste loin de moi, laissant notre impatience nous rendre fous.

— Vous aimez le spectacle, maître Brings ? je lui demande avec défi.

Je fais rouler mes épaules doucement, mes tétons frottant contre le tissu de mon soutien-gorge en dentelle. Puis mes mains passent dans mon dos, et je le dégrafe.

— J'aime beaucoup, maître Murray.

Nous ne sommes pas en train de nous affronter au sein d'un tribunal, pourtant j'ai l'impression de participer au procès le plus important du siècle. Un procès dont l'enjeu serait notre âme.

Je l'emporte, et je la conserve. Puis je le perds, et je l'offre à Priam.

Il observe mes seins nus, de mes tétons brun clair qui durcissent, aux aréoles sensibles.

— J'aime. Beaucoup. Plus que ça même, poursuit-il d'une voix éraillée.

Mais il va encore plus aimer la suite. Mes deux mains se posent sur la taille de ma jupe, et je tire. Le tissu descend, et bien vite je ne suis plus vêtue que de mon string trempé.

Priam est presque au bord de l'explosion, et sa pomme d'Adam s'agite rapidement dans sa gorge. Son souffle est rapide, le mien également. Mais il ne bouge toujours pas. C'est moi qui suis sur le point de disjoncter maintenant.

Il contemple ma silhouette, de mon ventre à mes cuisses. Puis il s'arrête sur mon intimité toujours cachée, en léchant sa lèvre inférieure.

Si vous m'aviez dit quelques semaines plus tôt que je me trouverais dans cette position face à mon ennemi de toujours ou presque, je vous aurais ri au nez.

— Et ça, tu aimes ? je demande ensuite.

Il ne parle plus et se contente de hocher sa tête. Il y a quelque chose de franchement érotique à me retrouver presque nue devant lui alors qu'il reste entièrement habillé.

— Alors... viens.

Ma voix claque comme un ordre. Il arque un sourcil mais s'exécute. La seconde suivante, Priam est contre moi. Je colle ma poitrine à son torse tandis qu'il relève ma tête, agrippe doucement mais fermement mon menton et emprisonne mes lèvres. En réponse, je le mords, je le lèche et finis par aspirer sa langue.

En réponse, il gémit contre moi et ses deux mains se saisissent de mes fesses. Il les malaxe une seconde avant de me relever brusquement. Je lâche un petit cri tandis qu'il me porte et me colle au mur dans mon dos.

— Priam, je geins quand il s'abat contre moi.

Sa retenue a assez duré. Il craque enfin. Exactement comme je le souhaitais. Ses deux mains écartent férocement mes cuisses qui s'enroulent autour de ses hanches, puis il me plaque plus fermement contre le mur.

Il ne mentait pas quand il disait qu'il allait me dévorer.

Je lui rends coup pour coup, agrippe ses cheveux sans cesser de l'embrasser.

— Plus fort, je lui ordonne dans un souffle.

Ses doigts s'enfoncent davantage dans la peau tendre de mes cuisses et son bas-ventre vient frotter rudement le mien. Nous sommes toujours séparés par nos quelques vêtements, mais je le sens jusque dans mes os.

— Assez fort pour toi ?

En réponse, je mords son cou et aspire sa peau entre mes dents ; il laisse tomber sa tête en arrière.

— Bordel de merde...

Je le sens qui nous emporte vers le lit, sur lequel il me laisse tomber.

Je m'installe à califourchon sur lui et il retire son polo rapidement. Des mèches de cheveux tombent sur son front. Je devrais ralentir, mais je n'y arrive pas. Je ne suis plus qu'instinct.

*Je ne suis plus qu'enfer et pénitence. Plaisir et damnation.*

Mes doigts ouvrent maladroitement le bouton de son jean et Priam m'aide à baisser sa braguette. Je me relève une seconde, le temps qu'il le retire ainsi que son caleçon. Il récupère rapidement un préservatif dans son portefeuille et le jette sur le matelas près de lui.

Je prends mon temps pour l'observer lorsqu'il se rallonge sur le lit en appui sur les coudes.

Priam n'est que puissance et vivacité. Le moindre de ses muscles est contracté et son érection est tendue contre son ventre. Elle est épaisse et longue et je n'ai qu'une envie, l'empoigner et découvrir son goût.

Je chevauche Priam une nouvelle fois et colle mon string contre son sexe.

Il ravale un juron, en cherchant son air.

— Tu vas me tuer, halète-t-il.

— Sans doute, mais je mourrai par la même occasion.

Une délicieuse mort.

J'ondule des hanches, mon intimité brûlante dansant sur la peau tendue de sa verge. Je me fais plaisir tout en provoquant le sien, et cette explosion des sens est si belle qu'elle m'aveugle presque.

Ses mains se posent sur ma taille, il accompagne mon mouvement sans jamais l'accélérer. Mes doigts se posent sur son torse brûlant tandis que je coulisse une nouvelle fois contre lui. Mon string s'humidifie un peu plus à cause de nos sécrétions mutuelles.

Je me penche et ma langue s'enroule autour d'un de ses tétons bruns masculins. Mes dents le mordillent presque de manière joueuse tandis qu'il tire mes cheveux. Finalement, il cède.

Priam se saisit de mes cuisses et me retourne d'un mouvement souple. Je me retrouve plaquée contre le matelas, et il s'installe entre mes cuisses. Ses doigts s'entortillent dans le tissu de mon string, et un craquement caractéristique se fait entendre quand il le déchire.

C'est chaud. La tension se fait si forte qu'elle est étouffante. Il enfile le préservatif sur son érection en se caressant une unique fois. Je vois presque son gland pulser entre ses doigts. Enfin, il se tient contre moi, son corps entre mes cuisses.

— Tu n'as qu'à dire mon nom pour que je t'appartienne, souffle-t-il contre ma bouche.

Je n'attends pas une seconde.

— Priam.

Il embrasse mes lèvres, et mes mains se placent sur ses épaules. Le bout de son érection frotte mon clitoris déjà excité. La sensation est exquise mais j'ai besoin de plus.

— Tu n'as qu'à dire mon nom pour que je te prenne.

Je l'observe droit dans les yeux et ma bouche s'ouvre d'elle-même.

— Priam.

Il se place alors à l'orée de mon vagin, et lorsque mes ongles s'enfoncent dans sa peau, lui s'enfonce en moi. J'inspire brusquement en le sentant délicieusement m'étirer jusqu'à ce que je le sente tout entier.

Je gémis et il m'imite, alors que mon vagin s'agrippe à lui, le revendiquant ouvertement.

Nous échangeons un regard avant d'observer l'endroit où nos deux corps se rejoignent.

— Tu es tellement brûlante.

Il parle avec une nuance émerveillée. Priam se retire lentement, trop lentement, me permettant de sentir chaque centimètre de son sexe. Mes cuisses l'emprisonnent afin qu'il ne me quitte pas.

— Reviens en moi.

Il esquisse un sourire joueur, en plaçant ses avant-bras de chaque côté de ma tête.

— J'arrive, mon ange.

Et il ne me ment pas. La seconde suivante il me pénètre une nouvelle fois, toujours aussi lentement. Comme s'il savait que j'avais besoin de plus, il cherche mon regard.

— Plus fort ?

— Putain, oui !

Cette fois, il ne m'écoute pas. Les mouvements de son bassin ralentissent encore jusqu'à ce qu'il s'immobilise presque au fond de moi.

— Priam, je gémis tout en le fusillant du regard.

Alors, il m'obéit. Il se retire, et sa pénétration suivante est si profonde et intense que mon corps remonte de quelques centimètres sur le matelas. Il garde mon corps prisonnier sous le sien, formant une cage humaine autour de moi.

Et mes ongles ne quittent pas son dos tandis que nos langues se dévorent.

Je me trompais. Je croyais à cet instant que ça allait être un nouveau combat l'un contre l'autre. Mais j'ai plutôt l'impression que c'est Priam et moi contre le monde qui tenterait de briser notre bulle.

Ses pénétrations se font plus rapides encore et je gémis contre sa bouche. Je mords ses lèvres quand une de ses mains relève le haut de ma cuisse, accentuant ses coups de boutoir.

Finalement, je lui offre mon âme. Mais il m'offre la sienne en retour. Elles dansent l'une avec l'autre, se consumant dans le feu le plus mortel qui soit.

— Je vais jouir, je lui annonce dans un souffle.

— Donne-moi tout.

— Seulement si tu m'offres tout en retour.

Alors Priam accélère son rythme pour me suivre. La seconde suivante, j'explose autour de lui et je le fais à mon tour prisonnier de mes chairs. Son front se presse contre le mien tandis qu'il me suit au bord du précipice et y tombe à son tour.

Il est encore plus brûlant en moi, et il se retient de s'écrouler sur moi tandis que son corps explose.

Il me donne tout et je prends encore davantage.

*Cette chute est si belle.*

Mortellement belle.

# CHAPITRE 28

## *Fuite préméditée*

### PRIAM

Je faisais un rêve. Un délicieux rêve dans lequel j'étais enfoui dans le corps de Belle Murray. Elle enfonçait ses ongles dans mon dos tandis que je la possédais corps et âme.

Rectification. J'étais aussi bien à elle qu'elle était à moi durant ces quelques heures.

Je pousse un grondement inintelligible tout en enfouissant mon visage dans l'oreiller sous moi. Couché sur le ventre – comme à mon habitude –, mes bras encerclent fermement l'oreiller.

Je me sens étrangement reposé quand j'émerge vraiment, cinq minutes plus tard. Reposé, mais surtout affamé.

Je meurs de faim.

Je roule sur le dos et mes bras cherchent à tâtons sur le matelas un corps féminin qui n'y est plus. Les draps sont froids, et je n'ai pas besoin de tourner mon visage pour découvrir que je suis seul dans ce lit d'hôtel.

Belle n'est plus là.

Dire que je suis surpris de me réveiller seul serait un mensonge.

— Belle ?

Ma voix grave résonne entre les murs. Seul le silence me répond. Un silence qui ne me plaît pas et me frustre intérieurement.

Mon téléphone annonce l'heure. 11 h 16. Il y a bien longtemps que je n'ai pas pris le temps de faire une grasse matinée. Mes muscles sont détendus et reposés, malgré la nuit. Je me sens en pleine forme physiquement. L'écran affiche plusieurs messages de Reyes, mais je les ignore et laisse tomber mon portable sur le matelas.

Je m'assieds en roulant mes épaules, puis j'étire mes bras au-dessus de ma tête.

Je sens la peau de mon dos s'étirer douloureusement.

Ma petite garce m'a longuement marqué, cette nuit.

Je me relève, entièrement nu.

— Belle ?

Peut-être n'est-elle pas vraiment partie. Peut-être est-elle dans la salle de bains. La vérité, c'est que je ne suis pas étonné de son absence, mais j'aurais voulu un autre réveil. Un réveil contre son corps bouillonnant que j'aurais longtemps léché le temps d'émerger pour de bon.

*Sa peau est délicieuse.* Belle est trop dangereuse pour ma santé mentale.

Je traverse la chambre d'hôtel illuminée par les rayons du soleil qui éclairent chaque détail de la pièce. Je m'arrête près de la commode qui prend place contre le mur opposé. Un papier y est déposé, avec quelques mots grossièrement gribouillés dessus.

« Ce qu'il s'est passé en Floride reste en Floride, maître Brings. »

Alors c'est ainsi qu'elle veut jouer. Je serre le mot dans un poing tout en inspirant fortement.

Belle pense pouvoir ignorer tout ce qu'il s'est passé ces dernières heures entre nous ? Elle se trompe. Ce serait sûrement la bonne chose à faire sachant qu'on travaille l'un contre l'autre.

Mais je sais surtout que je vais difficilement pouvoir oublier ces dernières heures.

Je la veux encore. Parce que contrairement à ce que je pensais, je ne suis pas rassasié. Ma faim n'est pas assouvie, et son comportement – se barrer en douce – me pousse à la prendre en chasse.

Mon portable se met à sonner.

— Priam Brings, dis-je en ouvrant en grand la baie vitrée menant au balcon.

D'ici, je peux voir des gens courir sur la plage. J'entends presque des rires et des exclamations de joie sortir de leur bouche.

— Priam, c'est Parker.

Et voilà une bonne reconnexion avec la réalité. Parker, mon client. La raison de ma venue ici.

— Parker, comment allez-vous ?

— Noyé par le travail.

J'entends un craquement à travers le combiné, signe qu'il vient de se lever de son fauteuil.

— J'appelais pour savoir si vous aviez assisté à une scène, pendant votre week-end, qui me donnerait l'occasion idéale d'invoquer un divorce pour faute contre Colyne.

Je prends mon temps pour répondre, essayant de m'éclaircir les idées. Tandis que la cliente de Belle faisait ses petites affaires, j'étais en train de dévorer son avocate. Comment l'expliquer à Parker ? Ouais, pas sûr qu'il le prenne bien. Chose que je ne ferais pas non plus à sa place.

Alors je mens.

— Colyne a eu un comportement exemplaire. J'ai bien peur que ma venue n'ait servi à rien.

Je l'entends pousser un juron. En bas de l'immeuble, des enfants jouent avec le sable.

— Fait chier, reprend Parker.

— Ça, vous l'avez dit.

— Alors notre guerre continue, termine-t-il. J'ai bien peur que cette situation s'éternise. J'ai fait appel à vous car on m'avait dit que vous étiez le meilleur, Priam.

Qu'il sous-entende le contraire ne me plaît absolument pas. Ma réputation n'est plus à faire.

— Je suis le meilleur, rétorqué-je. Mais maître Murra...

— Cette salope arriviste ? m'interroge Parker avec un rire.

L'entendre parler comme ça de Belle me donne envie de traverser l'écran pour exploser sa petite tête.

*Cette garce est la mienne.*

Les mâchoires serrées, je la défends sans pouvoir m'en empêcher :

— Maître Murray est douée. Et j'ai beau être son adversaire sur cette affaire, ma déontologie m'oblige à la respecter. Et vous allez devoir en faire de même, Parker. Sinon, vous devrez gentiment chercher un nouvel avocat.

Le silence s'éternise au bout du fil.

— Faites ce pour quoi je vous paye, c'est tout ce que j'vous demande, Priam, soupire-t-il sans en ajouter davantage.

— C'est ce que je vais faire. Mais entendre insulter ma consœur va au-delà de mon seuil de tolérance, j'insiste.

— Vous rigolez ? Elle m'a inventé un fils. Puis a payé une escort pour me faire tomber. Et quelque chose me dit que son prochain coup arrive. Défendez-moi.

— Je vais le faire.

Bien entendu. Je n'oublie pas mes propres objectifs de carrière.

Parker raccroche, mais ses mots tournent dans ma tête.

J'observe l'intensité de l'océan face à moi. Et je me remémore le corps de Belle contre le mien. La façon dont elle a fermé les paupières alors que son vagin m'enserrait comme un poing. Nous étions sauvages. *De simples mortels goûtant à l'ambroisie des dieux.*

Tout cela, ce n'est pas terminé. Ce n'est que le début. Malgré tout, Belle me rappellera à elle. Et je la posséderai de nouveau.

## BELLE, 15 ans, Boston

Nous déménageons *demain.* Nous rejoignons Seattle. Je n'ai aucune envie de partir et de quitter la vie que je me suis construite ici, mais je n'ai pas le choix. Je sais que si ma mère avait pu, elle aurait refusé cette mutation. Mais l'armée ne plaisante pas.

Alors j'essaye d'être forte et d'agir en adulte responsable. J'essaye d'accepter la situation tout en me demandant ce qui se passera une fois là-bas. Est-ce que je me referai des amis ? Est-ce qu'on m'acceptera dans mon nouveau lycée ?

April me répète que oui. Elle sourit et me dit que je vais m'éclater. Mais je vois bien sur son visage qu'elle aussi elle est triste de me voir partir.

Elle est partie faire des courses avec sa mère lorsque j'entre dans sa maison, voisine de la mienne. Les lieux sont silencieux, mais je sais que la personne que je cherche est ici.

J'ai les mains moites tandis que je grimpe l'escalier menant à l'étage. Je ne devrais pas être là. J'ai hésité pendant de longues minutes, avant de traverser la rue. J'entends du rock à travers les murs, ce qui me confirme que Priam est bien là.

Je flippe intérieurement.

Je vais en territoire hostile, prête à hisser mon drapeau blanc. L'ennemi sera-t-il prêt pour un cessez-le-feu ? Pas sûr.

Je frotte mes mains sur mon tee-shirt Marvel lorsque j'arrive devant la porte de Priam. Je pense qu'il est en train de réviser. Après tout, il a dix-sept ans, et s'il veut entrer dans les facultés huppées, il va devoir décrocher une sacrée bourse.

Je tape doucement à la porte de sa chambre. Aucune réponse. Je me retiens de coller mon oreille au battant et frappe un peu plus fort.

— Priam ? C'est Belle !

J'entends un petit cri. Un gémissement de femme.

C'est bizarre, ça.

Des pas se font entendre, puis la porte s'ouvre brusquement. Je fais un pas en arrière, puis j'ouvre grand les yeux en voyant une fille devant moi. Uniquement vêtue d'un tee-shirt blanc et d'une culotte de la même couleur, elle fronce les sourcils en me découvrant sur le seuil.

— T'es qui, toi ?

Sa voix n'est pas aimable du tout et ma bouche s'ouvre sans que je puisse prononcer un mot. Je ne m'attendais pas à ça, et je ne sais pas vraiment comment réagir. Je commence à entrevoir ce qu'il se passe et une sensation de malaise m'envahit.

— C'est qui ? demande une voix grave dans son dos.

Priam. Je penche ma tête sur le côté et le découvre au milieu de la pièce, les doigts cramponnés à son tee-shirt noir. Il l'enfile tandis que je détourne le regard.

Merde, je me sens rougir. Quelle horreur.

Il m'aperçoit et un de ses sourcils se relève.

— Bella, qu'est-ce que tu fous ici, hein ?

— Je... Je voulais qu'on discute.

Discuter ? Laissez-moi rire, on n'a jamais vraiment discuté, lui et moi. On se contente de se battre depuis qu'on s'est rencontrés des années plus tôt. Mais je voulais... Je ne sais pas à quoi je pensais. Je me suis dit que je ne pouvais pas partir comme ça, sans lui dire au revoir. Parce que malgré notre guerre d'adolescents, j'ai appris à apprécier Priam et son caractère de connard.

Je voulais le lui dire. Mais désormais, je n'ai qu'une envie : fuir très loin.

— Tu tombes au mauvais moment, rétorque la petite brune, si peu vêtue.

Je ne peux m'empêcher de me comparer à elle. Et de me dire que mes seins à moi sont minuscules, putain. Mon jean troué est recouvert de terre parce que je lisais ma nouvelle BD couchée à même le sol dans le jardin. J'ai juste l'air... misérable. Je tire sur le bas de mon tee-shirt pour tenter de reprendre contenance.

Je m'apprête à faire demi-tour, mais Priam fait un pas dans notre direction.

— Vas-y, ordonne-t-il à la fille. Ma mère va rentrer, alors on se retrouve plus tard.

La fille l'observe longuement, la bouche pincée, puis elle finit par hausser les épaules et quitter la pièce après l'avoir embrassé dans un claquement sonore.

Alors je me retrouve sur le seuil de la chambre de Priam, ce dernier m'observant, les bras croisés.

— Qu'est-ce que t'as à me dire, Belle la Terreur ?

Je passe une main dans mes cheveux nattés avant de faire un pas dans sa direction. Je peux le faire, je ne vois pas pourquoi je suis aussi intimidée. Mais son regard me perturbe. C'est difficile de l'affronter sans flancher.

— Je pars demain, lancé-je d'une petite voix.

Il se rapproche de la fenêtre et sort une cigarette Je ne suis pas sûre que ses parents sachent qu'il fume Ils seraient furieux.

— Je sais, me dit-il en me tournant le dos.

— Je me disais...

Ma voix s'interrompt. Il pivote son visage dans ma direction, intrigué.

— Tu te disais quoi ?

— Je me disais qu'on pourrait faire la paix.

Voilà, je l'ai dit.

Il reste silencieux, alors je continue :

— Peut-être qu'un jour on finira par devenir amis, toi et moi ?

Il laisse échapper un rire. Son visage se recouvre peu à peu de barbe. Avant, il n'en n'avait pas. Et j'ignore pourquoi je remarque ce genre de détail.

— On ne sera jamais amis, me dit Priam. T'es trop une emmerdeuse pour ça.

— Et toi, alors ?!

— Tu vois ? Il suffit d'une phrase pour qu'on ait envie de s'étriper.

Bon. J'avoue qu'il n'a pas tort.

Je ne sais plus trop quoi dire. Je n'arrive pas à trouver mes mots, moi qui ai une grande gueule, habituellement. Me prenant au dépourvu, Priam s'avance vers moi et lève une main.

— Tu veux faire la paix ? Alors faisons la paix.

J'observe sa main comme si c'était un animal sauvage prêt à me dévorer. De longues et interminables secondes s'écoulent, puis je finis par glisser mes doigts entre les siens.

Une lueur calculatrice traverse son visage, mais je n'arrive pas à l'interpréter. Ses doigts sont chauds contre les miens et je finis par reculer, chamboulée.

— Au revoir, Priam.

J'ignore si je le reverrai un jour.

— Au revoir, Belle Murray.

Je m'éloigne sous son regard qui ne me quitte pas. Et j'ai l'impression qu'il voulait me dire quelque chose, mais qu'il s'est abstenu pour une raison que j'ignore.

Le lendemain matin, tandis qu'on boucle nos dernières affaires, je comprends que Priam Brings m'a menti. Il s'est de nouveau joué de moi.

Parce que quand j'ouvre le coffre de notre voiture familiale pour vérifier que mon carton de BD s'y trouve bien, mes bébés n'y sont plus. J'inspire fortement en comprenant que quelque chose s'est passé. Je cours dans toute la maison pour les retrouver, et je finis par trouver le carton dans la vieille cabane de notre jardin.

— Priam, tu ne payes rien pour attendre !

Quelques minutes plus tard, je me glisse discrètement dans sa chambre pour lui laisser mon propre souvenir.

Dire que j'ai voulu faire la paix avec lui... Mais aucune paix n'est possible, en réalité. Je me surprends à sourire tout en finissant de déverser de l'après-shampoing entre ses draps, aidée d'April.

Priam prend sa douche et n'a aucune idée de ma petite surprise.

Quand je dis au revoir à ma meilleure amie une heure plus tard, les larmes coulent.

— J'ai hâte que tu viennes me voir, je dis à April.

Ma meilleure amie me serre encore dans ses bras.

— Nous deux, c'est à la vie, à la mort, annonce-t-elle Jusqu'au bout de l'univers s'il le faut.

Un gloussement s'échappe de ma bouche tandis que je la serre à mon tour.

Je me glisse ensuite dans ma voiture. April se tient sur le trottoir et agite ses doigts dans ma direction.

Et puis je le vois.

Priam.

Il se tient sur le seuil de sa maison, son regard braqué sur notre voiture. Sur moi.

Je fronce les sourcils et dresse mon majeur dans sa direction. Il me sourit en guise de réponse.

Notre voiture s'éloigne, Priam disparaît peu à peu de ma vision.

C'est à cet instant que j'ai compris que notre jeu n'aurait jamais de véritable fin. Je le reverrai, je le sais. Et peu importe le temps qui s'écoulera, quand on se retrouvera... je lui donnerai le dernier coup.

# CHAPITRE 29

## Refus de connexion

### BELLE

Je ne repasse pas chez moi en atterrissant à Boston. Je ne prends même pas la peine de souffler ou de déposer mes affaires.

J'ai besoin de voir April. J'ai besoin de ma meilleure amie, et d'un avis extérieur à ma tête qui ne cesse de se jouer de moi.

Alors me voilà qui débarque en fin d'après-midi dans son immeuble. Chargée de mon petit sac de voyage, je pénètre dans l'ascenseur. J'accomplis mes gestes de manière mécanique. Parce que mentalement, je suis toujours en Floride. Je suis toujours avec Priam.

Quand je me suis réveillée à ses côtés, tôt ce matin, j'ai pris peur. J'ai même méchamment flippé.

Pourtant la chose la plus importante à savoir est que, malgré tout, je ne regrette rien. Mais ça ne doit pas se reproduire. Déjà, à cause de notre travail. Mais aussi parce que je ne peux pas le laisser une nouvelle fois lire en moi aussi facilement. Je ne m'y attendais pas, mais je me suis ouverte à lui cette nuit comme ça ne m'était jamais arrivé dans le passé. Il a suffi qu'il plonge dans mes yeux et possède mon corps pour que je lui laisse un libre accès à toute mon âme.

Alors oui, ça craint. Ça craint grave, même.

J'ai pris la décision parce que ça me paraissait être la meilleure chose à faire. J'ignore comment Priam a réagi en se réveillant. S'en est-il moqué ?

*Je suppose que je ne le saurai jamais.*

L'ascenseur s'ouvre et j'arrive enfin à l'étage d'April. Il est quasiment dix-huit heures donc je prie pour qu'elle soit chez elle parce que je n'ai pas pris la peine de lui envoyer un message.

Je suis à quelques mètres de sa porte, lorsque je m'arrête en voyant qu'elle s'ouvre. Un homme en sort.

Qui est-ce ?

Mes sourcils se froncent, et ma perplexité grandit lorsque je découvre qu'il porte une blouse médicale. Le type passe près de moi, perdu dans ses pensées. Ses cheveux sont complètement décoiffés. On dirait qu'il... vient de faire de l'exercice physique. Il est mignon et son sourire me semble très sexy quand il m'en adresse un en passant.

April apparaît sur le seuil, vêtue d'un débardeur fin et d'un short court. En remarquant la rougeur de ses joues, je comprends... Oh oui je comprends ce qui se passait avant que j'arrive.

Ma meilleure amie m'aperçoit à cet instant.

— Belle !

Elle se jette dans mes bras, faisant tomber mon sac au sol.

— C'était qui, ce canon ?

Je m'écarte d'elle et remarque d'autres signes de fatigue sur son visage, en plus de ses joues ultra rouges.

— Mon *date* Tinder d'hier.

J'ai besoin de plus de détails.

— Il est sorti d'une consultation et est passé entre deux de ses rendez-vous.

— Punaise, tu viens de réaliser un putain de fantasme, April Brings !

Ma meilleure amie éclate de rire tout en me tirant dans son appartement. Je récupère mon sac et me laisse entraîner à sa suite.

— Pourquoi est-ce que ça sent le brûlé ? je lui demande en pénétrant chez elle.

April récupère Fatal, et heureusement éloigne cette bestiole de moi pour la poser sur un fauteuil près de la télévision.

— Ah, elle marmonne ensuite, c'est à cause d'hier.

— Quoi, hier ?

Généralement, quand ça sent cette odeur, ce n'est jamais bon signe.

April sort deux bières du frigo, et je m'empresse d'en boire une gorgée, adossée à l'îlot de la cuisine.

— J'ai sorti mes fringues de la machine à laver et j'avais envie de porter une culotte qui n'était pas encore sèche. Donc j'ai décidé d'être ingénieuse.

Je crains le pire.

— C'est-à-dire ?

Je bois une nouvelle gorgée, tandis qu'elle me répond :

— Je l'ai mise au micro-ondes une minute en pensant que ça allait la sécher. Résultat, j'ai failli foutre le feu, elle a fondu.

J'avale ma bière de travers et sens quelques bulles ressortir par mon nez.

— TU...

Je suis prise d'une longue quinte de toux qui m'oblige à me frapper la poitrine.

— Tu as mis ta culotte dans le micro-ondes ?

La grimace sur son visage est éloquente.

— Ça va, elle soupire en buvant à son tour, j'étais sûre que ça allait fonctionner !

— April... Si tu n'existais pas on devrait t'inventer.

Un large sourire s'épanouit sur son visage, puis elle m'observe à son tour, analysant le moindre centimètre carré de mon visage. Je suis sûre qu'elle peut repérer les cernes sous mes yeux. Heureusement, elle ne voit pas encore les suçons, et les traces de frottement dues à la barbe de Priam.

Je ne peux pas me retenir une seconde de plus :

— J'ai couché avec quelqu'un toute la nuit.

— Quoi ?

Elle pose sa bouteille sur le comptoir, des questions plein les yeux.

— Rectification : j'ai couché avec ton frère.

— Quoi ? elle répète d'une voix plus aiguë cette fois. Dégueu !

— Je l'ai rendu fou au milieu d'un club et lui aussi. On a couché ensemble, et je me suis enfuie comme une voleuse.

— Belle ! Putain ! Je veux tout savoir.

April me fixe, les yeux écarquillés, et je laisse échapper un rire. Ça fait du bien de le dire à voix haute.

Elle me tire vers le divan, et oubliant Fatale qui grimpe sur un coussin comme pour se joindre à nous, je lui raconte tout ce qui s'est passé ces derniers jours.

Vingt minutes plus tard, April se laisse retomber contre le dossier, en gloussant.

— Putain, bande de cochons surexcités.

Je lève les yeux au ciel. Oui, bon... Je n'aurais peut-être pas dû tout lui dire. *Too late !*

Nous restons chacune plongée dans nos pensées – surtout moi, en réalité.

— Et comment... Comment tu te sens ? me demande-t-elle ensuite.

Je refuse de lui mentir, alors j'avoue :

— Je suis un peu… perdue. Rectification, je suis complètement paumée, April.

— Je comprends.

Je m'installe en tailleur, et le tiraillement à l'intérieur de mes cuisses me rappelle la nuit dernière, alors que Priam me prenait longuement et inlassablement.

— C'était pas supposé se passer comme ça, je reprends. Je pensais toujours détester ce type. Il est insupportable depuis que je le connais. Imbu de sa personne. Et puis on est adversaires, c'est mon premier dossier je dois le remporter. Et Priam me rend dingue, et pour terminer, c'est contraire à notre déontologie, je répète.

— Mais ? relève April.

Je me mords les lèvres tout en fermant les yeux.

Mais il baise comme un dieu. Et j'ai quitté la terre ferme le temps de quelques heures. Et j'ai secrètement envie de recommencer.

— J'ai découvert une autre facette de lui, là-bas, j'avoue. Il… il est chouette, quand ce n'est pas un enfoiré. Et ça me fait peur de découvrir qui il est vraiment. Je crois que je préférais m'en tenir au Priam connard parce que le vrai, je pourrais vraiment, vraiment m'attacher à lui.

Et je sais qu'il ressent la même chose. Sauf que je ne m'attendais pas à ce qu'il me perturbe autant, il touche le moindre recoin de mon âme. Et je flippe.

April reste silencieuse, analysant mes mots.

— Tu as peur ?

— Bien sûr, je rigole jaune. Les seules fois où j'ai fait confiance à un type, comme Coquillette, il m'a trahie.

Et Priam m'a vengée. Puis il m'a tirée loin de là et m'a fait me sentir vivante le temps de quelques heures.

— Mais Priam ne te trahira pas, rétorque April.

Je secoue la tête immédiatement.

— Je ne peux pas prendre le risque. Ça va trop vite, c'est trop intense, trop fort pour que j'en sorte indemne. Je ne peux pas le laisser avoir un tel pouvoir sur moi.

— Et s'il te donnait le même pouvoir sur lui ?

Je ne sais pas quoi répondre. Parce que Priam doit effectivement ressentir la même chose, je n'en sais rien Mais ça ne change rien à la situation.

— Non, je réponds finalement.

J'inspire brusquement et me relève :

— C'était incroyable, cette nuit. Et j'ai ressenti un vrai truc, April. Mais ça m'a fait peur et je ne peux pas prendre le risque. Alors ça s'arrête là. Je vais continuer à prendre des rendez-vous Tinder et Priam m'oubliera de son côté.

April secoue la tête tout en fronçant son nez.

— Si mon frère a senti votre connexion, et je pense que c'est le cas... Il ne va pas te laisser t'éloigner sans se battre.

— Je saurai gérer ça. On est adultes, après tout.

Ma meilleure amie ne semble pas me croire, et elle a entièrement raison.

Je ne gère rien, rien du tout. Et plutôt que d'affronter ce que je ressens et ce dont j'ai peur, je préfère fuir, comme à mon habitude.

C'est tellement plus simple.

# CHAPITRE 30

## *La plus grande des autruches*

### BELLE, Deux jours plus tard

Quel est le meilleur moyen de faire l'autruche ? Je vais vous donner la réponse : au lieu de penser à celle ou celui qui perturbe votre équilibre interne, essayez de l'oublier avec quelqu'un d'autre.

J'ai lu ça dans un magazine ce matin, et il m'a coûté trois dollars. J'ai donc décidé de suivre les conseils de cet article.

Alors me voici installée à une table du restaurant français *Menton*. Mon *date* Tinder m'a dit que c'était un endroit fabuleux pour faire connaissance. Le petit diable sur mon épaule a accepté le rencard tout en ignorant les regards noirs d'April.

Généralement, quand ma meilleure amie me désapprouve, je réfléchis à deux fois. Mais pas ce soir, je suis bête, perdue, et une froussarde assumée.

Je me contente de sourire quand mon partenaire du soir s'installe de l'autre côté de la table. Un blond aux épaules si carrées qu'on dirait une brique de lait. Je ne sais pas pourquoi je pense à cette comparaison.

Son visage est avenant et son regard franc ne s'égare pas une seconde sur mon décolleté tandis qu'il s'installe. Ça, c'est un bon point pour lui.

— Salut, Belle, commence-t-il avec un sourire ultra Colgate. Désolé pour le retard.

— Salut, Dimitri. Pas de soucis.

D'après sa bio Tinder, Monsieur vient de Russie. Et il adore les animaux, il est vétérinaire. Comment ne pas craquer pour lui ? J'ai essayé de chercher l'opposé total de Priam, qui ne cesse de me hanter depuis deux jours, depuis mon retour.

Il n'a pas cherché à me recontacter. C'est ce que je voulais, pas vrai ? Pourtant, ça me contrarie gravement. Ça me blesse, même, alors que je suis celle qui a fui lâchement avant qu'il ne se réveille.

— Tu as déjà commandé ? me demande mon rencard.

J'observe les taches de rousseur sur le haut de ses pommettes.

— Yep. J'espère que ça ne te dérange pas ?

— Pas du tout ! Je vais commander aussi.

Le serveur s'approche et Dimitri lui demande :

— Est-ce que je pourrais avoir un burger, mais sans viande ?

Le serveur fait une drôle de tête et se penche vers nous

— C'est-à-dire que… Ne voudriez-vous pas prendre un plat sans viande directement ?

— Non. Je vais prendre un burger, sans viande.

Avec un air pincé, le serveur s'éloigne tandis que Dimitri hausse les épaules.

— Je suis végétarien.

— J'avais compris, rétorqué-je avec un sourire.

Chacun ses convictions, libre à lui de l'être ou de ne pas l'être.

Un silence assez lourd s'installe entre nous, et je me remue les méninges pour savoir comment poursuivre notre début de conversation.

— Alooors, je reprends en posant ma tête sur mes mains croisées. Pourquoi t'être inscrit sur Tinder ? Tu es adepte des relations sans lendemain ?

OK, je suis peut-être trop directe. Mais je cherche juste de l'honnêteté. Ça ne me gêne pas du tout qu'il me réponde par l'affirmative.

— Ma copine m'a trompé avec mon frère. Alors je me suis lancé pour me changer les idées.

Merde. Comment mettre les deux pieds dans le plat.

— Je suis désolée, je réponds en pinçant la bouche. Vraiment.

Il hausse les épaules, mais je vois qu'il est totalement refroidi.

— T'en fais pas. Elle m'a trompé avec lui la veille de notre mariage, il y a un mois.

— Putain de merde ! je m'exclame dans un chuchotement. Les enfoirés !

Impossible de ne pas jurer…

Je vois la peine traverser le visage de Dimitri tandis qu'il secoue la tête.

— Disons que je… je ne suis pas tout à fait remis. Je… Je tiens à te dire maintenant que ce repas ne va sans doute pas conduire à une nuit de sexe endiablé.

OK. J'ai compris. Ce qu'il cherche dans ce rendez-vous, c'est à se vider la tête et à penser à autre chose, tout simplement.

Un peu comme moi, finalement.

Alors je me jette à l'eau à mon tour alors qu'il remplit nos deux verres.

— Je suis avocate. J'ai couché avec l'avocat adverse de mon dossier, qui est un type que je ne supporte pas depuis mon adolescence, et qui est accessoirement le frère de ma meilleure amie. J'ai couché avec lui et je me suis barrée alors qu'il dormait encore. Et je ne m'attends pas à du sexe non plus, j'avais juste besoin de trouver un rencard histoire de me convaincre moi-même que je l'avais déjà oublié.

Pendant toute ma tirade, Dimitri m'observe, les yeux écarquillés. Puis il récupère son verre et le relève dans ma direction :

— À notre soirée spéciale « éclopés de la vie ».

— À notre soirée spéciale « la vie est une chienne, mais nous allons gagner face à elle ».

Mes lèvres s'étirent tandis que je récupère mon verre et le frappe contre le sien avant d'avaler une gorgée d'eau glacée.

Brrrrr, ça me gèle le cerveau.

— Tu sais quoi, Dimitri ? Je crois qu'il va nous falloir quelque chose de plus fort si on veut se lamenter sur notre vie.

Il hoche vivement la tête tout en interpellant le serveur.

Je savais que j'avais eu raison de venir !

Les prochaines minutes s'écoulent rapidement, et j'ignore les textos que m'envoie April. J'écoute attentivement les lamentations de mon nouvel ami. Une chose est sûre : nous ne coucherons jamais ensemble. En revanche, je m'éclate et je le reverrai.

— Attends, je reprends, elle t'a trompé avec ton jumeau, et ça durait depuis des mois ?

— Absolument.

— Je réitère : les enfoirés !

Comment est-ce qu'on peut faire un coup pareil à une personne qu'on aime ?

— L'avantage, je reprends ensuite, c'est que je suis spécialisée en divorce, et si t'avais été déjà marié, j'aurais pu te faire divorcer.

Il rigole doucement avant de passer une main dans ses cheveux blonds mi-longs.

— Et toi ? Est-ce que tu vas revoir le dieu grec avec qui tu t'es envoyée en l'air ?

— Bien sûr, comme je te le disais, on bosse ensemble. Donc, je vais le revoir. Mais quand ? j'en ai aucune idée.

Et comment réagirai-je ? C'est une autre question.

Nous poursuivons notre conversation tandis que je dévore mes pâtes aux champignons. Je me surprends à éclater de rire plusieurs fois.

— Je te jure ! poursuit-il, cette femme voulait vraiment se marier à son lapin.

— Mais c'est ultra glauque !

— Un peu, oui ! J'ai essayé gentiment de lui expliquer que ça ne se fait pas ici, quoi.

— Et sa réponse ?

Dimitri hausse les épaules tout en se mordant la lèvre.

— Elle m'a traité de coincé avant de partir.

Vraiment glauque !

Pauvre bête.

Je m'apprête à lui répondre, mais un mouvement derrière Dimitri attire mon regard.

Mon cœur loupe un battement, et je reste bouche bée.

J'ignore si je suis en train de rêver, mais Priam se tient de l'autre côté du restaurant, le regard braqué sur nous. Et il a l'air très, très en colère.

Les premiers boutons de sa chemise sont défaits et ses cheveux sont en pagaille. Mais c'est surtout son visage qui m'interpelle. Ainsi que ses lèvres pincées et ses yeux noirs et remplis d'une irritation que je sens d'ici.

*Mayday*. Je crois que ce n'est pas un rêve.

Priam est très, très réel.

Est-ce que c'est parce que je viens de me moquer de la vie qu'elle se venge ? Merci, garce.

— Il est là ! je chuchote rapidement en me penchant vers Dimitri. Je répète : code rouge. Le dieu grec de l'autre nuit est là.

— Quoi ? me demande Dimitri en écarquillant les yeux.

— Non ! Ne tourne pas la tête, je lui ordonne en le voyant bouger sur sa chaise. Récupère ta carte des desserts et plonge ta tête dedans. Priam ne nous a sûrement pas vus !

Il pince la bouche tout en restant immobile sur sa chaise.

— Mais je n'aime pas les desserts et j'avais fini de manger.

— Fais-le ! Vite.

Dimitri m'obéit et se plonge dans la contemplation de sa carte pendant que je fais de même.

Nous restons silencieux tout en feignant de relire quatre fois le même nom de dessert. Mes doigts tiennent fermement la carte, je m'y accroche comme Jack tentait de s'accrocher à son bout de bois. Bon, ce n'est pas le bon exemple quand on se souvient de comment il finit : un joli glaçon qui m'a fait pleurer pendant une heure non-stop.

Ma lamentable tentative de diversion ne semble pas fonctionner.

Super, vraiment super.

J'entends des pas s'approcher de nous. Je peux presque sentir Priam se tenir au-dessus de moi, son regard de prédateur posé sur ma petite personne. Clairement, si j'arrêtais de me mentir, je serais prête à me jeter une nouvelle fois dans la gueule du loup.

Les pas s'arrêtent près de notre table tandis que je continue de fixer ma carte.

Miam, du flan à la noix de coco, quel délicieuse idée de dessert.

*Je déteste ça.*

Chaque fois que je mange de la noix de coco râpée, je manque de m'étouffer. C'est super dangereux ce truc !

— Hum.

Je connais cette voix. Et ce n'est pas bon signe.

Une chaise racle le sol tandis qu'on l'approche de notre table. Je lève les yeux au moment où Priam s'assied dessus. Il me fixe droit dans les yeux, un sourcil relevé.

— Oh ! Priam ! je m'exclame. Salut, je ne t'avais pas vu.

Il se contente de m'observer avant de tourner son attention vers Dimitri. Il se rembrunit encore et pose une main agacée sur la table. J'observe ses longs doigts qui pianotent sur la nappe beige, et je les revois caresser mon corps avant de presser la peau tendre de mes seins.

Ça suffit, Belle ! Espèce d'obsédée !

— Bonjour, lance Dimitri. Je suis Dimitri, son rencard du soir.

Le sourire qu'il adresse à Priam me donne envie de rire. Il le défie du regard, bien qu'il sache ce que Priam représente pour moi. Je vous jure, je suis sûre et certaine qu'on va devenir les meilleurs amis du monde !

Priam se carre dans sa chaise avant de sourire de manière insolente :

— Et je suis l'homme qu'elle baise.

Je m'étouffe avec ma salive, avant de le fusiller du regard. Il n'a pas dit ça ? Dites-moi que mes oreilles me trompent !

Dimitri rigole et me lance un regard du style « T'es mal ! Tu tiens un sacré morceau, là ».

Il s'esclaffe de nouveau avant de se lever.

— Qu'est-ce que tu fais ? je lui demande, au bord de la panique.

— Je vais vous laisser. Je crois que vous avez besoin de... discuter.

Non-NON !

Dimitri s'éloigne après avoir laissé un billet sur la table.

— On se rappelle !

À ces derniers mots, il tourne les talons et s'éloigne.

Je reste immobile sur ma chaise, sentant le regard de Priam qui me scrute. Finalement, je cède et me tourne dans sa direction.

Ses mâchoires sont serrées, et contrairement à d'habitude, il reste silencieux.

— Tu as gâché mon *date*, je lui annonce en poussant un soupir.

Oh, oh. Mauvais choix, vu ses narines qui se gonflent.

Et d'abord, comment il a su où je me trouvais ? Ça, c'est forcément un coup d'April qui désapprouvait. Je vais la TUER. Ou lui faire bouffer Fatal.

Je gesticule sur ma chaise, mal à l'aise.

— Pourquoi est-ce que tu tires la gueule ? finis-je par demander à Priam.

— Je ne tire pas la gueule, répond Priam, en boudant comme un enfant.

C'est étrange, j'ai l'impression de me retrouver des années en arrière lorsqu'on s'engueulait, alors adolescents emplis d'hormones.

Finalement, Priam n'arrive pas à se contenir et se penche vers moi. La chaleur de son corps réveille le mien, et mon bas-ventre palpite.

Et j'ai osé imaginer que coucher une seule fois avec lui allait me vacciner contre Priam Brings ? Quelle erreur.

— Tu es de nouveau en chasse ?

— Je ne suis pas en chasse, rétorqué-je.

J'essaye juste de survivre à ton apparition soudaine dans ma vie qui fait vriller tous mes maigres équilibres.

Sa proximité me perturbe davantage, et je m'éclaircis la gorge pour cacher mon trouble. Mais Priam commence à me connaître. En fait, j'ai l'impression qu'il me connaît depuis toujours.

— Nous n'aurions pas dû coucher ensemble.

Voilà, je l'ai dit.

— Ça matche pas, toi et moi. Tu es insupportable, tu veux toujours avoir raison.

— Toi aussi, il rétorque.

— Justement ! Et nous bossons ensemble, je te signale ! Ou plutôt, l'un contre l'autre.

Ses doigts pianotent sur la table tandis que son visage exprime les réflexions qui le torturent. Il tente de trouver une solution à notre petit souci.

— Tu regrettes ?

— Je...

— Est-ce que tu regrettes ?

Je ne m'attendais pas à cette question, et je n'arrive pas à mentir sous son regard intense.

— Non, je ne regrette pas. Content ?

Ses lèvres s'étirent doucement.

— Bien.

Quoi ? C'est tout ce qui le perturbait ?

— Alors pourquoi est-ce que tu es partie comme une voleuse ?

— Parce que si j'étais restée, on aurait recommencé. Et que ça ne peut plus arriver. Si Colyne le savait... Si mon boss le savait... Non, c'est mort.

Ma voix ne flanche pas, et j'en suis fière parce qu'intérieurement c'est l'hécatombe.

Une minute s'écoule. Une longue minute pendant laquelle Priam se referme peu à peu sur lui-même. Finalement, il hoche la tête comme s'il venait de comprendre les secrets de l'univers.

— Je vois. Donc on continue ce pseudo-jeu dans lequel on fait semblant de se détester, c'est ça ?

— Je ne joue plus, Priam.

*Et je ne te déteste pas.*

Son front se plisse. Même à mes propres oreilles ma voix sonne faux. Sauf qu'à cet instant je me dis que non, je ne peux vraiment plus me laisser aller avec Priam. Il en va de mes propres barrières que j'ai peur de briser. Tout va trop vite. Tout est trop fort pour que j'aie une chance de survie face au raz-de-marée qu'il représente.

Alors je mens une nouvelle fois :

— Nous avons couché ensemble, et c'était plutôt sympa. Passons à autre chose, maintenant.

— Plutôt sympa ? il répète avec irritation.

Il laisse échapper un petit rire sans joie. Je l'ai vexé et je m'en veux.

— Tu as raison, Belle. Peut-être que ce qui s'est passé entre nous n'a perturbé que moi.

J'aimerais lui dire que non, moi aussi, je suis ébranlée. J'aimerais lui dire que ce lien qui nous unit ne cesse de se renforcer. Mais je reste silencieuse ; lâchement silencieuse.

— Continuons de faire semblant, réitère-t-il avant de se relever d'un mouvement souple.

— Priam...

Il m'ignore et ne me jette pas un regard avant de s'éloigner.

Je pousse un soupir et termine mon verre dans une seule gorgée qui me brûle la gorge.

Pourquoi est-ce que je me sens si mal après l'avoir repoussé ?

Pourquoi ai-je envie qu'il fasse demi-tour et plaque ses lèvres contre les miennes ?

## PRIAM, Deux jours plus tard

Tu dois venir, obligation de grand frère. Si ton cul n'est pas là d'ici une heure, Priam, je te maudis sur trois générations.

Le message de ma petite sœur pourrait presque me faire oublier la journée de merde que je suis en train de passer. Presque.

Je lui réponds le temps que mon prochain rendez-vous arrive, vu l'heure tardive.

J'ai un rendez-vous avec un nouveau client.

Et c'est l'inauguration de mon nouveau salon de tatouage. Bouge tes fesses.

Je souris et je m'apprête à lui répondre lorsqu'on frappe à la porte. Je me relève tout en accrochant le bouton de ma veste de costume gris.

— Entrez.

Un type pénètre dans mon bureau, et je sais de manière quasi instantanée que c'est une pourriture.

À force d'exercer mon métier, on apprend rapidement à lire les gens. C'est essentiel parce qu'il faut savoir une chose : le pire ennemi de l'avocat est son propre client. Si vous lisez mal en lui, vous partez sur un mauvais pied, et ce sera très compliqué d'assurer ensuite sa défense.

Je me trompe très rarement sur mes premières impressions.

Et celle-là est mauvaise.

Sur le seuil, l'homme d'une quarantaine d'années me lance un sourire très poli. J'entends le vent battre contre les fenêtres de mon bureau.

— Maître Brings ? Je suis Jeremy, je vous remercie de me recevoir de manière aussi abrupte. Disons que je n'avais pas prévu de faire appel à un avocat.

Il me donne l'impression d'être innocent et de ne pas savoir ce qu'il fait là.

Sauf que les gens qui font appel à moi sont rarement innocents. Et je vois ce qu'il tente de me cacher. Jeremy ment, il sait pourquoi il est là. Il sait qu'il a fait une connerie et a besoin de moi pour s'en sortir. Je vois les tics nerveux de sa bouche. Je vois ses mains qui se serrent et se desserrent.

— Bonjour, Jeremy. Je vous en prie, installez-vous.

J'indique le fauteuil de l'autre côté de mon bureau, et il s'y installe rapidement. Il croise ses jambes tout en observant la pièce autour de lui.

— C'est un joli bureau !

Je me contente de hocher la tête. Je n'aime pas les banalités de ce style.

— Je suis assez pressé, je lui annonce.

— Bien sûr, vous m'avez ajouté à votre agenda alors que ce n'était pas prévu. Je comprends.

Son sourire est poli. Son regard, lui, ne me plaît pas.

Je m'installe à mon tour dans mon fauteuil et croise mes mains sur mon ventre.

— Alors, pourquoi avez-vous besoin de mes services ?

Il pince la bouche avant de s'éclaircir la voix. Sa pomme d'Adam bouge difficilement dans son cou.

— J'ai un... problème avec ma femme.

— Vous divorcez ?

Il laisse échapper un rire jaune avant de secouer la tête.

— Disons que c'est un peu plus compliqué.

Hum. Généralement, quand ils disent que c'est compliqué avec cette tête, ce n'est pas bon signe.

— Je vous écoute.

Jeremy reste silencieux pendant de longues secondes. J'ai besoin de connaître exactement la situation. Je ne me lance jamais dans un dossier au hasard, et il est important d'évaluer la situation avant de l'accepter ou non.

— Ma femme vient de porter plainte contre moi et demande le divorce, oui.

Il annonce ça avec de la haine dans la voix. Uniquement de la haine, de la colère, mais aucune peine ni incompréhension.

Un nouveau signe qui ne me plaît pas.

Je l'observe davantage. Il paraît stressé désormais. Ses genoux ne cessent de tressauter.

— Pourquoi a-t-elle porté plainte ?

— Pour des conneries.

— Mais encore ?

— Elle m'accuse de violence conjugale, crache-t-il en levant les yeux au ciel. Mais je vous assure qu'elle ment. Et j'ai besoin de vous pour assurer ma défense face à cette salope.

Nouveau signe qui ne trompe pas.

Ça en fait beaucoup. J'ai un mauvais pressentiment. C'est un sale type, je le sens.

Et j'ai mes propres limites concernant les clients.

— Qu'est-ce qu'il s'est passé ?

— Je lui ai simplement rappelé son devoir conjugal. Elle raconte n'importe quoi et dit que notre dispute se serait terminée avec un coup de ma part. Sauf qu'elle n'a aucune preuve.

Il aurait pu me dire : « Mais jamais je ne lèverais la main sur elle. » Mais il a décidé de me dire qu'elle n'avait aucune preuve. *Il ment.*

— Quel devoir conjugal ? je lui demande en analysant ses mots.

Il hausse les épaules et reprend :

— Une femme doit satisfaire son époux. C'est normal qu'elle réponde à ma demande quand j'ai envie d'elle.

Je me raidis. Il ne se remet même pas en question. Je me redresse sur mon fauteuil et me penche par-dessus mon bureau.

— Que vous soyez marié ou non, vous n'avez pas le droit de forcer votre partenaire à avoir des relations avec vous.

Il s'apprête à rétorquer quelque chose, mais ma voix claque une nouvelle fois :

— Je vous rappelle par la même occasion que le viol conjugal existe et est condamnable.

La tromperie, oui. Même certains coups bas, je ne suis pas un saint. Mais ce genre de dossier ? Non. Je ne le défendrai pas, j'ai mes convictions et mes propres valeurs.

Le viol conjugal et un rapport non consenti qu'une personne impose à une autre dans le cadre d'une union conjugale, c'est prohibé, et je ne me mêle pas de ce genre de dossier.

Jeremy n'aime pas ce que je viens de dire. Sa façade polie et courtoise se craquelle peu à peu, et il me fusille du regard.

— Je ne vais pas pouvoir prendre votre dossier, je conclus de manière implacable.

Il se relève déjà, muet comme une tombe, puis crache :

— Les avocats doivent accepter n'importe quel dossier.

Je lâche un rire moqueur.

Bien sûr que non. Nous nous investissons corps et âme dans la défense de nos clients, libre à nous de refuser ou d'accepter.

— Au revoir, Jeremy.

Il marmonne quelque chose dans sa barbe, mais je l'ignore. Mes mains tremblent, remarqué-je une seconde plus tard. Mes muscles sont tendus de frustration. Intérieurement, j'espère juste que les flics vont bien faire leur putain de travail, et que la plainte de cette femme va la libérer de ce type.

Mon portable m'annonce un nouveau message d'April, et je me demande si je vais aller à son inauguration. Je n'ai aucune espèce d'envie de célébrer quoi que ce soit à cet instant. Mais je sais que ma petite sœur compte sur moi.

Sauf que voir April signifie voir Belle.

Cette femme qui me met à terre en ignorant tout ce qui se passe entre nous. Celle qui me tient par la gorge et par les couilles sans même savoir le pouvoir qu'elle commence à détenir sur moi. Ça me rend dingue.

Je quitte mon bureau d'un pas décidé.

La vraie question n'est pas de savoir si j'ai envie de la voir, mais si j'ai envie de me défaire de ses griffes alors que la douleur qu'elle m'inflige est si bonne...

Non, assurément pas.

Cette partie de jeu est terminée. Un nouveau jeu commence. Un dont je ne connais pas les règles.

# CHAPITRE 31

## *Inauguration risquée*

### BELLE

Je suis fière d'April. Plus que fière, en fait. Je suis un peu comme l'une de ces mamans qui applaudissent les accomplissements de leur fille, du genre son premier caca sur les toilettes.

J'aimerais hurler sur le trottoir qu'April Brings est une nana qui déchire. Mais bon, un flic finirait par m'interner de force, ou un passant me filmerait pour me mettre sur TikTok.

Mon taxi me dépose non loin du 380 Dorchester Avenue. J'aurais pu conduire, mais je me suis laissé guider par la flemme. Donc, me voilà devant le nouveau salon de tatouage de ma meilleure amie. Là où a lieu l'inauguration de ce soir. April en a bavé ces dernières années, mettant de côté chaque centime durement gagné pour enfin choisir un lieu plus grand que la petite pièce au centre de la ville qui abritait son art.

Son nouveau salon est en périphérie, et entouré d'entrepôts divers et d'immeubles de trois étages. Apparemment, ce serait le futur quartier des artistes. Et franchement, j'ai l'impression que les environs sont cool. Il y a un bar animé de l'autre côté de la rue. Ça, c'est un bon point, et ça pourrait vite devenir notre nouveau QG.

Le bas de la petite robe à fleurs blanches que je porte se soulève doucement. Punaise, il commence à faire froid ! J'aurais dû mettre une veste. Surtout que la nuit est tombée depuis longtemps.

Je m'empresse de pousser la porte en verre du salon, et un tintement sonore retentit lorsque je passe le seuil. Les lieux ne sont pas encore entièrement aménagés, mais les murs ont été repeints en gris et jaune hier. L'odeur de peinture m'accueille et une musique rythmée – du rap – sort de l'enceinte sur le mur droit.

— Mademoiselle Brings ? je m'exclame en m'avançant dans les lieux déserts. Ramenez votre cul ici.

April ne semble pas m'entendre malgré la musique, car elle ne me rejoint pas. Les lieux se présentent de manière simple avec une grande pièce principale. Si j'ai bien retenu ce que m'a dit April, l'accueil se tiendra sur la droite, et effectivement je vois un petit comptoir et un canapé juste devant pour patienter. Le cuir du divan est usé et rend les lieux particulièrement cool.

Au centre, un mini-buffet a été aménagé. On ne sera qu'une quinzaine de personnes, donc un petit comité, et je suis apparemment la première. Sur ma gauche j'aperçois le plus important : des tables de tatouage et des fauteuils, mais tout l'attirail n'a pas encore été installé.

Ce qui me marque tout de suite, ce sont tous les dessins faits par April, accrochés aux murs dans des cadres de toutes les couleurs. *Et la peinture orange sur les murs, sa couleur préférée.* Cet endroit, c'est vraiment elle.

April finit par débouler dans l'étroit couloir au bout de la pièce, le souffle court. Plongée dans ses pensées, un air morose sur son visage. Mais c'est SA soirée, et je ne comprends pas pourquoi elle a l'air si défaitiste à cet instant.

Qu'est-ce qu'il s'est passé ?

— April ! je l'interpelle par-dessus la musique.

Elle lève la tête, et elle s'illumine complètement en me voyant. Un sourire fier prend place sur ses traits. Ahhh j'aime mieux ça !

Elle porte un pantalon cargo jaune fluo et un tee-shirt troué rose. Je n'ai pas le temps de détailler plus avant sa tenue qu'elle me fait un câlin.

— Belle.

Je la serre contre moi, lui exprimant silencieusement à quel point je suis fière d'elle et de son parcours.

— Ça va ? je chuchote contre elle.

Elle hoche la tête, puis recule d'un pas.

— Ouais. Ouais, ça va.

Combien de fois ai-je menti et dit aux autres que j'allais bien, quand j'allais mal ?

C'est si facile de dire que l'on va bien. Si facile de tenter de tromper la réalité. April tente de me tromper moi, je le vois au pincement de ses lèvres. Ma perplexité se renforce, mais je frotte ses épaules et continue joyeusement :

— Tu tires une tête bizarre, ma poule.

— J'ai des potes qui viennent d'annuler leur venue, c'est tout.

J'imagine la déception. Je sais à quel point une annulation tardive peut la décevoir.

— Mais moi, je suis là. Fais-moi visiter ces lieux, que je les connaisse avant qu'ils ne deviennent l'adresse la plus cool de la ville. Si tu me payes, je pourrai même te faire de la pub auprès des clients de Paul.

Les fossettes d'April se creusent et ses yeux brillent de malice. Il n'y a plus aucune trace de peine sur son visage. Elle me prend par la main et me traîne à sa suite.

Trente minutes s'écoulent rapidement. Les invités sont là. Nous sommes tous regroupés autour du petit buffet. Un type a le visage entièrement tatoué, et je ne peux m'empêcher de le dévisager tant c'est réussi. On dirait un mélange d'une fausse peau de python avec des ailes de papillon au coin de ses yeux. Ça a dû faire mal, mais j'adore.

April papillonne auprès de chacun de nous, le sourire toujours aussi épanoui. Elle reste humble, mais je sais qu'elle est fière. Elle jette un coup d'œil de temps en temps vers la porte du salon ; je sais qui elle attend.

Priam, qui n'est toujours pas là.

Je fais la même chose depuis que je suis arrivée. Il doit sûrement avoir travaillé tard sur un dossier. Mais j'espère qu'il va venir, April sera heureuse de le voir.

Et moi aussi... J'ai envie de le voir. Plus que ça, même. On s'est quittés en conflit, je l'ai vexé, je le sais, en lui disant que notre nuit n'était pas géniale. J'ai menti, j'ai fui comme une poule mouillée. Mais j'ai de nouveau besoin de le sentir contre moi, de me chamailler avec lui jusqu'à ce qu'il me fasse taire en me sautant dessus. Ou inversement.

April s'approche de moi, une bière à la main.

— Et si on profitait de mon inauguration pour te tatouer, Belle ?

— Hors de question.

J'ai trop peur des aiguilles, même si je lui fais confiance à cent pour cent.

Elle joue des sourcils et s'apprête à rétorquer, mais la porte s'ouvre. Priam débarque sur le seuil, le vent soufflant violemment dans son dos.

Ses cheveux partent dans tous les sens, et ses pommettes sont rouges, me signifiant que ça y est, le froid est définitivement tombé sur la rue. La chemise qu'il porte est grise, son pantalon également. Je m'attarde une seconde sur sa silhouette. Mon regard longe son cou, son visage, dont le bas est recouvert d'une courte barbe noire.

Et puis j'arrive à ses yeux. Ses deux billes vertes me transpercent. La collision est délicieuse et me réchauffe de l'intérieur. À cet instant, j'ai l'impression qu'il n'y a que lui, moi, et cet océan de luxure dans lequel je souhaiterais me noyer.

Il m'observe comme s'il n'était plus vexé mais voulait juste me dévorer.

Il ne me lâche pas du regard tandis que sa petite sœur s'avance vers lui et vient enrouler ses bras autour de son torse. Priam détourne finalement son attention et pose une main dans ses cheveux, avant d'embrasser son front.

Le voir si protecteur avec elle, lui apporter tant d'amour me serre le cœur. Je peux voir tout ce qu'il ressent pour elle, et surtout que c'est un homme bon.

Ils échangent quelques paroles. Je m'éloigne comme si je pouvais mettre de la distance entre nous alors que la seule chose que je veuille vraiment, c'est me rapprocher de lui.

Les minutes filent, et peu importe où je me trouve dans le salon, je le sens me suivre des yeux. Il me couve d'un regard brûlant, m'englobant d'une bulle possessive dans laquelle j'ai envie de me fondre.

La tension monte en moi. On se repousse, mais on reste indéniablement attirés l'un par l'autre. Le feu est plus fort que tout. Il ne m'offre aucune échappatoire.

*Il ne suffit pas de souffler sur les flammes pour les éteindre.*

Je m'éloigne un peu plus et finis par pénétrer dans l'étroit couloir qui donne sur les toilettes du salon. Je n'entends plus les gens parler, et la musique se fait moins forte tandis que je pousse la porte devant moi.

J'aurais dû me douter que Priam me suivrait. En fait, je crois que je l'espérais secrètement. Lorsque j'entends la porte s'ouvrir dans mon dos, je ne suis pas surprise. L'homme qui vient d'entrer referme la porte dans un léger bruit. Puis le verrou tourne dans un bruit sourd.

Je laisse échapper un hoquet et m'avance vers le lavabo. Je m'observe dans le miroir, ignorant le reflet de sa silhouette.

Un frisson me parcourt tandis que j'entends les pas s'approcher de mon dos. Tant de chaleur se dégage de mon corps. Tant d'électricité.

Je ne bouge toujours pas, et enfin, son torse effleure mon dos. Il colle une partie de son corps à moi, veillant à ce que ce soit le seul contact entre nous.

Je garde les yeux posés sur moi dans le miroir.

Son souffle effleure ma nuque. Mes cheveux sont relevés dans un chignon flou, et ma peau est à découvert.

Il souffle sur les flammes qui me parcourent. Et encore une fois, ça ne les éteint pas. Ça les fait grandir et devenir dangereuses.

Je penche instinctivement la tête sur le côté et ferme les yeux à ce contact brûlant.

Un son s'étrangle dans sa gorge, et n'y tenant plus, j'ouvre les paupières et observe son reflet dans le miroir. Priam me contemple aussi, son regard fouillant le moindre recoin de mon âme. J'ai peur qu'il ne lise trop facilement en moi, pourtant je ne fais rien pour l'empêcher d'abattre les murailles autour de mon cœur.

Mes doigts agrippent les rebords du lavabo, et Priam se colle un peu plus à moi en posant ses mains de part et d'autre des miennes.

Il presse sa joue contre la mienne. Nos visages sont côte à côte dans le reflet et je ne peux que remarquer à quel point notre faim mutuelle est évidente.

— Priam.

Je laisse échapper une petite plainte. Et ce petit gémissement exprime tant de choses. Mon désir. Ma peur. Parce que ça me fait peur de le vouloir autant, sans limite.

— Mon ange ? murmure-t-il pour toute réponse.

Je sens mon corps s'éveiller peu à peu. Enfin, ses mains remontent le long de mes bras. Il les caresse du bout des doigts, et j'observe le moindre de ses gestes dans le miroir.

Il se plaque un peu plus dans mon dos, sa silhouette s'emboîtant parfaitement contre la mienne. Les paumes de ses mains se plaquent sur le devant de ma robe, juste sur mes seins. Priam les englobe, et je laisse aller ma tête en arrière en sentant ses index taquiner mes tétons sensibles.

Merde. La douleur est si bonne.

— Regarde comme ils aiment que je les caresse. Ils se rappellent mon contact et en veulent davantage.

J'ouvre la bouche, à la recherche d'oxygène.

— C'est si bon.

Ses doigts pincent ma chair, et mon cœur loupe un battement.

— Assez bon pour toi ? souffle Priam à mon oreille.

J'entends la colère qui ne l'a toujours pas quitté. Il a vraiment été vexé, et maintenant, il se venge. Je ne réponds rien. Son regard à moitié joueur capture le mien de nouveau. Il me pince avant de me caresser longuement.

— Hum, je réponds enfin.

— Hum ? Je veux que tu me dises oui ou non, Belle. Est-ce assez bon pour toi ?

J'ai envie de lui tenir tête, comme à mon habitude. Je veux le rendre dingue et le sentir exploser autour de moi. Alors mes joues s'étirent doucement, et j'articule :

— Ça peut aller.

Un grondement lui échappe, et ses mains s'accrochent à moi. La seconde suivante, il me fait pivoter dans sa direction, et sa main droite saisit mon menton. Son visage se penche vers le mien.

— Tu veux me rendre fou ?

Je frotte ma poitrine contre lui.

— Absolument, je déclare d'un air joueur.

Aussi fou que je suis dingue de lui, en tout cas. Ses lèvres s'étirent de quelques millimètres.

— Ça tombe bien. Parce que j'ai perdu la tête le jour où tu es entrée dans ma vie, Belle Murray.

Ses lèvres épousent ensuite les miennes, et sa langue taquine ma lèvre inférieure avant que je n'ouvre la bouche. Nous nous caressons mutuellement, et le baiser qu'il me donne n'exprime qu'une seule chose : il a tout son temps pour me torturer.

Au moment où je m'apprête à sucer sa langue, Priam recule son visage et se décolle de moi. Aussitôt, il me manque. Mais à l'expression sur son visage, je sais qu'il est loin d'en avoir terminé.

— Arrête de lutter contre toi-même, Belle. Arrête de fuir alors que moi je ne le fais pas.

Arrêter de fuir.

Oui, je veux qu'il me guide.

Je m'attends à ce qu'il me soulève contre le mur et me baise rapidement. Vu le contexte et le lieu, ce serait le plus pratique. Mais non. Me prenant totalement au dépourvu, Priam s'agenouille devant moi.

*Il s'agenouille.* Devant moi.

Puis il lève son visage vers moi et me laisse deviner ses intentions. C'est à mon tour de fouiller son âme.

Bordel de merde, je n'ai jamais vu quelque chose d'aussi sexy de ma vie.

Déjà, ses mains relèvent le bas de ma robe. Je sais très bien ce qu'il s'apprête à faire.

— Priam, je l'appelle.

Je l'encourage, en réalité, et je relève ma robe que je passe par-dessus ma tête la seconde suivante.

— J'ai besoin de te dévorer, souffle Priam à quelques centimètres de ma peau.

— Alors vas-y.

Mon empressement le fait sourire, et sa langue rejoint mon nombril. Il le stimule doucement, et je plaque mes mains dans ses cheveux. Qui aurait cru qu'un nombril pouvait être si sensible ?

C'est carrément dingue.

Mais Priam ne s'arrête pas là, son visage longe mon bas-ventre, et son nez frotte le tissu de mon string rose poudré. Il n'y a aucune gêne en moi quand ses narines se gonflent et qu'il inspire mon odeur sans aucune vergogne. Au contraire, j'ai envie de me frotter contre lui et de lui ordonner d'arrêter de jouer avec moi.

— Je suis fou, reprend-il, et je le suis encore plus lorsque je te sens.

Sans me quitter du regard, il retire ma culotte, qui échoue à mes chevilles. Puis il observe mon intimité et s'approche d'elle dans un mouvement lent. Quand sa langue tente d'écarter mes lèvres afin de me goûter, je gémis bruyamment.

Merde.

Priam rigole contre moi, ce qui me fait trembler, parce que je ressens ce rire dans toutes mes terminaisons nerveuses.

— Si tu es trop bruyante, on va t'entendre, me dit Priam. Et je serai obligé d'arrêter.

On pourrait même nous observer que je m'en moquerais.

Ses doigts écartent mes lèvres intimes, et sa bouche se pose sur mon bourgeon sensible. Je me mords les lèvres pour ne pas crier. Mais très vite, Priam écarte sa bouche de moi. Ses mains sont posées à l'arrière de mes cuisses, et j'ai très envie qu'il continue.

— Qu'est-ce que tu fais ? je lui demande tout en haletant.

— Est-ce que c'est assez bon pour toi ?

Toujours cette question. Mais là, je ne peux plus jouer avec lui. Je ne peux que succomber. Alors je lui avoue :

— Oui.

— Tu en veux encore ?

Il s'approche de moi mais ne me touche plus de sa bouche tant que je ne réponds pas.

— Oui, je martèle. Je veux ta bouche, putain.

C'est exactement la réponse qu'il attendait. Une de ses mains agrippe ma cuisse un peu plus durement et la relève pour poser ma jambe gauche sur son épaule.

Sa langue stimule toujours mon clitoris, puis ses dents se mettent à entrer en jeu. Je laisse retomber ma tête en arrière ; sa langue fait mine de pénétrer mon vagin et le feu fait rage en moi. Il me détruit, m'achève, puis me ramène à la vie dans un cercle sans fin.

Mes muscles se tendent quand sa langue continue son chemin et caresse la peau fine entre mon vagin et mon anus.

— Priam ? je couine presque.

On ne m'a jamais fait ça. C'est nouveau et très, très stimulant. Priam effleure mon anus de sa langue puis retourne contre mon clitoris qui pulse.

Mes doigts se plantent dans ses cheveux, mes ongles griffent son cuir chevelu. Au moment où ses dents mordent délicatement ma peau, un coup se fait entendre contre la porte.

Je suspends mon souffle, mais Priam ne s'arrête pas, et je ne l'éloigne pas.

— Il y a quelqu'un ? demande une voix d'homme que je ne connais pas.

— Oui... je bafouille.

De sa main libre, Priam stimule mon anus, jouant avec lui comme il joue avec mon cœur.

— D'accord, vous en avez pour longtemps ? me demande le type contre la porte.

— Ouais !

Je laisse échapper un bruit inarticulé, submergée par les sensations, et j'oublie le gars à l'extérieur. Au moment où je m'apprête à jouir, Priam s'éloigne de moi. Déjà, il se relève et se colle à moi. Il m'embrasse et je perds le fil du temps. Je me presse contre lui quand il me pose sur le lavabo. Mes mains tirent sur sa braguette, et quand elle cède, Priam tremble contre moi.

Je ne suis pas la seule à perdre pied dans cette histoire. Nous sommes tous les deux au bord du gouffre et c'est à nous de choisir si nous allons sauter ou non.

Quand il m'embrasse encore, je comprends que oui. Il n'est pas question de savoir si oui ou non on va chuter. Il est question de sauter à deux, main dans la main.

— Prête, mon ange ?

— Oui.

Priam enfile un préservatif et me pénètre une seconde plus tard. Sa verge m'écartèle sans vergogne, et mes cuisses s'enroulent autour de ses hanches.

Je tombe avec lui. Sans avoir peur du vide. Sans voir les flammes qui dansent. Il n'y a que de la chaleur. Que l'exaltation des sens.

Je tombe pour Priam.

*Mais ce n'est pas grave, parce qu'il tombe avec moi.* Alors notre saut dans le vide n'est plus si effrayant.

On quitte les toilettes vingt minutes plus tard, main dans la main. Je me colle à Priam surtout parce que j'ai besoin de soutien tant mes jambes sont tremblantes. Quand on s'engage dans le couloir, j'ai l'impression que tous les regards sont tournés vers nous. Je sais bien que c'est faux, personne ne fait attention à nous.

Sauf April qui nous observe de l'autre côté de la pièce. Ses yeux brillent de malice quand elle observe nos doigts enlacés. Comme si elle savait au fond d'elle que c'était la chose la plus naturelle du monde.

Peut-être est-ce le cas. Peut-être que Priam et moi n'étions pas destinés à nous battre l'un contre l'autre. Peut-être que notre destinée était de nous battre ensemble.

# CHAPITRE 32

## *Ne me brise pas le cœur*

### BELLE

— Du vin ? lancé-je à voix haute.

Priam hoche la tête.

Je débouche une bouteille tout en fixant l'homme qui déambule dans mon salon. Il y a quelque chose de bizarre à le voir ici. Ce n'est pas désagréable. Mais je ne m'y attendais pas vraiment.

Je nous verse deux verres de vin.

Ça fait cinq minutes que nous sommes arrivés chez moi, après avoir assisté à l'inauguration du salon d'April. Cette dernière a continué la soirée au bar avec des amis tandis que, sur un coup de tête, j'ai demandé à Priam de venir chez moi.

Ses mains aux longs doigts s'égarent sur les nombreuses étagères le long du grand mur de mon salon. Il penche la tête en lisant les titres des BD. J'ai vraiment l'impression d'être à découvert à cet instant, encore plus que quand il est plongé en moi et gémit à mes oreilles.

J'avale une gorgée de vin en le voyant reposer un exemplaire de *The Witcher*. Il traverse ensuite mon salon et me rejoint contre le comptoir central de la cuisine. Ses traits sont détendus, et je suppose que les miens également. Mon corps va être épuisé, délicieusement épuisé, je le sens déjà.

Il s'approche de moi, le haut de sa chemise déboutonnée. Ses pieds nus claquent sur le parquet.

— Salut, toi, il souffle contre mon visage après m'avoir rejointe.

— Salut, bel enfoiré.

Ses fossettes se creusent, et il récupère son verre de vin. Je continue de le reluquer, des questions plein la tête.

— Je ne m'attendais pas à tomber pour toi, Priam. Ça me fait peur. Je ne sais pas trop où je vais, mais j'accepte de prendre le risque.

Voilà, je l'ai dit. J'avoue mes craintes à voix haute.

— Je ne m'attendais pas non plus à toi, Bella Murray. Le risque, c'est bien.

— Ne me brise pas le cœur, Priam.

Parce que rien ne se brise plus qu'un cœur de tricheur.

— Même si je le recolle ensuite ?

Il ne suffit pas qu'un cœur soit recollé pour qu'il fonctionne à nouveau. Je le fusille du regard, et il éclate de rire.

— Déstresse, Belle. Laisse-toi aller. Suis ton corps.

Me laisser aller ? Je suppose que je peux le faire.

Nous buvons notre vin silencieusement avant que je ne reprenne :

— Ce n'est pas parce que nous sommes en train d'entamer une relation... Appelle-le comme tu veux...

— Une relation ? répète-t-il avec un sourire.

— Appelle ça comme tu veux.

En fait, je n'ai pas envie de mettre de mot là-dessus. Mais nous couchons ensemble. Il déambule dans mon salon. Nous parlons sans avoir envie de tuer l'autre. Je suppose qu'on peut appeler un chat un chat.

Il cherche mon regard et reprend son sérieux :

— On peut jouer l'un contre l'autre dans notre dossier, mon ange. Mais non, on ne joue plus concernant cette relation. On se jette dedans tous les deux. Et on ne fait pas semblant. On ne fuit pas.

— D'accord, mais, je reprends en relevant le menton, ce n'est pas pour ça que j'abandonnerai mon dossier avec Colyne. Je vais toujours gagner contre toi et ton client, Priam. Je continue à me battre.

— Oh, mais j'y compte bien.

— Je te déstabiliserai avec joie, et je ne vais pas te lâcher, je martèle.

Il laisse son verre et penche son visage contre le mien, une lueur joueuse dans les yeux.

— J'ai hâte, souffle-t-il.

Et intérieurement, *moi aussi*.

## Deux jours plus tard

Ne me demandez pas comment j'ai pu arriver ici. Si vous m'interrogez, je vous ignorerai en sifflotant.

Non, parce que me rendre à un cours de yoga un samedi matin n'est absolument pas – et j'insiste bien sur ce mot – une chose que je ferais habituellement. Alors imaginez un peu ma tête lorsque Colyne m'a appelée au secours il y a vingt minutes.

Quand je suis venue travailler pour Paul, j'ignorais que j'allais devoir devenir une baby-sitter. Mais bon, ce n'est pas comme si j'avais le choix. Et au fond de moi, toutes ces péripéties m'excitent un peu !

Donc, me voilà. Au club de yoga au coin de ma rue. Là où Colyne a son cours du matin, et là où son futur ex-mari Parker a décidé de se rendre aussi, juste pour la rendre dingue. Pour faire un rapide résumé, Colyne a décidé de débarquer hier dans le bureau de Parker afin de le faire craquer et de le rendre cinglé.

Parker a décidé de lui rendre la pareille aujourd'hui. Et je suis là pour venir assister à cette cour de récré géante. Colyne pense que si je suis là, Parker se tiendra à carreau. Je serai comme une sorte d'arbitre entre eux, son dernier soupçon de raison avant qu'elle n'étouffe son mari, d'après elle.

Je n'en suis pas si sûre, mais quoi qu'il en soit, je débarque devant la salle où se tient une quinzaine d'élèves de tous âges.

J'avise rapidement la professeure tout en retirant mes Converse. La femme est vêtue d'une sorte de combinaison en Lycra qui la moule comme une seconde peau. La couleur néon du tissu me fait penser à un cours de gym des années 80. Je prie pour une chose : qu'elle ne me vire pas en découvrant que je squatte le fond de la salle. Je dirai que je suis là pour une séance d'observation, on verra bien.

La prof est en train de parler avec deux élèves tout en se grattant l'arrière du crâne. Je suppose que le cours va bientôt commencer.

Lorsque je rejoins le fond de la salle, je remarque Colyne. Parker se tient devant elle, les bras croisés sur le torse, tout sourire. Et il la dévore des yeux tandis qu'elle tente de cacher son rougissement.

OK, il se passe quoi ici ?

Sa future ex-femme, mais pas encore ex-femme – il nous faut toujours une faute de Parker pour obtenir un divorce à ses torts exclusifs –, frappe du pied sur le sol tout en pointant un index accusateur vers Parker.

Bon, ça commence bien. Et puis il y a le fait que mon legging de sport me rentre dans le derrière : tout va bien. À tout moment, quand je vais me pencher vers le sol, le tissu risque de craquer et de révéler mes fesses à la salle. Ne parlons pas de malheur.

— Si tu fais un pas de travers pendant le cours pour me perturber, elle chuchote furieusement, je t'arrache les testicules avec les dents.

— Tu veux dire un pas de travers comme débarquer au beau milieu d'une réunion avec mes comptables, habillée en tenue de soubrette pour notre prétendu rendez-vous ? C'est ce genre de faux pas dont tu parles, Colyne ? Voyons, ma chère femme, je n'oserais jamais.

Je me retiens de rire en imaginant Colyne. Non, ne me dites pas qu'elle a vraiment fait ça ?

Parker m'aperçoit par-dessus l'épaule de sa femme, et son sourire s'agrandit.

— Je savais que t'allais appeler ton avocate. Mais tu ne m'auras pas comme ça.

Colyne se tourne vers moi en poussant un soupir de soulagement. Je repense aux mots de Parker. Que veut-il dire ?

Je sens une silhouette s'installer à ma droite. Je découvre Priam près de moi, tout sourire lui aussi. La tête inclinée, il me fait un clin d'œil pas très discret.

— On m'attendait ?

Je plisse les yeux dans sa direction et son sourire s'élargit. J'ai très envie de l'embrasser et de me coller à lui. Surtout qu'il a quitté mes draps hier soir alors que je dormais encore. Sa chaleur m'a manqué.

Argh, je deviens niaise. Quelle horreur, achevez-moi !

Je prends une seconde pour observer sa tenue : son tee-shirt gris près du corps et son short large de la même teinte.

C'est une couleur qui va bien avec son teint doré. Il me regarde aussi, les promesses sexuelles en plus dans ses yeux.

— Tu es aussi de corvée de baby-sitting ? je murmure quand il s'approche de moi.

— Apparemment.

Il veille à ne pas me toucher, surtout alors que nos clients respectifs ne sont qu'à quelques pas de nous. Mais les deux loustics recommencent déjà à s'embrouiller à voix basse. Ils ont presque l'air mignon. À leur façon. Parker lève les yeux au ciel face aux reproches de sa femme, mais je vois le regard avec lequel il la couve. J'en reste bouche bée.

— Putain, je chuchote finalement.

— Quoi ? me demande Priam.

— Il... Il l'aime toujours, pas vrai ?

Priam se tourne vers Parker, les sourcils froncés. Il hausse les épaules, perplexe :

— Non. Il veut la plumer. Il ne l'aime plus.

Lui non plus ne croit pas à ses propres mots. Je le vois sur son visage.

— Bien sûr que si.

Parker a retrouvé son air coincé, mais j'ai vu son regard le temps d'une seconde. Et un regard ne ment pas, croyez-moi.

Vous pourrez toujours dire ce que vous voulez, agir comme vous voulez, mais votre regard vous trahira toujours.

Je me demande si Colyne le sait ? Si elle s'en moque ? Son but est de divorcer tout en plumant Parker, mais est-elle toujours amoureuse de son mari, elle aussi ?

Je n'ai pas le temps de laisser mes réflexions intérieures se poursuivre, la professeure se dresse devant les élèves et tape dans ses mains.

— Bon ! Nous allons commencer la séance.

Elle jette un coup d'œil circulaire, surprise.

— Oh, mais nous sommes un peu plus nombreux que d'habitude ! Si vous êtes là pour un cours de test et découverte, j'espère que ces trente prochaines minutes vont vous convaincre.

Cours toujours.

Elle attache ses cheveux en chignon puis enchaîne :

— Allez, c'est parti !

Qu'est-ce que je ne ferais pas pour mon boulot !

Je me place juste derrière Colyne et Parker qui se tiennent côte à côte.

Ils font semblant de s'ignorer tout en se jetant des coups d'œil assassins. Priam se place à ma droite, derrière nos clients.

Son visage se penche vers mon oreille qu'il effleure de son souffle :

— Essaye de retenir quelques positions qu'on pourrait tester plus tard.

Je lève les yeux au ciel, comme si ces sous-entendus n'étaient pas en train de me retourner le ventre.

— On n'est pas là pour parler de sexe, j'articule doucement pour qu'il soit le seul à m'entendre. On bosse, là.

Il m'observe de bas en haut puis finit par hocher la tête, un air canaille sur ses traits.

— Nous allons commencer simplement avec la position du cobra ! annonce notre professeure.

Colyne se penche vers Parker tout en sourire :

— Ah, tu dois connaître cette position, toi qui es un serpent.

Je me retiens de glousser.

— On est censés les maîtriser s'ils s'entretuent, mais j'ai l'impression qu'on ne va pas être d'une grande aide, continue Priam près de moi.

Il n'a pas tort.

On finit tous par imiter la position de notre professeure, et je laisse finalement échapper un rire en voyant Priam tenter de plier son grand corps. Il s'allonge à plat ventre et relève son torse, ainsi que sa tête pour tenir la position. Il me fusille du regard face à ma moquerie.

— Vas-y, toi, il m'ordonne.

Ça a l'air simple comme bonjour. Je m'installe sur le sol, totalement détendue, et prends la même position que lui. Je lui lance ensuite un regard victorieux.

— Hum, il termine simplement.

Son regard balaye le bas de mon dos et mes fesses contractées.

— Priam, je le rappelle à l'ordre aussi discrètement que possible.

La seconde position est un peu plus compliquée.

— La posture du chien tête en bas ! ordonne notre prof. Parfaite pour étirer votre corps.

Colyne se place parfaitement et Parker l'imite aussitôt. Bon, pour l'instant, tout va bien. Aucun meurtre à l'horizon.

Je finis par me placer comme il faut à mon tour. Je me penche et pose mes mains à plat sur le sol devant moi, tendant les jambes. Ma tête vers le bas, mon corps forme une sorte de pyramide. J'observe mes orteils qui se cramponnent au tapis du sol, comme des moules à un rocher.

J'entends Priam pousser des soupirs de frustration, en bataillant pour se plier en deux. Si on m'avait dit que j'assisterais à une scène pareille, un jour…

— Tu vois que tu peux être souple quand tu veux, chuchote Parker devant nous.

Et c'est reparti.

Colyne rétorque sans se soucier d'être entendue :

— Si t'avais trouvé mon clito du premier coup, je t'aurais montré mes prouesses.

Priam éclate de rire à mes côtés.

— Colyne ! je la rappelle à l'ordre tout en me concentrant pour ne pas m'écrouler sur moi-même.

— Pardon, grommelle ma cliente devant moi. Mais il bouffe mon oxygène.

— Comme tu as bouffé le mien en débarquant à poil dans mon bureau hier.

Un raclement de gorge se fait entendre :

— On tente de rester silencieux, nous ordonne notre prof, c'est important pour se détendre et faire le vide en nous.

On finit enfin par se relever ; le sang me monte à la tête. Est-ce que cette activité est vraiment censée nous détendre ? Parce que mes bras me font mal, mes jambes, je n'en parle même pas. Et on n'a commencé que depuis dix minutes.

Je me tourne vers Priam et découvre que lui aussi semble au bout de sa vie. Ses pommettes sont rouges et alors que Parker et Colyne se relèvent, toujours dos à nous, Priam penche soudainement son visage vers le mien, et ses lèvres se plaquent contre les miennes.

Sa bouche s'éloigne déjà et un sourire naît sur ses lèvres.

Lui aussi semble avoir du mal à se tenir loin de moi.

Lui aussi semble aussi épris et perdu que moi face aux sentiments qui commencent à nous bouffer. Là, je n'ai qu'une hâte : être à ce soir pour lui sauter dessus.

— Vu que nous sommes... seize, reprend la prof, nous allons pouvoir tenter des positions en duo. Super !

Quoi ? Comment ça, des positions en duo ?

Oh non !

— Mettez-vous en binôme avec votre voisin.

Priam s'approche déjà de moi.

— Hors de question de me mettre avec la morue, bougonne Parker devant nous.

— Oh si, tu as voulu gâcher mon cours, rétorque Colyne en s'approchant de lui, la morue va te gâcher la vie et te montrer que je suis celle qui pisse le plus loin.

Je me retiens de la rappeler à l'ordre, mais finalement je les laisse à leur nouvelle brouille. Les deux futurs ex-époux sont presque collés l'un à l'autre, le regard orageux.

La main de Priam se place dans le bas de mon dos tandis qu'il les observe à son tour, un air énigmatique sur le visage. Parker et Colyne sont tellement dans leur bulle qu'ils ne voient rien d'autre.

— Le but est d'échanger, de ressentir un vrai moment de plaisir et de fusion des corps et des sens, continue notre prof.

Je me tourne vers Priam. Fusion des corps et des sens ? On connaît déjà.

— Que l'un des deux s'allonge sur le sol, ordonne la prof.

Priam s'exécute et je le toise. Son grand corps s'étale sur le sol, et il m'observe alors que je l'examine avec attention.

Pourquoi est-ce que je le sens mal ?

— Nous allons tenter une position qui permet d'améliorer la confiance en soi et en l'autre ; on affronte aussi sa peur de tomber.

La confiance en Priam ? Merde, je prends conscience à cet instant que je lui fais vraiment confiance, oui. Suffisamment pour lui confier mon corps.

*Et mon cœur, un jour.*

— La personne allongée sur le sol va lever ses jambes et poser ses pieds de chaque côté du bas-ventre de la personne toujours debout.

Je remarque que Parker est allongé sur le sol, et il s'exécute avec Colyne.

Quant à moi, je m'avance devant Priam. Il soulève ses jambes et place ses pieds comme l'a ordonné la prof. C'est... étrange. Mais pas déplaisant. Je veux savoir la suite.

— Vous qui êtes debout, penchez-vous vers l'avant, sur la personne allongée sur le sol.

J'hésite une seconde.

— Allez, m'encourage Priam, je vais te soulever.

Ses derniers mots laissent présager des promesses qui n'ont absolument rien à voir avec le yoga.

Je m'exécute finalement. J'attrape les mains de Priam, et l'instant suivant, je bascule un peu plus vers l'avant tandis qu'il me soulève au-dessus de lui.

— Punaise, je souffle en sentant mon cœur louper un battement.

Je souris sans pouvoir m'en empêcher. C'est trop cool.

Je suis totalement concentrée, et Priam également. Il fait tout pour assurer ma stabilité, ses doigts serrant fermement les miens. On a une vraie connexion psychique à cet instant, et je sais qu'il ne me laissera jamais tomber.

Oui, vraiment, je suis parfaitement focalisée sur ma position, jusqu'à ce que j'entende Colyne insulter Parker qui la soulève lui aussi, non loin de nous.

— Arrête ou je te fais tomber, rétorque Parker dans un souffle.

Ils sont intenables.

— Seulement si tu veux que je te tue, marmonne Colyne.

Priam se retient de rire, mais je n'y arrive pas. Je m'esclaffe nerveusement. C'est incontrôlable.

Merde !

Mes bras tremblent, et soudainement, je m'effondre sur la poitrine de Priam. Il pousse un cri lorsque mes seins atterrissent sur son visage.

— Tu m'étouffes, il tente d'articuler. Tentative d'assassinat avec la poitrine de maître Murray.

Je me redresse déjà, mais il me serre une seconde, puis me relâche. Je rigole toujours.

— Un peu de tenue, s'exclame la prof au loin.

Je me tiens le ventre en me relevant difficilement. Priam se remet debout à son tour, et je tente de reprendre mon sérieux.

— Avoue que tu as voulu me tuer, il chuchote tout en reprenant sa respiration.

— N'exagère pas.

— Qu'est-ce qu'il se passe, là-bas ? demande la prof en s'avançant parmi les élèves.

Nous nous redressons, Priam et moi, un air innocent sur le visage.

— Tout va bien, nous proclamons en même temps.

Elle nous observe d'un œil noir. Je suis sûre que si je demandais à m'inscrire, elle refuserait ma candidature.

Oups.

# CHAPITRE 33

## *Laisser son nom*

### BELLE

— Est-ce que tu te souviens, le jour où tu t'étais déguisée en Dame blanche pendant que je dormais ?

Allongée sur le sol, j'observe le plafond tout en écoutant en souriant ce que me raconte Priam. Oh oui, je m'en souviens.

— Bien sûr. C'était incroyable.

— Incroyable, tu dis ?

Le corps bouillant de Priam se colle à moi. Nous sommes nus, allongés sur le sol de mon salon, nos vêtements éparpillés nous servant de couverture d'appoint.

J'avoue qu'on aurait pu finir dans mon lit après notre « super » séance de yoga. Sauf qu'à peine la porte de mon appartement fermée, nous nous sommes transformés en démons. Et je ne plaisante pas. J'ai des traces de morsures sur le corps, et lui des traces de griffures.

Le visage de Priam disparaît dans mon cou, et je sens ses dents mordiller ma peau. Je frissonne doucement tout en fermant les yeux.

— Bien sûr, incroyable, je reprends dans un souffle. Tu t'es réveillé en hurlant le nom de ta mère.

Un gloussement m'échappe à ce souvenir. Priam se redresse sur un coude près de moi, les sourcils froncés.

— Je n'ai pas crié le nom de ma mère.

Je tourne mon visage vers lui, souriant davantage.

— Bien sûr que si, remballe ton ego de mâle alpha, et reconnecte tes souvenirs, chéri. Tu hurlais aussi « au secours, au secours » !

Il lève les yeux au ciel avant de se laisser tomber sur le sol et de fixer le plafond à son tour. La pointe de mes seins se dresse parce que mon corps commence enfin à baisser en température.

Puis il lâche un petit rire.

— Est-ce que tu viens de m'appeler « chéri » ?

Ma bouche s'ouvre, mais je reste muette. Est-ce que je lui ai donné ce petit surnom ? Apparemment, oui.

— Bien sûr que non, rétorqué-je.

— Bien sûr que oui.

Je pousse un soupir tout en étirant les bras au-dessus de ma tête.

— Tu devrais consulter, tu sembles avoir un souci d'audition.

— C'est ça.

Son bras se glisse entre nous et Priam attire mon corps à lui. Je me redresse et m'allonge sur lui. Mes deux coudes s'enfoncent dans son torse tandis que je relève le haut de mon corps au-dessus du sien.

— Tu étais sacrément emmerdante, continue Priam.

— Je le suis toujours. Ça fait partie de mon charme.

Je papillonne innocemment des yeux. Ses deux mains caressent mon dos dans un long mouvement séducteur.

— C'est vrai. Mais tu étais aussi intrigante.

Je relève un sourcil.

— Est-ce que j'ai bien entendu, maître Brings ?

Ses doigts se posent sur mes fesses et les pressent doucement. Je fixe ses lèvres tout en sentant son érection grandir sous moi.

Arriverai-je un jour à me rassasier de lui ? Je ne crois pas.

— Je crois que je t'aimais bien.

Oubliée mon envie de lui sauter dessus. Je m'écrie, le souffle coupé :

— Quoi ?

Priam se contente de me regarder comme s'il ne venait pas de lâcher une putain de bombe.

Je m'éloigne de lui, et il pousse un grognement quand nos corps ne sont plus en contact.

— Répète, je lui ordonne en m'asseyant sur lui sans me soucier de ma nudité.

J'ai toujours cru qu'il n'avait que de la haine pour moi. Enfin, pas vraiment, je mens. Parfois, je sentais autre chose entre nous, de la complicité, de l'affection. Mais ça disparaissait rapidement pour laisser place à nos sales caractères d'adolescents en guerre.

Priam contemple mes seins, en se léchant la lèvre inférieure.

— Répète, je lui demande encore, ou je fais la grève du sexe.

Ma stupide menace l'amuse. Lui comme moi savons que je mens. Je frappe son épaule et il reprend finalement :

— J'étais un ado relou qui ne comprenait rien à ce qu'il ressentait, mais dans le fond, bien sûr que je t'aimais beaucoup, Belle. Quand tu n'étais pas une ado insupportable.

Incroyable !

Donc, l'affection que je ressentais pour lui, il l'éprouvait également ? Je ne devenais donc pas folle ?

— Et maintenant ?

— Maintenant quoi ? dit-il.

Je n'ajoute rien. Priam s'assied, moi toujours sur lui. Mes cuisses s'enroulent autour de sa taille. Ma poitrine est collée à son torse, et il observe longuement mon visage.

Son index caresse le haut de ma pommette, comme si je risquais de me casser à tout moment.

Sa bouche embrasse mon menton et il chuchote contre ma peau :

— Tu es toujours aussi chiante.

Ses lèvres remontent sur mon visage et embrassent ma joue droite.

— Tu es toujours aussi têtue.

Je me colle un peu plus à lui, son érection entre nos deux corps. Mes mains se posent sur ses épaules, et je n'ai qu'une envie, qu'il me possède de nouveau. Mais Priam se contente d'embrasser le bout de mon nez :

— Et tu es toujours sacrément intrigante. Tu me plais, beaucoup. D'une toute autre manière. Ce n'est pas que de l'affection, mon ange. C'est plus, beaucoup plus que ça. Tu me fais ressentir de sacrés trucs.

Je sais exactement de quoi il parle, parce que j'éprouve la même chose. Ça me fait peur, mais c'est aussi grisant et excitant. On saute dans le vide sans trop savoir si on va s'écraser ou non. L'envol n'est pas nécessaire. La chute n'en est que meilleure.

Au moment où il va m'embrasser, Priam reprend :

— Tu sais que le jour de ton départ, quand j'ai caché tes foutues BD au fond de ton jardin, j'avais laissé mon nom dans l'une d'elles.

— Quoi ?!

Il se moque de moi, je l'aurais forcément vu. Fier de sa révélation, il hoche plusieurs fois la tête.

— Dans QUELLE BD ?

— Hum, je ne me souviens plus du nom. Elle semblait vieille. Il y avait un chat sur la couverture, il fumait une cigarette.

Un chat qui fumait une cigarette ? Ça me dit quelque chose. Un chat qui fume. Je me creuse les méninges et, comprenant de quelle BD il parle, je me relève d'un bond, surexcitée.

— *Blacksad* ? Tu avais laissé ton nom dans ma BD de *Blacksad* sans que je m'en aperçoive ?

— Ah, c'est bien ce nom, oui !

Comment est-ce que j'ai pu ne pas le voir ? D'accord, ce n'est pas un ouvrage que j'ai lu et relu, mais quand même !

Je m'avance vers mon immense bibliothèque, rejointe très vite par Priam.

— Tu ne vas pas me dire que tu l'as encore ?

— Bien sûr que je l'ai encore.

J'ai encore TOUTES mes BD. Mes trésors.

— Tu ne veux pas laisser tomber cette information et qu'on recommence ce qu'on a fait tout à l'heure ?

— Chut ! Laisse-moi réfléchir.

Priam rigole dans mon dos. Mes yeux scannent mes étagères, et quand je trouve l'objet de mes désirs, j'attrape la vieille BD sur l'étagère de gauche. Tout de suite, j'avise le chat avec une cigarette dans la gueule.

— Bingo, je m'exclame.

J'ouvre l'ouvrage et observe chaque détail des premières pages. Et effectivement, je le trouve. Le prénom de Priam est inscrit en bas de la première page.

Mon index effleure le papier jauni tandis que Priam se colle à mon dos. Ses mains se posent sur mes hanches et il embrasse mon omoplate droite.

— Pourquoi ?

— Pour que tu ne m'oublies jamais.

Je me tourne vers lui, le cœur serré.

— Je n'aurais jamais pu t'oublier, Priam.

Qui aurait cru que la vie allait de nouveau le placer sur mon chemin ?

Peut-être que c'est pour une bonne raison. Et peut-être... peut-être est-il destiné à y rester.

# CHAPITRE 34

## *Un nouveau souffle*

### BELLE

— Je parie trente dollars que j'arrive à pécho le guitariste avant la fin de la soirée.

Je termine ma bière tout en frappant la main de ma meilleure amie.

— Allez, je lui réponds, montre-moi de quoi tu es capable !

Priam nous observe, assis à côté de moi, et lève les yeux au ciel. Mais je le vois sourire.

— Ou alors le chanteur, il est vraiment mignon, reprend April.

Je me tourne vers la scène. Un groupe de rock est en train de jouer un morceau ultra rythmé. Plusieurs personnes se tiennent devant la scène et hurlent tout en levant leurs bras vers le plafond. J'avise le chanteur. De longs cheveux noirs tombent sur son visage. Il est torse nu et tient le micro en sautillant sur place.

— J'avoue, je pivote vers April, vraiment mignon.

La main de Priam se resserre sur ma cuisse, et un bruit inarticulé sort de sa bouche. Sa réaction me plaît et me fait sourire.

La musique s'accélère encore et les hurlements explosent autour de nous.

Pas sûr que Priam aurait accepté de nous rejoindre dans le bar près du salon d'April, s'il avait su le genre de musique qui y passe. Il dénote avec le lieu, vêtu d'un costume sur mesure gris foncé et d'une chemise blanche – et ça le rend attendrissant de le voir si perdu. Il dodeline de la tête sans réaliser qu'il est tout sauf en rythme avec la musique.

Est-ce que j'ai utilisé le mot attendrissant ? Merde, je suis gravement atteinte, c'est sûr.

Le chanteur récupère une bouteille d'eau et en verse directement sur son visage. Elle dégouline le long de ses muscles, et les gens hurlent plus fort encore.

— Viens me manger ! hurle une femme dans la foule.

Certaines lèvent leur tee-shirt et agitent leur poitrine découverte.

J'échange un regard avec April, et on se redresse sur notre siège avant de soulever notre propre tee-shirt tout en éclatant de rire. Mes seins s'agitent sous mon soutien-gorge. Priam a le souffle coupé.

— T'es trop sexyyy ! hurle April à nos côtés.

— Sortez-moi de là, s'exclame Priam.

Il se masse les tempes tout en poussant un soupir, mais je vois bien qu'il retient un sourire.

Nous continuons à rire avec April puis je baisse mon tee-shirt.

— Ça va, détends-toi, continue April en se collant à Priam.

Il s'écarte d'elle en jurant.

— Je t'emmerde.

— Bien sûr que non, je suis ta sœur préférée, rétorque April en souriant fièrement.

Priam croise les bras sur sa poitrine et la fixe d'un air exaspéré.

— Je n'ai qu'une sœur, April.

— Rabat-joie.

Je les observe se chamailler, le cœur serré. J'ai toujours été fille unique. J'aurais tellement voulu avoir un frère, même si je considère April comme ma sœur.

Priam passe sa main dans les cheveux d'April, qui s'éloigne vivement juste après avoir frappé sa main.

— Sale gosse, martèle Priam.

— Sale con, reprend April.

Ils échangent un regard et finissent par se sourire, une complicité évidente entre eux.

April s'apprête de nouveau à acclamer le chanteur, mais une vilaine quinte de toux la secoue. Priam se penche vers elle, prêt à lui taper dans le dos.

— Ça va ? je demande, soudainement sérieuse. Tu veux de l'eau ?

Elle inspire difficilement, se calmant lentement.

— Ça... ça va, souffle April.

— Je vais te chercher de l'eau, intervient Priam qui se lève déjà.

J'observe ma meilleure amie dont le visage est tout rouge. Elle reprend sa respiration, mais je vois que c'est douloureux pour elle. Ce n'est pas la première fois qu'elle s'essouffle comme ça. Elle ne peut pas me dire qu'elle est juste fatiguée.

— April ?

Elle m'adresse un mince sourire :

— J'ai juste trop crié, me dit-elle en se calant dans sa chaise.

Elle reste essoufflée, et ses doigts s'agrippent à la table.

— April, je répète en sentant ma gorge se nouer pour une raison que j'ignore. Tu... tu me le dirais si quelque chose n'allait pas, hein ?

Elle fronce ses sourcils, perdue.

— Tout va bien, Belle, arrête de me couver comme ma mère. Ma propre génitrice est en France en train de se la couler douce et a tout oublié de mon existence.

Priam revient, les mains chargées d'une bouteille d'eau et d'un verre.

— Je t'aime, je dis à April. Je veux juste que tu le saches.

— Il n'y a aucune raison de t'inquiéter, affirme-t-elle avec un clin d'œil.

Priam arrive près de notre table et remplit son verre.

— Tiens, sale gosse, ça t'apprendra à hurler pendant des minutes entières pour un chanteur.

April glousse tout en prenant son verre. On échange un regard, et elle me fixe tranquillement. Comme si tout allait bien.

Et c'est sûrement le cas.

La soirée se termine sous le signe de la joie et de la taquinerie. Nous quittons le bar tous les trois. Mes doigts s'enroulent naturellement autour de ceux de Priam et il les serre en me jetant un coup d'œil complice.

— On va te déposer avant de rentrer chez moi, annonce Priam à sa petite sœur.

April secoue déjà la tête en resserrant sa veste autour d'elle.

— J'ai oublié mes clés au salon, et ma voiture est là.

Priam s'apprête à protester mais le visage de ma meilleure amie n'admet aucune discussion.

— Profitez de votre nuit et baisez comme des lapins, elle nous ordonne.

Elle recule puis traverse la rue déserte en direction de son salon, de l'autre côté.

— Cette fille est complètement folle, conclut Priam.

Je souris. C'est vrai, et c'est aussi pour ça que je l'aime

tellement. Priam se colle à moi, et sa bouche cherche la mienne. Son souffle légèrement alcoolisé caresse mon visage.

— Bonsoir, maître Murray. Que diriez-vous de rejoindre mon lit ce soir ?

Je me mords les lèvres tout en faisant mine de réfléchir.

— Ça dépend, est-ce que votre lit est confortable, maître Brings ?

Ses mains se posent sur mes hanches, et il reprend d'un air joueur :

— Très confortable.

— Hum... Laissez-moi réfléchir à votre proposition.

N'y tenant plus, ses lèvres s'abattent sur les miennes et sa langue pénètre dans ma bouche. Un gémissement s'étouffe dans ma gorge. C'est exactement ce dont j'avais besoin.

À quel moment Priam a-t-il réussi à se faire une place dans ma vie jusqu'à y devenir un élément indispensable ? Comment a-t-il réussi en si peu de temps à briser mes barrières sans même que je m'en rende compte ?

Il m'embrasse avec passion. Il m'embrasse comme si c'était la chose la plus naturelle du monde, la plus essentielle à ses yeux.

Il me goûte avec application, comme il dégusterait le meilleur des vins.

Priam me fait vivre. Il me fait ressentir.

Je me sens bien, à ma place. Le monde n'est rien autour de nous. Ce n'est qu'un océan sans fin dans lequel nous nous perdons, naviguant ensemble avant de plonger main dans la main dans ses profondeurs.

Quand je croise le regard de Priam, je comprends une chose : cette bataille à laquelle nous nous livrons depuis des semaines est terminée. *Ce jeu des tricheurs.* Nous ne trichons plus, maintenant. Et j'ai l'impression que nous avons commencé une nouvelle partie d'un jeu dont ni lui ni moi ne connaissons les règles.

Priam est endormi près de moi, dans son lit. Son lit très, très confortable. Ses bras me pressent contre son corps, et il ronfle doucement. Mais ce n'est pas ça qui m'a réveillée. C'est une vibration continue. Elle me sort définitivement du sommeil.

Quelle heure est-il ?

Je m'écarte de Priam qui laisse échapper un son inarticulé quand je m'éloigne. Je tourne le visage vers le réveil sur la table de nuit, en allumant la lampe de chevet.

3 h 11.

Le vibreur se fait de nouveau entendre et j'avise enfin le portable de Priam près de lui.

Qui chercherait à le contacter au milieu de la nuit ? Un client ?

Je secoue Priam du bout des doigts, et il pousse un grognement.

— Ton portable vibre, je chuchote.

— Hum.

Je le secoue de nouveau, et enfin, Priam émerge de son sommeil en papillonnant des yeux. Ils les posent sur moi, tandis qu'il étouffe un bâillement.

— Quoi ?

Sa voix est rauque de sommeil.

— Ton portable. On tente de te joindre depuis deux minutes.

Le bruit des draps se fait entendre et Priam se penche pour récupérer son smartphone. Je ne sais pas qui l'appelle, mais son visage est déformé par l'inquiétude. Il s'assied sur le bord du matelas en prenant la communication.

— Allô ?

— Qui est-ce ? je lui demande en me collant à son dos.

J'entends une voix à travers le téléphone.

— Monsieur Brings ?

Les épaules de Priam se tendent.

— Oui, c'est moi.

— Hôpital MGH de Boston.

Quoi ?

Je me redresse sur mes genoux, aux aguets. Qu'est-ce qu'il se passe ? Quelque chose de terrible est sur le point d'arriver, je le sens au plus profond de mon être.

— Mets le haut-parleur, je lui ordonne sans discrétion.

Priam s'exécute et tourne son visage vers moi. Son visage est figé, mais ses yeux brillent d'inquiétude.

— Je suis le docteur Stanislas Poke. Votre sœur April Brings vient d'être hospitalisée. Vous devriez venir. Immédiatement.

Le type prononce d'autres mots. Mais je vois les doigts de Priam trembler autour du téléphone. Il a le souffle coupé ; moi aussi.

C'est impossible. C'est un malentendu.

April.

*APRIL !*

# CHAPITRE 35

## *Descente aux enfers*

### BELLE

Lorsque j'ai rencontré April, l'année de nos dix ans, j'ai su presque instantanément qu'elle deviendrait ma meilleure amie et m'accompagnerait dans toutes les folles aventures de ma vie. April est mon pilier. Et je serai toujours le sien.

Il a suffi que je la voie embêter son grand frère et qu'elle me voie lui faire manger du sable pour le savoir.

C'était écrit. Nous deux. April est mon âme sœur dans ce monde.

J'ai su qu'on finirait par tracer notre propre chemin tout en restant soudées.

Et je me suis juré qu'on finirait nos vieux jours ensemble, notre propre famille à nos côtés.

Les doigts de Priam ne lâchent pas les miens. Lui aussi devient un pilier dans mon existence. Il s'est imposé à mon âme, la gravant peu à peu. Il prend une place dans mon cœur, une place qui lui semblait destinée. Je ne m'attendais pas à tomber pour Priam Brings, mais c'est le cas.

Ses doigts m'empêchent de m'effondrer tandis qu'on traverse le couloir aux murs blancs et aseptisés. Mes mains glacées tremblent, les siennes brûlantes se referment sur moi. Peut-être que c'est moi qui le soutiens et l'empêche de tomber. Je ne sais pas.

La seule chose que je sais véritablement, c'est ce que les paroles acides du docteur Poke nous ont fait comprendre.

Les gens se retournent sur notre passage. Il y a du monde malgré l'heure tardive. Je baisse mon regard sur mon haut de pyjama que j'ai enfilé à l'envers. Ça aussi, je m'en moque.

Je reste concentrée sur les épaules tendues de Priam qui ouvre la route. J'entends son souffle s'accélérer, alors qu'on arrive devant une autre galerie de couloirs. Notre chemin nous a été indiqué par une infirmière, mais je n'écoutais pas, mon attention entièrement centrée sur l'état de santé d'April.

Un homme vêtu d'une blouse blanche se tient devant nous. Il consulte ses notes sur son bloc-notes.

Le docteur Poke, sans doute.

Je lâche Priam lorsqu'on arrive essoufflés devant lui.

— Où est April ? s'écrie déjà Priam.

Il n'a pas prononcé un mot depuis le coup de fil de l'hôpital. Sa voix est rauque et remplie d'inquiétude pour sa petite sœur.

Le docteur lève les yeux, et je pousse un cri surpris. Parce que j'ai déjà vu cet homme.

— Vous... je souffle.

Je me souviens de ce moment où j'ai débarqué chez April à mon retour de Miami. Un type sortait de chez elle, vêtu d'une blouse blanche. Ma meilleure amie m'a juré qu'il s'agissait d'un plan cul. Mais non, c'était son médecin. Elle... elle m'a menti.

*Oh, April, qu'est-ce que tu ne nous as pas dit, ma chérie ?*

— Vous ? répète Priam, perdu.

Le médecin se redresse et nous jette un regard sceptique.

— Vous êtes Priam Brings ?

— Absolument.

— Je suis le docteur Poke, le médecin d'April depuis plusieurs années.

— Où. Est. Ma. Petite. Sœur ? articule Priam en s'approchant de lui.

Le médecin n'est nullement impressionné. Il me jette un nouveau coup d'œil et annonce :

— J'aimerais vous parler avant de vous accompagner jusqu'à sa chambre.

Un silence pesant s'abat sur nous. Mille et un scénarios affreux défilent dans ma tête. Je croise les bras tout en sentant quelque chose me serrer la gorge, et j'ose enfin demander :

— Que se passe-t-il, docteur ?

Ce dernier nous observe attentivement. Je suis glacée de l'intérieur, mais je sens que je n'ai pas fini d'avoir froid.

— April souffre d'insuffisance cardiaque. Avez-vous déjà entendu parler de cette maladie ?

Un cri de bête blessée. Il émane de la poitrine de Priam. Ou de la mienne ? On vient de me l'ouvrir en deux, et rien ne pourra la ressouder.

— Une insuffisance cardiaque ? souffle Priam.

Son visage exprime tant de choses. Il est à deux doigts de s'effondrer lui aussi. J'aimerais me coller à lui, mais je suis incapable de bouger, suspendue aux lèvres du docteur Poke.

— Oui. C'est une incapacité irréversible du cœur à exercer son rôle de pompe, et donc d'alimenter correctement l'organisme en sang.

Je passe ma langue sur mes lèvres tremblantes tout en serrant un peu plus mes bras.

— Irréversible, vous avez dit ?

— Effectivement, l'insuffisance cardiaque s'aggrave avec le temps. Nous faisons tout notre possible afin de ralentir son évolution, mais malheureusement, comme c'est le cas aujourd'hui, parfois la maladie reprend le dessus.

Priam reste immobile près de nous. Il regarde le médecin sans vraiment le voir.

— L'insuffisance cardiaque est liée à une perte de contractilité du muscle cardiaque. Parfois, un seul ventricule est touché, mais dans le cas d'April, son cœur est atteint dans sa globalité. Son cœur est abîmé et fatigué.

Son cœur est abîmé et fatigué.

— Mais comment... comment est-ce possible ? je murmure.

Le docteur Poke hausse ses épaules, en me jetant un regard compatissant.

— De nombreuses maladies cardiovasculaires peuvent être à l'origine du développement d'une insuffisance cardiaque. Parmi elles nous avons les maladies des valves cardiaques.

Le médecin reprend son souffle et ses yeux expriment une gravité mêlée à de la compassion.

— C'est le cas d'April, il reprend. Elle souffre de valvulopathie. Le reflux du sang réduit la capacité de son cœur à pomper le sang vers le reste de son corps. C'est pour cela qu'on parle d'insuffisance cardiaque.

C'est impossible. Non. Je. Refuse. Pas April. Pas ma meilleure amie. Si un dieu m'écoute, je vous en prie, laissez-la-moi.

— Elle peut se traduire par le souffle court et trop faible lié à la stagnation du sang au niveau des poumons, une fatigue chronique et des œdèmes. En réalité, tous les organes peuvent être touchés. Avez-vous remarqué des changements dans le comportement d'April ? Une difficulté à respirer la nuit, une fatigue persistante, une prise de poids associée à des œdèmes, par exemple ?

*Sa fatigue. Son souffle court. Oui.*

Priam reste toujours silencieux à mes côtés ; on dirait un robot. Il est déconnecté de la réalité, retranché dans une bulle dans laquelle personne ne peut l'atteindre, pas même moi.

— Où est April ? il demande finalement.

Il paraît calme, mais je vois son corps trembler.

— Vous pourrez la voir dans quelques instants, reprend le docteur Poke. Nous venons de lui faire une nouvelle échographie cardiaque et un électrocardiogramme afin d'évaluer l'activité de son cœur.

Priam inspire brusquement, et je vois la colère se peindre sur son visage. Elle chasse sa douleur.

— Je m'en moque, putain, je veux la voir maintenant.

Je m'approche de lui et effleure le haut de son bras. Priam sursaute et s'éloigne comme si je l'avais brûlé. Il refuse le soutien silencieux que je tente de lui apporter. Son rejet me fait mal, mais je ne peux que le comprendre.

— C'est... très grave ? je demande alors que je connais déjà la réponse.

Le docteur réfléchit quelques secondes tandis que Priam fait les cent pas près de nous comme un lion en cage. *Mon beau lion meurtri.*

— April est souffrante depuis des années.

Je sursaute, médusée. Mais déjà, Priam me devance.

— Des années ? Foutaise !

— Elle a été hospitalisée plusieurs fois, continue son médecin.

Priam a l'air fou désormais. Fou d'amour, fou d'inquiétude. Il se colle presque au docteur Poke tout en crachant :

— Impossible. Je l'aurais su, c'est ma petite sœur.

Une petite sœur experte depuis le plus jeune âge pour cacher ce qu'elle ne voulait pas qu'on sache.

Oh... April...

Je repense aux signes que j'ai vus sans les comprendre depuis mon retour. Sa toux. Sa fatigue. Son air blafard. Depuis combien de temps me cachait-elle son état, putain ?!

Je m'en veux, tellement. Parce que je n'étais pas là depuis des années. Et je lui en veux, pour n'avoir rien dit.

Le médecin a presque l'air désolé pour nous quand il reprend :

— April ne voulait apparemment pas vous en parler, pour ne pas vous inquiéter, ce qui reste son choix... J'en suis navré.

Oui, c'est son choix. Mais ça fait mal. Parce que ça nous détruit tous.

— Concernant la prise en charge, il reprend ensuite, je vous l'ai dit, son cœur est fatigué. Elle a eu divers traitements et son état était stable.

— Mais désormais ce n'est plus le cas ? je demande avec peine.

Le docteur patiente quelques secondes puis reprend d'une voix douce :

— Il commence à être difficile de maintenir son cœur. Mon but aujourd'hui est de minimiser les risques d'aggravation, car nous ne pouvons pas prévoir comment sa situation va évoluer. Nous allons lui prescrire un nouveau traitement. S'il ne fonctionne pas... la prise en charge sera chirurgicale.

Une grimace prend place sur son visage tandis que j'essaye au mieux d'intégrer ses mots.

— Au stade ultime, lorsque toutes les thérapies ont échoué, le seul recours possible est la greffe cardiaque.

Sauf que nous faisons face à un terrible problème, le nombre de donneurs reste bien en deçà des besoins des receveurs : l'attente peut durer des mois, voire des années.

Des années.

Des putains d'années.

J'ai l'impression d'être au milieu d'un cauchemar. Malheureusement ce cauchemar est bien réel, je ne veux pas ouvrir les yeux ; je préfère me réveiller au milieu de mon lit, contre le corps chaud et protecteur de Priam.

— Nous n'en sommes pas là, pas vrai ? je souffle pour tenter de me rassurer.

— Non, pas encore, me rassure le médecin tout en fuyant mon regard. Comme je vous le disais, nous entamons un nouveau traitement. Il faut savoir qu'il y a plusieurs stades d'insuffisance. April était jusque-là en NYPHA III : dyspnée, palpitations tout en restant asymptomatique au repos. Désormais elle est au stade NYPHA IV avec une amplification de la pathologie.

Priam passe une main dans ses cheveux et les tiraille.

— Est-ce que... Est-ce qu'elle peut en mourir ?

Je prie silencieusement pour que le médecin prononce les paroles que l'on veut entendre. Mais ma prière n'est pas entendue.

— Je ne vais pas vous mentir, annonce le docteur Poke. Oui il y a des risques. L'insuffisance cardiaque est une maladie mortelle présentant une morbidité élevée, et ce peu importe le stade de la maladie. La mortalité totale de l'insuffisance cardiaque s'élève à cinquante pour cent dans les cinq ans suivant le diagnostic. Il faut se préparer à toute éventualité.

Ma vue se trouble, mes genoux sont prêts à céder, et je sens une première larme rouler sur ma joue. Priam aussi semble au bord d'une falaise. La vie est prête à nous jeter dans le vide.

Le médecin nous sourit doucement :

— Nous allons la suivre de très près. Et sachez que la recherche fait de constants progrès pour améliorer les traitements actuels et en développer de nouveaux.

Priam vrille alors. Les chaînes de son contrôle se brisent et la folie l'emporte. Je le sens. Je me rapproche de lui sans le toucher toutefois.

— Nous voulons la voir, martèle Priam avec les yeux brillants.

Sa voix n'admet aucun refus. Le docteur finit par hocher la tête.

— Chambre 33.

Je me tourne déjà vers le couloir, Priam sur les talons. L'air est chargé d'électricité et de souffrance. De colère, aussi. Beaucoup, beaucoup trop de colère.

Nous arrivons rapidement devant la porte 33. Elle est entrouverte. Je m'immobilise sans pouvoir la pousser et sens le regard de Priam sur mon visage. Je vois autre chose dans ses yeux, de l'amour. Pour sa sœur. Pour moi. Mais la colère reprend une nouvelle fois le pas et Priam pousse la porte. Je le suis.

L'odeur de l'hôpital est encore plus présente ici.

Allongée sur le lit de l'autre côté de la pièce se tient April. Elle papillonne des yeux lorsqu'elle nous voit. La confusion et la culpabilité se peignent sur ses traits fatigués et blafards. Vêtue d'une blouse blanche, on a l'impression qu'elle n'a pas dormi depuis des jours.

La voir comme ça me tue. Je préférerais être sur ce foutu lit, et pas elle. Une seconde larme tente de s'échapper de mes yeux, mais je la retiens.

En voyant mes yeux humides, ceux d'April s'embuent.

Elle inspire doucement et tente de sourire.

— Salut...

J'inspire brusquement, me sentant flancher. Le corps de Priam irradie de chaleur près de moi. Il avale difficilement sa salive et assène :

— Des années, April.

Ma meilleure amie tourne son visage vers Priam, et sa lèvre inférieure se met à trembler.

— Priam...

— DES PUTAINS D'ANNÉES SANS RIEN ME DIRE ! il hurle.

Je retiens un frisson tandis qu'April sursaute. Mais nous ne pouvons rien faire contre sa rage. Moi aussi, j'en veux à April, mais je ne veux pas lui crier dessus. Sauf que Priam ne sait pas faire autrement. Il est tellement bouffé par la douleur qu'il se laisse ensevelir sous sa rage.

— Tu m'as... tu NOUS as laissés dans l'ignorance ! C'est la pire chose que tu pouvais me faire, April. Ton silence vient de me tuer.

April pleure désormais. Je vois ses mains s'entortiller sur son ventre avant qu'elle ne renifle bruyamment.

— Ne dis pas ça, je t'en prie.

— Crois-tu que tes mensonges pouvaient me protéger ?!

April secoue la tête sans rien dire. Priam pousse un juron. Puis un autre.

— Arrête ! je m'exclame finalement.

Le guerrier qui a volé mon cœur se tourne vers moi, le regard noir.

— Ta rage t'aveugle, je chuchote doucement pour qu'il se calme.

Il plisse les paupières et ses narines se gonflent. Il serre fort la mâchoire et secoue la tête.

— Allez vous faire foutre !

Puis il me bouscule et sort de la pièce. Je ferme les yeux et les rouvre pour rencontrer le regard rempli de regrets d'April.

— Il hurle parce qu'il m'aime, elle souffle avec un maigre sourire. Il ne sait exprimer ses sentiments que par les cris. Et j'ai été nulle. Sacrément nulle. Je suis la pire sœur qui puisse exister.

Oui. Elle l'a été. Mais je l'aime plus que tout. Alors je me contente de murmurer à mon tour :

— Il t'aime tellement.

Il est perdu. Il a peur. Et moi aussi. J'aimerais qu'il revienne pour le serrer contre moi et lui promettre que tout va bien se passer. Mais je sais que Priam a besoin d'être seul, de digérer au moins un peu tout ça.

Je fais un pas vers le lit d'April. Elle tend un bras vers moi, les lèvres tremblantes.

— Je vais mourir, Belle.

# CHAPITRE 36

## *Le cœur s'essouffle*

### BELLE

J'inspire brusquement et tente de paraître sereine, alors qu'intérieurement je suis effondrée.

— Non. Tu ne vas pas mourir, j'affirme avec force. Parce que je viendrai te chercher, April. Et par les cheveux.

Un rire sans joie lui échappe et elle secoue la tête. Elle se met ensuite à tousser, et ça me fait mal, tellement mal de la voir comme ça.

— Tu sais bien que si, elle reprend ensuite. Quand ? Je ne sais pas. Mais je sens que... Le nouveau traitement sera lui aussi inefficace. Je ne suis pas une héroïne de BD, Belle. Je vais mourir.

— Tu es l'héroïne de MA BD, April. Et tu vas vivre. T'entends ? Je la dessinerai pour toi s'il le faut, cette foutue BD.

— Tu ne sais pas dessiner, elle murmure avec un sourire triste.

— Tu vas vivre, je martèle, car je refuse d'admettre le contraire.

N'y tenant plus, je m'approche d'elle.

— Tu ne vas pas mourir, April. Pas maintenant. Ton nouveau traitement va fonctionner.

J'espère que l'espoir apparaît sur mon visage et qu'elle me croit. C'est la seule possibilité que j'accepte.

Je m'assieds au bord de son lit et serre ses doigts entre les miens. Sa peau est froide et sèche. Je frotte doucement ses doigts pour tenter de les réchauffer comme je peux.

— Mon cœur va mourir. Il va cesser de battre. Il va cesser de se battre.

— Alors je te donnerai le mien. Parce que sans toi, il ne me servira plus, April. Prends-le, prends le mien. Fais-en ce que tu veux, putain ! Mais reste en vie.

Les larmes débordent de ses yeux et je me penche lentement vers elle, en larmes moi aussi. Ma main libre dégage des mèches de cheveux de son front.

Son espérance de vie est encore grande, je le sais ! Je le sens.

— Je suis désolée de ne t'avoir rien dit. Tu... tu étais à Seattle. Tu vivais ta vie, Belle. Je ne voulais pas t'en parler comme ça.

Mais dès mon arrivée ici, une partie de moi a su que quelque chose n'allait pas. Sauf qu'April continuait de me rassurer et je l'ai crue.

— Tu m'en veux ? elle murmure en serrant ma main.

— Oui. Atrocement. Ça fait mal. Terriblement mal.

Elle inspire brusquement en hochant plusieurs fois la tête. Priam lui en veut aussi. Il doit se sentir trahi, je le sais. Finalement, je m'allonge aussi doucement que possible contre April. Elle ferme les yeux en collant son visage au mien. Nous restons silencieuses pendant de longues minutes, nos souffles se mélangeant pour ne faire qu'un.

Mes doigts caressent son visage, effleurent sa peau. Ses yeux s'ouvrent et son regard accroche le mien. Le sien est fatigué. Mais rempli d'amour.

Puis je lui demande dans un chuchotement :

— Pourquoi les cœurs doivent-ils battre ?

— Pour que l'on puisse vivre. Aimer. Pour qu'on puisse tomber amoureux.

Ma lèvre inférieure me trahit en se mettant à trembler.

— Le mien ne battra plus si le tien s'arrête, April.

Elle fronce son petit nez en se pressant un peu plus contre moi.

— Ne sois pas idiote, Belle. Le tien doit battre deux fois plus. Une fois pour continuer à m'aimer quoi qu'il arrive. Et une seconde fois pour aimer Priam.

— Je...

Mais je ne trouve pas mes mots. Aucun mensonge. Je ne sais pas exactement ce que je ressens pour lui. Mais je tiens à Priam. Beaucoup trop. Envolée ma détermination à protéger mon cœur.

Je ne mets pas de mot dessus, mais je le sens. Mon propre cœur est en train de battre pour cet idiot. Il n'y a plus de jeu. Plus de triche.

Vous voulez la vérité ? J'ai peur.

*Parce que rien ne se brise plus qu'un cœur amoureux.*

# CHAPITRE 37

## *Trahison*

### BELLE

Je me suis endormie contre April sans même m'en rendre compte. Il a suffi de quelques minutes pour que mes paupières se ferment, blottie contre mon amie.

C'est une sensation de chaleur qui me réveille. Je bats des cils et m'éveille dans cette chambre d'hôpital. April dort encore près de moi ; il fait encore nuit donc j'ai dû dormir peu de temps.

La première chose que je remarque ou plutôt que je sens, c'est la couverture qui a été posée sur nous. Une couverture qui n'était pas là lorsque je me suis endormie.

La deuxième chose que je remarque, c'est le gobelet de café vide posé sur la table près du lit. Je n'ai pas besoin de réfléchir longtemps pour savoir à qui il appartient, qui a déposé cette couverture sur nous.

Priam était là. Je sens encore son parfum qui flotte dans l'air. Il était là. Mais il ne l'est plus. Mon cœur se serre, je sais qu'il souffre, mais il ne pouvait pas rester loin de nous. J'aimerais qu'il soit là, pour partager sa douleur, l'attirer en moi, qu'on se rassure mutuellement.

Je tourne le visage vers April et la regarde dormir pendant plusieurs minutes. Un petit souffle sort de sa bouche et un minuscule sourire étire ses lèvres pendant qu'elle rêve.

Je me blottis une nouvelle fois contre elle, me jurant de la protéger de tout, même de la vie.

## Quelques heures plus tard

April inspire brusquement après la quinte qui vient une nouvelle fois de la secouer. Ça me tue de la voir comme ça, mais je garde espoir. Son nouveau traitement va l'aider, du moins je l'espère. Le docteur Poke m'a autorisée à la ramener chez elle ce midi après une nouvelle série d'examens.

Ma meilleure amie se laisse tomber sur son canapé tout en cherchant du regard quelque chose qui m'échappe.

— Où est ma fifille ? bougonne-t-elle en se baissant.

— Attends, ne te penche pas comme ça, je lui ordonne en m'avançant vers elle.

Je n'ai qu'une envie, prendre une douche parce que je pue et que mes cheveux sont remplis de nœuds. Mais ça attendra. Heureusement, Paul m'a donné ma journée.

April lève son majeur dans ma direction en se penchant un peu plus de l'autre côté du canapé.

— Ne me traite pas comme une enfant, elle martèle en me jetant un œil noir. Je ne le supporterai pas.

Je reste immobile sans savoir quoi dire. Je suis juste inquiète pour elle. Mais oui, je ne dois pas agir comme sa mère ou elle va finir par m'arracher les yeux.

— Fatal ? Oh ! Te voilà ! s'exclame ensuite April en récupérant sa satanée bestiole.

Je réprime un frisson en voyant l'araignée grimper sur l'avant-bras d'April. Je jurerais que Fatal la reconnaît.

— Que tu es belle, continue April, des étoiles plein les yeux. Beaucoup plus jolie que tata Belle.

Je lève les yeux au ciel tout en retenant un sourire.

— Je t'emmerde.

Elle laisse échapper un petit rire sans la quitter du regard.

— Ça va, Belle, arrête de me regarder comme si j'allais m'envoler. Tu peux rentrer chez toi prendre une douche parce que tu pues.

Je fronce mon nez.

— Tu...

— Non non, ce n'est pas l'heure de me contredire, madame l'avocate. Vraiment, je vais bien.

J'attends plusieurs minutes puis finis par céder. Mes muscles sont noués et je crois que j'ai besoin d'être seule afin de réaliser ce qu'il vient de se passer.

— Je repasse ce soir, j'informe April. Tu es sûre que ça va ?

— Je vais bien, Belle. Promis.

*Mais tu m'as déjà menti droit dans les yeux, April.*

C'est ce qu'une partie de moi a envie de lui rétorquer. Néanmoins je m'abstiens. Je me contente de hocher la tête avant de faire demi-tour. Je ne prends pas la direction de mon appartement, je hèle le premier taxi disponible et me rends jusque chez Priam sans réfléchir.

Il fuit. Il se dissimule en pensant échapper à la réalité. Je veux lui montrer qu'il n'a pas besoin de se cacher, qu'April a besoin de lui. Et que moi aussi, j'ai besoin de lui.

J'arrive rapidement en bas de son appartement sur Charles Street. Je descends du taxi en observant les immeubles typiques de la ville, entièrement recouverts de briques ocre. L'air est frais, il est à peine midi, et ça me fait du bien d'inspirer une bonne bouffée d'oxygène. Je me moque de mon tee-shirt miteux et du short qui l'accompagne, je ne pense qu'à voir Priam et à lui parler, mettre des mots sur ce qu'il doit ressentir et qui doit lui faire si peur.

La nuit a été dure. Beaucoup de choses se sont passées. Mais ça ira mieux demain, je le sais. Il le faut.

Je monte les quelques étages qui me séparent de la lourde porte de l'appartement de Priam. Que fait-il ? Il s'est coupé de la réalité, je le sais. Ressasse-t-il le passé, ses cauchemars et autres merdes ? Ou peut-être est-il sorti voir des amis pour se vider la tête. En fait, je suis presque sûre qu'il a dû passer sa nuit à bosser en rentrant de l'hôpital.

C'est ce que j'aurais fait : noyer mes émotions et surtout ma peur dans le travail.

Je frappe à la porte de son appartement. Mais j'entends plusieurs voix de l'autre côté du battant et on ne m'a visiblement pas entendue.

— Priam ? répété-je plus fort.

Des bruits de pas se font entendre. La porte s'ouvre à la volée.

Sur une femme nue.

Nue. Une inconnue est à poil devant moi. Sur le seuil de l'appartement de mon désormais petit ami.

Vous vous rappelez, ce que je vous disais ? Rien ne se brise plus qu'un cœur de tricheur, surtout lorsqu'on est amoureux.

Je crois bien que Priam vient de nous le prouver.

# CHAPITRE 38

## *Une douleur indescriptible*

### BELLE

— Qui es-tu ? j'articule difficilement.

Pitié, ne me dis pas que tu es le plan cul de Priam. Parce que je vais entrer dans la pièce et le tuer de mes propres mains.

La femme fronce les sourcils, apparemment surprise de me trouver là, puis finalement ses lèvres s'étirent en un lent sourire et elle passe la main dans ses cheveux.

— Val, elle me dit comme si c'était une évidence.

Comme si j'étais censée la connaître.

— Toi, t'es qui, poupée ?

Elle se moque de sa nudité, apparemment, les mains sur ses hanches étroites. Et moi, je ne peux que rester là, aussi immobile qu'une putain de statue.

— Tu viens jouer avec nous ? me demande-t-elle comme je ne lui réponds pas.

J'inspire brusquement en faisant une grimace. Jouer avec eux ? Oh, j'imagine parfaitement comme ils devaient jouer entre eux.

— J'ai hâte, continue-t-elle alors que je reste silencieuse. Il est plutôt sauvage, alors prépare-toi.

Sauvage. Priam est sauvage. Je le sais, et elle aussi, désormais.

— Je vais commettre un meurtre, je murmure en pensant à cet enfoiré.

Je vais tuer Priam. Lui arracher les yeux. Et les faire manger à Fatal. Une partie de moi exige d'avoir des explications et d'aller à la confrontation, mais l'autre n'en veut pas, elle veut fuir pour se protéger et oublier ces deux dernières minutes.

— Ohhhh, continue Val, désarçonnée par mon mutisme. En fait, t'es celle qui fournit Reyes ?

*Quoi ?*

Qui est Reyes ? Et qui lui fournit quoi, bordel ?!

J'entends d'autres voix derrière elle : Priam hurle des jurons. Il se matérialise soudain devant moi. Ses yeux se remplissent d'horreur et d'incompréhension en me découvrant. J'ai la nausée en le voyant. Il est torse nu, uniquement vêtu d'un short noir. Ses cheveux sont emmêlés, comme si on venait de passer la main dedans. Ses yeux fatigués. Je l'imagine aisément embrasser cette Val alors qu'elle tire sur ses mèches sensuellement.

Mon Dieu, je vais vomir.

Je m'inquiétais pour sa sœur très malade, et lui, il s'amusait ? Combien sont-ils là-dedans ?

— Belle ? s'exclame Priam.

J'ai envie de pleurer en l'entendant prononcer mon nom. Je me déteste d'être si faible, mais je suis fatiguée, mes émotions sont exacerbées, et Priam vient de me briser le cœur.

Je lève le menton comme si je n'étais pas en train de m'effondrer intérieurement. En le voyant s'approcher de moi, je sais que ça va être difficile de fuir. Je recule et Priam fronce ses sourcils, la main suspendue entre nous.

— C'est quoi ce bordel, Priam ?

J'inspire brusquement et la fille s'éloigne aussi discrètement que possible en sentant la tension qui s'installe entre nous.

— Ce n'est pas ce que tu crois, commence Priam en fronçant les sourcils.

— C'est la phrase cliché du mec qui vient de tromper sa copine, je lui réponds d'une voix tranchante.

Je bous intérieurement. Et lui recule comme si je venais de le frapper. La déception se lit sur son visage. Oh, non, non, c'est à moi d'être déçue ! Pas à lui !

— Tu crois que je t'ai trompée, mon ange ?

Il prononce ce surnom – mon tendre surnom – avec colère. Comme s'il cherchait à dissoudre un acide dans mon corps.

Je plaque mes deux mains sur sa poitrine. Il ne bouge presque pas mais ça me fait du bien de me déchaîner. Je me retiens depuis hier, depuis April. Et je laisse enfin libre cours à une partie de mes émotions.

— J'en sais rien, Priam, je crache. Pourquoi une femme nue vient de m'ouvrir la porte de ton putain d'appartement ?!

Je hurle, désormais, à bout de patience.

Priam pousse un juron, et je fais demi-tour. Il se place immédiatement devant moi.

— Attends ! Bordel, Belle ! Tu deviens folle.

Je ne veux pas attendre. J'ai mal, alors je veux lui faire mal en retour. Je poursuis :

— Je n'ai pas de temps à perdre avec toi. Je venais te dire que ta sœur est chez elle. Tu devrais passer la voir plutôt que... de faire ce que tu étais en train de faire.

— Tu me blesses, Belle, continue-t-il en serrant les poings. Tu... tu n'as aucune confiance en moi.

Il a tort. J'avais confiance en lui. Et c'est lui qui vient de me blesser. Non, je ne veux même pas entendre ses explications. Je suis épuisée et je veux juste rentrer chez moi.

Je veux qu'il se tienne loin de moi. Parce que j'ai mal, putain.

— Va te faire voir, Priam. Toi et ta confiance.

Il serre les mâchoires. Il avance d'un pas, l'air furieux. Mais je refuse de me laisser impressionner.

— Ne me touche pas Priam. Ou je te brise les doigts, et je suis sérieuse. Va voir ta sœur. C'est tout ce que je te demande. Ça ne devrait pas être compliqué, si ?

Il s'immobilise et secoue la tête, la mine défaite. Il est fou de rage et blessé, je le sens, mais il se contient. Quant à moi je suis épuisée. Par tout.

— Je ne t'ai pas trompée, putain ! Mais le fait que tu puisses penser le contraire...

— Difficile de penser autre chose vu ce que je viens de voir. Bravo, t'as réussi à tricher une nouvelle fois. Mais je ne te suivrai pas dans cette partie.

Je m'éloigne en le bousculant. Cette fois, il me laisse faire.

## PRIAM

J'ai la gueule de bois. Une méchante gueule de bois. Ça fait des années que je ne me suis pas retrouvé dans un état pareil à vouloir vomir toutes mes tripes.

Et la situation m'échappe sans que je puisse faire quoi que ce soit.

Belle s'éloigne. Je suis en colère, furieux contre moi, contre elle, et contre ce satané Reyes.

Reyes. Qu'est-ce que t'as foutu ?!

Je me suis réveillé péniblement cinq minutes plus tôt. Ces dernières heures, j'ai déconné. J'ai bu plus que de raison. Je me passais encore en boucle les paroles du médecin de ma sœur. Ma petite sœur, si fragile et malade. Peut-être mourante.

La seule chose sur laquelle je n'ai aucun contrôle. La maladie. La vie se joue de nous. Et nous sommes condamnés à prier, pour qu'elle soit clémente avec nous.

J'ai quitté l'hôpital au milieu de la nuit, et je me suis retrouvé chez moi, à boire. Reyes a fini par me rejoindre, et tandis qu'il descendait une nouvelle bière sur mon canapé, je me suis laissé tomber sur mon lit et ai volé quelques heures de sommeil.

Quand je me suis réveillé, mon appartement était sens dessus dessous. Cet enfoiré de Reyes était là, mais il n'était pas seul : il avait appelé son plan cul.

Je n'ai pas touché cette femme. Je venais à peine de me rendre compte de sa présence quand j'ai entendu la voix de Belle.

Belle, qui ne m'a pas laissé le temps de m'expliquer et m'a repoussé sans que je puisse me défendre. Putain, ça fait mal. Même si une part de moi peut la comprendre. J'aurais vrillé en voyant un homme nu sur le seuil de son appartement, qu'il y ait une explication ou non.

Je serre les poings rien qu'en pensant à une telle vision.

Reyes, je vais te tuer.

Je claque la porte et croise l'inconnue qui commence à s'habiller. Elle doit comprendre que la fête est finie.

Je ne m'attarde pas sur elle et avance dans mon salon dont les baies vitrées donnent sur une partie du quartier. Reyes est en train de s'endormir sur mon canapé, lui aussi dans un sale état. Mais cela ne m'inspire aucune compassion. Je ne ressens que de la colère. Je m'avance vers lui.

— Toi ! je crache.

— Salut, mon pote, articule-t-il avec la voix cassée. T'as l'air stressé.

Stressé ? Non. Furieux ? Assurément.

Il me sourit. Il est complètement alcoolisé.

Je me penche vers lui et le saisis par l'épaule avant de le relever violemment. Il fronce les sourcils, et ses mains s'accrochent à mon avant-bras pour me repousser mollement. Il est dans un état second et vacille quand je le relâche.

— C'est quoi ton problème ? il crache.

Je le pousse et il retombe contre le dossier du canapé. Si nous étions tous les deux dans notre état normal, Reyes serait déjà en train de m'en coller une.

Il marmonne des paroles inintelligibles. Le brouillard qui l'entourait commencer à se dissiper quand je me colle contre lui.

— Toi. C'est toi mon problème. Tu viens de ruiner ma relation avec la femme que j'aime. Et si elle refuse de m'écouter, je jure que je te retrouverai pour t'achever. Je ne serai plus ton avocat, je serai ton ennemi.

Ma voix est tranchante. Je crois bien ne jamais lui avoir parlé comme ça. Pourtant, je pense chacune de mes paroles. Je... J'aime Belle. J'ai besoin d'elle, alors que tout est en train de s'écrouler autour de moi.

Reyes est le prince déchu de Boston, destiné à régner sur la pègre de la ville. Le royaume lui est offert. Mais chez moi, il ne règne pas.

— La femme que t'aimes ? il répète en lâchant un petit rire.

— Range tes merdes et vire ton cul d'ici, j'ordonne à Reyes.

Je file vers ma chambre sans un regard en arrière.

Je prends conscience de mes paroles. Bien sûr que je suis fou d'elle putain. Cette satanée femme. Intrépide et dangereuse.

Je suis tombé pour Belle Murray. Et la chute est trop bonne pour que je renonce à elle.

# CHAPITRE 39

## *Tomber les masques*

### PRIAM

J'arrive devant l'appartement de ma petite sœur en début d'après-midi. La douche que j'ai prise a lavé la moindre goutte d'alcool qui s'accrochait à moi. Mais je me sens toujours aussi mal. Je frappe et entends rapidement sa voix de l'autre côté.

— J'arrive !

La porte s'ouvre une seconde plus tard, et ma petite sœur apparaît sur le seuil.

La surprise se peint sur ses traits. La joie et les regrets aussi.

— Priam !

J'ai l'impression de faire de nouveau face à la petite fille qu'elle était il n'y a pas si longtemps. Je me suis juré de toujours la protéger. Je ne peux pas faillir à ma mission.

J'avale difficilement ma salive en observant sa peau blafarde. Putain, que ça fait mal. Je lève le sachet de nourriture chinoise dans sa direction.

— Je suis passé chez le traiteur en bas de la rue. J'ai pensé que tu aurais faim.

Un bruit inarticulé lui échappe quand elle se jette dans mes bras. Elle enroule les siens autour de moi. Puis elle enfouit son visage contre mon torse, avant de se mettre à pleurer.

— Je t'attendais, elle souffle. Je pensais que tu ne viendrais plus.

Je place une main derrière sa tête et je la serre contre moi. Elle sent l'hôpital, ce qui me rappelle ce qui est en train de se passer.

— Je viendrai toujours, April. Tu es ma sœur. Ma démoniaque petite sœur.

April rigole doucement et son rire se transforme en quinte de toux. Puis elle me fait entrer dans son appartement. Je la suis et pose les nouilles sur la table basse, tandis qu'elle récupère deux cuillères et s'assied sur le canapé. Je l'imite. La petite banquette est trop étroite pour un gabarit comme le mien, ce qui rend ma position inconfortable. Mais je m'en moque.

La télévision est allumée sur un film des années 2000. Je sais qu'April l'a déjà vu de nombreuses fois. Mais elle continue de le visionner comme si c'était la première.

— J'adore ce traiteur, lance-t-elle en engouffrant une bouchée de nouilles.

Elle a de l'appétit, et ça me rassure un peu.

De mon côté, je n'arrive pas à manger. Je suis trop nauséeux pour ça.

Sentant que je l'observe, April lève son visage fatigué vers moi. Elle s'installe en tailleur et se mord les lèvres.

— Je t'en veux, balbutié-je.

— Je sais. Je... je m'en veux aussi, atrocement.

Je le vois sur son visage, elle dit vrai.

— Tu aurais dû m'en parler.

— Pour que tu t'énerves alors qu'on ne peut rien y faire, à part avoir confiance en la médecine ? Non, Priam. Ça t'aurait tué.

— Ton silence m'a tué, je réponds sur un ton sans appel.

Elle ouvre la bouche mais ne prononce pas un mot. Une nouvelle larme coule sur sa joue droite. Cela me rappelle le regard humide de Belle un peu plus tôt. Bon Dieu, j'ai besoin d'elle.

April essuie ses pleurs, secouée de hoquets.

— Pardon. J'avais... j'avais peur d'en parler. Je me suis dit que si je le gardais pour moi, ça rendrait la situation un peu moins réelle. Je me suis dit que si je le gardais pour moi, elle répète dans un souffle, ça allait vous protéger.

Une minute s'écoule silencieusement.

*Cacher la vérité ne la rendra jamais moins douloureuse. Et parfois, les silences sont d'autant plus destructeurs.*

Je reprends :

— Il faut qu'on en parle à maman.

April lève les yeux, le refus clair dans ses yeux.

— Non !

— Si, il le faut.

Elle croise les bras sur sa poitrine, en secouant la tête, faisant voler ses mèches autour de son visage.

— Maman est à l'étranger depuis des années et ne prend même pas de nouvelles de nous. Sais-tu depuis combien de temps je ne lui ai pas parlé ?

Je ne réponds pas à sa question. Je sais que ça fait longtemps, bien trop longtemps.

— Si... si on en parle, elle va me poser une simple question, puis retourner à sa quête spirituelle.

Je ne réponds pas. Je préviendrai notre mère, peu importe ce qui nous oppose.

— C'est mon choix, martèle April. Mon choix. Je t'interdis de le faire, Priam. Je... Je vais guérir, et elle ne saura rien de tout ça.

Je serre les dents et mes deux poings se crispent sur mes cuisses. Finalement, ma petite sœur s'approche de moi, et ses doigts glacés sur posent sur une de mes mains.

— Merci d'être venu.

Je viendrai toujours, je le lui ai déjà dit.

Le film continue à l'écran. April finit par s'endormir contre mon épaule. Quand ses paupières se ferment enfin, les miennes font de même. Je pousse un long soupir. Un soupir exprimant tout ce que je n'arrive pas à dire à haute voix.

## BELLE, Le lendemain

Nous avons un problème. Et par problème, je parle de problème professionnel. Paul, mon patron, était assez paniqué quand il m'a avertie il y a une heure avant de me donner l'adresse d'un café que lui a fournie Colyne.

Qu'a-t-elle fait ? A-t-elle réussi à faire fauter Parker ? L'a-t-elle zigouillé ? Et question encore plus importante : Où vais-je cacher son corps ?

J'étais tellement concentrée sur April ces dernières heures que mon propre travail m'était sorti de la tête. J'étais aussi tourmentée par une seule chose : Priam et cette femme, nue. Notre confrontation.

Je me ressaisis en descendant du taxi, et pénètre dans le *Café Madeleine*, enseigne française située sur Colombus Avenue. Je salue rapidement le gérant et me faufile entre les tables, mes stilettos martelant le sol. Me sentir élégante me redonne confiance en moi. C'est assez superficiel, certes, mais je vous jure que ça me booste intérieurement.

J'ai l'air sereine et sûre de moi alors que je traverse le café. Mais ma carapace se craquelle lorsque j'aperçois Priam à quelques pas. Ses yeux déterminés suivent mes moindres faits et gestes. Je me maudis intérieurement en sentant mon bas-ventre se crisper.

Il est habillé d'un costume gris anthracite et les premiers boutons de la chemise blanche qu'il porte sont ouverts. Il se lève pour venir à ma rencontre.

Reste assis, j'ai envie de lui hurler. Reste loin de moi !

Mais je demeure muette et ne le lâche pas du regard. Il est toujours aussi attirant, dangereusement beau. Mais fatigué aussi. Je sais qu'il est resté tard chez April, vu les messages de mon amie, qui n'est pas au courant de notre confrontation. April a d'autres sujets à gérer.

Priam fourre ses mains dans ses poches de pantalon et mes yeux repèrent la montre en platine à son poignet. Je ne peux m'empêcher de penser à ses doigts contre ma peau, ses mains serrant mes hanches pendant qu'il me pénétrait de toute son âme.

J'achève mon observation par son visage. L'impact de ses yeux verts est terrassant. Les cils et sourcils noirs qui les entourent accentuent leur effet. Tout comme sa bouche pleine et son nez aquilin.

Oh oui, c'est un homme dangereusement puissant. Fort et massif, et pourtant si faible à l'annonce du médecin d'April. Un homme qui m'a à demi brisé le cœur la veille. J'ai bien réfléchi à ce qu'il s'est passé. Au fond de moi, je sais qu'il ne m'a pas trompée. J'ai vu la tristesse sur son visage lorsque je l'accusais. Peut-être y a-t-il une explication que j'ai refusé d'entendre.

Son aura est glaciale aujourd'hui. Du moins, elle se veut glaciale. Lui aussi porte une carapace infranchissable. Mais ses yeux ne mentent pas. Ils fouillent mon âme, et je fais de même. Ce que j'y trouve est loin d'être froid. C'est brûlant. Et tumultueux.

Il me dévisage longuement avant de reprendre brièvement sa respiration. Un simple souffle qui veut dire tant de choses. Qui parle de la faim qu'il éprouve pour moi. De non-dits. De colère. Moi aussi, j'en éprouve.

— Belle ?

Une voix féminine que je connais bien fait éclater notre bulle. Je me retourne pour faire face à Colyne qui se tient debout derrière Priam.

Colyne, qui tient fermement la main de Parker, celui qui est censé être son futur ex-mari qu'elle détestait.

Ma mâchoire se décroche presque, tandis que je me demande si je rêve.

— Quoi ?

Je suis spécialisée dans les divorces. Mais je ne suis pas sûre que ce que je vois réponde à la définition du mot. Et je saisis maintenant l'incompréhension dans la voix de Paul ce matin.

Ma cliente rigole doucement, en découvrant ma surprise.

La première chose que je vois dans ses yeux, c'est de la joie. Elle est heureuse. La seconde chose que je remarque, ce sont ses lèvres gonflées et les suçons dans son cou. L'auteur est indéniablement l'homme qui lui tient la main. Le client de Priam.

Ce dernier semble aussi abasourdi que moi.

— Vous… Vous êtes de nouveau ensemble ? je demande sans vraiment y croire.

Où est passée la femme qui détestait son mari et voulait le piéger à tout prix ?

L'amour, un amour qu'ils tentaient d'étouffer, a refait surface. Qui suis-je pour juger ?

— Surprise ! s'exclame Colyne.

Elle s'avance vers moi, vêtue d'une robe beige qui épouse parfaitement sa silhouette. Ses yeux se font complices quand elle se penche vers moi.

— Remballez votre surprise, Belle. Vous me faites peur.

Je fronce les sourcils en me redressant.

— Je, hum, je ne m'attendais pas à ça, Colyne.

— L'avocat de Parker non plus !

Priam nous observe, les mains toujours dans ses poches.

— En fait, reprend Colyne. Parker a cherché la confrontation il y a trois nuits. Nous avons failli nous entretuer.

— Puis nous avons baisé comme des bêtes, continue Parker en se collant à elle.

— Comme des bêtes, affirme Colyne en hochant la tête.

Oh.

Oh.

Super, vraiment super.

En fait, une partie de moi est honnêtement heureuse pour eux. Parce que j'avais remarqué le regard qu'ils se lançaient. Un regard ne trompe jamais. Ils s'aimaient toujours.

— Donc... plus de divorce ? insisté-je pour être certaine.

— Non ! Mais ne vous inquiétez pas, je vous payerai vos frais jusqu'au moindre centime.

Je n'en doute pas. Paul veillera au grain.

— J'ai démissionné, intervient Parker. Nous partons nous installer à Londres.

— Nous allons visiter le monde ! s'exclame Colyne en frappant dans ses mains.

Je souris spontanément en observant les deux ex-futurs divorcés.

La vie est parfois remplie de surprises.

— Eh bien... je crois qu'il ne me reste qu'à vous souhaiter bonne continuation.

Me prenant au dépourvu, ma cliente se jette presque sur moi et me serre dans ses bras.

— Merci de m'avoir supportée, Belle Murray. Je ne vous oublierai pas quand il me viendra une nouvelle envie de divorcer.

Je secoue la tête en souriant.

— Vous êtes incorrigible, Colyne.

— Notre avion décolle dans deux heures, annonce ensuite Parker. Nous devons y aller.

Les deux tourtereaux quittent le café une minute plus tard, aussi amoureux que des adolescents. Peut-être que c'est ce dont ils avaient besoin : se battre l'un contre l'autre puis succomber et s'aimer de nouveau.

Je reste seule face à Priam. Et je vois qu'il est prêt à passer à l'attaque. Mais je ne lui en laisse pas le temps et fais volte-face.

— Belle.

Sa voix claque dans mon dos. Je frissonne. Mon cœur bat plus vite, et je me précipite dehors. Je me hâte de héler un taxi.

— Belle ! On doit discuter.

Oui, on le doit. Mais pas là. Pas comme ça. Pas alors que mes murailles s'effondrent déjà.

Je me tourne une dernière fois vers Priam, qui se tient sur le seuil du café. J'ai déjà la main sur la poignée de la portière et il termine avec force :

— Tu ne peux pas fuir. Tu ne peux pas nous fuir.

Peut-être pas.

Je monte dans le taxi sans attendre, faisant fi de ses mots. Assise, je l'observe une dernière fois.

Il n'a pas bougé, debout sur le seuil. Et son regard ne s'avoue pas vaincu. Il se fait calculateur. Priam ne va pas me laisser fuir. Il va me chasser, me rattraper, et m'obliger à lui faire face.

# CHAPITRE 40

## Avoir besoin de l'autre

### BELLE, Deux jours plus tard

Je bascule ma tête en arrière contre le haut du fauteuil. J'en ai marre de bosser. Ce nouveau dossier – rappelez-moi qu'il faut que j'insulte Paul – est un calvaire. Un divorce ultra conflictuel entre un homme et sa femme qui l'a surpris dans un lit avec une de ses étudiantes.

Je masse mes paupières du bout des doigts et la respiration sifflante d'April interrompt le silence qui régnait jusqu'à présent dans son salon. Je me redresse, aux aguets. Elle griffonne quelque chose sur une feuille de dessin, sans s'interrompre.

— April ? je souffle.

Elle lève son visage vers moi. Elle a passé la matinée à l'hôpital auprès du docteur Poke, à faire des analyses et une batterie de tests. Son regard se fait doux en croisant le mien, mais je ne suis pas bête. Je vois qu'elle est épuisée, pourtant elle m'assure que c'est normal, la conséquence prévisible de son nouveau traitement.

— Je vais bien, elle me dit avant même que je ne lui demande. Continue à bosser.

Je n'en ai aucune envie. J'ai l'impression de perdre mon temps alors que je pourrais être près d'elle. Je me redresse et étire mes bras au-dessus de ma tête.

— Qu'est-ce que tu dessines ?

Elle pince les lèvres avant de placer la feuille sur laquelle elle œuvrait sous une pile près d'elle.

— Juste... des tatouages. Bosser me manque.

Elle fronce le nez. Je me lève pour aller chercher à boire dans la cuisine et effleure son crâne en passant près d'elle.

— Tu retourneras bosser quand tu iras un peu mieux, je lui rappelle.

Quelque chose tombe dans mon dos. Je me retourne brusquement et vois tous ses feutres éparpillés devant le canapé.

— Merde, marmonne ma meilleure amie, je croyais que c'était toi, la maladroite !

Je retiens un sourire et m'approche pour l'aider à ramasser. Ses joues sont rouges sous l'effort et elle s'assied à même le sol. Comment sa santé a-t-elle pu se dégrader à ce point ? Est-ce que c'était là, devant mes yeux, sans que je ne voie rien tout ce temps ?

Et quand est-ce que son nouveau traitement va être efficace ?

— Attends, laisse-moi faire, je lui demande.

— Je peux le faire, s'exclame-t-elle.

Son regard croise le mien, rempli de frustration. Je veux la rassurer et la calmer.

— Bien sûr que tu peux le faire, j'affirme. Mais ça me fait plaisir.

Elle remonte ses genoux contre sa poitrine en grimaçant.

— J'en ai marre, d'être prisonnière de cette putain de vie.

Je m'assieds en tailleur en face d'elle.

— Tu...

— N'essaye pas de me rassurer, putain ! elle s'énerve.

Alors je ne le fais pas. Je me mords les lèvres pour ne pas répondre et range ses derniers feutres dans sa trousse.

Je garde le silence, parce qu'elle en a besoin et que je ne veux pas me battre contre elle. Finalement, elle pousse un soupir.

— Pardon, Belle.

Ce n'est rien. Son portable sonne et nos deux têtes se tournent vers l'objet.

— Ça doit être Priam. Il m'a dit qu'il passerait vers dix-neuf heures, donc il ne devrait plus tarder.

Merde. Non.

Tout en gardant un air neutre, je me relève avant de m'avancer pour récupérer mon dossier.

— Il faut que je passe au bureau pour terminer ma première analyse avant que Paul ne me vire.

— Tu vas au bureau aussi tard ?

April n'est pas dupe. Son regard se fait interrogateur et je vois déjà les suppositions qui tournent dans sa tête. Je hausse les épaules et m'empresse de fuir son appartement.

— Paul est un vrai tyran quand il le veut. Je te vois demain !

Le regard bleu d'April me suit jusqu'à ce que je quitte la pièce. Je pourrais rentrer chez moi. Mais je n'ai pas envie de me retrouver seule avec moi-même et mes tourments. Donc, je décide finalement de rejoindre mon bureau à pied. Bosser m'aidera à me vider la tête.

Ma nouvelle cliente n'a pas été trompée qu'une seule fois par son mari. Il s'avère qu'il a couché avec deux étudiantes, la voisine, et attention, avec la sœur de Madame. Je visionne rapidement les nombreux SMS en version imprimée que ma cliente m'a fournis, dans lesquels le type reconnaît allégrement la tromper parce que Madame ne serait plus aussi excitante au lit depuis qu'elle est enceinte. Pauvre type.

Un bâillement qui me décroche presque la mâchoire interrompt mon analyse. Je lève la tête de mon bureau et fixe les fenêtres. Le soleil est couché depuis longtemps, et les lumières de la ville scintillent partout. Quelle heure est-il ?

Je vérifie l'heure sur mon portable.

22 h 17.

Il est temps de décrocher. J'ai tenté du mieux possible de me plonger dans les affaires de ma cliente alors que mon cœur se rappelait sans cesse d'autres mots et surtout d'autres maux.

Un craquement retentit en face de moi, et je me redresse sur ma chaise, le cœur au bord des lèvres. La pièce est uniquement éclairée par la petite lampe sur mon bureau et j'essaye de comprendre d'où provient ce bruit.

Je fronce les sourcils en découvrant qui se tient sur le seuil de ma porte. Je ne l'ai pas entendu arriver, et surtout, il n'a rien à faire là.

Comment m'a-t-il trouvée, d'ailleurs ?

— Qu'est-ce que tu fais ici ?

Je tente de maîtriser ma voix. Sans succès. Elle laisse transparaître tant de choses, tant de silences lourds de rancœur et de regrets.

Priam ne me répond pas. Il se contente de m'observer avec la plus grande attention.

Sa silhouette occupe toute la porte. Ce soir, il porte un tee-shirt gris en coton et ses jambes sont moulées dans un jean brut. Je déglutis avec difficulté, sensible à l'intensité qu'il dégage. Particulièrement ses yeux.

Toujours son foutu regard qui me laisse lire en lui, ce soir.

Une mèche de cheveux sombre tombe sur son front à la peau hâlée et je me lève de ma chaise, comme il ne me répond pas. Je déteste ce silence.

Priam examine la robe prune près du corps que je porte. Je le vois exhaler avant qu'il ne serre durement les lèvres. Il y a quelque chose dans ses yeux, une vulnérabilité que je ne m'attendais pas à voir.

— J'ai dit : qu'est-ce que tu fais ici, Priam ?! Tu n'as aucun droit de débarquer dans mon bureau.

Il arque un sourcil en souriant puis il se tourne vers la porte et la claque.

Le bruit retentit entre nous, et je sens mon cœur battre un peu plus rapidement. Il m'a manqué. Mais je suis encore furieuse, perdue, et fatiguée.

— Sors d'ici, je lui demande en croisant les bras sur ma poitrine.

Je vois ses épaules se tendre.

— Non.

Sa voix n'admet aucune contradiction.

Un rire sans joie m'échappe.

— Pour qui est-ce que tu te prends ? Tu n'as pas une nouvelle nana à rejoindre ?

Ma voix est mordante. Quand il se tourne vers moi, j'émets un grondement sourd. Ça y est, la rage est de retour. Tant mieux, je préfère ça. Je peux affronter sa rage, mais pas sa vulnérabilité.

— Pour qui je me prends ? répète-t-il d'une voix doucereuse, faussement calme qui me fait frissonner.

Il continue sans attendre :

— Je me prends pour l'homme que tu baises. L'homme que tu embrasses. L'homme en qui tu étais censée avoir confiance.

Je n'ai pas le temps de répondre qu'il termine en faisant un pas vers moi :

— Je ne partirai pas, Belle, car je mérite que tu écoutes mes explications. Tu m'as repoussé sans que j'aie le temps de dire quoi que ce soit.

Je le regarde avaler difficilement sa salive sans jamais détourner le regard.

— Je venais de passer la nuit à l'hôpital. J'étais épuisée, et quand j'ai tenté de te rejoindre, Priam, parce qu'April avait besoin de toi et MOI AUSSI, une femme nue m'a ouvert la porte de ton appartement. Comment étais-je censée réagir ? Attendre sagement que tu décuves pour me raconter ce qu'il s'était passé les dernières heures ? Hors de question !

Il fait un nouveau pas dans ma direction avant de s'immobiliser.

— Je reconnais que la situation semblait merdique, mais je vais te reposer la question, Belle, car j'ai besoin de savoir si tu me fais vraiment confiance. Crois-tu que j'aie pu te tromper ?

J'ai envie de lui crier que oui, juste pour lui faire du mal. Mais je n'y arrive pas. Parce que ma tête, mon corps et mon cœur savent très bien qu'il ne l'a pas fait.

— Non, je finis par articuler en serrant plus étroitement mes bras autour de moi.

Il ferme les yeux et inspire brusquement comme si ma réponse était exactement ce qu'il attendait. Quand ses paupières se soulèvent de nouveau, je vois encore cette vulnérabilité qu'il tentait de me cacher. Mais elle est désormais trop puissante pour qu'il puisse l'enfouir sous sa carapace. Elle déborde et me prend à la gorge.

— Je ne l'ai pas fait, il chuchote d'une voix éteinte. Et je... je suis désolé que tu aies pu le croire.

Priam s'excuse. Son masque se craquelle devant moi. Il s'offre à moi, nu et sans aucun faux-semblant.

— J'ai quitté tardivement l'hôpital, cette nuit-là, commence-t-il. Tu étais là, contre April. Ma petite sœur, qui m'avait menti, tout ce temps. Ma petite sœur malade qui...

Pour la première fois depuis que je connais Priam, sa voix tremble. Et il ne fait rien pour se contenir. Ses yeux accrochent les miens et il continue :

— Je suis rentré chez moi, et un ami, Reyes, m'a rejoint.

Le fameux Reyes.

Priam s'avance dans la pièce et s'assied dans l'un des fauteuils devant mon bureau. Ses mains se serrent et se desserrent quand il reprend :

— J'étais tellement mal que j'ai descendu pas mal de bières. Je suis parti me coucher, seul. Reyes a décidé de continuer à boire pendant que je dormais et il a appelé une amie, la femme nue. Quand je me suis réveillé, j'ai compris ce qu'il se passait, mais... tu... tu as fui. Et je le comprends, maintenant. J'aurais sûrement réagi de la même manière à ta place.

Une minute s'écoule silencieusement. Ses mots m'emprisonnent et tourbillonnent dans ma tête. Je suis encore un peu en colère, mais je sais qu'il dit vrai. Et c'est à cet instant que je remarque à quel point il a l'air las et épuisé, lui aussi.

— Je te crois.

Les mots m'échappent sans que je puisse les retenir. Il se laisse aller dans le fauteuil avant de reporter son attention sur moi.

— J'ai besoin de toi, Belle.

Sa voix tremble de nouveau.

— Je ne peux pas perdre April.

Il avale difficilement sa salive, je vois sa pomme d'Adam bouger de haut en bas, et ses yeux s'embuent de larmes. L'homme que j'ai en face de moi vacille, au bord d'un précipice. Il me laisse le choix de le regarder tomber ou de le rattraper.

— Et je ne peux pas te perdre, Belle. Pas alors que tu m'as rendu si vivant ces dernières semaines. Pas alors que notre jeu de tricheurs est devenu si réel. Pas alors que je t'aimais déjà quand j'étais un adolescent. Je ne peux pas te laisser disparaître alors que j'ai tant besoin de toi.

Une larme coule sur sa joue alors que je m'avance vers lui. Tout remonte à la surface. Ses tourments, les miens. Mais ils ne sont rien face au reste de nos sentiments qui éclatent au grand jour. Ses jambes s'écartent quand je me place debout devant lui. Il enfouit son visage contre mon ventre.

Mes doigts plongent dans ses cheveux, massant doucement son cuir chevelu, tandis que ses mains me maintiennent contre lui, pour que je ne m'envole pas.

*Mais comment pourrais-je m'envoler sans Priam alors que c'est lui qui me donne des ailes ?*

— Priam, soufflé-je.

Il embrasse mon ventre avant de lever les yeux vers moi. Cette fois, il y a quelque chose en plus. Notre feu. Cette combustion de nos âmes qui s'entremêlent avant de dessiner d'immenses flammes remplies de désir. Ce feu est là et lèche ma peau.

Le regard de Priam devient fou, et ses mains se pressent contre mes fesses.

— Moi aussi, j'ai besoin de toi, je lui murmure.

Priam attendait ces mots pour craquer. Il se lève du fauteuil et saisit mon visage avant de plaquer ses lèvres contre les miennes. Ses doigts prennent mes joues en coupe, sa langue danse avec la mienne. Je suis envahie par son goût et ses larmes. Une combinaison si puissante qu'elle me donne envie de m'envoler avec lui à mes côtés.

— Tu m'as manqué, il me dit en s'écartant brièvement.

Je souris contre ses lèvres en lui rendant son baiser. Mes mains se perdent dans ses cheveux et sa bouche se presse dans mon cou avant de le parsemer de baisers sauvages.

Puis Priam prend une de mes mains et la pose contre sa propre gorge.

— Est-ce que tu sens à quel point j'ai besoin de toi, Belle ?

Je hoche la tête tout en passant ma langue sur ma lèvre inférieure. Priam appuie un peu plus, et j'ai l'impression de contrôler sa respiration. Il me donne tout pouvoir sur lui.

— Est-ce que tu comprends à quel point tu me tiens au creux de tes doigts ?

Je hoche une nouvelle fois la tête.

— Oui, Priam. Je le sens.

La douceur quitte son visage et le mien. Nous ne sommes plus qu'instinct. Mes doigts parcourent son corps, tout comme les siens. On arrache presque ma robe en me l'enlevant, trop pressés pour agir calmement, et une fois libre, il pose la bouche sur mon téton droit.

Ma tête bascule en arrière. Nous nous tenons là, au centre de la pièce. Nous nous dévorons mutuellement jusqu'à ce qu'il ne reste plus rien entre nous.

Ses dents entrent dans la danse. Il murmure contre moi :

— Tu es si douce.

Nouveau mordillement contre mon téton meurtri. Mes orteils se recroquevillent dans mes escarpins.

— Si chaude. Brûlante.

Oui, je le suis. Pour lui.

— Il faut te rafraîchir, souffle Priam.

Quoi ?

Il m'attire contre une grande baie vitrée derrière mon bureau. Elle donne sur les immeubles alentour aux fenêtres parfois encore éclairées.

Priam colle mon corps face à la vitre dont le froid mord ma peau.

— Putain.

Priam se presse contre mon dos. Il glisse ses mains entre la fenêtre et ma peau, les passe sur mon ventre, puis les fait descendre plus bas.

— Tu aimes ça ?

Je ne lui réponds pas, alors il se presse un peu plus contre mon dos. Je confesse en souriant :

— J'aime ça.

— Bien. Tu sais que quelqu'un est sans doute en train de nous regarder ?

— Oui.

— Et qu'est-ce que ça te fait ?

Je fronce les sourcils une seconde, observant les nombreuses fenêtres autour de nous. Ça ne me dérange pas, en fait.

— Ça... ça m'excite, j'avoue.

— Bien, continue Priam, ravi. Parce que tu vas encore plus aimer ce qui va suivre.

Priam me fait pivoter, me soulève et plaque cette fois mon dos contre la fenêtre. Seul son corps me maintient contre la vitre. Ses lèvres s'emparent de nouveau des miennes. Mais j'en veux plus, alors mes doigts descendent sur son ventre puis sur le bouton de son jean, que j'ouvre.

— Oh non, c'est moi qui décide, s'écrie-t-il.

Je pousse un juron. D'une main il me maintient contre la vitre tandis que l'autre descend vers la ficelle de mon string.

— Priam ?

Son sourire taquin me répond. Son index passe la barrière de mon sous-vêtement et découvre l'humidité de mon intimité. On gémit en chœur lorsque Priam caresse mon clitoris sans attendre. Je noue les bras autour de sa nuque et m'accroche à lui, pour lui donner un peu plus de liberté de mouvement.

Priam poursuit ses caresses et je sens mes muscles se contracter. Au moment où je vais jouir, son index s'éloigne.

— N'arrête pas, je lui ordonne avant de mordre son oreille.

— Je veux tellement te faire jouir, mais...

Il porte ses doigts à sa bouche, et il en lèche un. Je suis littéralement hypnotisée. Son doigt rejoint ma bouche et effleure ma lèvre inférieure. Je me goûte, mes sucs mélangés à sa salive. Et j'en veux encore. C'est cru. C'est nous.

À cet instant, la vie n'a aucun pouvoir sur nous. On s'évade, ensemble.

— Je veux tellement te faire jouir, répète Priam, mais tu as été une vilaine garce, ces derniers jours, pas vrai ?

— Et toi, un salaud.

Il continue de sourire puis sa main se faufile cette fois dans mon dos. Son index passe entre mes fesses et écarte le tissu de mon string avant de caresser mon anus.

— Oh...

— Ça aussi, tu aimes ?

Je ne peux pas répondre. Je ne peux pas parler. Je ne peux que sentir.

Quand son doigt pénètre mon orifice, je perds le souffle. Mes muscles se contractent de nouveau, mélange de surprise et de ravissement. Je sens que je vais jouir, je vais...

— Les garces ne doivent pas jouir aussi facilement.

Priam s'éloigne un peu.

— Non !

Mais il fait durer le plaisir jusqu'à le rendre insoutenable. Il récupère un préservatif dans la poche arrière de son jean que son érection déforme. La minute d'après, je suis revenue dans ses bras.

Il m'assied sur mon bureau et me pénètre, enfin. Il se loge en moi, s'assurant de me marquer au plus profond de mon être.

Mes cuisses s'écartent davantage, quand il s'enfonce entre elles. Il est partout. En moi, autour de moi. Dans mon cœur et dans mon esprit.

Sa main prend alors ma joue en coupe, il m'embrasse.

— Nous sommes faits pour nous battre l'un contre l'autre, mon ange. Nous sommes faits pour nous combattre avant de succomber. Tu ne le sens pas ?

— Si.

Je ne peux sentir que ça. Nous volons ensemble, encore. Et encore, et encore. Le monde s'écroule, les cendres tombent autour de nous. Mais nous continuons de voler dans la nuit au rythme de nos gémissements.

# CHAPITRE 41

## *L'heure de l'orage ?*

### PRIAM

L'histoire, mon histoire, est loin d'être terminée. Après la fin de certains chapitres, d'autres s'ouvriront. Je serai accompagné de Belle, d'April et de ce satané Reyes pour les écrire.

Mon père disait toujours qu'on ne peut jamais imaginer le futur, car le destin sera toujours là pour nous prouver notre incompétence à deviner la suite.

Ma mère se moquait de lui, ne croyant pas au destin et encore moins au hasard.

Mais j'ai un secret à vous confier : ça me fait sacrément peur, le lendemain. Voyez ça à travers mes yeux : notre vie si tranquille un jour peut être complètement chamboulée le lendemain.

*Certaines personnes passent dans nos vies, les marquent, puis disparaissent ensuite. Elles nous laissent des souvenirs, des mots, des petits mots de vie qui nous rappellent à elles.*

Ce que tu as aujourd'hui peut disparaître demain. Ce que tu n'as pas maintenant peut t'être donné plus tard, parfois sous une forme dont tu ignorais l'existence. La paix. L'amour. La richesse.

C'est plutôt flippant, dit comme ça, non ?

J'aimerais que mon père soit vivant pour lui dire que oui, je n'arrive pas à imaginer le futur. Oui, ça me fait peur. Mais plus autant qu'avant. La vie n'est pas un long fleuve tranquille. Elle est pleine d'embûches et la paix est rare. Mais à cet instant, je me sens bien, à ma place.

Belle est en train d'expliquer à April la meilleure façon de tuer quelqu'un sans laisser de traces. Ma petite sœur boit ses paroles. Mon sourire s'élargit. Une semaine a passé depuis… depuis que je me suis mis à nu devant Belle.

Les joues d'April sont plus colorées aujourd'hui, et elle se tient droite sur sa chaise. Elle est fatiguée, mais elle respire.

*Son cœur est fatigué, mais il ne s'est pas arrêté. Et c'est tout ce qui importe.*

— Tu me sembles un peu trop bien renseignée sur la question, dit April.

Belle a une main posée sur ma cuisse, de l'autre elle se saisit de son verre de vin qu'elle descend d'une traite. Elle hausse les épaules, feignant l'innocence.

— J'avais vu ça en cours, reprend Belle avec un petit sourire. Le poison ! C'est la clé pour tuer sans laisser de traces.

— Hum, j'interromps leur conversation. Pas sûr que le médecin légiste qui s'occupera du corps ne voie rien.

Sauf en cas de poison indétectable. Belle tourne son visage vers moi avant de lever les yeux au ciel. Elle déteste être contredite et j'adore le faire juste pour voir le froncement de ses sourcils et de son nez.

— Il faut déjà pouvoir le détecter, contre-t-elle. Imagine, tu augmentes une dose de médicaments que prend la victime, on va penser à une mort naturelle, et bingo ! Même plus besoin de divorcer.

J'embrasse sa tempe sans pouvoir m'en empêcher. Regardez-moi devenir un canard affectueux. Je n'y peux rien, me battre avec elle est si euphorisant.

— C'est vrai, reprend April de l'autre côté de la table, j'ai aussi entendu parler du polonium.

Je laisse les deux femmes de ma vie repartir dans un débat interminable. En définitive, le retardataire arrive.

J'avais dit à Reyes de faire un effort de ponctualité, mais mon client et ami s'en moque, apparemment. En revanche, il porte un polo et un jean simples, mais dont la qualité est évidente. Il s'arrête près de notre table lorsque je me lève. Il observe ma petite sœur sans trop savoir comment agir.

— Salut, lance-t-il finalement avec un air charmeur.

Je me penche vers lui comme pour lui faire une accolade et murmure à son oreille :

— Les deux sont hors limite.

Reyes éclate de rire et s'éloigne avant de tendre la main à April, puis à Belle.

— Tu es en retard, je lui dis une fois qu'il est assis.

Reyes passe une main sur son crâne aux cheveux courts.

— Morgane.

Il ne prononce que ce nom, et il n'a nul besoin d'en dire davantage. La substitute du procureur de la ville lui mène la vie dure, et ce n'est qu'une question de temps avant qu'une confrontation entre eux n'ait lieu. À moins qu'elle n'ait déjà eu lieu. Je n'en sais foutrement rien tant mon ami est secret.

Reyes se tourne vers April et tente de la charmer. Quand elle l'envoie balader, je dissimule mon sourire derrière mon poing.

Ce soir, rien ne compte à part l'instant présent.

Mais quelque chose au creux de mon ventre me fait peur. Un orage s'annonce. Je l'ignore et me concentre sur la conversation qui prend place.

# BELLE

Priam s'est endormi près de moi. Il est allongé sur le ventre, ses deux bras entourant son oreiller dans lequel il a enfoui son visage.

Je suis fatiguée, c'était une longue journée. Mais je n'arrive pas à dormir. J'ai un poids dans la poitrine. Un poids qui refuse de me quitter.

Alors je me contente d'observer le plafond, écoutant le bruit de la pluie qui s'abat contre les fenêtres de la chambre. L'orage gronde dehors, illuminant le ciel.

La pièce s'éclaire une seconde après que la foudre a frappé.

Je me demande si April arrive à dormir. Elle est dans la chambre d'amis de l'autre côté du couloir ; nous sommes rentrés tard, et Priam voulait qu'elle reste chez lui.

April a toujours aimé les orages quand on était gamines. Tandis que je dormais dans son lit lors de nos soirées pyjamas, elle se tenait devant la fenêtre pendant une bonne partie de la nuit à observer le ciel.

« Regarde mon ciel, Belle ! Il est si beau ! »

« Son ciel », comme elle l'appelait quand on était ados.

Les minutes s'écoulent mais je ne dors toujours pas. Alors je me redresse, embrasse le dos de Priam puis enfile son tee-shirt et sors de sa chambre sans le réveiller. Mes pieds me guident d'eux-mêmes au bout du couloir. Je pousse doucement la porte. La pièce est plongée dans une semi-obscurité, uniquement éclairée par la lune et le ciel grondant.

Comme je m'y attendais, April ne dort pas.

Allongée sur le lit, elle tourne son visage vers moi en m'entendant arriver. Ses lèvres s'étirent doucement en un sourire tendre.

Puis elle tapote le matelas à ses côtés.

Sans un mot, nous nous comprenons. Je m'allonge près d'elle, colle ma poitrine à son dos et serre mes doigts contre les siens. Nous regardons toutes les deux par la fenêtre. Puis sa voix chuchote :

— J'aime l'orage.

— Tu as toujours aimé ça.

Elle sourit contre moi. Je peux presque *sentir* son sourire. Ses doigts jouent avec les miens.

— J'espère que Fatal n'a pas peur du noir, toute seule chez moi, dit-elle doucement.

Qu'elle puisse penser à son araignée maintenant me fait rire.

— Les araignées ne sont pas effrayées par le noir, April. Promis.

Elle reste silencieuse une seconde puis reprend :

— Et toi ? Tu as peur du noir ?

Je fronce les sourcils. Je ne crois pas non, alors je secoue la tête.

— Non. Et toi, April ? Tu en as peur ?

— Oui, un peu. Mais ça va, puisque tu es là. Et si tu n'as pas peur de l'obscurité, tu devras me protéger du noir, Belle. Mission de meilleure amie.

Je souris encore puis je ferme les yeux avant d'embrasser l'arrière de son crâne.

— OK. Promis.

Nous restons silencieuses, calmes et en paix. Ses doigts ne lâchent pas les miens. Jamais. Puis un nouveau grondement retentit.

— *Regarde ton ciel, April. Il est si beau.*

Elle m'obéit. Elle l'observe, longuement, sans jamais s'éloigner de moi.

— Merci d'être mon héroïne de BD, Belle. Je t'aime.

Pour toute réponse, je me colle un peu plus à elle. Elle se tourne dans mes bras et mes yeux se plongent dans les siens. On se sourit une nouvelle fois. À cet instant, le temps n'a pas de prise sur nous. Ni la maladie. Nous avons à nouveau quinze ans. Deux jeunes femmes qui se sont trouvées et aimées, animées par leur soif d'être la super-héroïne de l'autre. Elle est épuisée, je le vois, mais elle lutte pour rester éveillée. Demain, nous parlerons de l'avenir et de l'espoir qui grandit en moi parce que je sais qu'elle va guérir.

April est la jeune femme la plus forte que je connaisse. Alors j'embrasse son front et murmure :

— Dors, April. Je veille sur toi.

L'obscurité restera loin d'elle cette nuit, parole de meilleure amie.

— N'oublie pas, Belle. Ton cœur doit battre deux fois plus. Une fois pour continuer à m'aimer. Et une seconde fois pour aimer Priam.

Puis la fatigue prend finalement le dessus sur nous. Et nous nous endormons l'une contre l'autre, sans jamais nous éloigner.

# CHAPITRE 42

## « Regarde ton ciel, April »

### BELLE

J'ai froid.

C'est la première chose qui me réveille ce matin.

La pluie qui continue de s'abattre contre la fenêtre me sort définitivement du sommeil.

Je réprime un frisson en battant des cils. Je suis glacée.

Le jour se lève peu à peu dans la chambre d'amis, dans laquelle April et moi nous sommes endormies.

J'ai froid, et j'ai faim. J'ai envie de gaufres avec plein de chantilly. Et je sais que Priam et April partageront mon avis. Personne ne peut dire non à un peu de sucre. Je m'étire doucement et tourne la tête vers April. Elle est toujours pressée contre moi, son corps blotti contre le mien.

Et elle sourit, dans son sommeil.

Mais quelque chose ne va pas.

Parce que j'ai froid. Et elle, elle est glacée.

Je fronce les sourcils en me redressant sur un coude. Ma main se pose sur sa joue.

— April ?

Mais April ne répond pas et aucun souffle ne sort de sa bouche.

Sa peau reste définitivement glacée, tout comme ses paupières restent closes. Son regard vert n'apparaît pas. Je suis seule.

Je m'assieds et me penche sur elle, sentant l'affolement m'envahir tandis que ma gorge se serre douloureusement.

— April ?!

Je l'appelle une deuxième fois.

Puis une troisième fois.

Et une quatrième fois.

Encore. Encore. Et encore.

Et chacune de mes suppliques reste sans réponse. Mes paroles se transforment alors en hurlements. Mais mes cris restent sans réponse.

— Priam ! je hurle en tournant mon visage vers la porte. Priam ! Viens vite !

Ma voix se déchire sur ce dernier mot, mais ce n'est rien par rapport à ce que je ressens à cet instant.

April ne bouge pas tandis que je la secoue. Elle demeure immobile. Sa poitrine ne se soulève pas. Je colle mon visage contre le sien, presse ma joue contre la sienne.

Et alors, je commence à pleurer.

— Non. Ne fais pas ça, je gémis. Ne me laisse pas, April. T'as pas le droit ! Tu... tu es forte !

Je veux qu'elle ouvre les paupières. Je la supplie une nouvelle fois, sans réponse. Un sanglot me secoue quand la porte s'ouvre dans mon dos.

— Qu'est-ce qui ne va pas ? s'exclame Priam.

Je me tourne vers lui, le visage baigné de larmes. Il comprend aussitôt. Il comprend que quelque chose ne va pas.

— April ne respire plus, je murmure.

Il s'approche de nous en titubant.

Priam se penche vers April. Vers sa petite sœur, immobile au milieu du lit.

— April ? il l'appelle aussi doucement que possible en touchant son front.

Comme si en parlant trop fort elle risquait de s'envoler.

Mais April vole déjà loin de nous.

— April, réveille-toi.

La main de Priam touche la joue d'April. Et je vois les larmes envahir ses yeux. Alors il se penche encore plus et la soulève. Il la prend contre lui comme si c'était le trésor le plus précieux qui soit, et il se laisse tomber contre le matelas. Un cri déchire sa poitrine. Et je sais...

Je sais ce qu'il se passe.

April... April est morte.

# CHAPITRE 43

Il pleuvait, *cette nuit-là.*
Le ciel était couvert et pourtant incroyablement beau.
Le cœur d'April Brings s'est arrêté, *cette nuit-là.*
Et le nôtre aussi.

# CHAPITRE 44
## *Face au brouillard*

### PRIAM

Lorsque j'avais treize ans, ma petite sœur a débarqué dans ma chambre. Les yeux pleins d'inquiétude, elle s'est approchée de moi, les lèvres tremblantes. Elle portait un bandeau orange dans les cheveux. Dans ses mains, elle tenait un dessin qu'elle venait de faire.

— Tu dois m'aider, Priam.

Ce sont les mots qu'elle a prononcés. Elle a agrippé mon bras et m'a attiré dans notre jardin derrière la maison. J'ai compris de quoi elle parlait en regardant le petit oiseau qui était tombé du ciel.

— Tu dois le sauver, m'a-t-elle supplié. Il a besoin de ton aide.

— Et si je n'arrive pas à le sauver ? lui ai-je demandé en me baissant.

Elle s'est agenouillée près de moi, son regard posé sur le volatile.

— Tu dois essayer.

Je ne pouvais lui dire non. Son regard suppliant a suffi à nourrir ma détermination. Nous nous sommes occupés de lui, en cachette de nos parents. Je l'ai sauvé, et un beau jour, le petit moineau s'est envolé. April était si heureuse en le voyant partir. Elle laissait échapper des petits cris tout en lui souhaitant bon voyage.

— Regarde ! Il vole ! Il rejoint le ciel. C'est si beau.

Puis elle m'a sauté au cou. Elle m'a ensuite remercié pour l'avoir sauvé, lui.

Mais aujourd'hui. Je ne l'ai pas sauvée, elle.

Mon petit oiseau sur lequel je m'étais toujours promis de veiller.

April s'est envolée.

Le temps s'est arrêté il y a dix-sept minutes et trente-six secondes.

Je le sais, parce que depuis cet instant je suis plongé sous l'eau et je me noie sans aucune volonté d'être sauvé. Je m'adosse difficilement au mur du couloir. Ma vision est floue. Mes jambes ne me soutiennent presque plus. L'environnement qui m'entoure m'échappe complètement.

Belle se tient près de moi. Ma téméraire et délicate Belle. Qui s'est brisée, elle aussi.

Mon évasion, le temps d'un instant.

Elle hoquette à mes côtés, les larmes ravageant son visage. J'aimerais m'approcher d'elle et sentir son corps contre le mien. Juste pour m'assurer qu'elle est toujours là.

Mais je n'y arrive pas. Je n'arrive à rien. Je cligne de nouveau des paupières, mais l'obscurité persiste. Partout, autour de moi.

Une brume épaisse et hideuse qui tente de m'étouffer. J'inspire brusquement pour lui échapper, en vain.

April.

Ma... ma petite sœur.

Elle était si froide, quand je suis entré dans cette chambre. Belle hurlait, et j'ai toujours le souvenir de la peau de ma petite sœur.

Glaciale.

J'ai refusé d'y croire. Alors... alors j'ai pris son corps, et je l'ai emmené aux urgences sans réfléchir. Je... je l'ai installée dans ma voiture tandis que Belle lui tenait la tête en sanglotant. Elle embrassait son front tout en lui demandant de revenir.

Mais April était déjà partie.

J'ai conduit jusqu'à l'hôpital. Je me suis dit que, si je n'arrivais pas à sauver April, les médecins y parviendraient.

Mais c'était trop tard.

*Ma petite sœur était déjà partie.*

Les médecins l'ont emmenée loin de moi. Loin de nous. Et je n'ai pas eu la force de me battre pour rester près d'elle. Je sentais qu'elle était déjà loin.

Une silhouette masculine se dresse devant moi. L'homme me parle mais je n'entends rien.

Il n'y a que le vide autour de moi.

Mais Belle entend ses mots, elle. Je la vois se laisser glisser contre le mur et remonter les genoux avant d'enfouir son visage entre ses bras repliés. J'aimerais la supplier de ne pas cacher son visage. C'est la seule chose qui me retient, désormais. La seule chose qui me connecte à la réalité.

J'ouvre les lèvres pour la supplier. Mais ma voix s'est tue, elle aussi.

Je ne suis qu'une enveloppe de chair.

Finalement, une main se pose sur mon épaule. Je tourne mon visage vers l'homme qui se tient en face de moi. Il observe les larmes qui coulent sur mon visage. Elles non plus, je ne les sens plus.

Je... je crois que je connais cet homme. Mais je n'arrive pas à réfléchir. Je suis en état de choc. Et détruit.

Si seulement la vie pouvait s'incarner. Si seulement elle pouvait être une personne. Alors je m'approcherais d'elle et je lui demanderais : « Pourquoi ? Pourquoi elle, et pas moi ? »

C'était mon rôle de grand frère, de veiller sur April.

*J'ai échoué.*

Le médecin serre un peu plus mon épaule, comme s'il voulait me ramener sur terre. Il m'empêche de m'envoler, lui aussi.

— Priam ? Vous m'entendez ?

Est-ce que je l'entends ? Oui. Mais je ne veux pas. Je veux qu'on me dise qu'April est vivante. Je veux l'emmener manger une glace chez *Fomu*. Elle les adore. Je... je veux me dire que tout cela n'était qu'un terrible cauchemar.

— Priam ? répète le médecin.

Je tourne le visage vers lui. Les pleurs de Belle résonnent en fond.

— Je suis désolé, répète le docteur. Terriblement désolé.

De quoi est-il désolé ?

Je perds la notion du temps, des événements. De tout.

Tout n'est que mirage. Tout n'est que mensonge.

Pourquoi April ? Pourquoi pas moi ? Je devais la protéger. C'était à moi de mourir, pas à elle, je me répète sans cesse.

— Le traitement n'a rien changé, Priam, continue le médecin. Nous avions espoir mais... son cœur était trop fatigué. Il s'est arrêté subitement pendant la nuit, le trouble du rythme ventriculaire était subitement trop élevé. Sa mort a été instantanée. Vous n'auriez rien pu faire pour la sauver.

Belle pleure un peu plus bruyamment. Les sanglots la déchirent de l'intérieur.

Moi, je ne bouge toujours pas.

Le médecin continue de m'expliquer certaines choses, mais je n'entends plus rien.

Je laisse la brume me recouvrir, cette fois. Sans chercher à reprendre mon souffle.

Je navigue dans les eaux sombres de la mort. Qu'elle vienne à moi. Je l'accepte.

Mais elle ne veut pas de moi. La vie n'a pas fini de jouer avec moi.

Je me laisse tomber près de Belle. Je tente de glisser ma main contre la sienne, mais c'est dur. Ma paume s'égare sur le carrelage. Finalement, mes doigts effleurent les siens. Belle ne réagit pas. Sous elle aussi, il n'y a qu'un gouffre sans fin.

C'était donc vrai. *Rien ne se brise plus qu'un cœur de tricheur amoureux.*

## BELLE

Mon corps est collé à celui de Priam. J'ignore qui m'a ramenée ici, sans doute lui. Je ne l'ai même pas senti tirer mon corps de l'hôpital pour m'installer sur le canapé de son salon.

Je reste dans un état second, tandis que Priam se laisse tomber à mes côtés. Nos corps se touchent. Mais je ne vois rien.

Je ne vois qu'April. Je ne ressens que son corps. Je ne revois que son visage aux traits figés. Sa pâleur. Sa fraîcheur.

— Elle est morte dans mes bras, je souffle.

Mon souffle est la seule chose qui brise le silence de l'appartement. Je sais que Priam m'a entendue, mais lui aussi il est loin, très loin, perdu au fond de lui-même.

April n'était pas censée mourir. Pas comme ça. Pas alors qu'elle commençait un nouveau traitement. Sa mort a été brutale, imprévisible. Même si nous connaissions les risques de sa maladie. Je refuse son départ. Je refuse qu'elle m'abandonne.

Pas alors que j'ai tant besoin d'elle.

Je... je sais qu'elle doit avoir peur du noir, là où elle est. Elle doit se demander où nous sommes, Priam et moi. Elle est seule, et nous sommes ici. Ce n'est pas comme ça que cela devait se passer.

— Elle souriait, lorsqu'elle s'est endormie hier soir.

Et elle souriait lorsque je me suis réveillée tôt ce matin. Elle est morte en sachant que nous l'aimions. Priam étouffe un sanglot à mes côtés. Puis son souffle se fait court, et il laisse libre cours à ses larmes qui secouent ses épaules.

Une nouvelle fois, mes doigts cherchent les siens. Mais cette fois, ils ne se trouvent pas.

Ce sont les derniers mots que je prononce avant de longues, très longues heures.

Mon regard continue de fixer le vide. Je ne vois que le corps de ma meilleure amie. Je ne vois que ses membres immobiles et ses yeux qui ne se rouvriront jamais.

J'entends ma mère m'appeler au loin. Est-elle vraiment là ? L'ai-je appelée ? Je n'en sais rien. Je suppose que oui. Je ne sais pas depuis combien de temps je suis assise là, Priam contre moi.

Ma mère se laisse tomber par terre devant moi et m'entoure de ses bras. Je suis restée immobile, observant mon père dans son dos.

Je suppose qu'ils sont bien là. Depuis combien de temps suis-je dans cette position ? Je m'en moque.

— Belle, murmure ma mère en pleurant elle aussi. Ma chérie, je suis là.

Oui, elle est là. Et moi aussi, je suis toujours là, pas vrai ? Mais April est partie. On ne m'a pas enlevé une amie. On m'a enlevé ma sœur. Une partie de moi. Mon âme sœur.

Rien ne sera plus jamais comme avant.

# CHAPITRE 45

## *Un cœur qui a aimé ne disparaît jamais*

BELLE

— Je veux qu'elle porte de l'orange.

Ma mère se tient assise près de moi et glisse une mèche de cheveux derrière mon oreille. Je n'ai pas prononcé un mot de ces deux derniers jours. Mais je devais dire ça. Parce qu'ils parlent de l'enterrement, avec la mère de Priam qui est désormais dans l'appartement.

Nous sommes cinq dans la pièce, mais tout est si vide. Mon cœur est vide. Ma tête l'est. Mon âme ? Oh, elle n'est déjà plus là.

— Qu'est-ce que tu as dit ? me demande ma mère en penchant son visage vers moi.

Je ne sais pas ce qu'il s'est passé ces deux derniers jours. Je sais juste que la journée, ma mère se tenait là. Et quand je finissais par me laisser tomber sur le canapé à la tombée de la nuit, Priam était déjà assis là. Alors je m'asseyais contre lui.

Nous ne parlions pas. Mais nous étions là, ensemble. Ensemble, et pourtant si seuls. Si loin l'un de l'autre.

— C'est... C'était la couleur préférée d'April, je murmure. Je veux qu'elle porte de l'orange pour son...

Je ne dis pas le dernier mot. Son enterrement. Une partie de moi espère toujours qu'elle va ouvrir la porte de la chambre et apparaître sur le seuil. Je veux la serrer contre moi et lui demander de rester.

— Je ne pense pas que... se hasarde la mère de Priam.

— De l'orange, la coupe ce dernier. Oui. De l'orange.

Lui non plus, il ne parle pas vraiment. Oh, je sais qu'il hurle à l'intérieur de lui-même. J'entends presque ses cris de détresse. Mais aucun mot ne quitte ses lèvres. Nous sommes condamnés à gémir et à hurler en silence. Et ce sont les cris les plus douloureux, ceux que les autres ne peuvent entendre. *Moi, je les entends. Car nous crions à l'unisson.*

## Deux jours plus tard

April porte de l'orange.

Ma mère a choisi une robe parfaite pour elle. Elle lui aurait plu.

Elle est maquillée, elle a l'air paisible, là, les yeux fermés. En paix, dans son cercueil.

Sa dernière demeure.

— Seigneur, écoute-nous, lance le prêtre.

Il fait face à la petite assemblée dans l'église.

Je suis assise au premier rang. Je me retiens de pleurer, cette fois. Je n'ai plus de larmes en réserve à cette minute. Je tente de prendre sur moi et respire doucement. Des pleurs me parviennent dans mon dos mais je les oublie. Ma mère, mon père. La mère d'April et Priam. Les amis d'April. Même Paul a fait le déplacement et se tient en retrait.

Priam est assis près de moi, les yeux rivés au sol. Les épaules voûtées, il reste silencieux, lui aussi. Tout comme ces derniers jours. Et comme les prochains probablement.

— L'un des proches d'April souhaite-t-il ajouter un mot ? reprend le prêtre.

Personne ne répond, moi la première.

Nous restons silencieux, perdus dans nos propres souvenirs et envahis par notre peine.

Aujourd'hui, nous enterrons ma meilleure amie. April va rejoindre le ciel. Elle nous attendra. Et le moment venu, elle nous ouvrira les bras.

Les têtes se secouent doucement pour refuser la proposition du prêtre. Priam reste léthargique de son côté.

Mais April mérite mieux. Je ne peux pas laisser sa lumière s'éloigner sans briller encore plus. Je veux qu'elle devienne une étoile. *La plus brillante et la plus belle des étoiles que j'observerai dans son ciel.*

Alors que le prêtre va reprendre la parole, je me lève du banc. Tous les regards se tournent dans ma direction, celui de Priam en premier. Il fronce les sourcils mais ne fait rien pour me retenir.

Je m'avance vers les marches derrière le cercueil, que j'évite de regarder, sinon je vais m'effondrer. Enfin, j'arrive près du prêtre, qui me sourit avant de se décaler.

— Merci, je chuchote.

Il y a des fleurs partout. De toutes les teintes. April aimait les couleurs. Elle les adorait. Ses dessins en étaient toujours remplis.

Je me dresse sur les marches et commence en fixant les portes fermées de l'église.

— Je...

J'inspire brusquement pour ne pas perdre contenance. Ma mère sanglote bruyamment. Elle a vu grandir April et l'a toujours considérée comme sa deuxième fille.

Je rive mon regard à celui de Priam. *Il est détruit, mais il m'envoie le peu de force qu'il lui reste pour que je reste debout.*

— Lorsque je suis arrivée à Boston, à dix ans, je n'avais pas d'amie. Je ne cessais de déménager, de changer de pays. Je n'avais aucun point d'ancrage. Je n'avais que mes BD. C'étaient mes seules amies.

Je bats des cils pour chasser mes larmes, mais une coule tout de même sur ma joue.

— Et puis je suis tombée sur toi, April Brings.

Je ne m'adresse pas à tous ces gens. Je m'adresse à elle. Je sais qu'elle m'entend, où qu'elle soit.

— Nous sommes devenues meilleures amies. Et tu es devenue ma BD préférée.

Priam ferme les yeux, et quand il les rouvre, ils sont brillants de larmes.

— L'héroïne parfaite de la meilleure BD qui puisse exister. Tu n'avais pas de super pouvoir. Tu n'étais pas une justicière. Mais tu... tu étais là, avec ton sourire rempli de curiosité et ton rire plein de joie.

Je mords mes lèvres tant la douleur est immense.

— À cet instant, ce n'est pas une amitié qui a commencé, je poursuis. C'est de l'amour. De l'amour entre sœurs. Une sœur que la vie avait décidé de mettre sur mon chemin.

Je sais à cet instant qu'est en train de se former la plus grosse cicatrice qui marquera mon corps. Une cicatrice invisible mais douloureuse. Affreusement douloureuse.

— Et je n'étais plus perdue, April. Parce que tu étais devenue mon point d'ancrage dans cette vie-là. Et dans la prochaine, tu le seras aussi. Peut-être qu'on sera différentes. Peut-être pas. Mais on sera là. On se recroisera. Toujours. Alors je compte sur toi, le moment venu, pour me guider jusqu'à toi.

Priam continue de m'écouter.

— Tu as rendu notre monde beau. Toi.

Je fixe enfin le cercueil, une boule dans la gorge. Puis je termine :

— Tu ne disparaîtras jamais. Ton cœur a aimé. Et un cœur qui a aimé ne disparaît jamais.

# CHAPITRE 46

## *Faire le vide*

### BELLE

Le retour à l'appartement de Priam se fait dans un lourd silence. Plusieurs de nos proches se sont retrouvés à l'appartement d'April afin d'échanger. Mais je... je ne pouvais pas. Je ne pouvais plus faire semblant.

Priam s'avance dans son salon et prend deux verres dans le bar. Je reste debout au milieu de la pièce en me frottant les bras. Il fait froid.

Tout est si froid, autour de moi. Et à l'intérieur de moi.

Il verse un liquide ambré dans les deux verres, puis il se tourne vers moi, en me tendant une boisson.

Je m'en empare, les doigts tremblants.

— Merci, je murmure.

J'avale une gorgée de ce liquide qui brûle ma gorge en rejoignant mon estomac. Même ça, ça ne me fait pas me sentir vivante.

Priam se contente de hocher la tête. Il me fixe, mais je suis sûre qu'il ne me voit pas vraiment.

Il se plante devant la baie vitrée, en sirotant son verre. Vêtu de son costume noir, il observe le ciel orangé, le soleil qui ne va pas tarder à se coucher.

Un univers nous sépare. Nous ne sommes même plus dans la même galaxie, désormais. Il se perd, et je le perds en même temps. Mais je ne sais même pas quoi faire pour le retenir alors que je dérive moi-même.

— Tu te perds. Moi aussi. Nous sommes si loin l'un de l'autre, dis-je.

Je vois ses épaules se tendre mais il ne se tourne pas vers moi quand il répond :

— Je ne me perds pas, Belle. Je suis déjà perdu.

J'inspire fortement en fermant les yeux.

Comment le sauver ? Est-ce déjà trop tard ?

— Comment est-ce qu'on peut se sauver l'un et l'autre alors que nous sommes perdus ? je chuchote.

Finalement, il tourne son visage dans ma direction. Il garde son masque distant, mais je vois la douleur dans ses yeux. Il souffre, mais il ne sait pas comment se soulager. Il aimerait me contredire, mais il n'y arrive pas.

Et surtout, il sait que j'ai raison.

J'ai besoin de Priam. Et je sais, au fond de lui, qu'il a besoin de moi. Je sais que notre histoire n'est pas terminée.

Mais parfois, ça ne suffit pas. Parfois, l'amour ne suffit pas à surmonter les obstacles.

Parfois, un cœur amoureux ne suffit pas à combattre le chaos.

Je n'arriverai pas à me battre pour lui alors que je suis incapable de me battre pour moi-même.

— Je vais avoir beaucoup de travail à rattraper ces prochaines semaines, je lui annonce.

Ses yeux affrontent les miens. Il sait ce que je fais.

J'impose une distance. Je choisis de me perdre de mon côté, espérant que lui arrivera à retrouver son chemin.

— Belle, murmure-t-il gravement.

Il pose son verre sur l'armoire près de lui et tente un pas dans ma direction avant de s'immobiliser, le regard flou.

Mais nous avons besoin du sacrifice que je suis en train de faire.

J'ai besoin de m'éloigner pour guérir. Nous avons besoin de respirer loin l'un de l'autre.

Je veux être seule. J'ai désespérément besoin d'être toute seule. C'est vital. Et lui aussi, je le sais. Parce que tout ce que je vois en le regardant lui, c'est *elle*.

— Je ne serai pas disponible pendant ce temps, je continue en ignorant sa supplique silencieuse.

Je recule un peu. Cette fois-ci, son regard ne me retient pas prisonnière. Je l'en empêche.

Comprenant ma décision, Priam hoche plusieurs fois la tête. Sa mâchoire se contracte, puis il déglutit avec difficulté.

Je recule encore, dépose le verre vide sur la table basse et me tourne vers la porte d'entrée.

Je m'en vais.

— Belle ?

Je m'arrête et lui fais face. Je lui adresse un pauvre petit sourire. Mais je veux le rassurer.

*Tout ira bien.*

Même moi, je n'y crois pas. Mais il le faut.

— Tu as raison. Nous avons besoin d'un moment, loin de l'autre. Alors prends le temps qu'il te faut. Et je ferai de même.

Il fourre ses mains dans ses poches, comme s'il se retenait de me toucher. Puis, finalement, il s'approche de moi. Son souffle est court, le mien aussi. Nous sommes brisés, mais nous nous aimons toujours l'un et l'autre. Je le sais. Je le sens, au plus profond de moi, à travers le brouillard.

*Et c'est parce que Priam Brings m'aime qu'il me laisse partir.*

— Ensuite… je reviendrai te chercher, me dit-il.

Mon cœur bat à l'unisson du sien, quand je hoche la tête. Son visage se penche vers le mien. Sa bouche effleure mon front dans un baiser, et je me retiens de pleurer.

— Merci d'avoir été là, Priam, j'ajoute dans un chuchotement. Merci d'avoir joué avec moi le meilleur jeu de ma vie.

Tout a commencé par un jeu, entre nous. Avant de devenir réel. Sacrément réel.

— Je reviendrai te chercher, répète-t-il avec force, comme une promesse.

J'affronte une dernière fois son regard, puis je le quitte, définitivement.

Je quitte Priam Brings.

# CHAPITRE 47
## *La colère*

BELLE, deux semaines plus tard

*Deux semaines que tu es partie, April.*

*Lors de la première phase d'un deuil, nous passons par plusieurs sentiments. Le choc, le déni puis la colère. À ce moment-là, nous sommes toujours tournés vers notre passé et le refus d'accepter les événements.*

*Le choc a été rapide, quand tu nous as laissés. Le déni, aussi. En fait, j'ai l'impression qu'il ne m'a pas vraiment quittée.*

*Mais la colère, en tout cas, elle est bien là. Je suis en plein dedans. Elle est partout, autour de moi.*

*Deux semaines depuis que tu es partie. Deux semaines durant lesquelles je n'ai cessé d'insulter la vie.*

*Pourquoi toi ?*

*Pourquoi ton âme et pas une autre ?*

*Pourquoi pas moi ?*

*Pourquoi ne m'as-tu pas dit plus tôt que tu étais malade et que ta lumière allait s'éteindre ?*

*Tant de questions. Et aucune réponse à m'apporter.*

*Je n'ai rien, rien que le silence pour résoudre ces interrogations qui me bouffent.*

*Alors je laisse le temps s'écouler, priant pour qu'un indice me parvienne un jour.*

*Priam n'a pas tenté de me joindre. Il a respecté mes souhaits, tu te rends compte. C'est exactement ce que je voulais. Pas vrai ?*

# CHAPITRE 48

## La tristesse

BELLE, plusieurs semaines plus tard

*Un mois s'est écoulé depuis ta mort, April. La vie tente de reprendre son cours. Mais il n'y a pas un jour sans que je pense à toi. Alors j'observe ton ciel, je t'y cherche. Je regarde la plus brillante des étoiles, et je dis ton nom.*

*Comment suis-je censée faire semblant d'aller bien ? C'est difficile. C'est douloureux.*

*J'en ai marre de jouer un rôle. J'en ai marre d'avoir mal. Quand cessera cette foutue douleur, April ? Dis-le-moi. Je t'en supplie.*

*La colère m'a quittée. Elle a vite été remplacée par la tristesse. Certains soirs sont plus difficiles que d'autres. Parfois, je m'en veux... Je me dis que j'aurais pu me réveiller cette nuit-là. La nuit où tout a basculé. Je sais que je m'autodétruis en pensant ça, mais c'est un réflexe humain.*

*Peut-être aurais-je pu te sauver ?*

*Je sais que si tu étais là, tu me secouerais. Tu m'ordonnerais sans doute de me réveiller. Mais tu n'es pas là.*

*Il n'y a que les regrets.*

*Mon travail reprend. Mais ce vide ne me quitte pas. Je pensais que l'écoulement du temps et le fait de rester seule m'y aiderait, mais ce n'était apparemment pas la solution.*

*Priam a tenté de me joindre, une seule fois. Et j'ai refusé son appel. Je ne suis pas prête à entendre sa voix. Mais ne t'inquiète pas, je sais qu'il a récupéré Fatal.*

*Pour le reste ? Je fuis. Je continue de le fuir, lui.*

*Même s'il me manque. Mon Dieu qu'il me manque. Il m'a promis qu'il viendrait me chercher, un mois plus tôt.*

*Mais je ne suis pas encore prête. Mon chapitre ne peut pas encore se clore.*

## PRIAM

J'observe le sang qui coule sur mon pouce. Quand me suis-je coupé ? Je n'en ai aucune idée. La douleur me traverse et me fait froncer les sourcils. Je suppose que j'avais oublié ce que c'était, de ressentir quelque chose.

Je continue de marcher sur le bord du toit et lève la bouteille de whisky jusqu'à ma bouche. J'avais pourtant réussi à faire semblant. Je me suis plongé dans mon travail, repoussant l'extérieur, ignorant superbement Reyes. J'ai tenté d'oublier Belle, parce qu'elle me rappelait sans cesse le corps sans vie d'April. Un soir, j'ai craqué, et je l'ai appelée. Elle n'a pas décroché. Et si elle l'avait fait, j'aurais sûrement mis fin à l'appel.

Mais j'avais besoin d'elle. Et j'ai encore actuellement besoin d'elle.

Je continue de boire et je pousse un rire en me sentant vaciller au bord du vide. Ce serait si facile de tomber.

— Si facile, je murmure en observant mes pieds.

Je secoue la tête et envoie valser ma bouteille qui s'explose sur le toit de l'immeuble d'en face dans un bruit sourd.

Ma seconde main tient fermement mon téléphone. J'hésite une seconde à le faire tomber dans le vide, juste pour le voir se détruire en contrebas. Peut-être finira-t-il aussi cassé que moi ? Ma vision trouble observe les quelques appels manqués de Reyes mais je les ignore. En revanche, mon index se pose sur un autre prénom.

*Belle.*

Je n'ai pas tenu ma promesse. Je suis resté loin, comme on se l'était dit. Je l'ai appelée une fois et elle n'a pas décroché. Mais ce soir...

Mon doigt se pose sur son nom. Une sonnerie retentit. Une deuxième. Puis une troisième avant que Belle ne prenne l'appel.

J'ouvre la bouche mais aucun mot n'en sort.

J'entends son souffle à travers le combiné, et moi aussi je respire rapidement sans pouvoir m'en empêcher.

— Belle, je souffle doucement.

Sa respiration s'accélère. Je ne m'attends pas à ce qu'elle me réponde. Pourtant, elle murmure :

— Priam.

Je ferme les yeux en entendant sa voix. C'est toujours douloureux, parce que Belle me fait penser à April. Je revois le corps brisé de ma petite sœur.

Cette douleur partira-t-elle un jour ?

— Attends, me supplie Belle.

Puis elle met fin à l'appel. Je serre le téléphone entre mes doigts et je m'éloigne du bord.

Du vide. Il n'est plus question de sauter ni de tomber. Il est question d'attendre et de laisser passer la douleur. Ensuite, je pourrai de nouveau vivre.

Et je ne serai pas seul.

# CHAPITRE 49

## L'acceptation ?

### BELLE, deux mois plus tard

*Je me suis toujours demandé ce qu'April trouvait au ciel pour le trouver si beau. Mais maintenant qu'elle l'a rejoint. Je sais.*

Il y a des jours avec, et des jours sans. Aujourd'hui est un jour sans.

Paul compte sur moi cet après-midi pour une audience au tribunal à propos d'un divorce conflictuel. Heureusement, il me noie sous le travail. Et paradoxalement, ça me permet de maintenir la tête hors de l'eau.

Je m'avance vers mon café habituel en bas de ma rue. Ça fait très longtemps que je ne suis pas venue ici. La dernière fois remonte à un après-midi où j'étais accompagnée d'April. Penser à elle me fait toujours aussi mal.

Mais j'arrive désormais à gérer ma souffrance. Faire le vide m'a aidée, même si c'était douloureux. J'en avais besoin.

Une autre douleur me ronge. Je n'ai pas rappelé Priam. Et il ne m'a pas appelée en retour. C'est ce que je lui avais demandé, non ? Du temps. D'attendre. C'est ce que je voulais, pourtant, ça me fait mal. Alors, sans réfléchir, je l'ai appelé hier soir. Mon appel a sonné dans le vide. Peut-être s'est-il dit que si je n'avais pas décroché, c'est que je ne voulais plus le voir. Peut-être ne veut-il plus rien à voir avec moi.

*Peut-être ai-je trop attendu et l'ai-je définitivement perdu en tentant de me retrouver, moi.*

Je pénètre dans l'établissement et m'avance vers le comptoir. Seules quelques personnes sont présentes.

— Bonjour, un café avec un max de sucre, s'il vous plaît.

— Un max de sucre ? C'est parti.

La charmante femme qui se tient de l'autre côté de la caisse récupère mon billet de cinq dollars et me prépare mon Saint Graal. Je prends ensuite le gobelet brûlant et me dirige vers le fond du café, près des baies vitrées qui donnent sur les rues animées de Boston.

— Oh, excusez-moi, me dit une jeune femme blonde en manquant de me bousculer.

— Ce n'est rien.

Je n'ai pas le temps d'apercevoir son visage qu'elle s'approche d'un type derrière moi et lui tend un porte-monnaie.

— Nasser ? Regarde ce que j'ai trouvé !

J'entends la fierté dans sa voix pour ce qui semble être son vol. Ou alors je me fais un film ?

L'homme avec qui elle parle lui sourit de manière effrontée, puis remarquant que je les observe, il me fait un clin d'œil.

— Bien joué, *Habibti.*

Ensuite, sa main aux ongles recouverts de vernis noir tire celle de la jeune femme avant de reculer.

— On se casse, trésor.

Les deux jeunes gens passent rapidement la porte du café et disparaissent de ma vue. Est-ce que je viens d'assister à un vol ? Je crois bien que oui, en fait.

Je n'ai pas le temps de penser davantage à ce qui vient de se passer que j'aperçois un homme qui se lève au fond du café et leur court après, les injures sortant de sa bouche de manière ininterrompue.

Oh oh. Quelqu'un va passer un sale quart d'heure, si vous voulez mon avis.

Je finis par m'asseoir derrière une banquette et sirote doucement mon café. Ça fait du bien de sortir, et de me poser ici, en terrain connu. Ces deux derniers mois, je les ai passés entre le tribunal, mon bureau et mon appartement.

Mes parents m'appellent tous les deux jours, et même si je prends rarement leurs appels, les avoir au téléphone me fait du bien. J'ai longtemps cru que ce n'était pas le cas. J'étais juste trop enfermée dans ma colère pour comprendre qu'ils s'inquiétaient pour moi.

Le brouillard qui m'entourait depuis commence enfin à se lever. Et maintenant qu'il disparaît peu à peu, je ne peux penser qu'à une personne.

Priam.

L'homme à qui j'ai donné mon cœur avant de le lui reprendre.

« Je reviendrai te chercher. »

Les paroles que nous avons échangées tournent en boucle dans ma tête. Je n'ai pas oublié ses mots. Je ne les comprends en revanche que maintenant.

J'avais besoin de temps. Et lui aussi. J'espère juste que lui aussi est sorti de l'obscurité.

Je récupère mon portable et clique sur son nom. Les sonneries s'enchaînent, mais Priam ne décroche pas.

Je finis par basculer sur sa messagerie. Peut-être m'en veut-il pour avoir pris autant de temps ?

Mais je sais que non. Au fond de moi, je sais qu'il m'a attendue. Pas vrai ?

Je continue de boire mon café et finis par fermer les yeux. April, tu me manques tellement. J'ai encore tellement besoin de toi et de tes conseils.

Je sens une silhouette se glisser en face de moi et j'ouvre mes paupières rapidement. Il me faut une seconde pour reconnaître qui se tient là : une jeune femme d'environ quinze ans, entièrement vêtue de noir, de ses fringues à son rouge à lèvres.

Amber.

La première fois que je l'ai rencontrée, dans ce même café, elle se faisait harceler. Aujourd'hui, elle est assise là, tout sourire. Et celui que je lui adresse est sincère. C'est étrange, de recommencer à sourire.

— Salut, toi, lancé-je.

Elle se mord la lèvre avant de poser ses mains sur la table entre nous.

— Salut, Belle. Ça fait longtemps que je ne t'ai pas vue ici !

C'est vrai. Et j'espère que depuis tout ce temps, elle va bien.

— J'étais pas mal occupée. Comment ça va ?

Elle fait la moue avant de répondre :

— Ça va, cool. Enfin, les vacances approchent et je me fais déjà chier.

Son langage me donne envie de rire. Je n'ai pas entendu mon rire depuis tant de temps.

— Où est ta pote ? continue Amber. Celle qui t'accompagnait l'autre jour.

Mon cœur se serre. J'ouvre la bouche sans qu'aucun mot n'en sorte. Puis je lui dis :

— Elle... April est morte.

C'est la première fois qu'on me pose la question et que je le dis à voix haute. En fait, je l'accepte.

Mes yeux s'embuent tandis qu'Amber me jette un regard de compassion.

— Oh non. Merde. Je suis trop désolée, pardon.

Je hausse les épaules, pour la rassurer.

— Ça va, ne t'inquiète pas.

Et c'est vrai.

Je crois que je commence à accepter sa mort.

Nous restons silencieuses pendant de longues minutes. Amber fixe ses ongles rongés avant de reprendre :

— Il y a plusieurs mois, dans ce café, une femme s'est assise en face de moi. Elle m'a dit qu'elle pouvait m'offrir son aide. Tu sais ce que j'ai répondu ?

Oui, je le sais. Et je sais aussi de quoi elle parle, et qui est cette femme. Moi. Notre première rencontre.

— Je lui ai craché : « Je n'ai pas besoin de ton aide », reprend Amber. Mais c'était faux. Et savoir que je n'étais pas seule m'a fait du bien.

Je la fixe silencieusement, méditant ses paroles.

— Cette femme est ensuite venue me sauver dans une soirée affreuse où on se moquait de moi. Tu sais ce qu'elle m'a dit après ?

Je secoue la tête. Je ne me souviens plus exactement de ce que je lui avais dit.

— Elle m'a dit de sécher mes larmes.

Amber se penche vers moi et ses doigts se saisissent des miens.

— Sèche tes larmes, Belle. Relève-toi. C'est à ton tour de le faire. Va dehors, tombe amoureuse. Vis.

— Je... je suis déjà amoureuse.

Oh, oui. Je le suis.

— Alors rejoins la personne que tu aimes ! Avant que je hurle aux habitants de Boston que tu es la pire avocate de la ville !

Je laisse échapper un petit rire tandis qu'elle se relève déjà. C'est Amber. Elle va, elle vient. Vous n'avez pas le temps de dire ouf qu'elle disparaît déjà.

— On se reverra, conclut-elle. À plus, Belle.

Elle s'éloigne avec un signe de main tandis que les rayons du soleil traversent la vitre pour venir réchauffer mon visage.

*Vivre. Aimer.* Oui. Je peux le faire. Seulement si Priam est à mes côtés pour partager ça avec moi.

Désormais, il est temps que je vole de nouveau son cœur avant de lui offrir le mien.

# CHAPITRE 50

## *La plus folle des héroïnes de BD*

### BELLE

Le juge tranche en faveur de mon client – ou plutôt celui de Paul – et je me retiens – à peine – d'effectuer une danse de la joie. Je ne m'occupais pas initialement de cette affaire, mais elle m'a prise aux tripes quand Paul me l'a expliquée avant de m'envoyer plaider à sa place.

Cette victoire, ça veut dire que son client est désormais libéré de son ex abusive qui menaçait de le tuer chaque fois qu'il tentait de discuter avec elle. Et surtout, mon client va pouvoir de nouveau voir sa fille. Son ex-femme lui interdisait de l'approcher alors même qu'il a toujours répondu à ses besoins et pris soin de son enfant.

Mon rôle est terminé, dans cette affaire. Sa vie va continuer comme sur des roulettes, on l'espère désormais.

On quitte la salle d'audience tandis qu'il s'autorise à sourire. Je vois ses yeux s'emplir de larmes quand il me dit :

— Je... je vais pouvoir revoir ma fille.

Il réalise tout juste.

Debout face à lui dans le couloir, je m'autorise à presser ses doigts entre les miens. Sa main tremble contre la mienne.

— Oui. Vous allez retrouver votre fille.

Il hoche plusieurs fois la tête, le bonheur le possédant peu à peu. Il y a pas mal de passage autour de nous.

Des membres de la cour et des justiciables convoqués au palais de justice cet après-midi.

— Merci, merci, merci !

L'homme en face de moi serre mes propres doigts avant de me libérer. Il inspire brusquement puis reprend :

— Vous m'avez sauvé la vie.

Ses mots me touchent en plein cœur.

— Remerciez Paul, je lui suggère avec un petit sourire. C'est lui qui a établi notre défense.

— Mais c'est vous qui m'avez soutenu pendant l'audience.

Je m'apprête à enlever ma robe d'avocat, mais quelque chose au loin m'interpelle. Le type continue de parler mais mon regard se porte vers le couloir dans son dos. Une silhouette massive le traverse, dominant aisément les lieux.

L'homme au loin est dos à nous tandis qu'il s'éloigne. Mais je reconnais cette démarche, cette chevelure foncée. Du costume gris anthracite aux chaussures vernies qui les accompagnent. De l'attaché-case noir aux épaules larges qui s'éloignent déjà.

Priam.

J'inspire brusquement et pivote mon visage vers mon client.

— Je dois y aller.

— Oh, oui ! Bien sûr ! Je ne vous retiens pas davantage.

Déjà, je m'éloigne. Je m'élance aussi vite que mes talons aiguilles me le permettent et traverse le couloir. Il y a beaucoup de monde, mais Priam a déjà disparu.

Non, non, non ! Où es-tu ?!

Je continue de slalomer entre les couloirs et arrive dans le hall du tribunal. Je tourne sur moi-même, ne trouvant pas Priam.

Plusieurs personnes passent la lourde porte. Bien vite, je suis sur le seuil et dépasse le vigile à l'entrée. J'atterris sur les marches en pierre devant le tribunal. Ces dernières mènent à la rue en contrebas, sur laquelle les voitures circulent.

Je descends une marche, puis deux, et plus encore. Le ciel est gris, un orage se prépare. Au milieu des marches, je m'immobilise. Priam n'est nulle part.

Je l'ai loupé... Il est déjà reparti. C'est trop tard.

Mon cœur bat atrocement dans ma poitrine, mélange de déception et de tristesse. Vaincue, et toujours vêtue de ma robe d'avocate, je me retourne vers les portes du tribunal.

C'est là que je le vois, trois marches derrière moi.

Priam se tient debout, une main glissée dans sa poche, l'autre tenant toujours son attaché-case. Il se tient là, son regard vert posé sur moi.

*Il est là*. Il n'a pas disparu.

Un petit bruit s'étouffe dans ma gorge quand je le vois.

Deux mois. Deux mois que nous ne nous sommes pas vus. Deux mois que nos routes se sont séparées. Il m'a donné ce dont j'avais besoin et ce dont lui aussi avait besoin, au fond.

Mais il m'a manqué. Il m'a atrocement manqué.

M'a-t-il attendu, tout ce temps ?

— Priam, je souffle.

Ses mâchoires se contractent et je l'observe, buvant avidement chaque détail de lui. Ses cheveux sont plus longs et lui arrivent au niveau du col de sa chemise. Il est plus fin qu'avant, mais il possède toujours l'air autour de lui.

Les bras le long du corps, je remonte les marches et m'arrête sur la sienne à ses côtés.

— Salut, je murmure.

Ses yeux contemplent intensément mon visage.

— Salut.

Sa voix est grave. Elle résonne en moi et l'entendre me fait du bien.

— J'ai… j'ai cru que tu étais parti. Je t'ai vu dans le couloir, mais le temps que je te cherche, tu n'étais plus là.

Il écoute attentivement mes mots avant qu'un petit sourire ne creuse sa joue droite.

— Je suis là.

Et le voir me donne envie de pleurer.

— J'ai cru que tu étais parti, je répète à nouveau bêtement.

Je n'arrive toujours pas à croire qu'il soit là, en face de moi. Son regard exprime les regrets, les questions aussi, mais également de la joie.

Mais aussi, surtout, de l'amour.

— J'avais dit que je reviendrais te chercher, non ?

Ses mots me bouleversent. Je n'ai pas le temps de lui répondre qu'il continue :

— Je me suis dit que tu avais encore besoin de temps. Alors j'ai attendu.

Il n'a jamais cessé de m'attendre.

Je secoue la tête sans rien dire, mon cœur se gonflant peu à peu.

— Pardon d'avoir disparu tout ce temps.

Il hausse les épaules avec un petit sourire en coin. Il ne me le dit pas. Mais je vois la douleur sur son visage.

Les secondes s'écoulent. J'ai tant de choses à lui dire. Je veux lui dire que je vais mieux. Je veux savoir comment lui, il va. Je veux lui dire que j'ai besoin de lui et que je l'aime. Mais la première question qui quitte mes lèvres concerne une autre *personne*.

— Comment va Fatal ?

Un petit rire lui vient. Il relève les sourcils avant de secouer la tête.

— Elle se balade dans les moindres recoins de mon appartement.

Bien. Elle doit être heureuse.

Priam semble réfléchir puis commence à ouvrir son attaché-case.

— J'ai quelque chose pour toi. Je... je voulais attendre avant de t'en parler, mais je me trimballe avec au tribunal depuis des jours, pensant t'y croiser.

Je l'observe sortir une sorte de petit livret de feuilles agrafées à la va-vite.

— Qu'est-ce que c'est ?

Il hésite puis me tend le tas de feuilles cartonné.

— Lorsque je suis retourné dans l'appartement d'April, je suis tombé dessus. C'était pour toi.

— Pour moi ? dis-je d'une voix anormalement aiguë.

Priam se contente de hocher la tête et je récupère le feuillet.

— De la part d'April ?

Il ne me répond pas, mais je n'ai pas besoin de sa réponse. Mes yeux se posent sur la première page des feuilles cartonnées et agrafées entre elles.

La première page est dessinée et montre deux petites filles se tenant la main debout près d'une grosse pile de livres. Non, pas des livres. Des BD.

Je lis ensuite le titre. *L'Incroyable Histoire de Belle et April.*

— Quoi ? ma voix se brise sur ce simple mot.

Le dessin de la première page n'est pas terminé. Il y a de la couleur sur la partie supérieure mais la partie inférieure est incomplète. Les larmes me viennent instantanément lorsque je comprends ce que je tiens entre mes mains et à quel point c'est précieux.

— April m'a fait une BD ? soufflé-je.

— Je crois bien que oui.

Je garde mes yeux posés sur l'objet et m'assieds sur la marche en ignorant soudainement tout du monde autour de moi.

Mon index tremblant tourne la première page cartonnée et découvre les premières bulles de dessins. En haut de la page, je reconnais l'écriture de ma meilleure amie.

« Pour Belle Murray, la plus folle des héroïnes de bande dessinée ».

— Oh... April.

J'ai envie de m'effondrer, et en même temps, mon cœur se gonfle étrangement de bonheur. Mes yeux se baissent sur les premiers dessins.

J'y découvre trois enfants. Une première petite fille. Puis un garçon et une jeune enfant qui se battent au milieu d'un bac à sable.

Un rire sort de ma bouche.

— Le moment où je t'ai fait manger du sable ?

— Le moment où tu m'as traumatisé, oui.

Priam s'assied près de moi, son visage penché vers l'image. Mes yeux se posent sur la petite bulle de pensée au-dessus du personnage d'April. On peut y lire « Cette fille est folle. Je l'adore déjà ! »

Je tourne la page et découvre un nouveau souvenir dessiné ici.

On y voit April et moi en train de piéger le plat de lasagnes de Ed, le harceleur de notre collège qui ne cessait de nous faire chier. Les deux jeunes femmes dessinées sont cachées dans un couloir tandis que Ed s'étouffe avec sa nourriture.

La page suivante me montre dans une voiture qui s'éloigne dans la rue. Mon déménagement. April et Priam se tiennent à côté sur la route et observent mon départ. Une bulle est inscrite au-dessus de la tête de Priam. « Elle me manque déjà. »

Ça me fait sourire.

Les pages s'écoulent, retraçant nos petits moments de vie. Les bons comme les mauvais.

L'avant-dernière page est April. Sur son lit d'hôpital tandis que je dors près d'elle et que Priam se tient debout à nous observer. Une larme s'échappe de mon œil et atterrit sur le papier. L'index de Priam essuie rapidement mon visage et je me retiens de renifler comme une enfant tant son contact me fait du bien.

Sur la dernière page, April n'est pas là.

Comme si elle savait que cette BD allait se terminer sans elle. Il y a Priam qui regarde en l'air. Et il y a moi. J'observe également le ciel, il est rempli d'étoiles. L'une est plus grosse que les autres et se tient au-dessus de nous.

*April.*

Il y a une bulle au-dessus de ma tête, mais elle est vide. Parce qu'April n'a pas eu le temps de terminer sa BD. Mais moi, je dois le faire.

— Tu as un stylo ? je demande à Priam en relevant mon visage vers lui.

Ses sourcils se froncent tandis qu'il ouvre son attaché-case et sort un Bic noir.

— Merci, dis-je en le récupérant.

Je m'applique du mieux possible en écrivant. Puis Priam se penche pour lire.

— « Regarde le ciel, Priam. Il est beau. »

Il sait ce que ces mots signifiaient pour April.

Je referme ma BD, mon cœur guérissant peu à peu. Priam est assis près de moi et ma tête se pose d'elle-même sur une de ses épaules. Nous observons les marches à nos pieds, bercés par les nombreux klaxons autour de nous.

— Pardon d'être partie aussi longtemps, murmuré-je.

Je le sens se redresser à mes côtés et je tourne mon visage dans sa direction.

— Ne pars plus aussi loin dans tes pensées sans moi, Belle.

— Promis. Jamais.

— J'ai besoin de toi, il souffle ensuite. Je crois que ça fait quinze ans que je suis amoureux de toi, Belle Murray. Depuis que tu m'as fait manger du sable, tu as pris mon cœur. Lentement. Peu à peu. Et tu ne me l'as plus jamais rendu.

— Ça tombe bien, je compte le garder.

Et j'ai besoin de lui. J'ai toujours eu besoin de lui.

Ses joues se creusent un peu plus tandis qu'il penche son visage vers le mien. Son souffle rencontre mes lèvres tandis que je passe ma langue sur elles. Puis j'avance ma tête et l'embrasse. La seconde suivante, Priam dévore ma bouche.

Un souffle nouveau nous parcourt. Ça y est, le chapitre peut s'achever. Nous allons en ouvrir un nouveau. Notre nouvelle vie débute. *Ensemble.*

Et je n'oublierai jamais une chose. Rien ne se brise plus qu'un cœur de tricheur.

Mais *rien* n'aime aussi fort qu'un cœur amoureux.

# ÉPILOGUE

## BELLE, un mois plus tard

Je quitte mon appartement et je suis en retard. Très, très en retard, en réalité. Paul va me tuer, parce que j'ai rendez-vous avec un nouveau client à lui aujourd'hui qui, je cite, souhaite divorcer « de son affreuse épouse qui va finir par le tuer ».

Je devais partir à neuf heures précises.

Sauf que Priam a décidé de me réveiller à sa manière, c'est-à-dire en mordillant mon clitoris. Autant vous dire que nous n'avons pas quitté mon lit avant un bon quart d'heure. Résultat, je traverse la rue en courant, me jurant de me venger ce soir.

Le seul truc qui me rassure, c'est de me dire que Priam est lui aussi en retard à son propre rendez-vous client.

Peut-être que je pourrai passer dans l'après-midi à son bureau, histoire de lui rendre la pareille...

Enfin ! D'abord, le travail !

Je pénètre dans le café où m'attend mon nouveau client. Je le repère au bout de la salle, lisant le journal. La quarantaine bien entamée, le dénommé Lewis relève son regard gris vers moi en m'observant arriver vers lui.

— Monsieur Lewis ?

Il acquiesce d'un mouvement de tête tandis que je tente de reprendre ma respiration. Il plisse ses yeux quand je m'assieds en face de lui.

— Belle Murray.

— Bonjour.

— Pardonnez-moi pour les quelques minutes de retard, j'étais dans... dans les embouteillages !

Sans vérifier s'il croit à mon mensonge, je sors déjà son dossier de ma pochette.

— Alors, qu'est-ce que...

— Je veux divorcer, me coupe-t-il d'une voix forte.

Je le fixe patiemment avant de lui sourire poliment.

— Ça, je l'ai bien compris. Partez-vous sur un divorce par consentement mutuel ?

— Absolument pas. Je vais faire la guerre à mon épouse.

Je pince mes lèvres. Bon. Je sens que ça ne sera pas de tout repos.

— Votre épouse a-t-elle déjà un avocat avec qui je pourrai communiquer à l'avenir au fur et à mesure de la procédure ?

Lewis émet une sorte de grognement et je me penche par-dessus la table en relevant les sourcils.

— Excusez-moi, vous avez dit quelque chose ?

Il pousse un soupir en observant quelque chose dans mon dos.

— J'ai dit, ouais, elle a un foutu avocat. Et apparemment elle a déjà commencé la guerre car elle se tient juste dans votre dos avec lui.

— Quoi ?

J'écarquille les yeux quand une voix que je ne connais que trop bien s'élève :

— Lewis, Maître, quel heureux hasard de vous voir ici.

— Tu parles d'un hasard, crache Lewis.

Mais je ne l'écoute pas. Je me tourne vers Priam qui se tient près de notre table, accompagné de sa cliente.

La lueur prédatrice qui prend place dans ses yeux fait écho avec la mienne. L'expression de joueur envahit ensuite les traits de son visage. Puis il tend la main dans ma direction, comme s'il se présentait à moi pour la première fois.

Salut, mon bel enfoiré.

— Bonjour, je suis Priam Brings, l'avocat de la partie adverse.

Mes doigts se saisissent des siens et le sourire que je lui renvoie lui annonce une chose : une nouvelle partie va débuter entre nous. Et j'ai hâte.

— Belle Murray.

Ses doigts serrent les miens, puis il se recule et s'installe près de moi après sa cliente qui se dispute déjà avec mon nouveau client.

L'homme qui partage ma vie – et désormais mon nouvel adversaire – sort à son tour un dossier de son attaché-case et nous regardons nos clients s'affronter pour la première fois. Je sens son sourire et son regard sur mon visage.

Mon talon glisse discrètement le long de la jambe de Priam. Je le vois d'ici serrer les mâchoires à mon contact et il me fixe d'un air furieux.

Hum....

Une nouvelle partie s'annonce dans ce vaste terrain de jeu qu'est finalement la vie.

Le parfait endroit pour des tricheurs comme nous.

# BONUS

## MORGANE

Lorsque je rentre chez moi, il fait déjà nuit. Cette journée a été épuisante, encore plus que ces derniers jours. Mais je ne regrette pas un instant mon choix de carrière.

Mon taxi me dépose devant ma maison de Beacon Hill. Les murs en brique de style victorien rappellent l'Angleterre. C'est du moins ce que m'avait dit l'agent immobilier quand je suis arrivée à Boston environ un an plus tôt.

Enfin, plutôt, *revenue* dans la ville.

J'ouvre ma porte d'entrée, les lieux toujours remplis d'obscurité. Je ne prends pas la peine d'allumer la lumière et laisse tomber mon sac sur le sol carrelé avant de me débarrasser de mes talons.

Foutues chaussures.

Je récupère mon portable et écoute les messages vocaux de mon répondeur tout en m'avançant dans le couloir principal. Je passe devant mon salon et remarque la fenêtre ouverte près du canapé. J'étais pourtant sûre de l'avoir fermée avant de partir ce matin. Mais j'ai tellement de choses en tête que cet oubli ne m'étonne pas plus que ça.

Le premier message débute tandis que je longe le couloir.

— Substitute du procureur Morgane Haman ?

Je n'arrive toujours pas à croire que je suis substitute du procureur à Boston, putain. Moi, Morgane Haman, vingt-huit ans. Je me suis battue pour arriver là où j'en suis aujourd'hui. Mais rien ne me prédestinait à cette carrière.

— C'est l'inspecteur Vlane, continue le message. J'ai fait une descente hier comme prévu au club de Reyes Morello. L'endroit avait été nettoyé et nous n'avons rien trouvé. Je vous laisse me recontacter.

Cette fois encore, Reyes Morello nous file entre les mains. L'héritier des bas-fonds de la pègre de Boston demeure intouchable. Viendra un jour où il sera détruit, lui et ses sbires. J'en fait la promesse. Je ne laisserai pas la ville sous son contrôle.

Je pénètre dans mon bureau au fond du couloir et m'apprête à allumer la lampe, mais ma main s'immobilise sur l'interrupteur.

Il y a quelqu'un ici.

*Je le sens.*

L'air est différent. Rempli de tension. Et de danger.

— N'allumez pas la lumière.

La voix masculine qui claque dans le silence de la pièce me fout les jetons. Mes doigts quittent l'interrupteur, et mes yeux glissent dans l'obscurité de mon bureau.

Je ne sais pas à qui appartient cette voix, pourtant j'ai l'impression de la connaître au fond de moi.

Je m'avance vers mon bureau tout en observant la silhouette massive qui se tient devant la fenêtre, celle qui donne sur la rue.

Je garde ma respiration sous contrôle. J'ai vécu pire. Tellement pire.

— Vous êtes difficile à débusquer, Morgane. Ou devrais-je dire, substitute du procureur Haman.

— À qui ai-je l'honneur ? je demande froidement.

Un rire grave me parvient. Comme si ma question était stupide et que je connaissais déjà cet intrus.

N'y tenant plus, j'allume la lampe sur mon bureau. La lumière est faible mais me permet de distinguer le type qui se tient à quelques pas de là.

Mon cœur loupe un battement lorsque je le reconnais.

Reyes. Reyes Morello est dans mon bureau.

*Enfin, je le rencontre officiellement cette fois.* Et je ne fais pas semblant de ne pas le reconnaître tandis qu'il décline son identité sans mentir.

Ma bouche s'ouvre mais aucun mot n'en sort. Reyes soupire et pose son regard fâché sur ma silhouette.

— Je vous avais demandé de ne pas allumer la lumière. Je profite de la nuit. L'obscurité est si belle, vous ne trouvez pas ?

La peur tente de me bouffer, mais je ne la laisse pas faire.

J'ai vécu pire. Vraiment pire, j'essaye de me rassurer.

— Comment avez-vous su où j'habitais ?

Cet enfoiré vient de me coller une cible dans le dos.

Il se tourne vers moi, me laissant observer sa silhouette. Le danger se dégage de lui et le colle comme une seconde peau. J'observe le vieux jean qu'il porte et son tee-shirt noir, qui ne dissimule pas ses muscles. Puis je vois d'ici l'encre noire qui recouvre presque l'intégralité de sa peau.

Rien à voir avec le costume qu'il portait des jours plus tôt. Ce soir, sa véritable nature m'apparaît enfin.

Tout est sombre, chez lui. Et en lui.

Le digne héritier des bas-fonds de Boston.

— N'est-ce pas ironique, Procureure ? Vous tentez de me débusquer depuis des mois, et c'est moi qui finis par vous piéger véritablement le premier.

Sa voix exprime un triomphe amer. Les menaces coulent entre ses lèvres.

Mais je ne suis pas une personne qui se laisse faire face aux menaces. Surtout face à un pourri dans son genre. Ils bernent le public, lui et son père. Mais je ne suis pas dupe.

Je lui lance un petit sourire et dégaine le pistolet accroché sur la face interne de mon bureau.

Je relève l'arme chargée dans la direction de Reyes, prête à appuyer sur la détente.

— Personne ne me piège, Reyes. Surtout pas vous. Je suis celle qui donne le dernier coup.

Quand il découvre l'arme, ses yeux se mettent à briller d'amusement. Il n'a pas peur. Il est excité par cette situation.

— Quelle jolie petite surprise.

Je serre les mâchoires et affronte son regard.

— Dégagez de chez moi avant que je ne fasse sauter votre *jolie petite* tête.

Il lève lentement – affreusement lentement – ses mains devant lui.

— Voyons, Morgane. Vous n'aimeriez pas les conséquences d'un tel acte.

Je pose mon autre main sur mon arme, ne me laissant pas déstabiliser.

— Dégagez, Reyes. Ou je tire.

Cette fois, je ne mens pas. Je n'hésiterai pas à le tuer pour me protéger.

Il passe sa langue sur sa lèvre inférieure et me fixe sans flancher.

— Arrêtez de fouiner dans mes affaires. Dernier avertissement.

Son ordre claque entre nous. Il pense me faire peur. Et au fond de moi, c'est un peu le cas. Mais je sais aussi que je vais le détruire ; cet homme qui détruit nos rues.

La seconde suivante, Reyes disparaît de mon bureau, laissant son odeur boisée derrière lui.

J'ai l'impression qu'il est toujours là, à guetter le moindre de mes mouvements. Comme si j'étais sa nouvelle cible.

Peut-être le suis-je.

*En tout cas, il est la mienne.*

Fin

ILLUSTRATION : AURORE PAYELLE

# REMERCIEMENTS

Croyez-vous aux âmes sœurs ? Moi, oui. Certains individus sont prédestinés à se rencontrer et cette rencontre change leur vie. C'est le cas de Belle, Priam et April.

En 2022, j'ai perdu une personne chère à mon cœur. Parce que je ne savais pas quoi faire d'autre à part ressentir, j'ai écrit, en pensant que les mots auraient le pouvoir de soigner mes maux. C'est ainsi qu'est née l'histoire du *Jeu des tricheurs*.

Cette histoire est particulière pour moi. C'est sans doute la plus sincère et la plus pure que j'ai écrite. Je me suis laissée avoir par ce jeu entre Belle et Priam, j'ai adoré tricher avec eux.

*Et bientôt... Peut-être que je vais adorer mentir aux côtés de Reyes et Morgane...*

J'espère vraiment que cette histoire aura résonné en vous. J'aimerais tout d'abord remercier chaque personne qui a lu ce livre. N'hésitez pas à en parler sur les réseaux, autour de vous. Aussi, venez directement m'envoyer un message sur Instagram (@anitarigins), je serai ravie d'échanger avec vous à propos de ce manuscrit.

Merci aux bêta-lectrices qui m'ont accompagnée dans ce projet : Colyne, Sarah, Tracy, Elo, vous méritez toutes le ciel le plus parfait qui soit. Vous m'avez été d'une aide précieuse.

Amely et Had, mes deux étoiles les plus brillantes.

Merci à mes amis auteurs, qui m'ont également accompagnée dans ce projet. Océane Ghanem, tu as vécu avec Belle et Priam à mes côtés. Tu as clairement été mon point d'encrage pendant ces mois d'écriture et sache que je t'aime fort. Continue de briller.

Kentin Jarno, mon plus fidèle ami papillon qui a finalement volé de ses propres ailes pour éblouir son propre monde. Delinda Dane, un cœur aussi pur que beau et des conseils absolument essentiels. Jenn Guerrieri, celle qui t'aide à toujours relativiser. Merci à toi. Morgane Moncomble, parce que tu as dû subir mes vocaux remplis de doutes et que tu as réussi à me rassurer.

Un merci particulier à Maelle. Ton soutien infaillible me réchauffe le cœur.

Merci à tous les booktokeurs et instagrammeurs qui me soutiennent sur les réseaux et qui rendent mon aventure inoubliable. Parce que vous êtes nombreux et que votre soutien me fait sourire chaque jour : Jade, Kay, Keren, Jennifer, Nelcy, Aissata, Céleste, books.ines, Samia.grd, Marzia, Inès read_ness, Yam's, Olfa, Océadorable, Yousra, Manel, Mayread, Leïla, Chloé, Polat, Luna, Julia, Sarah, Marie, camrombook, Célia, Lynda Bel, Poupette, Lily.lectrice, Celiasbookshelves, Fran, Solène, Lorenzo, Victoire, et tant d'autres encore. Je vois chacun de vos retours et sachez que je vous aime.

Enfin, merci aux éditions Hugo Roman et surtout à Sylvie !

# LE JEU DES *tricheurs*

*Et n'oubliez pas. Aimez toujours deux fois. Une fois pour les personnes que vous avez perdues. Et une fois pour les personnes qui sont toujours là.*